마음의 발걸음

마음의 발걸음

김정아 옮김   리베카 솔닛 지음

풍경, 정체성, 기억 사이를 흐르는 아일랜드 여행

A Book of Migrations

반비

나에게 아일랜드 국적이 생긴 것은 1986년의 마지막 날이었다. 유럽인이라는 신분이 새로 생겼다는 것에 나는 아직 얼떨떨한 기분이다. 황금색 하프가 그려진 자주색 여권을 보면, 생득권이라는 느낌보다는 혈통과 유산과 이민의 신화를 들려주는 작은 책 같은 느낌이 강하다. 그래서 몇 년 전 여름에는 나에게 그런 문제들을 생각해보라고 요구하는 그 낯선 나라에 가보기도 했다. 이 책은 아일랜드에 대한 책이라기보다는 아일랜드 여행에 대한 책이다. 아일랜드 땅을 밟는 글자 그대로의 여행은 더 오랜 시간이 걸린 두 번의 여행(아일랜드의 역사와 문학을 읽어나가는 여행과 이 책을 써나가는 여행)으로 이어졌지만(추가 연구를 위한 후속 여행도 있었다.), 이 책이 아일랜드 역사와 문화라는 논제에 대한 어떤 권위를 주장하는 것은 아니다. 이 책이 현대 아일랜드의 핵심 견본이냐 하면 그것도 아니다. 내가 아일랜드의 명소를 찾아갈 때의 마음은 아일랜드 관광객이 '그레이스 랜드'°를 찾아갈 때의 마음과 비슷했다. 내 여행을 만들어준 것은 그러다 마주친 장소들과 사람들이었다.

아일랜드에서 들은 이야기나 아일랜드에서 마주친 상황 중에는 개인의 윤곽 또는 집단의 윤곽이 고정적이기보다는 유동적이라는 느낌을 주는 이야기나 상황, 움직이는 사람 대 움직이지 않는 풍경이라는 여행자의 통상적 이분법을 깨뜨리는 이야기나 상황이 많았다. 나는 기억과 정체성 사이의 상호작용, 몸의 움직임과 세상의 풍경 사이의 상호작용을 탐구해보고 싶었다. 유입되고 유출되는 인구 집단들의 침입과 탈출, 식민과 이민, 관광과 유랑을 탐구해보고도 싶었다. 표현을 바꾸면, 이번 아일랜드 여행은 그런 탐구의 가능성들을 활짝 열어준 여행이었다. 실제로 나는 이번 여행을 통해 내가 속한 미국 액티비즘°°과 내가 얻은 아일랜드 여권이 제기하는 정체성 정치의 문제에 대해서 성찰해볼 수 있었고, 내가 받은 영문학 교육을 재고하면서 위대한 문학작품이라는 지위와 중요한 문화 자료라는 지위를 분리해볼 수 있었고(대영제국 드라마의 이면으로서의 아일랜드는 그런 식의 분리 작업을 위한 이상적 장소다.), 최신 담론의 가지런했던 용어들(**원주민**이니 **백인**이니 **유럽**이니 **제1세계**니 하는 용어들)이 해지고 찢어지기 시작하는 지점에 주목해볼 수 있었다.

○   엘비스 프레슬리의 생가.
○○   정치적, 사회적, 환경적 변화를 촉진·지연·지휘·개입하기 위한 다양한
       목적과 형태의 행동 및 정책.

여행은 마음의 발걸음이기도 해서, 다른 장소에 가면 다른 생각이 떠오른다. 나는 이 여행에서 내 마음의 발걸음도 한번 뒤따라 가보고 싶었다. 내 주관적, 개인적 경험을 적어나갔지만 내 평범한 삶을 미화하기 위해서는 아니었다. 글자 그대로의 땅을 걸어가는 것이 어떻게 마음의 구석진 곳들을 탐험하는 것일 수 있는가를 보여주는 한 사례로 내 경험을 이용한 것뿐이었다. 이 책의 장르는 통상적 의미의 여행서가 아니라 여행을 계기로 구상되고 배열된 연작 에세이다. 이 책의 글 한 편 한 편이 다양한 모양의 구슬이라면 이 책의 계기가 된 여행은 그 글들을 한데 엮는 실이었다. 글마다 소재(여행지 풍경과 여행자의 정체성, 기억하는 내용과 기억에서 사라지는 내용, 상수와 변수)가 다르지만, 여행(내가 떠났던 수수한 여행이기도 하지만, 그와 같은 다른 많은 여행들이 공명했던 과거의 모든 위대한 여행들이기도 하다.) 자체는 이 책으로 엮인 모든 글의 소재였다.

조이스의 『율리시스』 끝부분에 나오는 몰리 블룸의 독백이 잘 포착한 것으로 유명한 의식의 흐름은 내적 자아로의 귀환이다. 내가 다른 나라라는 미지의 영토로 떠나면서 해보고 싶었던 것 중 하나 또한 그 내적 자아라는 연상의 영토를 탐험하는 것이었다.

　　　여행자가 가장 여행하기 어려운 풍경은 여행자에게 가장 강한 영향을 미치는 풍경, 곧 여행자 자신의 생각 속에 녹아 있는 풍경이다. 자아의 두 번째 겹이라고 할 수 있는 이 작은 풍경이 마치 모기들처럼, 아니면 갑옷처럼, 아니면 향수처럼, 아니면 눈가리개처럼 자아를 에워싸고 있다. 내가 『마음의 발걸음』을 쓰면서 하고 싶었던 것이 바로 이 내적 경험이라는 겹을 여행에 포함시키는 것, 그리고 이로써 여행수필(travel writing)의 관행을 해체하는 것이었다. (그 이전 책인 『야만의 꿈들(*Savage Dreams*)』을 쓰면서 하고 싶었던 일은 자연수필(nature writing)의 제약과 탈정치화를 벗어나는 것이었다.) 내 여행의 목적은 여행의 즐거움이었지만(글 속에서도 그 즐거움이 어느 정도 전해지기를 바란다.) 내가 미국 서부에서 느낀 의문에 대한 대답을 두 발로 찾아다니는 것도 이 여행의 목적 중 하나였다. 내가 미국 서부에서 만난 많은 미국 원주민은 자기네가 순수한 혈통의 북아메리카인이고 나 같은 사람은 순수한 유럽인이라는 식으로 말했다. 나는 나 자신이 유럽인이라고 생각할 수 없었지만 어쨌든 유럽 여권을 만들 수는 있었다. 물론 아일랜드를 그냥 유럽이라고 하기는 어렵다. 지금은 아일랜드가 유럽연합 회원국이지만, 오랫동안 아일랜드는 유럽이라는 개념과 함께 백인 개념, 제1세계 개념이 흐트러지고 튕겨 나가는 곳이었다. 내가 아일랜드로 떠난 것은 그동안 전해져 내려온 유럽성, 백인성, 아일랜드성에 대한 정의들과 여행, 장소, 시간에 대한 정의들을 재확인하기 위해서가 아니라 오히려 그 정의들을 복잡한 맥락 속에 넣어 해체하기 위해서였다. 이렇게 말하면 심각하게 들리지만, 사실 이런 말은 이리저리 돌아다니면서 마음의 형세와 외부의 형세를 둘러보고 사람들이 나를 어떻게 읽는지를 살펴보고 내가 읽은 내용이 내 여행을 어떻게 조율하는지를 느끼기 위한 아주 좋은 핑계였다.

하나의 장소는 한편으로는 고정되어 있는 곳이지만, 다른 한편으로는 고정되어 있지 않은 힘들이 모이는 곳이다. 예컨대 아일랜드 국립자연사박물관에서 열대의 나비 앞에 있다 보면, 어느새 그 나비가 날던 페루의 푸투마요 정글에 들어서게 되고 그 나비를 잡은 퀴어 독립영웅 로저 케이스먼트와 마주치게 된다. 나를 어딘가로 이끄는 것들이 뭐든지 간에, 그곳에 가면 또 다른 것들이 나를 또 다른 곳들(다른 장소, 다른 시간)로 이끈다.

아일랜드에 '켈트의 호랑이'°가 온 것은 내가 이 책을 쓴 직후였다. 돈이 넘쳐났고, 부자가 되는 사람들도 있었다. 하지만 꽤 많은 사람들이 더 가난해졌다고 느꼈다. 해외 이민의 흐름이 역전되면서 아일랜드로 들어오는 외국인들이 급증하기도 했다. 내파압으로 폭발하는 원자폭탄을 연상시키는 모습이었다. 아일랜드는 그렇게 내파했다. 나는 2001년에 슬라이고에 갔을 때 『텅 빈 도시(Hollow City)』(내가 버소 출판사에서 펴낸 또 한 권의 책)에 나오는 내용을 가지고 어떻게 가난이 아닌 부가 도시를 망가뜨리는가에 대한 발표를 한 적이 있는데, 그때 더블린 사람들로부터 엄청난 호응을 받았다. 당시 더블린에서 바로 그런 일이 벌어지고 있음을 말하고 싶어 하는 사람들이었다. 그들을 따라서 아일랜드 투어에 나선 것이 2000년이었는데, 그때 내가 경험한 아일랜드는 『마음의 발걸음』에 나오는 아일랜드에 비해 패스트푸드 레스토랑이 더 많았고, 공사 중인 건물도 더 많았고, 더 시끌벅적했고, 살던 곳을 떠나야 하는 경우도 더 많았다.

그러다가 호랑이가 쓰러졌다. 탐욕 때문이었다. 무모한 금융업자들, 부동산 투기, 무책임한 선출직 공무원들 때문이

○   아일랜드의 경제 호황기.

었다고 해도 좋다. 아일랜드가 외세(주로 영국)에 짓밟힌 적은 많았지만, 아일랜드 자신이 스스로를 그렇게 엉망으로 만들어놓은 것은 처음이었다. 물론 금융업자들을 아일랜드 '자신'이라고 지칭할 수 있을 때의 이야기이고(자신이라기보다는 무국적 신자유주의 바이러스의 일종이 아닐까 싶지만), 아일랜드의 지난 수백 년 중 대개의 시기를 괴롭혔던 가난을 '엉망'이라고 지칭할 수 있을 때의 이야기다. 하지만 아일랜드는 이번만큼은 예전의 가난한 상태로 돌아가야 하는 것에 분개했다. 예전으로 돌아가는 것은 불가능하지만, 이 글을 쓰고 있는 나는 더블린으로 돌아갈 준비를 하고 있다. 옛날처럼 가난하지만 또한 옛날처럼 풍요로운 도시, 1987년의 더블린, 1994년의 더블린, 2001년의 더블린과는 또 다른 도시일 것이다.

2011년

리베카 솔닛

차례

17장 본론

옆자리 여자가 창턱을 잡더니 내 앞으로 상체를 숙였다. 아래를 내려다보려는 것이었다. 손등에는 지렁이 떼 같은 실핏줄이 서 있었다. 내가 어렸을 때는 비가 올 때마다 지렁이 떼가 기어나와 지친 듯 회분홍색이 되어 길에 누워 있곤 했다. 9킬로미터 아래로는 찢어진 면사포 같은 구름과 안개 사이로 담청색의 호수들이 내려다보였다. 우리는 캐나다 북동부 같다는 추측을 주고받았다. 나는 그렇게 비행기에서 아래를 내려다보게 될 때마다 호수나 바다의 모양을 기억해놓으려고 애쓰는 부류다. 나중에 그곳의 지도를 보면서 발견하게 되는 것은 비행기에서 보았던 이상하게 매력적인 모양과는 전혀 다른 단정하고 낯익은 지형뿐이지만.

　　　여자는 두어 번 말을 걸어왔지만, 여자의 남편은 샌프란시스코를 출발해서 런던에 도착할 때까지 한마디도 하지 않았다. 크루 커트 헤어스타일이었고, 수전증이 있었고, 아내에 비해 세파에 시달린 얼굴이었다. 최근에 뇌졸중으로 말을 못 하게 되었다고 했다. 좌석에서 일어나려면 부축이 필요했고, 좌석 벨트, 헤드폰, 트레이 등등을 조작할 때도 도움이 필요했다. 내가 열두 시간 동안 창가 좌석에서 꼼짝하지 못한 이유였다. 인간계에 갇힌 한 마리 개처럼 말 못 함에 갇힌 남편은 자기를 내버린 생명체에 아직 붙어 있는 다른 세포들을 바라보듯 우리를 바라보는 것이 고작이었지만, 아내는 인생이 시작되기를 기다리고 있는 사람처럼 근심 걱정 없고 생기 있고 의욕이 넘쳤다. 그렇게 사근사근하게 맞장구쳐주는 사람들이 그 세대에 많은 것도 사실이다. 두 사람은 영국 단체관광객으로 런던으로 가는 길이었고, 나는 런던에서 더블린행 항공기로 갈아타고 아일랜드 여행을 시작할 예정이었다. 우리가 이런 대화를 나누는 동안 좌석 등받이의 작은 화면에서는 영화가 흘러나오고 있었다. 영국 정부가 아일랜드 가톨릭 신도들에게 누명을 씌우고 고문하고 감옥에 가둔 근래의 사건을 다룬 영화였는데, 런던행 항공기의 기내 상영작으로는 묘한 선택인 듯했다. 어서 오라는 환영 대신 조심하라는 경고.

여자는 나더러 아일랜드에서 하고 싶은 것이 있느냐고 물었다. 나는 하고 싶은 것들을 복잡하게 떠올려보다가 아일랜드 서해안을 따라 걸어보고 싶다고 말했다. 여자가 "혼자 걸어요?"라고 했고, 나는 "혼자 걸어요."라고 했다. 내가 화제를 상대편에게로 돌리자, 여자는 그렇게 걷다가 혹시라도 후기성도교회를 발견하게 되면 한번 들어가서 새로운 종류의 모험을

마음의 발걸음

해보라고 했다. 살면서 당해본 제일 예의 바른 복음 전도였다. 모르몬교 신도 부부라는 것을 알게 되니 많은 것이 맞아떨어지기 시작했다. 처음에는 자기들을 버클리에 사는 부부라고 소개했었지만, 알고 보니 그레이트베이슨에 사는 부부였다. 부부의 표정과 매너를 통해서 짐작했던 대로였다. 나는 여자에게 그레이트베이슨에 대한 이야기를 들려달라고 청했다. 나는 마치 자기가 사랑하는 사람에 대한 이야기를 들려주는 듯이 장소에 대한 이야기를 들려주는 사람들을 좋아한다. 2차선 고속도로 이름 하나, 작은 마을 이름 하나에서 장소의 정경을 떠올려볼 수도 있다. 여자는 이야기를 끝맺으면서 봄에 유타의 로건처럼 아름다운 곳은 이 세상에 없을 것이라고 덧붙였다. 여자가 그곳에 살았을 때 스무 살이었다는 것이 그 이유였겠지만, 나도 그곳 이야기를 들으면서 라일락꽃들과 합판 주택들과 넓은 길들과 끝없이 넓은 하늘을 떠올려볼 수 있었다. 나는 모르몬교 신도들도 좋아한다. 미국의 서부 이민자들 중에 북쪽 사막 땅을 사랑하는 사람들은 그들밖에 없다. 아니, 미국의 서부에 정말로 정착한 사람들은 그들밖에 없다. 그곳은 새로운 약속의 땅이라는 것, 그곳에 온 자신들은 노예의 사슬을 끊고 탈출한 새로운 이스라엘 백성이라는 것이 그들의 판타지였던 만큼, 그들의 유타는 1846년 이래 오랫동안 구약의 세계, 옛 세계의 합판을 덧대고 있었다. 하지만 그 시기에 서부로 온 백인들 중에서 그곳에 정착해 그곳을 고향으로 만든 사람들은 그들뿐이었다.

＞＞＞→

　　　내 아일랜드 여행은 삼림의 나라 영국으로 향하면서 사막의 고장 유타를 그리워하던 그 여자와 함께 시작되었는지도 모르겠다. 아니면 여행을 앞두고 있던 봄에 아이다호의 트윈폴스 근방에서 시작되었을 수도 있다. 내가 비행기 안에서 유타의 로건 이야기를 들으면서 머릿속에 떠올렸던 곳이 바로 유타에서 멀지 않은 아이다호의 세이지브러시 대초원이었다. 그곳에 가게 된 계기는 서던 아이다호 대학교의 철학 교수로부터 걸려온 한 통의 전화, 풍경에 대해서 이야기하고 싶으니 트윈폴스로 와달라는 전화였다. 상대방은 전에 가본 적이 있는데 또 가고 싶다는 내 대답에 깜짝 놀라는 듯했다. 시내에서 벗어나자마자 나타나는 스네이크강의 쇼숀 폭포는 이 나라에서 가장 장쾌한 폭포 중 하나다. 스네이크강의 검은색 화산 협곡은 그레이트베이슨의 북쪽 경계를 이룬다.(협곡 남쪽의 거대하고 거무튀튀한 땅덩어리들은 협곡 북쪽으로도 똑같이 펼쳐져 있고, 건조한 서부의 눈부시게 빛나면서 시시각각 달라지는 햇빛이 그 위로 쏟아지고 있다.) 쇼숀 폭포가 다른 강의 폭포였다면 나이아가라 못지않은 관광 명소가 되었을지도 모르겠지만, 스네이크강이 관개용수로 사용되면서 폭포의 규모도 줄었다. 처음 왔을 때는 여름이었는데, 강물은 대부분 농지로 흘러 들어갔고 하얀 물살 사이로 튀어나온 검은 바위는 걸인의 뼈마디 같았다. 두 번째로 왔을 때는 봄이었지만, 땅에는 아직 눈이 남아 있었다. 공항 간이 활주로에서 코요테 두 마리가 장난을 치고 있었다.

나는 예정보다 하루를 더 머물렀고, 특별 연구교수 빌 스튜드베이커(William "Bill" Studebaker)와 철학 교수 브렌다 라슨(Brenda Larsen)이 관광 안내를 맡아주었다. 내가 있는 곳이 해안 대도시로부터 멀리 떨어져 있다는 것은 건조한 공기와 사람들의 태평한 말투를 통해서도 알 수 있었지만, 교수 두 사람이 하루 종일 낯선 방문객의 안내자가 되어줄 정도로 시간의 여유와 환대의 마음이 있다는 사실만으로도 충분히 알 수 있었을 것 같다. 브렌다와 나 사이에는 이어나갈 화제가 있었다. 브렌다는 철학의 역설을 수집, 편찬하는 작업을 구상 중이었고 나는 은유에 관심이 있었으니 우리는 서로의 작업에서 어떤 친연성을 느낄 수 있었다. 우리가 몇 가지 정의를 찾으면서 행복해한 것은 그 전날에 스네이크 강가를 산책하며 얼어붙은 웅덩이를 이리저리 피하면서였고, 그렇게 찾아낸 정의들을 함께 정리해본 것은 산책을 마치고 돌아와 저녁으로 브렌다가 만든 토마토 커리를 함께 먹으면서였다.(브렌다는 지식욕이 왕성한 만큼 식욕도 왕성한 미인이었다.) 나의 은유와 브렌다의 역설은 한 번에 두 곳에 있을 수 있는 방법이라는 점에서 비슷한 데가 있었다. 모종의 종점에 가닿고 싶어 하는 철학은 결국 한 곳에만 있으려는 재미없는 시도가 아닐까, 비유가 아닌 진리, 곧 진리 그 자체는 영원히 가닿을 수 없는 소실점 같은 것이 아닐까, 끝나는 곳은 시작하는 곳과 마찬가지로 신화적 장소가 아닐까, 라는 것이 우리의 생각이었다.

브렌다와 빌이 나를 태우러 온 것은 아침 일찍이었다. 우리는 동쪽으로 농경지를 지나고, '1차 분리주의 소방서(First Segregationist Fire Department)'라는 불가해한 시설이 있는 에덴 시내를 가로질러 방목장으로 나왔다. 트윈폴스(Twin Falls, 두 번의 타락)가 블리스(Bliss, 지고의 행복)와 에덴(Eden, 태초의 낙원) 사이에 위치해 있다는 것은 현지인이 방문객에게 건네는 농담이었고(나도 전날 밤에 그 농담을 들을 수 있었다.), 빌이 펴낸 시집의 제목은 『블리스의 북쪽(North of Bliss)』이었다. 빌은 세파에 시달린 얼굴에 크루 커트 헤어스타일(비행기에서 만난 노인의 중년 버전)이었고, 인간 세상으로 들어가도 될까 경계하는 야생동물 같은 데가 있었다. 기혼자였고(그의 아내는 쇼쇼족 모르몬교 신도였고, 근처 '포트홀 인디언 보호구역' 출신이었다.) 네 자녀의 아버지였지만, 여전히 자기 세계 속에 사는 사람이었다. 독학자들은 갑자기 예상치 못한 이야기를 시작하는 경향이 있는데(하지만 그것을 대화라고 하기는 어렵다.), 빌도 그런 독학자 중 하나였다. 그날 차 안에서 빌은 난데없이 "한 사냥꾼과 표범 사슴"이라고 하더니(마야문명의 창세 서사시 『포폴 부흐(Popol Vuh)』에서 지하의 신들과 싸워 이기는 쌍둥이 형제의 이름이다.) 자기의 이름이 '한 사냥꾼'이면 좋겠다고 했다. 그리고 그렇게 자기가 쓴 또 한 권의 책[1]에 대한 이야기를 시작했다. 그 지역(쇼쇼족의 터전이던 광활한 땅의 북쪽 경계 지역)의 선사시대 암각화를 다룬 책이었다. 길고 곧게 뻗은 번호가 붙은 도로를 내달리던 자동차는 크게 굴곡진 고원의 구불구불한 비포장길로 접어들었다. 내리막은 작물이 자라는 농지까지 내

마음의 발걸음

려갔고 오르막은 지평선 멀리 산줄기가 내려다보이는 높이까지 올라갔다.

목적지가 가까워올수록 비포장길의 파인 구멍들은 점점 깊어졌다. 차대가 낮은 교직원용 차량이 더 이상 전진할 수 없는 때가 왔다. 우리는 길 한복판에 차를 세워놓고 걷기 시작했다.(그날 누가 그 길을 지나갈 것 같지는 않았다. 주말도 아닌 평일이었다.) 공기는 차고 깨끗했고, 묵은 눈, 황금빛이 남아 있는 잔디, 검은 용암노두가 길 좌우로 드문드문 눈에 띄었다. 소가 길 위에 싸놓은 똥 무더기 위에 코요테가 싸놓은 똥 덩어리가 올라앉은 모습도 볼 수 있었고(체스의 체크메이트를 연상시키는 영역 표시였다.), 길에서 그렇게 멀지 않은 용암 더미 위에 검독수리가 내려앉은 모습도 볼 수 있었다. 그런 민둥민둥한 풍경 사이에서 빌은 한참 만에 한 동굴을 찾아냈다. 얼핏 보면 그 지역의 대초원에 널려 있는 무수한 용암노두 중 하나일 뿐인 것 같았다. 동굴의 지붕을 이루는 거친 덤불숲에 올라가니 사방으로 먼 곳까지 바라다보였다. 동굴의 외벽을 이루는 작은 바위들은 벌집의 봉방(蜂房)들, 아니면 오븐의 롤빵들처럼 맞물려 있었다. 그 외벽 한 곳의 파인 구멍을 따라 내려가니 작은 입구 같은 것이 나왔다. 벌컥 열린 것은 동굴 입구를 막고 있던 철망이었다. 동굴 안은 반구형이었다. 태고의 지구가 뜨겁게 뿜어낸 용암 거품 한 방울이 완벽한 돔 건축물로 굳어진 듯 지름은 12미터 정도, 바닥에서 천장 중앙까지는 거의 6미터 정도 되는 것 같았고, 희미하게나마 빛이 새어 들어왔다. 매끈한 천장은 아니었지만, 거의 모든 동굴에서 섬뜩할 정도로 기이한 느낌이 일어나게 하는 깊은 구멍이나 기괴한 형상이나 돌출부 같은 것이 하나도 없었고, 뭔가 튀어나올 것만 같은 통로도 없었다. 대부분의 동굴에서 느껴지는 곤혹감, 이질감, 위협감 같은 것이 이 동굴에서는 전혀 느껴지지 않았다. 여기라면 거처로 삼을 수도 있을 것 같았다. 더 적막하고 더 고요한 세상이 오면 여기 입주할까, 가구는 어떻게 배치할까, 동굴의 입구를 환기구로 하자, 전망은 훌륭하겠구나, 라는 공상을 해보기도 했다.

지금으로부터 1만 2000년 전부터 7000년 동안은 입주자가 있었는데 기후가 건조해지고 물을 구하기가 어려워지면서 거주지로 부적당해졌다는 것이 빌의 설명이었다. 바닥의 고운 흙은 발굴 작업의 부산물이었고, 흙 사이로 삐죽 솟아 있는 방수포 자락은 고고학자들을 위한 표시, 만에 하나 작업이 재개될 경우에 어디서 시작해야 하는지를 알려줄 표시였다. 사람이 산 흔적은 전혀 없었지만(땅 위에 세워진 것도 없고, 무덤도 없고, 벽에 새겨지거나 그려진 것도 없었다.) 인류가 아일랜드로 건너갔다고 여겨지는 때로부터 수천 년 전에 사람이 산 곳이었다. 유럽을 오래된 세계(the Old World)라고 하지만, 미국의 이 지역은 유럽과는 전혀 다른 방식으로 오래된 세계, 유럽과는 전혀 다른 시간 감각을 따르는 세계다. 하지만 미국의 많은 지역에서는 그 오래됨의 흔적들이 훨씬 미묘하니, 미국에 새로 들어온 사람들은 대개 미국 자체가 새로운 세계(the New World)라고 상상한다. 쇼숀족은 예로부터 사람이 죽으면 고인의 재산을 모두 없애버린다, 그래서 쇼숀족 사회에는 전래의 가보, 유산 상속, 재산 축적 같은 것이 거의 없다, 라고 빌은 말했다. 내가 데스밸리(옛 쇼숀족 땅의 남쪽 경계 지역)에서 알았던 한 여자는 그렇게 고인의 재산을 모두 태워버리는 장례식을 1940년대에 본 적이 있다, 고인이 타던 말까지 그 자리에서 죽임을 당했다, 라고 말했다. 건조한 땅에서 유목 생활을 하는 쇼숀족에게 잘 어울리는 전통이었다. 종교적 목적이 뭐였든 재산 대물림을 막는 데 효과가 있었고, 유산 상속을 막음으로써 불평등을 막는 전통이었다. 유목민의 여행길이 가볍다는 말에는 이렇듯 여러 가지 뜻이 있다.

과거의 무수한 오브제들은 우리가 역사의 일방통행로를 얼마나 달려왔는지를 말해주는 이정표이다. 과거의 재산이 된 것들을 이렇게 없애버리면서 사는 사람은 영원한 현재를 사는 사람이었던 것 같다. 그런 사람에게 과거가 존재한다면 그것은 기억과 이야기로 전해질 수 있는 과거뿐이었다. 그런 사람에게 문화는 머리에 넣을 수 있는 데까지였고, 물질문화는 언제나 자기를 둘러싼 풍경으로부터 새로 창조되는 중이었다. 이런 식의 영원한 재창조(re-creation)를 전제하는 구전 역사에서는 창세(creation)의 몽환시(夢幻時)와 현재 사이의 관계가 유동적이고 탄력적이다. 현재는 과거에서 출발해서 한 발 한 발 올라오는 지형이라기보다는 창세에 둘러싸인 메사(mesa) 지형이다. 기억에 그 용도가 있듯 망각에도 그 용도가 있다. 둘 사이의 균형점이 어디냐는 여기가 어디냐에 따라 달라진다.

빌은 이 지역의 선사미술(암각화와 석기)에 대한 책에

서 쇼숀족이 이 지역을 거주지로 삼은 때가 비교적 최근이었으리라는 결론을 내렸다. 비교적 세련되었던 작품이 오늘날의 쇼숀족과 밀접히 연관되는 비교적 단순한 작품으로 바뀌었다는 사실에 근거한 결론이었는데, 이 때문에 곤란을 겪기도 했다는 것이 빌 자신의 이야기였다. 빌의 결론이 자기네가 창세 이래 줄곧 이 지역의 거주민이었으리라는 쇼숀족의 생각과 충돌을 일으킨 것이다. 기독교 근본주의자들이 진화론에 문제가 많다고 생각하듯, 다수의 아메리카 원주민들은 베링육교설(아메리카 원주민의 조상은 아시아에서 건너온 사람들이고 그들이 1000년간 퍼져나간 끝에 티에라델푸에고 제도에까지 이르렀다는 이론)에 문제가 많다고 생각한다. 그들의 종교에 따르면 세상을 창조한 신은 그들이 지금 살고 있는 곳에서 그들을 창조했으니 그들과 그들을 둘러싼 풍경은 분리할 수 없고 대체할 수 없는 공생 관계였다. 언젠가 나는 한 쇼숀족 남자가 베링육교설과 진화론 둘 다에 반대하는 모습을 본 적이 있다. 내가 서부 쇼숀족 영토권 활동가로 일할 때 그 반구형 동굴에서 그리 멀지 않은 데서 열린 한 집회에서였다. 네안데르탈인이 유럽인들의 조상인지는 모르겠지만(그래서 그렇게 유럽인들 몸에 털이 많이 나 있는지는 모르겠지만) 쇼숀족은 네안데르탈인의 후손이 아니다, 쇼숀족은 그런 구세계를 거처로 삼은 적이 없다, 쇼숀족은 그레이트베이슨이라는 완벽한 땅을 떠난 적이 없다, 세상을 창조한 신이 쇼숀족을 창조해서 이 땅에 살게 하고 이 땅을 보살피게 했다, 라는 것이 그 남자의 말이었다.

이런 역사관은 자기가 자기를 둘러싼 풍경과 불가분의 관계라는 선언이자, 자기는 새로운 풍경에 적응해온 것이 아니라 원래부터 그 풍경 속에 있었다는 선언이자, 다른 곳으로 떠나거나 새로운 집을 꾸린다는 것은 불가능하다는 선언으로서 정치적 의미와 영적 의미를 가지고 있다. 두 가지 역사에 다 나름대로의 의미가 있다. 태고에 인류의 이주가 있었다는 말에도 의미가 있고(물질적 차원의 역사), 거주민과 거주지 사이에 밀접한 관계가 있다는 말에도 의미가 있다(문화적 차원의 역사). 거주민의 정체성과 거주지의 풍경 사이에 그토록 밀접한 관계가 있다면, 그 사람들이 그 풍경 속에 거주하기 전에도 그런 사람들이었다고 말하기는 불가능하다. 그 풍경이 그 정체성의 기원이자 얼굴이라면 그 사람들이 그 풍경 속에서 창조되었다는 것이 그렇게 틀린 말은 아니다. 그들에 비하면 나머지 우리는 뿌리가 없는 사람들이다.

역사적으로 이민자들의 후손인 미국인들에게는 토착 원주민이 있었음을 인정하는 것 자체가 고향과 관련된 수많은 난제들(고향이란 무엇인가, 고향을 새로 개척한다는 것이 가능한가, 새로운 고향도 고향인가, 새로운 고향에 뿌리내린다는 것이 가능한가, 우리가 남의 땅에 들어온 방문자, 여행자, 침입자일 뿐이라면 무엇 또는 어디를 그런 정체성의 근거 또는 근거지로 삼을 수 있는가.)을 제기한다. 상상력이 부족한 유럽계 미국인들이 원주민이 되기 위해 동원한한 가지 방법은 그저 토착 원주민이 되겠다고 결심하는 것이었다. 정체성과 유산을 얻는 일이 쇼핑처럼 간단한 과정일 것이라고 생각하는 사람들이었다. 정체성과 유산을 얻는다는 것은 근본적인 어떤 것을 내기에 건다는 의미가 있는데, 그런 사람들의 정체성 흉내는 바로 그 의미를 훼손하고 있다.

아메리카 원주민 중에는 유럽계 미국인에게는 문화적 전통이 따로 있을 테니 남의 전통을 차용하지 말고 그 전통을 복원해야 하지 않느냐는 반응을 보이는 사람이 많은데, 이런 반응 역시 문제를 단순화하는 듯하다. 다수의 유럽계 미국인은 난민의 자손이다. 우리가 떠나온 나라 중에 어떤 곳은 아예 없어졌다. 아무도 우리가 떠나온 참극을 화제에 올리지 않았다. 우리가 떠나온 전통은 우리가 떠날 때 이미 그곳에서 짓밟힌 뒤였다. 그렇게 미국이라는 새 땅으로 떠나온 우리는 대부분 예전과는 다른 모습으로 변해가기 시작했다. 이식되는 과정, 잡종이 되는 과정이었다. 이 변화의 과정은 한 번도 확실한 해결에 이르지 못했다. 애초에 해결될 수 없는 과정이었는지도 모른다. 해결을 뜻하는 영어 단어 resolution의 어원은 묶인 것을 풀거나 뭉친 것을 녹인다는 뜻이다. 고체화가 아니라 액체화다. 어떤 장소에서 원주민이 된다는 것이 먼저 그 장소에 들어와 있었던 것들을 잊어버리는 일이듯, 여행의 완성은 과거에 맺었던 관계들을 끊어버리는 일이다. 원주민 되기를 뜻하는 귀화는 적응한다는 것이 그렇게 잊어버리고 끊어버리는 과정임을 일러주는 용어다. 먹구름과 분리됨으로써 생겨나서 땅에 흡수됨으로써 사라지는 빗방울 같은 정체성에 더 중요한 것은 기억이 아니라 망각임을 일러주는 용어인 것 같기도 하다.

마음의 발걸음

나는 법적 유럽인이다. 타고난(natural) 유럽인은 아니지만 귀화된(naturalized) 유럽인인 것이다. 내가 아일랜드 여권을 얻은 것은 명탐정 엉클 데이브(외삼촌)가 우리 가족과 아일랜드를 잇는 출생증명서와 혼인증명서의 긴 사슬을 발굴해낸 덕분이다. 피라는 신화적 액체가 국적이라는 법률적 지위를 보장해준다는 사실이 나에게는 아직 놀랍기만 하다. 내 계보는 아일랜드계 미국인 3세대쯤 되는 것 같지만, 가족 이야기를 거의 못 듣고 자란 나에게는 아일랜드에 대한 기억이 아무것도 없다. 러시아 유대인 이민자를 부모로 두었던 아버지를 둔 나를 아일랜드계라고 하기도 어렵지 않을까 하는 생각이 들기도 하고, 내가 가톨릭 신도냐 하면 그것도 아니다. 내가 지금까지 주로 거주해온 곳은 캘리포니아라는 잡종 지역, 세계 제일의 망각력을 자랑하는 지역이다. 아일랜드 여권이 생겼을 때 나는 유산을 받은 느낌이라기보다 횡재가 굴러 들어온 느낌이었다. 열쇠에 비유하자면 내 집의 열쇠가 아니라 모르는 건물의 열쇠였고, 초청장에 비유하자면 나에게 온 초청장이 아니라 내가 거의 잘 모르는 아일랜드 이민자 네 명(엄마의 조부모 네 명)에게 온 초청장이었다. 핏줄, 뿌리 등의 관습적 의미에 따르면, 아일랜드라는 내가 잘 모르는 나라가 내 나라였다.

아일랜드가 진짜 내 나라인 것은 아니지만, 아일랜드에 가면 내 나라에 대해 생각해볼 수 있으리라는 것이 그때 떠오른 생각이었다. 한때 세계의 최서단이자 유럽의 변경이었던 아일랜드. 차 마시는 백인들의 나라였음에도 불구하고 영국이 미국과 거의 같은 방식으로 식민화한 아일랜드. 20세기에 알제리에서 짐바브웨까지 그렇게 많았던 피정복국들을 통틀어 가장 먼저 독립을 쟁취한 아일랜드. 여전히 북유럽의 제3세계라고 지칭되는 아일랜드, 저개발과 막대한 실업에 시달리는 아일랜드, 다양한 종류의 문화적 갈등을 소규모로 압축하는 아일랜드, 땅덩어리도 작고 인종도 한정되어 있는 아일랜드. 그런 아일랜드에서 유럽은 유럽이 아닌 세계를 가장 가깝게 접할 수 있었다. 노년의 모르몬교도가 영국을 관광하면서 유타의 로건을 떠올릴 것이듯, 나는 아일랜드를 돌아다니면서 아일랜드가 얼마나 멀고도 가까운 곳인지 가늠해볼 것이었다. 조상의 나라로 눈앞에 나타난 남의 나라 아일랜드는 나에게 집으로 돌아가면서 집을 떠날 기회를 주었고, 길을 잃으면서 길을 찾을 기회를 주었다. 하지만 다른 무엇보다도 아일랜드는 나에게 생각할 기회를 주었다.

내가 다른 곳에 가서 생각해보고 싶었던 것은 내가 사는 곳에서 떠올랐던 질문들이었다. 동심원처럼 퍼져나가는 정체성(기억, 내 한 몸, 내 가족이라는 동심원, 사회, 종족, 인종이라는 동심원, 거처, 국적, 언어, 문학이라는 동심원)에 대해 생각해보고 싶었고, 그렇게 깔끔한 동심원을 깨뜨렸던, 그리고 지금도 깨뜨리고 있는 파도(외세 침입, 식민화, 해외 이민, 망명, 유랑, 관광)에 대해 생각해보고 싶었다. 아일랜드는 바로 이런 파도들을 통해 형성되어온 나라이니 만큼, 나에게 아일랜드는 이런 파도들의 힘을 가늠해볼 이상적인 장소인 듯했다. 내가 아일랜드에서 무엇을 찾게 될지 아직 알 수 없었지만(아일랜드 여행 끝에 열세 속에서 저력을 발휘하는 최신 유랑 문화를 찾아내리라고는 예상치 못하고 있었다.) 여행이 주는 선물은 재확인이 아니라 놀라움이잖은가.

내가 찾으려고 했던 것은 어떻게 보자면 여행 그 자체였다. 사람이 한 번에 온전히 한 곳에 존재한다는 것은 편의적 픽션이고, 여행문학은 그 픽션을 수호하는 장르 중 하나다. 마찬가지로, 한 종족이 처음부터 한 장소에 있었다는 생각은 그 종족의 신화 혹은 그 종족의 이상일 뿐이다. 오늘날 아메리카 원주민이라고 여겨지는 사람들은 대개 혼혈이고, 강제 이주라는 돌발적, 폭력적 상황을 겪으면서 조상의 과거를 일부 상실하기도 하고 미국의 지배적 문화를 다수 채택하기도 한 사람들이다.(미국의 문화 자체가 유럽에서 온 것들과 그렇지 않은 것들이 뒤섞인 잡종 문화다.) 우리는 한 번에 두 곳에 있는 경우가 많다. 좀 더 정확히 말하면 대개의 경우 최소한 두 곳에 있다. 그 두 곳이 완전히 상반되는 경우도 있다. 나는 항상 한 번에 여러 곳을 지나가고 있는 느낌이다. 유타 이야기를 나누면서 아이다호의 동굴을 생각하면서 영국의 감옥이 나오는 영화를 보면서 뉴펀들랜드로 짐작되는 곳의 상공을 날면서 아일랜드행 비행기에 타고 있는 것은 예외적 상황이 아니었다.

어느 거친 강을 따라 내려가는 긴 여행을 한 적이 있다. 여행 중에는 밤마다 꿈에 내가 사는 집과 내가 사는 도시가 나왔고, 집에 돌아오니까 꿈에 자꾸 그 강이 나왔다. 이곳의 가장 큰 의미는 저곳을 바라볼 최선의 시점이 되어준다는 데 있지 않을까. 산에 오르는 건 산 밑을 내려다보기 위해서가 아닐까. 1년 동안 집을 떠나 멀리까지 돌아다닌 적이 있다. 여행이 몸의 위치뿐 아니라 기억의 위치, 상상의 위치를 바꾸어놓는다는 것, 처음 가본 곳들, 몰랐던 곳들이 주로 망각 속에 묻혀 있는 묘한 연상들과 욕망들을 끄집어내준다는 것, 그러니 여행자가 가장 많이 걷게 되는 길은 마음의 길이라는 것을 나는 그때 실감했다. 여행은 내가 나라고 생각지 않았던 나를 발견할 기회가 되어준다. 나의 무너지는 정체성이 내가 가보고 싶은 땅으로 이어지는 것이 여행이기에.

2장 집념의 서

내가 아일랜드에서 처음 한 일은 공항에서 나를 마중 나온 한 친척과의 어긋나기였다. 외삼촌이 한바탕 뿌리 찾기 놀이에 빠졌을 때 찾아낸 열댓 명의 먼 친척들 가운데 한 명이었다. 아일랜드 불법체류 노동자로 구성된 거대한 지하경제에 동참하기 위한 뉴욕 이민을 앞두고 있는 사람, 곧 나의 직계 조상들이 오래전에 감행한 해외 이민이라는 모험을 감행할 사람이었다. 만나서 이야기해보고 싶었지만, 그 사람은 수하물 찾는 곳 바로 바깥에서 나를 기다리고 있었고(나를 위한 피켓 같은 것을 들고 있었을 것이다.), 짐이라고는 기내에 들고 탄 배낭 하나뿐이었던 나는 더블린을 향해 달려 나가고 있었다. 단 한 명의 친척도 만나지 못할 오디세이아의 시작이었다. 아일랜드 곳곳에 흩어져 있는 내 친척들과 내가 공유하는 것은 그저 16분의 1, 아니면 32분의 1의 유전자 풀, 그리고 각자의 기억 너머 어딘가에 있을 공동의 과거뿐이었다. 어느새 버스는 더블린 시내로 들어와 있었고, 내가 내린 곳은 세관 앞 정류장이었다. 버스 수십 대가 더러운 공기 속으로 디젤 매연을 뿜어내고 있었다. 그렇게 엷은 회색 하늘 아래 서 있는 나라는 사람은 낯선 사람들 사이에 서 있는 또 한 명의 낯선 사람이었고, 그런 내가 의지할 것은 관광 지도 한 장뿐이었다.

더블린은 아일랜드 안에 있으면서도 아일랜드와는 차이가 있다. 아일랜드공화국의 350만 인구 중에 4분의 1 이상이 이 차이를 공유하고 있다. 도시와 시골이 근본적으로 차이 나는 것은 어느 나라나 마찬가지지만, 아일랜드에서 더블린이라는 도시는 실로 다르다. 아일랜드에서 도시는 더블린 하나뿐이라고 말할 수도 있다. 더블린을 뺀 나머지 아일랜드에서는 아직 산업혁명이 일어나지 않은 것 같다. 농경시대의 고요한 운명론이 생활의 속도를 지배하는 것 같고, 촉촉한 녹색의 풍경이 거의 어디나 펼쳐져 있다. 관광객에게는 그림 같은 광경이고, 원주민에게는 고립적 환경이다. 대학교 때 읽은 아일랜드 역사책에 켈트족은 "읍내(town) 개념을 모르는 생활"을 했다는 내용이 나오는데, 이 나라의 다른 인구 밀집 지역(리머릭, 골웨이, 코크)은 지금까지도 읍내가 좀 커진 느낌이고, 전체 인구의 40퍼센트 이상이 아직 농촌 인구로 간주된다. 혼잡하고 번화한 명실상부한 도시는 더블린 하나다.

더블린은 처음 세워질 때부터 지금까지 침입자들의 도시였다.(그것이 이 도시가 좀 달라 보이는 이유 중 하나다.) 침입은 아일랜드 역사의 주요 모티프가 되어왔고, 더블린은 주요 침입 관문이자 점령지가 되어왔다. 아일랜드의 역사는 침입이 무한 변주되는 역사, 침입의 결과(저항, 반란, 패주 등등 광범위한 결과이면서 많은 경우 잔혹한 폭력을 수반하는 결과)로서의 역사다.(그래서 그런지 현대 아일랜드에는 묘한 공허감이 있다. 알고 있는 정치사는 한 가지 종류뿐인데 그런 정치사가 이제 끝났다는 느낌이다. 북아일랜드 분쟁은 과거의 정치사를 축소된 규모로 반복하고 있다.) 역사적 침입이 있기 전에 이미 패턴이 정해져 있었던 듯, 아일랜드 켈트족의 신화풍 역사 『침입의 서(Book of Invasions)』는 총 여섯 번에 걸친 침입의 전설을 들려준다. 이 상상 속의 아일랜드는 토착 종족들의 땅이 아니라 새 땅에 들어와 동화된 이주 종족들과 현재에 희미한 흔적으로 남아 있는 예전 종족들의 땅이다. 그런 예전 종족들 중에는 거인족인 포모르(Fomorians), 몸집이 작고 머리가 좋은 피르 볼그(Fir Bolg, 켈트족의 선조들과 겹쳐진다.), 미모가 뛰어난 투어허 데 다넌(the Tuatha Dé Danann, 다누 여신의 자녀들인데 시간이 가면서 요정의 지위로 하락했다.), 마지막으로 들어왔던 밀레시안(Milesian)이 있는데, 『침입의 서』에도 피르 볼그의 이야기("다들 그러하듯 그들도 아일랜드를 분할했다.")와 투어허 데 다넌에 대한 이야기("그들은 정확히 5월 첫째 월요일에 아일랜드를 손에 넣었다.")가 나온다.[1]

고고학적 증거에 따르면 아일랜드의 첫 거주민은 약 8000년 전에 들어와 살면서 시골 곳곳에 경이로운 환상열석과 케언을 늘어놓은 사람들이었다. 읍내 개념을 몰랐다는 켈트족은 대략 2400년 전에 침입했고, 그렇게 켈트족의 아일랜드 시대가 시작되고 약 1000년 동안은 대체로 외부의 침입이 없었다. 최근에 더블린 북쪽 32킬로미터 지점에서 로마군 요새가 발견된 것으로 미루어보자면 침입이 전혀 없었던 것은 아니겠지만,[2] 아일랜드 역사, 아일랜드 문화에는 로마가 침입한 흔적이 남아 있지 않다. 유럽의 나머지 지역은 대부분 로마제국의 통치 비전에 평정되었지만, 한때 로마 통치하에 있던 영국이 한참 뒤 아일랜드에서 로마제국의 통치 비전을 펼치기 전까지 아일랜드에서는 로마의 영향이 별로 두드러지지 않았다. 5세기에 아일랜드로 들어온 비전은 기독교였다. 성 패트릭을 비롯한 성자들을 통해 들어온 자애로운 비전이었다. 유럽의 다른 모든 지역이 침입과 퇴락에 시달리는 암흑기였을 때, 아일랜드는 학문과 종교의 황금기였다. 도처에서 죽어가고 있던 유럽의 학문을 살려놓은 것이 바로 아일랜드의 부유한 수도원들과 박식한 수도사들이었다.(지폐에서 맨홀 뚜껑에 이르기까지 현대 아일랜드 문양 다수가 채색 필사본의 켈트 매듭과 이 시대의 다른 미술에서 차용되었다는 것은 아일랜드가 행복한 독립을 누린 시절이 얼마나 오래전이었는가를 새삼 충격적으로 떠올려준다.) 이 시대에 일어났던 의미 있는 침략 사건들은 아일랜드인들에 의한 브리튼 침략이었는데, 아일랜드의 여러 종족 중에 특히 스코트족(지금 스코틀랜드로 알려져 있는 땅에서 픽트족을 식민화한 종족)의 침략이 두드러졌다. 성 패트릭이 될 아이가 노예로 납치돼 아일랜드로 끌려온 것도 스코트족의 영국 침략 당시였으리라고 추측된다. 당시의 아일랜드는 훌륭한 문학적, 예술적, 학문적 전통을 보유한 부족사회였다. 중앙 권력은 없었

마음의 발걸음

다. 침입은 아직 시작되기 전이었다.

침입은 9세기에 노르만족 바이킹과 함께 시작되었다. 침입자들은 포들강과 리피강이 만나는 늪지에 더블린(Dublin)이라는 도시를 세우고 린 더브(Linn Dubh, '검은 호수')라는 켈트어 지명을 계속 사용했다. 그들이 섬 전체를 약탈하고 공포에 떨게 할 때 더블린이 근거지가 되어주었다. 노르만족 바이킹은 10세기 초에 쫓겨났지만, 그로부터 겨우 수십 년 뒤 이번에는 데인족 바이킹이 침입했다. 그들은 더블린의 면적을 넓혔지만, 더블린이라는 이름은 그대로 사용했다. 그 더블린이 다시 모습을 드러낸 것은 1978년에 새 시청을 짓기 위해 우드퀘이(리피강의 남쪽 강안)를 파내려갈 때였다. 급하게 파헤쳐진 옛 더블린의 운명을 놓고 논쟁이 벌어지기도 했지만, 결국 이 도시는 강철과 유리로 된 국제주의 양식의 시청 건물 아래 또 한 번 묻혔다. 성벽은 매우 견고했지만, 정작 가옥들은 윗가지를 엮어 진흙을 바른 정도의 견고함, 바구니보다 나을 것이 없는 정도의 견고함만 갖추고 있었다. 바이킹의 도시 더블린은 이후에 세워진 여러 더블린과 함께 수명을 다했고, 지금은 그 후손인 현대 도시 더블린에 깔려 있다. 현대 도시 더블린의 얼굴에는 그 선조들의 흔적이 남아 있다. 아주 오래된 건물 하나가 난데없이 서 있기도 하고, 아주 오래된 길 이름 하나가 그 길이 꺾이는 각도와 어우러지기도 한다. 첫 번째 침입 세력이었던 바이킹이 장인과 상인이 되어 현지 문화에 동화되고 있을 무렵, 두 번째 침입이 일어났다. 이번에는 20세기까지 아일랜드 역사의 흐름을 결정지을 중대한 침입이었다.

1729년에 더블린에서 성 패트릭 대성당의 우물이 말랐을 때 아일랜드 작가 조너선 스위프트(Jonathan Swift)는 시를 썼다. 아일랜드를 에덴동산 같은 곳에 비유하면서 영국의 침입이 그런 아일랜드를 망가뜨렸다고 말하는 시다.

> **브리튼**, 우리를 이렇게 무너뜨리다니, 배은망덕한 섬나라!
> 네가 강한 것은 용감해서가 아니라 더 교활하기 때문이다
> **브리튼**, 부끄러운 줄 알라, 그리고 고백하라,
> 내가 사는 이 나라가 너에게 인간의 지식과 함께 하느님의
> 지식을 처음 가르쳐주었음을.[3]

아일랜드 선교사들이 처음에 영국을 온건한 형태의 기독교로 개종시켰다는 것도 맞는 말이고, 노르만족이 (영국을 정복하고 겨우 100년 좀 지나서) 1170년에 아일랜드를 침입함으로써 아일랜드의 평화와 번영이 결정적으로 파탄 났다는 것도 맞는 말이다. 에덴동산이 망가진 것을 놓고 여자 탓을 할 때가 많듯, 아일랜드가 이렇게 망가진 것을 놓고도 여자 탓을 할 때가 많다. 디어멧(Diarmait)은 더블린 중심의 네 땅 중 동쪽 땅이었던 렌스터에서 반역을 일으켜 왕이 되었는데, 왕비였던 더버길라(Devorgilla)는 남편을 버리고 디어멧을 선택했다.(배신이 아니라 납치였다는 설도 있다.) 그때가 1152년이었다는 것, 원래의 남편이 60세, 애인이 42세, 본인은 40세였다는 것 이외에는 더버길라에

대해 알 수 있는 것은 거의 없다. 버림받은 남편은 결국 아내의 애인을 아일랜드에서 쫓아내는 데 성공하고, 그렇게 쫓겨난 디어멧은 영국 왕에게 도움을 청한다. 중년의 삼각관계가 700년에 걸친 국가의 비극이 되었다는 이야기다.

1170년까지의 작은 침입들을 촉발한 것은 노르만족 기사에게 왕위를 물려주겠다는 디어멧의 약속이었다. 하지만 1170년에 갑옷을 입고 무기를 들고 대략 1000명의 병사들과 함께 침입한 수백 명의 노르만계 영국 기사들은 아예 렌스터를 점령하고 더블린을 영국의 본거지로 삼았다. 그들은 더블린 성(지금도 더블린 시내를 굽어보고 있는 거대한 석조건물)을 비롯한 튼튼한 요새를 지었고(한때 더블린 성벽은 역적들의 잘린 머리통을 전시하는 곳이었다.), 아일랜드 땅의 많은 부분을 노르만족 귀족들에게 쪼개 주었다. 더블린은 그때 이후 1920년대까지 확실히 영국에 예속돼 있었던 반면에, 아일랜드의 나머지 땅은 부침이 있었다. 15세기의 영국은 나머지 땅에 대한 지배력을 거의 상실한 채 페일(Pale, 더블린을 중심으로 반경 약 50킬로미터 지역)을 지배하는 데에 만족해야 했다. 다른 모든 것은 글자 그대로 '페일 너머(beyond the pale)'°였다. 이때부터 페일은 야만과 문명(civilization)의 경계선을 의미하는 영어 표현으로 정착했다. 노르만족의 문명화 수준(civility)이 그리 높은 것은 아니었지만.

18세기 이전의 옛 더블린에서 지금까지 남아 있는

○   정도가 심하다는 뜻의 표현.

것은 더블린 성과 두 대성당을 제외하면 거의 없다. 스코트족의 더블린 침입(1317년에 실패)으로부터 귀족 실컨 토머스(Silken Thomas)의 더블린 봉기(1534년에 실패)까지 더블린에서는 침입과 반란과 대량학살이 끊이지 않았다. 크롬웰이 17세기 중반에 반(反)가톨릭 전쟁을 지휘하면서 본거지로 삼은 곳도 더블린이었다. 더블린이 질서와 함께 어느 정도의 평화를 되찾은 것은 영국계 아일랜드인이었던 오먼드 공작(Duke of Ormond)이 찰스 2세의 총독으로 부임한 1662년이었다. 광활한 피닉스 공원을 만들고 최초의 미적 건물들을 지으면서 근대 더블린을 무대에 올린 것은 오먼드 공작의 비전이었다.(오늘날의 더블린이 신고전주의적 표정을 띠는 것은 당대 건축물의 밝은 색 파사드 덕분이다.) 더블린을 유럽에서 가장 격조 높은 조지 양식의 도시로 만들어주는 저택과 광장, 팔라디오풍 공공건물은 18세기 프로테스탄트 사업가들과 귀족층 관리들의 것이었으니, 18세기의 더블린만큼은 프로테스탄트 도시였다.

　　　　18세기가 끝나면서 그들의 시대도 끝났다. 1801년에 연합법이 통과되면서 아일랜드 의회가 폐쇄되고 아일랜드 정부가 영국 정부에 합병되었다. 점점 도를 더해가는 반란의 여파 속이었다. 그때부터 1922년에 아일랜드 자유국의 수도가 될 때까지 더블린은 가난한 식민지의 수도일 뿐이었다. 아일랜드 역사 거의 전체가 영국(지도에서 어린 양 같은 작은 섬을 덮치는 드래곤처럼 보이는 큰 섬)과의 관계와 연결되어 있다. 이 관계는 종종 흉폭한 남자와 가엾은 여자의 관계에 비유된다. 예컨대 영국 학자 레드클리프 샐러먼(Redcliffe Salaman)은 감자의 역사(그중 상당 부분은 아일랜드의 역사)를 다룬 권위 있는 연구서에서 두 나라 사이의 관계를 불행한 부부에 비유했다. 1801년 연합법을 설명하는 대목에서는 아일랜드를 짓밟힌 아내에 비유하면서 이렇게 말했다. "기껏해야 정략결혼이었다. 사랑의 부재, 나이 차이, 재산 격차를 한동안 무마시킨 것은 영국이 아일랜드를 신부로 삼지 않을 경우에 아일랜드가 프랑스를 애인으로 삼으리라는 사실 때문이었다. 그렇게 되면 프랑스가 불쾌할 정도로 가까워지고 [……]"[4] 셰이머스 히니(Seamus Heane)는 연합법을 강간에 비유했다. "아일랜드를 영국에 밀어붙이듯 / 그때 롤리°는 처녀를 나무에 밀어붙였네."[5] 바람 난 아내로 시작해서 다크 로살린,°° 캐슬린 니 홀리한°°° 등 낭만적 여성의 이미지들로 끝나는 아일랜드 점령의 역사 속에서는 꽤 적절한 비유다.

지금 지도에서 더블린을 보면, 술 취한 사람이 리피강을 가로축으로 놓고 기하학적 그리드를 그리다가 포기하고

°　영국 젠트리 계급 출신의 군인이자 정치인, 탐험가, 작가인 월터 롤리 (Walter Raleigh)를 가리킨다. 엘리자베스 1세 재위 기간에 아일랜드에서 벌어진 데스먼드 반란의 진압에 참여했고 아일랜드 지주가 되어 원주민들의 재산을 탈취해 지위를 높여나갔던 인물이다.

°°　로살린은 '작은 장미'라는 뜻. 제임스 클래런스 맹건(James Clarence Mangan)의 시 「다크 로살린(Dark Rosaleen)」에서 다크 로살린은 아일랜드를 상징하는 인물이다.

°°°　'홀리한의 딸 캐슬린'이라는 뜻. 조이스, 히니를 비롯해 많은 현대 작가들이 아일랜드의 상징으로 차용하는 신화적 인물.

거미줄을 그려놓은 느낌이다. 순환도로들, 운하들의 안쪽을 지나는 도심 도로들은 비틀비틀 평행선을 그리다가 휘어지면서 하나가 된다. 파리나 미국과는 달리 더블린에는 긴 직선로가 거의 없어서 더블린 서쪽 끝에서는 위클로산맥이 거의 보이지 않는다. 현대 도시는 부동산을 우선시하고 보행자에게 그 보상으로 탁 트인 전망을 제공하는 그리드 패턴인 데 비해(보행자가 다닐 수 있는 곳은 블록과 블록을 나누는 사이 공간밖에 없다.), 저절로 생겨난 비교적 오래된 도시들은 지난 수백 년간 개인적 용무를 위해서 걸어 다닌 보행자들의 작품인 것 같다(길이 먼저 생기고 건물이 길 사이에 세워진 것 같은 세월과 돌담의 미로). 더블린 시내의 오래된 길들은 지도상으로 거미줄 같을 뿐 아니라 실제로도 거미줄 같고, 길 곳곳에 서 있는 조각상은 거미줄에 걸린 파리 같다. 지금 이 도시를 장식하고 있는 조각상은 대부분 자신이 품었던 아일랜드의 비전에 순교당한 인물이고, 그들이 비전을 본 장소와 그들이 순교당한 장소는 대부분 바로 이 도시 안에 있으니 말이다. 이 수없이 세워진 조각상들을 보면, 이 나라의 늪에 내던져진 시체들이 갈색 가죽으로 변하듯 이 도시의 시민들은 죽어서 청동으로 변한다고 해도 믿을 수 있을 것만 같다.

지금 이 조각상들이 기념하고 있는 역사는 최근에 구축된 역사다. 침입자의 요새 또는 식민지의 수도였던 더블린이 이제 독립 국가의 수도로 재구상되면서 예전에 구축되었던 역사들도 파괴되어왔다. 프로테스탄트 광신자 윌리엄 3세의 조각상은 1929년에 폭파되었고, 세인트 스티븐 그린 공원에 서 있던 조지 2세의 조각상은 1937년 조지 6세의 대관식 때 폭파되었다. 오코널 스트리트에 서 있던 초대형 넬슨 기념비는 1966년 '부활절 봉기' 50주년 때 폭파되었다.(그 후 철거되었다.) 게임이 끝난 뒤 체스판에 남아 있는 말들처럼 이 넓은 중앙 도로(오코널 다리가 칼라일 다리였을 때 색빌 스트리트였던 오코널 스트리트) 곳곳에는 남은 조각상들이 당당히 서 있다. 부활절 봉기의 본부로 사용되던 당시에는 오코널 스트리트 서쪽의 놀라울 정도로 보잘것없는 건물이었던 중앙우체국에서는 지금도 우표를 팔고 있고, 이 건물의 중앙 창문 앞에서는 작은 청동 조각상(그리스도를 연상시키는 쿠훌린(Cuchulain)이 신화 속 아일랜드인의 죽음을 맞는 모습)이 부활절 봉기 때 이곳에서 희생당한 사람들을 추모하고 있다. 1840년대에 '가톨릭 신도들의 해방자'로 활약한 대니얼 오코널(Daniel O'Connell)의 거대한 기둥 조각상은 자기 이름을 딴 도로의 한쪽 끝에서 강을 마주보고 있다. 아일랜드의 대표자들(주교들과 노동자들)도 이 기둥을 둥글게 에워싸고 있고, 승리의 여신들도 이 기둥에서 날개를 펴고 내려다보고 있지만, 이 기둥의 가장 높은 자리에는 오코널이 있다. 오코널 스트리트와 파넬 스트리트가 교차하는 다른 한쪽 끝에는 찰스 스튜어트 파넬(Charles Sturart Parnell)을 기리는 비교적 수수한 기념비가 있다. 파넬은 해방자였을 뿐 아니라 간통자였으니, 최소한 빅토리아시대의 기준으로는 문제가 좀 있는 인물이었다.

최근에는 이 길 한복판의 교통섬에 분수와 함께 그린브론즈 조각상이 생겼는데, 흐르는 물에 기대듯 누워 있는 이

길쭉한 여자는 애나 리비아 플루러벨(Anna Livia Plurabelle, 조이스의 『피네간의 경야』에 나오는 리피강의 현현)이라고 한다.° 오코널 다리 위에는 『율리시스』에서 레오폴드 블룸이 배회했던 길을 기념하는 작은 명패(더블린에 있는 총 열네 개의 명패 중 하나)까지 붙어 있고, 조이스 본인도 이 도시의 조각상 대열에 참여하고 있다.(세인트 스티븐 그린 공원에는 아메리칸 익스프레스가 자금을 댄 조이스의 반신상이 있고, 오코널 스트리트에는 카페테리아 앞을 지나가는 길 잃은 관광객을 닮은 울퉁불퉁한 청동의 조이스가 있다.) 도시 곳곳에는 제임스 맬턴(James Malton)의 1794년 『더블린 풍경(*Picturesque Views of Dublin*)』에서 뽑아낸 판화 프린트가 높은 유리 케이스에 전시되어 있어 행인들이 지금의 더블린과 예전의 더블린을 비교할 수 있게 해준다. 대부분의 중심 건물들은 변한 것이 거의 없다. 사람들과 주변 건물들이 완전히 달라진 바닷물이라면, 변한 것이 거의 없는 중심 건물들은 바다에 떠 있는 불변의 섬인 것 같지만, 중심 건물 이외에도 변치 않는 것은 있다.(나는 오코널 스트리트에서 자동차와 버스 사이를 태연하게 지나가는 말수레를 본 적도 있다.) 더블린에는 아일랜드인들을 위해 세워진 아일랜드 민족주의의 기념비들(예컨대 파넬과 오코널의 조각상)도 있는 반면, 아일랜드 바깥에서 파도처럼 몰려오는 침입자들을 위해 세워진 기념비들도 많은 것 같다. 나 자신도 그런 침입자 중 하나였다.

○   지금은 크로피스 메모리얼 파크로 이전되었다.

네팔에서 코스타리카에 이르는 작고 매력 있고 가난한 다른 많은 나라들에서와 마찬가지로 아일랜드에서도 관광이 경제에서 차지하는 비중이 점점 커지고 있어서 총인구가 350만인 이 나라에 연평균 관광객은 300만 명이다. 오코널 스트리트 중앙은 아일랜드의 과거사를 기리는 구조물들, 기념비들, 조각상들로 가득하지만, 길가의 상점들(패스트푸드 체인, 기념품 가게 등등)은 외국 방문객을 위해 열려 있다. 관광객들이 문화에 미치는 영향이 침입자들이 미친 것처럼 노골적이지는 않다 해도 어쨌든 문화에 독특한 영향을 미친다는 점은 침입자들과 마찬가지다. 관광지에 가는 공식적 이유는 이국적 문화, 상이한 문화, 예전의 문화를 구경하는 것이지만, 관광지가 된 곳에서는 새로운 경제가 출현하고 결국은 관광객 문화라는 림보가 만들어진다. 관광객이 보러 오는 곳이 관광객에게 보여주기 위한 곳이 된다. 관광 사회학자 딘 맥캐널(Dean McCannell)은 제3세계 관광산업의 산물인 호텔 리조트 단지를 준군사적 점령지(글자 그대로의 침입)에 비유하기도 했다.[6]

한 장소가 관광지가 됨으로써 그 장소가 보존되는 경우도 있지만, 관광객들이 의도치 않게 활성화하는 산업으로 인해 현지 문화가 망가지는 경우가 훨씬 많다. 문화라는 것은 개선되고 변화하게 마련인데, 관광객은 과거의 모습 그대로를 보고 싶어 한다. 그런 맥락에서 관광지의 궁극적 형태는 버지니아의 콜로니얼 윌리엄스버그 또는 티론 카운티 오마의 아일랜드계 미국인 민속촌이다. 다시 말해 배우, 의상, 소품, 세트장을 통해 재연된 과거가 여행자 관객들에 의해 소비되는 곳이다. 있었던 그대로의 과거가 이런 데서 어느 정도까지 되살려졌는지는 잘 알 수 없지만, 현재가 패배했다는 것은 확실하다. 이런 관광시설들은 전통이 본래의 목적과 분리된 뒤에도 계속 존재한다고 말할 수 있는가 하는 질문을 제기한다. 예컨대 세계시장을 위해서 짜는 아란 스웨터는 아란 주민이 고기를 잡으러 바다로 나가는 가족을 위해서 짜는 아란 스웨터와는 다르잖은가. 겉모양은 똑같지만, 전자는 시장경제의 한 부분이고 후자는 생계경제의 한 부분이다. 생계용이라는 것과 손으로 만들었다는 것이 진정성이라는 미학적 가치가 된 것이다. 관광산업이 현지의 문화와 역사를 관광객의 입맛에 맞도록 각색해서 공연하는 연극이라면, 이미 거대하고 점점 더 거대해지는 관광산업은 전 세계를 일련의 연극 무대로 바꾸어놓을 위험이 있다. 관광객의 손은 미다스의 손과 정반대라서, 관광객이 찾아다니는 것은 진정성과 이질성이지만, 관광객의 손이 닿은 것은 진정성을 잃고 동질화된다.

영국인들은 자국의 관광업을 '유산 사업(heritage industry)'이라고 부른다. 관광업이란 과거라는 상품을 거래하는 사업이라는 점을 분명히 해주는 용어다. 아일랜드에서도 마찬가지다. 사실 과거는 이상한 상품이다. 정확히 말하면, 팔릴 수 없는 상품이다. 관광객이 여행지의 과거를 상품으로 즐기는 상황을 상상하기도 어렵다. 관광객은 그 과거를 알지도 못하고, 그 과거를 알게 되는 것이 즐거울 리도 없다. 요컨대 관광객에게 팔리는 상품은 과거 그 자체가 아니라 선별, 편집된 과거다. 유산(heritage)을 팔려고 하는 것도 이상하지만 관광업이 유산을 파는 사업(industry)이라는 것도 이상하다. 관광업이라는 사업이 파는 것은 상품이 아니라 상품을 소비할 기회이고, 관광객이 그 기회를 사는 목적은 여가 선용이다. 그 외에 관광객이 사는 것은 유적지 기념품이나 토끼풀 무늬가 들어간 소금·후추통 같은 공예품 정도이다. 지금은 이렇듯 여가(leisure)가 사업(industry)의 목적이 되었지만, 한가함(leisure)이 근면함(industry)의 반대말이었던 시절도 있었다. 어쨌든 지금 관광업은 정보화시대의 완벽한 사업, 곧 여가와 소비와 이동과 연출을 파는 사업이다. 관광은 식민주의의 역전(부유한 나라의 재화 중 일부를 가난한 나라에게 돌려주는 수단)이면서 동시에 반복(부유한 나라가 가난한 나라를 계속 침입하고 통제하는 수단)인 듯하다.

관광의 역할은 전쟁, 침략, 피난이라는 인간의 끝없는 행렬을 놀이로 재구성하는 것, 이주의 비극을 욕망과 지출의 희극으로 재공연하는 것이다. 관광객에게서 순례자의 메아리가 울리기도 한다. 물론 세속의 관광객이 찾아다니는 것은 더 다양하고 더 변덕스럽다. 예컨대 태양을 찾아다닐 수도 있고 특정한 지형이나 기후를 찾아다닐 수도 있고 축제를 찾아다닐 수도 있고 과거의 흔적과 유물을 찾아다닐 수도 있다. 관광객은 묘한 인종이다. 목적지에 도착하는 것보다 목적지를 찾아 헤매는 것을 더 좋아하는 것 같으니 말이다. 여행의 진정한 목적과 묘미는 그저 집을 떠나 떠돌아다니는 데 있는지도 모르겠다.

아일랜드 관광에는 다른 곳에서는 찾아볼 수 없는 특징들이 있다. 아일랜드의 역사에서 침입의 역사에 대응하는 것은 비교적 최근에 시작된 해외 이민(아일랜드라는 가난한 섬나라를 떠나 전 세계 영어권 지역으로 흘러들어가는 사람들)의 역사다. 아일랜드 방문객 중 연평균 50만 명 이상이 미국에 살면서 조상의 나라를 찾아오는 아일랜드 이민자의 자손인데, 아일랜드는 수십만 개의 일자리를 관광으로 창출하는 나라이니만큼 그들의 입맛은 중요한 고려 대상이다. 기념품 가게에서는 소형 문장(紋章)을 비롯해 성씨와 문장이 담긴 여러 기념품을 판매하고, 아일랜드 국립도서관에서는 가문의 혈통을 조사하기 위해 몰려드는 사람들을 위한 서비스를 제공한다. 관광객을 만난 대부분의 현지 주민들은 한번은 꼭 아일랜드계가 아니냐고 물어보고, 상대의 조상이 이민을 떠났던 막연한 정황을 경청해준다. 미국인 관광객과 현지 주민은 세계 곳곳에서 반목 관계에 있지만, 아일랜드에서는 그런 반목이 거의 없는 것 같다. 인종이 다르지 않고 역사가 얽혀 있다는 이해 때문일 수도 있겠고, 물주에 대한 존중일 수도 있겠지만, 아일랜드인이 미국 관광객이라는 관객을 필요로 한다는 생각이 들 때도 있었다. 관광객이 아일랜드인이 생각하는 아일랜드를 믿는다면 아일랜드인 자신도 자기가 생각하는 아일랜드를 믿을 수 있을 테니까 말이다. 관광지가 연극 무대인 것은 어디나 마찬가지지만, 아일랜드라는 관광지에서는 많은 현지 주민들이 기꺼이 배우로 참여하고 있다.

이런 관광지 상호작용의 난감한 부산물 가운데 하나

가 감상주의이다. 아일랜드계 미국인이 조상의 나라를 적당히 멀리서 바라볼 때 그런 감상주의가 얼마나 큰 비중을 차지하는지는 확실치 않지만, 어쨌든 내게는 아일랜드에 발을 들여놓는다는 것이 그만큼 더 미심쩍게 느껴지는 일이었다. 평범한 미국인들의 상상 속에서 아일랜드는 참을 수 없이 귀여운 장소다.(예컨대 토끼풀, 럭키참스 시리얼, 성 패트릭 축일의 그린 비어, 「웬 아이리시 아이즈 아 스마일링(When Irish Eyes Are Smiling)」 같은 지나치게 감미로운 옛 노래의 가사들, "고향 땅(auld sod)" 같은 끈적끈적한 캐치프레이즈들을 연상시킨다.) 온갖 고통이 끝없이 이어지는 호칭기도 같은 역사를 가진 나라가 전 세계적으로 이렇게 느끼할 정도로 귀여운 이미지를 연상시킨다는 것이 이상하기도 하지만, 어떻게 보면 이 귀여운 이미지가 고통의 역사를 상쇄해주는 것 같기도 하다. 귀여움이 생존 기술이듯, 감상주의는 관 뚜껑을 장식하는 분홍색 꽃다발이다. 혁명과 고통에도 나름의 감상주의가 있다. 예컨대 '환대의 아일랜드'라는 목가(미국인들의 주류 판타지와 아일랜드 관광청의 홍보물에 등장하는 이미지)의 대척점에는 '폭탄의 아일랜드'라는 북아일랜드와 아일랜드공화국군(IRA)의 단순한 영웅주의(미국인들의 좀 더 급진적인 상상계를 채워 넣기 위해 부풀려진 이미지)가 있다. 감상주의는 감정 그 자체의 향유이고, 불러일으켜진 감정을 들여다보면서 감정을 불러일으킨 문제를 외면하는 무책임이고, 감정의 나르시시즘이다. 아일랜드 문학은 술 취한 감상주의자들로 가득하고, 아일랜드 풍경은 엽서, 티타월, 호스텔을 장식하는 단순한 전원생활의 위생적 이미지들을 그리워하는 관광객들로 가득하다. 그렇지만 훌륭한 자질들 중에도 감상주의와 공존할 수 있는 것들이 있다. 행동의 잠재적 토양으로서의 다정한 마음도 그중 하나다.

≫→

　　나는 유럽사에서 감상성을 가장 공공연히 배척했던 인물 중 하나인 성 패트릭 대성당의 주임사제 조너선 스위프트의 무덤으로 향했다. 모든 주요 도로에서 청색, 회색, 갈색으로 흐르는 연한 색 보행자들의 거대한 물결은 신호등 앞에서 댐에 고이듯 불어나기도 하고 교차로에서 소용돌이치기도 했다. 나도 그 흐름의 한 부분이 되어 오코널 다리를 건너 트리니티 칼리지의 흰색 기둥들로 이루어진 팔라디오풍 뱃머리를 굽이돌고 데임 스트리트(휘어지다가 남쪽으로 꺾여 리피강과 멀어지면서 두어 번 이름이 바뀌는 도로)를 따라 흘러 또 다른 이름의 스트리트(이름이 여러 개인 또 하나의 도로)를 따라 흘러 드디어 대성당 정문에 닿았다. 간간이 방문객과 무덤이 있을 뿐 기도하는 사람이 전혀 없어서 교회라기보다 깨끗하고 텅 빈 교회 박물관 같은 느낌이었는데, 입구에서 입장료를 받는 여자가 그 느낌을 사실로 확인해주었다. 아일랜드 성공회의 신도 수는 대단히 적지만(아일랜드 공화국의 95퍼센트가 가톨릭이다.), 더블린에서 가장 큰 대성당 두 곳을 포함해 아일랜드공화국에서 가장 고색창연한 교회 여러 곳이 아일랜드 성공회에 속해 있다. 아일랜드 성공회에서는 교회와 국가가 별개로 존재했던 적이 없다. 성 패트릭 대성당의 북쪽 벽면에는 '버마' 전투에서 싸운 군인들, 남아프리카에서 싸운 군인들, 1차 세계대전 참전 군인들을 기리는 기념비들이 세워져 있었다. 아일랜드라는 옛 식민지는 대영제국이 다른 식민지로 향하는 발판이었음을 보여주는 흔적들이었다.

스위프트는 영국 성공회의 하인이자 대성당의 주인이었다. 성 패트릭 대성당의 남쪽 통로에서 바라보면, 벽면 상단에는 스위프트의 묘비명이 새겨진 검은색 대리석 패널이 걸려 있고, 그 좌측 하단에는 통통한 이목구비가 강조된 흰색 반신상이 있고, 그 앞 바닥에는 그의 유골이 묻혀 있었다. 스위프트 본인이 라틴어로 쓴 묘비명을 예이츠(William Butler Yeats)는 이렇게 옮겼다.

> 스위프트는 저 안식처에 닿았으니
> 흉폭한 분노에
> 가슴 찢길 일은 이제 없으리라
> 이승에 취한 여행자여 용기가 있거든
> 그가 갔던 길을 가라
> 그는 인간의 자유를 섬기는 하인이었다.

자신의 무덤이 관광명소가 되리라는 것을 예견한 듯한 묘비명이다.

과거가 펼쳐져 있었던 장소를 둘러볼 수 있다는 것,

사실을 가지고 그림을 그려볼 수 있다는 것도 여행의 이유 중 하나다. 전쟁의 현장, 시인의 생가, 왕이 앉아 있던 의자 같은 디테일은 과거의 사건을 생생하게 되살려주기도 하고(과거를 그렇게 직접적, 구체적으로 되살려주는 것은 달리 없다.), 사건에 대해 가지고 있던 그림을 깨뜨릴 수 있는 의외의 규모와 형태를 깨닫게 해주기도 한다. 책을 읽는 것으로는 과거의 질감(얼마나 큰 방이었는지, 얼마나 높은 장벽이었는지, 얼마나 험한 풍경이었는지 등등)을 알 수 없을 때가 많은 만큼, 남의 대륙에서 전해 내려오는 지식으로 머릿속을 가득 채워놓은 사람들이라면 가끔 직접 가서 상상의 재료를 얻어오는 것도 좋다. 나 역시 아일랜드 관광객이었으니, 과거의 유물과 문학의 현장을 둘러보는 것도 내 여행의 이유 중 하나였다. 1713년에서 1745년에 세상을 떠날 때까지 스위프트가 주임사제로 머물렀던 성 패트릭 대성당에 가면, 스위프트의 모습을 상상해보는 것이 가능하다.(성당 안에서의 모습, 이곳으로 들어와서 저곳으로 올라가는 모습, 이 연단에서 저 강물을 바라보는 모습 같은 것이 그려진다.) 하지만 스위프트가 살던 동네는 대부분 깨끗하게 없어졌다.

스위프트가 주임사제로 있을 당시의 성 패트릭 대성당은 더블린에서 가장 가난한 사람들이 사는 슬럼에 둘러싸여 있었다. 더블린에서 가장 낮은 지대였고, 비좁은 길에는 똥길(Shit Street)이니 똥동산(Dunghill Court)이니 하는 이름이 붙어 있었다. 위생 설비는커녕 쓰레기 처리 체계 자체가 없었고, 그로테스크하게 쌓이는 오물과 거기서 풍기는 악취는 스위프트보다 예의 바른 눈과 코를 가진 사람이었다고 해도 무시하기 힘들 정도였다. 오물이 수시로 강물이 되어 넘쳐흐르는 이곳이 바로 스위프트의 왕국이었다. 언젠가는 주임사제 본인이 자기 교구의 이 모든 똥들에 대해서 이렇게 말했다. "이 똥 무더기들은 우리 아일랜드 평민들이 매일 먹고 마신다는 믿음을 세간에 심어 주기 위해 브리튼의 항문들로 은밀하게 누어졌다."[7] 엄청난 더블린 산책자였던 스위프트는 가난한 이웃 사람들과 잘 알고 지냈고, 그들은 자기들에게 자선을 베풀고 자기들의 권리를 옹호하는 그를 사랑했다.

불공평과 불의, 흙과 똥에 대한 스위프트의 깊은 관심에는 성 패트릭 대성당 동네라는 글자 그대로의 기반(ground)이 있었다는 것이 문학사 연구자 캐럴 패브리컨트(Carole Fabricant)의 지적이다. 문학사는 스위프트를 영국 작가로 분류하면서 그의 염세, 그의 분노, 육체의 비교적 역겨운 측면들에 대한 그의 깊은 관심을 개인적 기벽 또는 정신질환의 징후로 설명하는 경우가 많다. 하지만 그가 정말 미친 사람이었다고 해도 그런 테마들을 선택했던 데는 근거(ground)가 있었다. 스위프트의 냉혹한 반(反)낭만주의에 아일랜드 빈민들과 어울려 지내는 생활이라는 뿌리가 있는 것은 그의 친구 알렉산더 포프(Alexander Pope)의 꾸밈 많은 시에 영국 시골저택에서 하인을 부리는 생활이라는 뿌리가 있는 것과 마찬가지였다. 스위프트는 아일랜드와 묘한 관계였다. 그는 "아일랜드에 살아야 하는 사람은 불행하다. 그렇지 않은 사람에게 진정 불행하다고 하기는 어렵다."라고 말하기도 했지만, "자유인들 사이에서 노예로 사느니 차라리 노예들 사이에서 자유인으로 살겠다."라고 말하면서 런던으로 돌아가기를 거절하기도 했다.[8] 크롬웰 이후에 아일랜드로 건너온 조부모를 둔 그가 영국인인가 아니면 아일랜드인인가 하는 질문에 대한 대답을 결정하는 것은 예나 지금이나 확연한 사실이라기보다는 욕망과 정치다. 영국인과 아일랜드인 둘 다였다는 것이 가장 정확한 대답일 듯하다. 나고 자란 곳은 아일랜드였고, 청년기를 보낸 곳은 영국의 문학적, 정치적 동인사회였고, 인생 후반기를 보낸 곳은 고향 아일랜드였다. 어느 나라에도 온전히 속하지 못하고 안락과 양심 사이에서 분열되어 있던 그는 어느 나라에 있든 다른 나라 사람 같은 데가 있었던 것 같다.

아일랜드 편이었던 사람들은 대개 아일랜드의 장점을 강조하고 아일랜드의 약점을 변호해왔는데, 스위프트는 완전히 다른 방식으로 아일랜드 편이었다. 한편으로는 벌거숭이가 되도록 착취당한 풍경의 누추함, 가난과 무력함에서 비롯된 누추함을 열거하면서 다른 한편으로는 아일랜드가 그렇게 무력하고 누추한 곳이 된 원인을 영국의 부강함과 우아함에서 찾는 방식이었다. 그의 가장 유명한 작품 『걸리버 여행기』는 그의 울화를 보편화하고 있지만(이로써 그의 울화는 인간에 대한 비판, 아니면 적어도 유럽인에 대한 비판이 된다.), 그 정도로 유명하지 않은 대부분의 작품들은 그가 살아갔던 시공간을 구체적으로 다루었다. 그중에는 현 정치에 대한 시평과 풍자도 있고, 친구들의

마음의 발걸음

관습적인 시에 등장하는 고상한 모티프와 이상적 풍경을 조롱하는 시도 있다.

영문학 그 자체가 영국 시골저택 같다. 영국 문학은 고색창연한 중앙 건물이고, 영어권의 다른 문학들은 헛간이나 신축 부속 건물이다. 서사시, 서정시, 소설은 중앙 건물의 중심 공간을 차지하는 익숙한 가구들이고, 에세이는 사이드 테이블들과 캐비닛들이다. 내가 영문학 전공생일 때 읽은 교과서들을 보면 아일랜드 문학도 섞여 있었지만, 가장 비중 있고 가장 중요하고 가장 익숙한 작품은 거의 항상 영국 문학이었다. 밀턴은 어두운 왕좌였고, 셰익스피어는 파티장이었고, 시드니에서 셸리까지의 소네트는 파티를 장식하는 부케였고, 영국 소설은 커다랗고 희고 폭신해 보이는 깃털 침대였다. 반면에 스위프트의 작품은 통로에 놓여 있는 딱딱한 의자이고(그곳에 앉으면 벽면의 틈새를 통해서 바깥의 전망이 보인다.), 조이스의 작품은 하인의 방에 걸려 있는 거울이다.("금이 간 하인의 거울"이 "아일랜드 예술을 상징"할 수 있다는 스티븐 디덜러스의 말은 거울의 지속된 상태를 암시할 뿐 아니라 거울에 비치는 균열된 모습, 의외의 모습을 암시한다.) 물론 조이스는 밖으로 나가서 새 집을 지은 작가였고, 그 집에 들어가보면 더블린을 기리는 기념비가 어지럽게 흩어져 있었다.

영국 문학에 섞여 있는 아일랜드 작가들의 글을 보면, 자부심이나 주인공 의식에 좀처럼 기대지 않는다. 오히려 지배적 문학 형식들을 재고하거나 비판하면서 독자를 낯선 곳으로 데려간다. 아일랜드 작가들이 써낸 걸작들은 관습을 가지고 놀면서 해체한다. 그 작품이 속한 장르의 관습을 해체하는 것은 물론이고 이야기의 관습, 언어의 관습, 전통의 관습을 모두 해체한다. 그중에서 『걸리버 여행기』와 『율리시스』는 각각 아일랜드 문학이라는 영국 점령지의 처음과 끝이다. 스위프트는 더블린을 망명지로 삼은 아일랜드인이고 조이스는 더블린을 떠나 망명자가 된 아일랜드인이지만, 어쨌든 두 책 다 조롱과 망명과 방랑의 책이다. 최초이자 여러 의미에서 최고의 실험적 영국 소설인 『트리스트럼 샌디』는 아일랜드 태생의 성직자 로런스 스턴(Laurence Sterne)이 1759년에서 1767년 사이에 펴낸 작품이고, 요크셔 지역의 습지와 동일시되다시피 하는 브론테 자매도 아일랜드인 아버지의 격정적인 아일랜드 이야기를 들으며 자랐다.[9] 브론테 자매는 자기만족적인 빅토리아 소설 속에 음울하고 폭력적인 요소들을 들여왔고(깃털 침대 한복판의 뱀장어들), 이어서 와일드, 조이스, 싱, 쇼, 베케트도 놀라움을 안겨주는 여러 요소들을 들여왔다. 좀 더 복잡하고 좀 더 신랄하고 좀 더 위태로운 상상력이야말로, 문학 형식들이 자의적이라는 사실과 함께 그런 문학 형식들을 전복할 기회를 좀 더 예민하게 인지하는 감수성이야말로 아일랜드 문학이라는 영국 점령지의 특징인 것 같다.

영문학 저택의 지도가 개편된 것은 20세기였다. 샬럿 브론테의 『제인 에어』에 앞서 펼쳐졌을 카리브 제도의 드라마를 상상해낸 것이 진 리스(Jean Rhys)의 『광막한 사르가소 바다』였고, 식민지에서의 사나운 탐욕스러움과 제인 오스틴의

마음의 발걸음

『맨스필드 파크』에서의 숨 막히는 무사안일함 사이의 인과관계를 분석해낸 것이 에드워드 사이드였다.(소설에 등장하는 나태한 젠트리 계급은 소설에 등장하지 않는 노예 농장의 수익에 기생한다.)[10] 하지만 스위프트는 18세기에 이미 이런 종류의 지도 개편 작업을 하고 있었다. 스위프트 자신이 속해 있는 우아한 사교계가 뒤에서, 밑에서, 밖에서 어떻게 보이는가를 까발려주는 작업이었다. 유머 그 자체가 이중적 시야를 갖는 방법, 당위와 실상의 간극을 감지하는 방법일 수 있다. 당위와 실상의 간극은 논리, 언어 등의 형식 요소에도 존재하고 사회생활, 정치생활의 위선에도 존재하는 만큼, 유머라는 동력은 단순한 농담에서도 작용할 수 있고 장문의 풍자에서도 작용할 수 있다. 스위프트의 시에서 유머가 고상함과 저속함을 끊임없이 오가는 데 있다면, 그의 「겸손한 제안(A Modest Proposal)」에서 유머는 식인을 아일랜드의 빈곤에 대한 합리적 해법으로 제시함으로써 기득권 세력의 착취 방식들이 본질적으로 식인과 다르지 않음을 까발리는 데 있다. 유머를 모르는 사람들은 대개 기성 질서의 수혜자들이었고, 유머는 언제나 그 간극을 간파할 수 있는 사람들의 놀이이자 연장이자 무기였다. 더블린에서 바라본 세상은 비극적, 영웅적, 감상적일 때가 많았지만, 뼈 아프게 웃긴 경우도 있었다.

3장 노어의 ABC

그때까지만 해도 더블린은 기념비들의 도시이자 내 머릿속의
도시였다.(더블린에서 시간을 더 보낸 뒤에야 이 도시가 더블린 사람들의
도시가 되었다.) 스위프트의 무덤을 구경하고 나올 때만 해도 내
셔널 갤러리로 향할 계획이었는데, 주택들과 상점들과 공공건
물들을 지나던 중에 목적지가 바뀌었다. 자연사박물관의 유혹
때문이었다. 처음 들어갔을 때는 영안실 같은 고요함이 있었지
만, 곧이어 키 큰 문을 열고 줄줄이 밀려들어 오는 아이들이 너
댓 명 중 한 명꼴로 '우와'라는 높고 또랑또랑한 음을 내기 시작
하자 거대한 전시실에 탄성의 아카펠라가 울려 퍼지는 듯했다.
입구 바로 앞에는 세 마리의 아일랜드 큰뿔사슴(아일랜드 엘크라
는 이름으로 더 많이 알려진 동물)의 검은색 화석 뼈가 있었다. 키는
어깨 높이에서 이미 1.8미터였고, 입구를 향해 있는 좌대 위에
세워져 있었다. 양쪽으로 수십 센티미터씩 뻗어 올라가는 뿔은
손가락을 펼쳐든 거대한 손 같기도 하고 콘도르의 날개 같기도

하고 만화의 말풍선 같기도 했다. 지구상에 존재했던 동물의 뿔 중에 가장 큰 뿔이었다. 날개를 펼친 듯한 뿔 때문인지, 그곳에 서 있는 엘크들은 새(鳥)로 변신하는 사슴 같기도 하고 뱀과 여자, 아니면 사자와 독수리가 반씩 섞인 신화 속의 괴물 같기도 했다. 수컷 두 마리와 암컷 한 마리의 검은색 뼈대가 그렇게 압도적으로, 그렇게 거짓말처럼, 그렇게 위풍당당하게 서 있었다. 하지만 어느새 아이들과 나는 다른 온갖 것들에 정신이 팔렸다. 1층에서는 유리병에 담긴 벌레와 진열장의 새를 볼 수 있었고, 2층에서는 전 세계의 모든 대형 포유동물을 볼 수 있었다. 2층 발코니에는 작은 포유동물이 내걸려 있었다.

더블린의 자연사박물관은 내가 어렸을 때 드나들던 현대적인 시설과는 종류가 달랐다. 현대적인 자연사박물관은 대개 컬러 디오라마에 박제 동물들을 흥미롭게 배치하고 각 동물 앞에 유용한 과학 정보 안내판을 설치하는 방식으로 왜 동물이 매력적인가를 논리적으로 설명하고자 한다. 우리가 왜 동물을 구경하는가 그 진짜 이유를 우회하면서 우리가 왜 동물을 구경해야 하는가 그 이유의 합리적 버전을 내놓는 동물 진열 방식이다. 반면에 이곳은 자연사박물관 자체가 화석이다. 진열 방식은 80년, 아니 90년이 지나도록 바뀌지 않았고, 아일랜드 엘크들은 심지어 1830년대의 진열 방식 그대로다. 이곳의 동물 컬렉션은 수집의 매력, 포획의 매력, 다양함의 매력, 풍성함의 매력, 그리고 무엇보다도 동물의 생김새 자체의 매력을 굳이 감추지 않는다.

1층 전체는 아일랜드 동물들이 차지하고 있다. 아일랜드에 동물의 종류가 그렇게 많지 않은 것은 육지였던 땅이 섬으로 갈라진 뒤 빙하기가 왔기 때문이다.(아일랜드가 섬이 된 것은 5만 년 전이었고, 브리튼은 그로부터 4만 년 더 유럽에 붙어 있었다. 당시 템스강은 라인강의 지류였다.) 아일랜드에 파충류가 없는 것도 빙하기와 섬이라는 고립적 지형 덕이다. 성 패트릭이 아일랜드에서 파충류를 몰아내주었다는 것이 전통적 믿음이기는 하다. 8세기의 베다 베네라빌리스(Beda Venerabilis)나 12세기의 기랄두스 캄브렌시스(Giraldus Cambrensis)를 비롯한 중세 학자들에 따르면, 아일랜드는 기독교로 개종한 뒤 독을 품은 것은 어떤 것도 살아갈 수 없을 정도로 순결하고 건강한 땅이 되었다. 아일랜드 책의 작은 조각들이 뱀에 물린 상처를 고치는 치료제나 기타 해독제로 사용될 수 있을 정도였다. 성 패트릭이 뱀을 쫓아냈다는 것은 바이킹이 지어낸 이야기라는 것이 최근 학자들의 추정이다. 그렇게 추정하는 근거는 파드라그(Padraig, 성 패트릭의 아일랜드 이름)의 발음이 파드라크(Pad-rekr, 노르만어로 두꺼비를 쫓아내는 사람이라는 뜻)와 비슷하다는 데 있다.[1] 아일랜드의 토종 파충류는 태생 도마뱀(알을 낳는 대신 새끼를 낳는 도마뱀)이라는 평범해 보이는 작은 도마뱀뿐이다. 하지만 불경한 장난을 즐기는 올리버 세인트 존 고가티 박사(Dr. Oliver St. John Gogarty, 『율리시스』의 등장인물 벅 멀리건의 모델)가 예전에 페더베드산에 뱀 몇 마리를 풀어놓은 적이 있다. 성 패트릭의 소행(실은 빙하기의 소행)을 만회해야 한다는 이유에서였다.[2]

아일랜드 큰뿔사슴이 멸종한 것은 1만 600년 전(역시 기온이 크게 떨어진 시기)이었고, 아일랜드의 대형 육식동물 대부분이 화석 뼈 하나 남기지 않고 멸종한 것도 오래전이었다. 한 안내판에 따르면, "아일랜드 최후의 늑대 사냥은 1786년 설에서 1810년 설까지 다양하다." 또 한 안내판에 따르면, "아일랜드에서 붉은사슴의 도입 또는 관리가 시작된 것은 13세기 이후였다." 아일랜드에는 더 이상 자연(미국 서부 사람들이 흔히 생각하는 자연, 다시 말해 인간의 의제에 영향을 받을지는 모르지만 인간의 의제로 완전히 통제할 수는 없는 영역)이 존재하지 않는다는 뜻이다. 자기네가 남의 땅에 와 있는 존재일 수 있다는 것이 이곳 사람들에게는 상상할 수 없는 일이다. 그들이 이곳에 와서 살기 시작한 때는 성 패트릭이 쫓아냈다고 하는 것들과 그 밖에 이곳에 살았던 다양한 것들이 쫓겨난 후였다.

아일랜드에 내세울 만한 포유동물이 많지 않아서겠지만, 케이크 상점 같은 노란색 벽과 체크무늬 리놀륨 바닥으로 된 1층에는 작은 동물들이 중요하게 진열되어 있었다. 청색 세로장에는 아일랜드의 해면동물, 숙주별(어류, 고양이, 양) 기생충, 다모류가 풍성하게 진열되어 있었고 가로장에는 아일랜드의 나방까지 진열되어 있었다. 병에 담긴 표본 대부분이 백색 제복처럼 탈색돼 있어서 아일랜드의 피조물 전체가 백인종의 피부색인 것 같았다. 예를 들어 개구리를 삼키다가 질식사한 뱀장어와 삼켜지던 개구리는 두 마리 다 똑같이 탈색돼 있어서 마치 한 마리의 평화로운 백색 동물인 듯했다. 신화 속 동물이 병에 담겨 있는 것 같기도 하고, 양쪽 뒷다리가 양쪽 콧수염처럼 나부끼는 것 같기도 했다. 엘크가 검은 천사라면, 이 괴물은 흰 악마였다. 탈색되지 않은 동물들은 대개 처음부터 연한 색이었다. 산토끼, 기러기, 명금도 옅은 색이었고, 나방들은 색을 구분할 수 없을 만큼 흐린 연갈색이었다. 바닥에 끌릴 듯 말 듯한 군청색 수녀복 차림의 두 수녀가 바닷새 진열장 쪽으로 다가왔다. 그중 한 수녀가 높고 희미한 목소리로, 바닷새는 아닌 듯한 무언가에 대해 말했다. "그러더니 글쎄 거기서 그대로 꼼짝도 안 하는 거예요."

2층에는 모든 것이 다 있는 것 같았다. 거대 전시실에 줄지어 서 있는 근사한 나무틀 진열장 안에는 꼼짝도 안 하는 우중충한 뼈와 퇴색한 털가죽이 가득했다. 천산갑에서 북극곰까지 없는 게 없었다. 각 기둥의 3면, 또는 4면에 사냥 트로피가 내걸려 있었고, 입구에서부터 온갖 뿔이 겨울 숲의 나뭇가지처럼 허공을 빽빽이 채우고 있었다. 진열장 사이의 중앙에는 기린, 코뿔소, 하마, 코끼리가 박제 상태로, 또는 뼈 상태로 단상에 세워져 있었다. 대륙별, 종류별로 느슨히 분류돼 있었고 곳곳에 예외가 있었다. 곰과 늑대(wolf)의 진열장 안에 아일랜드 울프하운드(wolfhound)가 섞여 있는 식이었다. 대부분의 동물들은 옛날 귀족처럼 초상화 포즈를 취하고 있는 것 같았다. 자연스러워 보이는 자세, 공들여 만들어낸 무심한 비대칭성, 처들린 머리.

특별한 상징적 목적에 따라 진열되어 있는 듯한 동물

들도 있었다. 앞쪽 진열장에는 뒷다리로 서 있는 사자의 발밑에 또 다른 사자의 머리통이 놓여 있었다. 사자 머리통의 분노한 유리 눈알이 서 있는 사자의 복부를 올려다보고 있었다. 사자 머리통의 갈기는 잔디밭에서 으르렁거리는 민들레 같았다. 사냥 실력을 뽐내고 싶어 하는 사냥꾼의 트로피도 많이 있었다. 조지 5세가 기증한 인도호랑이도 있었고, 이름을 밝히지 않은 사냥꾼이 기증한 동그란 눈의 집고양이("L이 1856년에 도니골에서 사냥한 펠리스 도메스티카")도 있었다. 조지 스터브스(George Stubbs)의 그림에 나오는 경주마들처럼 앞발 하나를 조심스럽게 들어 올린 포즈였다. 박제 상태가 좋지 않은 눈표범은 얼굴을 구기고 슬퍼하는 것 같았고, 사향고양이의 두개골은 아이들이 타닥타닥 뛰어갈 때마다 위아래로 까딱까딱 움직였다. "옛날에는 이것들이 전부 진짜 동물들이었어." 마치 이것들이 전부 내장을 파낸 시체들, 시체에서 남은 뼈들이 아니라는 듯, 마치 이곳 전체가 동물의 납골당이 아니라는 듯, 마치 한때 동물이었던 것들이 이제 장난감이나 모형으로 변했다는 듯, 한 아버지가 자식들에게 말하고 있었다. 검은꼬리 누, 닐가이 영양, 사향소, 아메리카 들소도 있었다. 아메리카 들소는 내가 사는 지역의 동물이라서인지, 오랜 친구를 만난 느낌이었다. 얼룩말인가 영양인가는 사람들이 옆목을 얼마나 쓰다듬었는지 털이 다 빠지고 가죽이 반질반질했다.

이런 잡동사니 사이에서는, 자연계 전체를 탈색되는 털가죽과 황변하는 뼈와 유리 눈알의 맥락에서 살펴볼 수 있었다. 여기에는 동물원에서 살아 움직이는 동물들을 구경할 때와는 다른 즐거움이 있었다. 동물원에 가는 것은 '생명'을 포착하기 위해서다. 물론 놓칠 때도 많고, 살아 움직이는 모습 대신 감옥에 갇혀 있는 모습을 보게 될 때도 많다. 하지만 여기에 온 것은 '형태'를 보기 위해서였다.(그리고 그 형태를 아무런 실패의 위험 없이 마음껏 구경하면서 그 형태에 압도당할 수 있었다.) 자연사박물관은 동물들이 자기 자신의 이미지가 되어 진열되는 곳이었다. 주검들의 컬렉션이 책이 되어 생명을 되찾은 듯했다. 과학적으로 읽어내기는 어려운 책(아일랜드 포유동물들에 대한 두어 가지 정보를 제외하면 서식지, 습성 등에 대한 설명은 하나도 없었다.), 분류학적, 지리학적 논리 못지않게 심미성과 상징성에 따라 구성된 책이었다. 이런 책에서는 역사를 읽어내는 것도 가능할 듯했다. 예컨대 이 동물들은 성 패트릭 대성당의 기념비들과 마찬가지로 제국주의 시대에 대한 간접적 예찬으로도 읽을 수 있었다. 그렇게 보자면, 이 동물들은 온 세계로 퍼져나간 대영제국의 하인들이 전쟁을 일으키고 풍경을 점령하고 진기한 것들을 모국으로 보내오던 시대의 기념비, 곧 제국 탐험대의 제국 기념품이었다. 하지만 이 책에서 과학의 역사를 읽어내는 것은 가능했다. 이 박물관의 기원에서 18세기 과학협회°를 발견할 수도 있었고(18세기는 과학이 신사(gentleman)의 관심사인 시대였다.), 박물관 자체의 기원에서 빅토리아시대의 수집 페티시를 발견할 수도 있

° 로열 더블린 소사이어티(Royal Dublin Society, RDS)를 가리킨다.

었다.(박물관이란 대영제국에 질서를 부여하려는 시도의 반영이 아니었을까 하는 생각도 든다.)

　　　하지만 우리가 동물을 바라볼 때 그런 역사들이 먼저 떠오르지는 않는다. 그 대신 좀 더 보편적인 동시에 좀 더 개체적인 것들을 떠올린다. 내가 이런 모습으로 존재한다는 것(이정도 크기로, 이렇게 털 없는 상태로, 이렇게 걸을 수 있는 두 발과 함께, 이빨과 근육이 이렇게 약해진 상태로, 이런 약한 뼈와 함께, 이 두 눈으로 이런 세상을 보면서 존재한다는 것)에 대해 생각해보게 되고, 다른 모습으로 존재한다는 것(호랑이처럼 유연하고 강하다는 것, 코끼리처럼 어마어마하게 육중하다는 것, 가젤처럼 우아하게 달린다는 것)은 어떤 것일까를 상상해보게 된다. 여기서도 나는 동물들을 바라보는 동안, 팔다리가 늘어나는 느낌, 손과 발이 사라지고 뾰족한 발톱이 생기면서 강해지는 느낌, 지느러미가 생기는 느낌, 발굽이 생기는 느낌이 들었다. 코뿔소의 거대한 몸통과 코끼리의 거대한 흉곽은 몸을 웅크리면 들어갈 수 있을 만한 바구니를 죽마 위에 올려놓은 것 같았다. 고래 뼈는 기린의 머리통 말고는 아무것도 닿지 않는 제일 높은 곳에 매달려 있었다. 고래 뼈가 하늘에 떠 있는 비행선 같기도 했고, 그렇게 위를 올려다보는 우리가 해저에서 기어 다니는 바닷가재들 같기도 했다. 1862년에 아일랜드 남서부 해안의 밴트리만에 쓸려 온 고래의 뼈였다. 보이는 것은 보았던 것과 비슷해 보이게 마련이다. 고래의 배 속이 요나가 호텔을 열어도 될 정도로 넓음에도 불구하고 고래의 모습이 1층의 올챙이와 비슷해 보였던 것은 박물관의 진열 순서 덕이었다. 나중에 박물관에서 나왔을 때는 온 세상이 동물의 형태를 토대로 조립되었다는 느낌이 들었다. 리피강 부두의 더블도킹 갈고리는 사향소의 뿔 같았고, 처음에 가려고 했다가 나중에 가게 된 국립박물관의 어두운 색 목재 상인방들은 엘크의 뿔 같았다.

모든 컬렉션은 세계의 미니어처지만, 특히 동물 컬렉션은 우리가 창조할 수 있는 세계(서식 가능한 지형, 생성 가능한 형태, 획득 가능한 기질, 감당 가능한 위험)를 가리켜 보인다. 그곳의 동물 컬렉션도 우아한 형태와 어색한 형태, 약한 형태와 강한 형태 등등 모든 형태의 뜻을 설명해놓은 모종의 형태 사전인 듯했다. 내가 그 형태들 중에서 가장 아름답다고 느꼈던 것이자 내가 지금까지 본 형태들 중에 가장 아름다웠던 것은 난쟁이코끼리의 두개골이었다. 살아 있는 코끼리의 가장 큰 특징 두 가지인 큰 귀와 긴 코는 나머지 살들과 함께 떨어져 나가고, 받침대 위에 놓인 뼈 덩어리에서 도개교 같은 두 엄니가 길게 뻗어 나오는 형태였다. 넓거나 긴 성이라기보다는 높은 성 같았다. 부비강은 밋밋한 앞 벽에 이중창처럼 뚫려 있었고, 안와는 옆벽의 발코니 틀처럼 곡선을 그리고 있었다. 다리를 넣으면 허벅지도 들어갈 것 같은 넓은 틀이었다. 귀엽게 웃는 놀라울 정도로 작은 입과 코메디아 델라르테의 가면처럼 뾰족한 턱은 뼈 덩어리 안쪽에 숨어 있었다. 코끼리의 힘셈과 똑똑함 전체가 두개골의 구조 속에 펼쳐져 있는 것 같았다. 뼈가 덩어리라는 것, 앞이 밋밋하다는 것, 눈이 옆에 달렸다는 것, 턱이 안쪽에 숨어 있다는 것은 코끼리의 힘셈과 똑똑함이 인간과는 전혀 다른 신체 조건에 결부돼 있는 자질임을 추측하게 해주었다. 내가 아일랜드 여행에서 찾으려고 했던 것이 난쟁이코끼리 두개골의 매력은 아니었지만, 여행의 이유는 예상치 못했던 것을 찾아내게 된다는 데 있잖은가.

모든 자연사박물관은 우리가 이런 동물들과 맞닥뜨린다는 상상을 불러일으키는 공간이자(우리 기억의 어떤 차원에는 아직 뱀과 사자가 남아 있고, 우리 본능은 아직 뱀과 사자에 반응한다.) 위압감, 귀여움, 신체 능력, 음악성 등등의 다양한 속성을 체현하는 꿈의 등장인물들을 제공하는 공간이다. 늑대는 지금도 상상 속에 살아 있고(200년 전에 늑대가 멸종한 것으로 알려진 아일랜드에서도 마찬가지다.), 아프리카에 서식하는 스펙터클한 거대 동물은 지금껏 아이들의 장난감과 어른들의 상상계에 형태를 제공하고 있다(어린 양과 함께 노는 사자, 미국 공화당의 코끼리 등). 우리의 언어도 동물들의 서식지인데, 동물들은 심지어 이 서식지에서도 위험에 처했다.

태초의 언어에 동물들이 있었다고 생각해본다면 알파벳 교재로 쓰이는 책이나 포스터가 대개 Aardvark(땅돼지)에서 시작해서 Zebra(얼룩말)로 끝나는 동물 알파벳인 것은 우연이 아니다. 나는 어렸을 때 닥터 수스(Dr. Seuss)의 『Z 뒤에 오는 글자(On Beyond Zebra)』를 읽으며 자랐다. 없는 알파벳을 상상해내고 그 알파벳으로 시작하는 굉장한 동물을 상상해내는 책이었는데, 새 알파벳이 있으려면 새 동물이 있어야 하고 새 동물

마음의 발걸음

이 있으려면 새 알파벳이 있어야 한다는 것은 아이의 입장에서는 완벽하게 이해가 가는 이야기였다. 아일랜드의 중세 필사본은 동물이 알파벳으로 변신했다가 다시 동물로 변신하는 듯한 대문자 동물 장식으로 유명하다. 동물과 알파벳은 유한한 수효로 가능성 전체를 아우를 수 있다는 점에서 공통된다. 인간의 체형과 기질을 묘사할 수 있다는 점에서 동물 자체가 일종의 언어라고 말할 수도 있다. 중세 베스티아리°는 동물도감과 동화와 알파벳 교재 사이의 어딘가에 존재하는 일종의 대중서였다. 중세는 만물에 알레고리적 의미가 있다고 가정하는 체계였고, 베스티아리에 묘사된 동물들, 아니 베스티아리 자체가 그 체계의 일부였다. 세상은 곧 책이었고, 세상의 의미를 읽어낼 수 있는 것은 세상이라는 책의 언어를 아는 사람이었다. 예컨대 코끼리는 에덴동산에서의 아담과 이브의 상징이기도 하고(코끼리는 나무 열매를 나누어 먹음으로써 죄 없이 새끼를 잉태하는 동물이라는 믿음이 있었다.), 히브리 율법의 상징이기도 하다.(코끼리는 한번 쓰러지면 두 번 다시 일어날 수 없는 동물이라는 믿음이 있었다.)[3] 풀을 찾아 계속 점점 높은 데로 올라가는 들염소는 좋은 설교자의 상징이다. 성경과 세상 그 자체가 둘 다 하느님의 책인 만큼, 성경에서 동물들은 거의 글자 그대로 알파벳이다. 성경이 동물을 통해서 인간적 기질과 행태의 다양한 측면을 예시하는 점에서는 이솝

○   중세 유럽에서 널리 읽힌 동물 우화집 중 하나. 동물과 함께 식물이나 바위 등의 광물이 일부 등장하기도 한다.

우화와도 비슷하다(여물통의 개, 성실한 개미와 순간을 즐기는 베짱이 등). 실제로 성경과 이솝 우화는 동물을 통해서 인간 세계를 좀 더 선명하게 묘사하고 이해할 수 있다는 공통점을 가지고 있다. 조지 오웰의 『동물 농장』 같은 최근 책에서도 동물들은 인간적 성향의 상징물 역할을 하고 있다. 예컨대 말은 정직한 노동자의 알레고리, 돼지는 타락한 배신자의 알레고리다.

추상적 관념을 구체적인 이미지로 표현하는 이른바 비유는 대부분 동물이나 인체나 장소를 차용한다. 문 앞의 늑대(wolf at the door, 생계 등의 위기 상황), 의자의 팔(arm of a chair, 팔걸이), 도로의 어깨(shoulder of a road, 갓길), 묻혀 있던 기억의 발굴(excavation of burried memories) 등이 모두 그런 표현이다. 동물의 비유가 인간의 기질을 상상할 수 있게 해주기도 하고(고양이 기질(catty), 개 기질(doggy), 양 기질(sheepish)), 장소의 비유가 인간의 행동을 묘사할 수 있게 해주기도 하고(경력 정체(career plateau), 험난한 곳(rough spot), 수렁(marshy area)), 동물의 비유와 장소의 비유가 섞이기도 한다.(코크케리 해안에는 램스 헤드(Lamb's Head, 새끼양 머리통), 호그스 헤드(Hog's Head, 돼지 머리통), 코드스 헤드(Cod's Head, 대구 머리통), 크로 헤드(Crow Head, 까마귀 머리통), 십스 헤드(Sheep's Head, 양 머리통)라는 돌출 지형들이 있다.) 자연과 환경을 둘러싼 논의는 대부분 인간이 물리적으로, 혹은 정신적으로 자연을 얼마나 필요로 하는지에 대한 것뿐이고, 인간의 상상력에서 자연이 얼마나 중요한 역할을 하는지에 대한 것은 거의 없다. 최근에 한 미술 잡지를 읽었는데, 엄한 통제(a tight

마음의 발걸음

rein)라는 표현의 말고삐(rein)가 왕의 다스림(reign)으로 잘못 표기돼 있었다. 왕에 대해서는 알지만 말이나 마구에 대해서는 전혀 모르는 사람들의 실수였다. 이제 그들에게 가축의 세계는 인간의 속성을 묘사할 능력이 없는 세계였고, 엄한 통제라는 표현은 점점 무의미해지는 표현, 머잖아 멸종할 표현이었다.(나는 최근에 말을 타러 갈 기회가 있었는데, 그때 당근(carrot)과 보조 막대(stick)를 사용해본 다음에야 비로소 당근과 채찍(carrot and stick)이라는 표현의 의미를 실감할 수 있었다.) 이런 장소들, 이런 존재들과 접촉하지 못한 채로 시간이 흐르고 세대가 바뀌면 영어는 마침내 신어(newspeak)°로 전락하지 않겠는가는 우려도 생긴다. 노새(mule)의 발길질(kick)에 얻어맞아본 사람이 얼마나 있을까?°° 벌 떼가 직선 코스로 날아가는 모습°°°을 본 적 있는 사람은 또 얼마나 있을까? 언어가 공허해진다는 것은 상상력이 공허해졌다는 징조가 아닐까? 자연사박물관은 언어, 상징, 메타포, 상상력의 박물관, 한때 우리의 삶 속에서 서식했지만 이제 우리의 언어에서조차 사라지고 있는 피조물들의 박물관이다.

인간 전용 공간으로의 세계(눈에 띄는 모든 땅을 평평하

° 조지 오웰의 『1984』에 나오는 디스토피아의 언어.

°° 영어 표현 mule kick은 몸을 굽히면서 뒤로 발을 차 발바닥으로 상대를 치는 발차기의 일종을 뜻한다.

°°° 벌 떼가 꿀을 딴 후 벌집으로 재빨리 곧장 날아가는 습성에서 '어디론가 급하게 향하다, 직행하다'라는 뜻의 영어 표현 make a beeline for가 만들어졌다.

게 포장하고 공장식 축산업장에 격리된 식용동물을 제외한 모든 동물을 제거한 세계)가 완공된다면, 인간 세계 너머를 상상할 수 있다는 위안이 없어지는 정도가 아니라 언어 그 자체가 없어질 것이다. 메타포는 장소의 이동을 뜻하는 그리스어(μεταφορά)에서 온 단어인데, 아테네에서는 대중교통편을 메타포라고 부른다. 다른 곳에서는 메타포가 그저 상상의 여행을 도와주는 비유법일 뿐이지만, 아테네에서는 메타포를 타고 일하러 갈 수도 있고 마지막 메타포를 타고 집으로 돌아올 수도 있다. 어쨌든 메타포는 생각을 태우고 가는 차량, 아니, 생각을 통해서 별개의 두 존재를 연결하는 방식이다. 다만 메타포의 이런 연결은 직관적, 심미적 연결이며, 그런 의미에서 메타포는 생각의 본질, 곧 기계로는 수행될 수 없는 인간적 생각의 본질이다. 메타포는 이 존재와 저 존재의 다른 점과 같은 점을 가늠할 통로를 만들어내기도 하고, 아찔할 정도로 다양한 동시에 서로 복잡하게 얽혀 있는 세계를 그려 보이기도 한다. 세상에서 메타포가 사라진다면 모든 것이 무서울 정도로 형체가 없다고 느껴질 것이다. 그런 세상은 우리와 너무 똑같아서 지겨운 곳, 아니면 우리와 너무 달라서 이해할 수 없는 곳으로 느껴질 것이다. 메타포는 동물(우리와 본질적으로 비슷한 동시에 본질적으로 다른 존재)로부터 시작된다.

에세이스트 존 버거(John Berger)는 이렇게 말한다. "최초의 그림에는 동물이 그려져 있었다. 최초의 물감은 피였을 것이다. 루소는 『언어 기원에 관한 시론』에서 언어 그 자체가 비유에서 시작되었다고 했다. '인간의 입에서 말이 나오게 한 최초의 힘이 감정이었듯, 인간의 입에서 나온 최초의 말은 비유였다. 비유가 오히려 최초의 언어였고, 본질적 의미가 오히려 최후의 부산물이었다.' 최초의 은유가 동물의 은유였다면 그 이유는 인간과 동물의 관계가 본질적으로 은유 관계라서였다. [……] 인간이 동물과 다른 점은 생각할 때 상징을 사용할 수 있다는 것이었다. 상징을 사용할 수 있다는 것(말이 그저 대상 그 자체를 가리키는 것이 아니라 대상과 무관한 어떤 것을 의미한다는 것)은 언어의 발달과 불가분의 관계였다. 그런데 최초의 상징이 바로 동물의 상징이었다. 인간과 동물의 차이를 만들어낸 것이 바로 인간과 동물의 관계였다는 뜻이다."[4] 언어는 인간의 가장 중요한 창조물(creation)이다. 세계라는 신의 창조물(Creation)의 희미한 그림자라고도 할 수 있다. 그렇기 때문에 언어라는 인간의 창조물은 인간이 창조하지 않은 세계로 거듭 되돌아가서 새로운 힘과 새로운 색을 거듭 되찾아와야 한다. 언어라는 창조물을 세계라는 창조물에 연결하기 위해서는 자연계(풍경, 육체, 동물계)와 접촉할 방법이 있어야 하는데, 그 방법이 바로 메타포다.

≫→

더블린 자연사박물관이라는 죽은 동물 컬렉션의 마지막 진열장 앞에서 나는 또 한 번 인간에 대한 스위프트의 사색을 떠올렸다.(인간이라는 동물은 지상에서 어느 자리에 있어야 하는가, 아니, 어느 자리에 있어서는 안 되는가에 관한 사색이었다.) 진열장 안에는 침팬지, '오랑우탄', 고릴라, 호모사피엔스 이렇게 네 개의 골격이 세워져 있었고, 이것이 진화의 진열장이 아닌 비교해부학의 진열장이라는 데 오해가 없기를 당부하는 안내판이 함께 설치돼 있었다.("인간이 여기 있는 이런 유인원들의 후손이라는 의미로 이해해서는 안 된다."라는 내용이었다.) 이 뼈들을 발굴한 나라는 다른 먼 나라였겠지만, 이 뼈들을 이렇게 진열해놓은 나라는 어쨌든 가톨릭 아일랜드였다. 인간의 골격을 규범으로 설정해놓았기 때문에 규범을 벗어난 골격이 열등해 보이는 것뿐일 수도 있겠지만, 유인원들은 골반이 길고 흉곽이 종처럼 벌어져 있는 탓에 구부정하고 거칠어 보이는 반면에, 인간은 골반이 나비 같고 전체적으로는 똑바로 서 있는 나무 같았다. 유인원의 경우에는 바닥에 고정된 검은 막대기가 척추를 받치고 있는 데 비해서, 인간의 경우에는 머리 위로 내려오는 황금 사슬의 날개 너트가 두개골을 붙잡고 있었다. 인간의 골격과 유인원의 골격 사이에는 유비 관계가 있지만 인간과 유인원은 본질적으로 전혀 다른 존재이며, 동물은 지상과 연결된 존재인 반면에 인간은 마치 하느님의 꼭두각시인 듯 하늘에 매달린 존재, 지상과 접촉하지만 지상과 연결되지는 않는 존재, 지상을 낯설어하는 존재다, 라고 주장하는 것만 같은 진열장이었다. 인간은 동물과 어떻게 다른가(인간의 형상은 어떻게 피조물보다 창조주에 가까운가)를 실감케 해주는 진열장이기도 했다. 침팬지 위쪽의 작은 유리 선반에는 아주 작은 흰손긴팔원숭이의 가느다란 뼈가 당당히 진열돼 있었다. 인간처럼 직립 자세였고, 천사 같았지만 송곳니가 뾰족

마음의 발걸음

했고, 팔은 발에 닿을 정도로 길었다.

마지막 진열장 앞에서 진화의 순간을 상상해보는 것도 불가능한 일은 아니었다. 한때 나무 위의 유인원이었던 존재가 숲에서 나와서 이족 보행이라는 힘겨운 여정에 오른다, 시선은 처음 보는 먼 지평선에 닿고, 자유로워진 두 손은 붙잡을 수 있는 누군가를, 무언가를 기다리고 있다, 입에서 나온 소리가 탁 트인 들판에 울려 퍼진다, 그런 상상이었다. 진열장 천장에 매달린 머리를 보면 하늘에 속한 존재, 날개를 얻어서 지상에서 더 멀리 떠나고 싶어 하는 존재인 것 같았지만(두 발 짐승은 대개 날개가 있다.), 바닥에 닿은 두 발을 보면, 지상으로 돌아와야 하는 존재, 나무처럼 꼿꼿하게 서서 단단히 뿌리를 내려야 하는 존재인 것 같았다. 씻지 못한 몸의 찝찝함과 시차로 인한 피곤함 사이에서 인간의 해골 앞에 서 있던 나에게 인간의 직립은 두 가지 상반된 소망의 증거인 듯했다. 새도 되고 싶고 나무도 되고 싶다, 떠돌고도 싶고 머물고도 싶다, 뿌리를 내리고도 싶고 날아가고도 싶다, 머물러 있을 때는 어디론가 날아가고만 싶고, 떠돌고 있을 때는 한곳에 뿌리를 내리고만 싶다, 그런 소망이었다.

4장 나비 수집가

박물관을 나와 세인트 스티븐 그린 공원으로 들어온 나는 박물관에서 본 것들을 소화시키려고 애쓰면서 샌드위치를 집어들었다. 여느 공원과 다를 바 없는 쾌적하고 잘 가꿔진 곳이었다. 하지만 보기 좋은 관목림, 짧게 다듬어진 잔디밭, 잔잔한 연못뿐인 이곳에도 엄청난 폭력의 역사가 있었다. 그리 먼 옛날도 아닌 1916년 부활절 봉기 때 이곳은 아일랜드 반군의 거점이었다. 지휘관이었던 마르키에비츠 백작 부인(Countess Markievicz)은 체포되어 사형선고를 받았다.(사면되어 영국 서민원 최초의 여성 의원으로 선출되기도 했지만, 곧 다시 투옥되었다.) 1916년 부활절 월요일을 묘사한 사람 중 하나인 시인 제임스 스티븐스(James Stephens)는 당시 국립미술관 직원이었다. 평화로운 오전 시간을 보내고 밖으로 나온 그는 사람들이 길 곳곳에 삼삼오오 서 있는 모습을 보았다. "사람들이 세인트 스티븐 그린 공원 쪽을 주시하고 있었다. 어쩌다 한 번씩 무심하면서도 은근하게 이야기를 주고받는 것을 보면, 서로 모르는 사람들이라는 것을 알 수 있었다." 나중에 붉은 콧수염의 남자가 "다른 나라에서 온 사람을 쳐다보듯 나를 쳐다보더니" 상황을 설명해주었다. "신 페인(Sinn Féin) 일파가 오늘 아침에 더블린을 점령했어. [……] 오늘 아침 11시에. 저 안에 잔뜩 있는데. 성(城)도 차지했어. 우체국도 접수했고."

나는 멍한 얼굴로 남자를 쳐다보다가 그린 공원을 향해서 달렸다. '주여!'가 절로 나왔다.

그렇게 무작정 달리던 나는 곧 속도를 줄이고 걷기 시작했다. 그린 공원에 거의 도착했을 무렵, 날카로운 채찍 소리 같은 총성이 들렸다. 공원 안쪽에서 나는 소리였다. 출입구는 모두 폐쇄돼 있었고, 출입구 안쪽에는 총을 멘 남자들이 서 있었다. 공원 중앙 쪽에는 수레들과 자동차들로 긴 바리케이드가 쳐져 있었다. 하지만 거친 바리케이드였다. 빈틈 뒤로 정차한 트램이 보일 정도였다. 운행이 중단된 텅 빈 트램들이 그린 공원 주변 곳곳에 정차해 있었다."[1] 소수의 반군을 제외한 모두에게 부활절 월요일은 한가로운 휴일이었다. 스티븐스는 독학으로 악보 보는 법을 익히고 있었다.

내가 세인트 스티븐 그린 공원에서 훌륭한 빵으로 만든 계란 샌드위치를 먹는 동안, 연못가에서는 도심 공원에서 흔히 볼 수 있는 오리들과 함께 닭들이 돌아다니면서 빵부스러기를 주워 먹고 있었고, 사람들은 약한 햇빛 아래 앉아 있거나 이리저리 거닐고 있었다. 이렇게 순하고 정중한 사람들이 그때 그렇게 거칠게 싸웠던 사람들과 친척 관계임을 상상하기 힘든 것은 이렇게 무성한 나무와 잔디가 그때의 무법자들이 바리케이드를 치고 총을 쏘던 무대임을 상상하기 힘든 것과 마찬가지였다. 내가 아일랜드에 와서 로저 케이스먼트(Roger Casement)의 나비를 발견한 곳은 자연사박물관이었다. 부활절 봉기에서 중요한 역할을 수행하고 몇 달 뒤 반역죄로 교수형에 처해진 로저 케이스먼트에게 매력과 경이를 느끼고 있었던 것은 아일랜드에 오기 전부터였다. 그는 아일랜드의 영웅들 중에서 가장 사려 깊은 영웅이었고, 그를 기념하는 청동이나 대리석을 기대했던 내가 어리석게 느껴질 정도로 복잡한 인물이었다. 내가 그를 기념하는 유일한 물건이 아닐까 싶은 나비 표본을 발견한 것은 자연사박물관 1층 유리 상자에서였다. 곤충을 보관하는 유리 상자들이 조명 차단용 인조가죽 커버로 덮여 있어서 안을 보려면 책처럼 열고 들여다보아야 했다. 그중 첫 유리 상자 안에 거대한 열대 나비가 딱 한 마리 들어 있었고, 나비 주변은 나비에 관한 시구들로 장식되어 있었다. 날개는 진한 오렌지색, 테두리는 검은색, 상단에는 흰색 점들, 심장에는 표본용 핀…… 세월의 흐름이 전혀 느껴지지 않는 생생한 표본이었다. "로저 케이스먼트 경이 자연사박물관을 위해 수집한 남아메리카 나비. 1911년 전후."라는 설명이 달린 연약한 기념비였다.

케이스먼트가 1910년과 1911년에 남아메리카에 가게 되는 것은 나중에 봉기에 가담하게 되는 것과 밀접한 관계가 있는데, 밀접하기는 하지만 직접적이기보다는 우회적인 관계였

다. 케이스먼트의 삶 자체가 우회하는 삶이었다. 그의 삶이 열어
젖혀놓은 의미들과 역사들을 영국과 아일랜드는 아직 받아들이
지 못하고 있다. (그의 전기 작가들은 대개 그가 잘못 살았다는 생각을
대놓고 밝히고 있는데, 전기라는 장르에서는 거의 전무후무한 현상이다.)
케이스먼트는 거의 평생 동안 두 세계 사이를 오갔다. 사적 삶에
서나 정치적인 삶에서나 두 나라 사이를 오갔고, 두 교회 사이
를 오갔고, 두 철학 사이를 오갔고, 관료와 혁명가 사이를 오갔
다. 추방자의 삶이었던 것은 어느 쪽을 선택하든 마찬가지였다.
삶이 이름 속에 박혀 있기라도 한 듯, 케이스먼트°의 삶은 두 영
역을 매개하되 어느 영역에도 속하지 못하는 창문 같은 삶이었
다. 그의 삶이 한 편의 이야기라면, 착한 제국주의자가 위대한 반
(反)제국주의자로 진화해가는 이야기, 원칙을 고수해나가던 사
람이 처음에는 원칙을 고수했다는 이유로 상을 받고 나중에는
원칙을 고수했다는 이유로 끔찍한 벌을 받는 이야기, 반세기 동
안 네 대륙에서 펼쳐지는 이야기였다. 그는 아일랜드를 떠나 유
럽과 미국을 거쳐 아프리카와 아마존을 찍고 아일랜드로 돌아
왔지만, 그가 실제로 탐험한 곳은 집에서 더 가까운 곳, 아니 집
보다 더 가까운 곳이었다. 그의 문화에서 육체는 위대한 미지의
세계였고 금기와 신비의 영역이었고 탐험과 측량이 이제 막 시
작된 가장 검은 대륙이었으니, 그가 제출한 보고서들의 진짜 주
제는 그 '육체의 제국'이었다.(공식 보고서의 주제가 '고통의 제국'이었

○   케이스먼트(casement)에는 창문이라는 뜻도 있다.

다면 비공식 보고서의 주제는 '쾌락의 제국'이었다.)

그의 어린 시절에 관한 얼마 되지 않는 이야기 중 하나에 따르면, 그의 아버지는 세 아들 중 한 아들을 등에 태우고 바다로 나가 아들이 혼자 힘으로 돌아오게 하곤 했다.[2] 로저 케이스먼트는 형제 중에 막내이면서도 제일 먼저 헤엄치는 법을 배웠고 평생 물을 좋아했다. 악어가 득실거리는 콩고강 지류에서까지 수영을 즐길 정도였다. 그의 삶은 낯설고 이상한 곳에 갑자기 뚝 떨어지는 일의 연속이었으니, 어렸을 때 아버지에게 받은 수영 교습은 어른으로 살아가기 위한 준비운동이었던 것 같기도 하다. 항상 그의 삶은 먼 바다에서 헤엄치는 것 같은 삶, 위험한 환경 속에서 주위를 살펴야 하는 삶, 자기 못지않게 엉뚱한 곳에 와 있는 유럽인들과 뿌리 뽑힌 현지 주민들을 이웃으로 삼는 삶이었다.

케이스먼트는 명목상 아일랜드 북부 앤트림 카운티 (중심 도시는 벨파스트)의 프로테스탄트였고, 케이스먼트 일가의 전통은 군인이 되어 대영제국을 섬기는 것이었지만, 아일랜드 가톨릭교도였던 그의 어머니는 그가 아주 어렸을 때 은밀히 세례를 받게 했다. 어머니는 그가 아홉 살이던 1873년에 세상을 떠났다. 그로부터 4년 후에 아버지마저 세상을 떠나면서 그를 포함한 4남매는 친척의 호의에 의지해야 하는 무일푼의 고아들로 전락했다. 그의 유년기에 대해서는 별로 알려져 있지 않지만, 모교의 기부 요청에 대한 그의 답장은 그가 어떤 교육을 받았는지를 엿보게 해준다. "발리메나 학교에 다니는 동안, 나는 아일랜드에 대해 아무것도 배우지 못했습니다. 수업 시간에 아일랜드라는 말이 언급된 적이 단 한 번도 없었던 것 같습니다. 내가 내 나라에 대해 알고 있는 것은 전부 학교 밖에서 배운 것입니다. 한 나라의 어린 세대를 길러내는 데 바람직하거나 건강한 정신 상태는 아닌 듯합니다. 그런 정신 상태가 바뀌지 않는다면(불행히도 아일랜드의 많은 학교에서 그런 정신 상태가 바뀌지 않고 있는데, 그런 학교는 아일랜드에 있는 학교지만 아일랜드 학교는 아닙니다.), 이 나라에 사는 사람들은 이 나라가 아닌 다른 나라에서라면 성공하고 번영할 수 있을지 몰라도 이 나라에서는 결코 성공하고 번영하지 못할 것입니다. 이 나라에 사는 사람들은 세계시민은 될 수 있을지 몰라도 아일랜드 국민은 되지 못할 것입니다."[3]

케이스먼트 본인은 우선 세계시민이 되는 길에 들어섰다. 서아프리카 물류를 주로 다루는 리버풀의 한 선박 회사에 들어가 사무원으로 일한 것이 열일곱 살 때였고, 아프리카로 건너간 것은 스무 살 때였다. 한때 남북 아메리카와 아시아를 휩쓸었던 침략과 정복과 식민화의 거대한 파도가 이제 아프리카를 향하고 있었고, 걸신들린 소년들이 케이크를 갈라 먹듯 유럽 열강이 아프리카 대륙을 갈라 먹고 있었다. 케이스먼트가 아프리카에 닿은 1884년의 상황이었다. 오지 탐험은 새로 손에 넣은 소유지를 돌아보는 측량 여행이었고(오지 탐험 이야기가 소년 모험소설의 고정 레퍼토리가 되는 것은 나중의 일이다.) 그도 오지 탐험대의 일원이 되었다. 그가 아프리카 땅에 익숙해지고 아프리카 원주민과 가까워진 것은 그런 여행을 통해서였던 것 같다. 하지만 이 시기의 케이스먼트에 관해 알려진 내용은 거의 없다. 조지프 콘래드(Joseph Conrad)의 기록은 그 시기의 케이스먼트에 대해 알려주는 희귀한 자료 중 하나다. 두 사람은 콩고에서 만나 3주를 함께 지냈는데(그때 콘래드가 겪은 모험들은 후일 중편소설 『암흑의 핵심』이 된다.), 소설가답게 사실의 엄밀함 따위는 과감히 무시하는 콘래드는 케이스먼트를 이렇게 회고하고 있다. "그는 나와 헤어져서 말로 표현할 수 없을 만큼 야만적인 지역으로 걸어 들어갔다. 무기라고는 한쪽 끝이 갈고리 모양인 막대기 하나뿐이었다. [……] 내가 그의 귀환을 목격한 것은 그로부터 여러 달이 흐른 뒤였다. 똑같은 막대기를 들고 있었지만 더 야위어 있었고 더 구릿빛으로 변해 있었고 개들과 르완다 소년을 데리고 있었다. 공원 산책에서 돌아오는 사람처럼 조용하고 침착한 모습이었다. [……] 그의 꺾이지 않은 육체 속에는 라스카사스의 영혼 한 조각이 깃들어 있을 것이라고 나는 종종 생각하곤 했다. [……] 그는 대단한 이야기꾼이었다! 나는 그에게서 들은 이야기들을 잊으려고 애쓰고 있다. 내가 전혀 몰랐던 이야기들이다."[4] 그런 이야기를 전혀 몰랐다는 콘래드의 말도 틀린 말은 아니었다. 폴란드 출신의 망명 작가에서 영국인 애국자로 변모한 남자가 제국주의를 이해한 방식은 케이스먼트나 바르톨로메 데 라스카사스 신부(16세기 라틴아메리카에서 원주민 인권과 권익을 위해 싸운 위대한 투사)가 제국주의를 이해한 방식과 전혀 다를 수밖에 없었다.

코끼리 사냥을 다니고 미국과 아일랜드를 여행하면

서 한 시기를 보낸 케이스먼트는 1892년에 이른바 '오일강 보호 국(오늘날의 나이지리아)'의 대영제국 정부 대표자가 되어 아프리카로 돌아왔다.(건강 문제와 양심 문제로 간간이 휴직한 기간을 포함해 그때부터 20년간 외무부 관리로 일했다.) 그는 큰 키, 호리호리한 체격, 짙은 머리색, 낭랑한 음성을 지녔고, 거의 모든 사진에서 고귀한 우수의 분위기가 났다. 품격 있는 미남이라는 표현이 어울리는 대단히 잘생긴 남자였다. 힘없이 당하는 사람들에게는 다정했고, 업무를 함께 해야 하는 당국자들에게는 비교적 사적으로 불쾌감과 의구심을 느꼈다.(그럴 만한 이유가 있는 감정이었다.) 번뜩일 때가 있는가 하면 재미없을 때도 있었고, 장황하고 현란하고 감상적인 글을 지을 때도 있었고, 말도 안 되게 무모한 계획을 세울 때도 있었지만, 어쨌든 그는 그 시절에 다른 사람들이 거의 감지하지 못한 것을 감지했다. 케이스먼트를 만난 콘래드가 일기에 쓴 말은 "생각이 있고 말을 잘하고 똑똑하고 동정심이 강하다."[5] 용기와 다정함은 그의 성격에서 가장 변함없는 구성 요소였다.

20세기 전환기의 어느 시점에서 아프리카가 케이스먼트의 생각을 바꾸어놓기 시작했다. 그는 보어전쟁에서 적의 동태를 감시해야 하는 자리에 있었지만, 그가 그 자리에서 발견한 것은 포르투갈령 동아프리카로 우회하는 적국의 무기 수송 선박이 아니라 자국 정부의 수상함이었다. 그가 한 편지에서 자기의 과거를 되짚는 대목은 그가 1903년 이전까지 어떻게 살아왔는지를 어렴풋이나마 짐작케 해준다. "나는 오랜 세월 아일

마음의 발걸음

랜드를 멀리 떠나 있었습니다. 내 심장, 내 머리를 고향으로 삼은 모든 감정, 모든 생각으로부터 단절된 채 그저 의무를 다하기 위해서 열심히 일했고, 내가 새 의무를 하나씩 완수할 때마다 내 모습은 영국인이라는 이상에 확실하게 가까워져갔습니다. [……] 나는 제국주의자였습니다. 대영제국의 영토를 어떻게든 확장해야 한다, 대영제국의 통치가 세상 만민에게 최선이다, 반대 세력을 '쳐부수는 것'이 정의다, 그렇게 믿었습니다. 그렇게 제국주의의 징고(Imperialist Jingo)°가 되어갔습니다. [……] 하지만 결국은 전쟁이 나에게 양심의 가책을 안겨주었습니다. 그곳 콩고 밀림에서 레오폴의 정체를 알게 되었을 때 나는 구제 불능의 아일랜드인이라는 나 자신의 정체 또한 알게 되었습니다."[6]

　　　　정작 아일랜드에 있을 때는 보이지 않았던 아일랜드의 현실이 대영제국의 다른 식민지들에서 점점 분명하게 눈에 들어왔다. 케이스먼트는 다른 식민지들에서의 경험을 통해서 아일랜드 국민주의자가 되었다는 점에서 전무후무한 인물이었다. 대부분의 아일랜드 혁명가들은 나머지 나라들 전부와 구분되는 내 나라 내 조국에 대한 열렬한 헌신을 통해서 아일랜드 혁명가가 된 사람들이었다. 그들의 동력은 보편적 원칙이라기보다는 협소한 애정이었다. 해방 투쟁에는 두 가지 근거가 있다.

°　　　19세기 후반 러시아-터키 전쟁 당시 러시아의 부상을 적대했던 영국인들 사이에서 불리던 노래 가사에 등장하는 말로 예수의 완곡어로 추측된다. 이후 공격적 대외 정책으로 드러나는 광신적이고 호전적인 애국주의를 가리키는 징고이즘(jingoism)이란 용어가 만들어졌다.

그중 하나는 보편적 인권이 있다는 믿음, 어떤 상황에서라도 인권을 수호해야 한다, 눈앞의 특수한 상황도 예외가 아니다, 라는 믿음이다. 또 하나는 압제 세력이 대상을 잘못 골랐다는 믿음, 강자가 약자를 진압하고 몰살하는 것 자체는 타당하다, 하지만 우리는 훌륭하므로 진압되어서는 안 된다, 그러니 투쟁해야 한다, 라는 믿음이다. 두 번째 믿음에서 출발한 해방운동은 보편적 원칙과 연결될 수 없는 편협한 자기 해방운동으로 귀결된다. 예컨대 1796년에 영국의 압제에 맞서 봉기했던 위대한 아일랜드 혁명가 울프 톤(Wolfe Tone)은 봉기 전, 그리고 봉기 후, 영국을 위해서 남태평양에 군 식민지를 건설해 "평시에는 스페인을 제어하고 전시에는 스페인을 괴롭힌다."[7]라는 허황된 계획을 세우기도 했다. 반면에 케이스먼트는 아일랜드를 비교적 현대적인 의미에서의 식민지로 이해한 최초의 인물이 아닐까 싶다. 어쨌든 케이스먼트는 아일랜드의 상황을 콩고의 상황, 페루 푸투요마의 상황과의 유사성을 통해 이해해나갔다. 아일랜드를 유럽의 일부로 보는 대신 유럽에 정복당한 곳으로 본다는 것은 편견을 벗어난 통찰의 과감한 도약이었다. "그때 내가 콩고에서 자행되는 악행의 구조 전반을 온전히 이해할 수 있었던 것은 그저 내가 아일랜드인이기 때문일 것입니다."[8]라고 케이스먼트는 말했지만, 굳이 순서를 정해야 한다면, 그가 아일랜드를 그런 식으로 볼 수 있었던 것은 그저 그가 콩고에서 제국 건설이라는 이름의 악행들을 목격했기 때문일 것이다.

　　제국주의(imperialism)라는 노쇠한 단어를 가지고 황제의 권력, 정복의 영광, 제국의 우월한 생활 방식을 전 세계에 전파한다는 환상 등을 불러일으키는 것은 이제 불가능한 일이 되었지만, 케이스먼트의 시대에는 제국주의라는 단어에 아직 그런 벅차오르게 하는 힘이 있었다. 빅토리아 여왕이 '인도 여제'로 선포된 것이 1876년이었고, 20세기 초에는 유럽의 몇몇 초강대국이 전 세계의 대부분을 지배하면서 그것이 바람직하고 불가피한 일이라고 외치고 있었다. 제국주의라는 단어의 첫 번째 의미는 "경제적, 전략적 이유로 타국을 정복하고 통치하는 것"이었다. 두 번째 의미는 "정복자가 식민지를 세계의 변방이라고 간주하는 것, 또한 그런 시각을 제국의 백성들에게 두루 주입하는 것, 이를 통해 식민지를 중심지의 열등한 모조품, 중심지가 되지 못한 지방, 문명화되지 못한 오지 등으로 글자 그대로 주변부화(marginalization)하는 것"이었다. 이렇듯 제국주의의 결과들(지역 정체성의 변방화와 저평가)은 여전히 힘을 발휘하고 있다. 전통적 수혜 계층이 그 결과들을 존속시키고자 하고, 아웃사이더 학자들이 그런 결과들을 해부하고자 한다면, 탈식민 국민주의와 탈식민 원주민주의는 식민지를 해방시키거나 식민지였던 곳에 새로운 권위주의 정권을 수립함으로써 그런 결과들을 역전시키고자 한다. 국민주의운동 또는 독립운동은 자기가 있는 곳이 변방이 아니라 중심이라는 운동 세력의 외침이다.

1900년, 케이스먼트는 또 한 번 콩고에 배속되었다. 그에게 최초의 엄청난 명성을 안겨줄 조사 작업이 진행될 곳이었다. 벨기에의 국왕 레오폴 2세는 프랑스 세력과 영국 세력을 영리하게 이간질한 덕에 콩고강 유역의 방대한 영토를 합병하는 데 성공했는데, 이 영토의 합병 주체가 벨기에가 아닌 국왕 개인이었던 탓에 레오폴 2세와 주민의 관계는 국왕과 백성의 관계(예로부터 전해 내려오는 신비로운 상호 의무로 맺어진 관계)가 아니라 지주와 소작인의 관계였다. 유럽이 레오폴 2세의 소유지로 인정해준 이 '콩고자유국'을 레오폴 2세는 단 한 번도 방문하지 않았다. 레오폴 2세에게 콩고자유국은 부라는 추상적 개념을 짜낼 수 있는 모종의 무형자산이었던 것 같다. 케이스먼트가 콩고로 돌아왔을 당시, 이 지역에서 원주민들이 레오폴을 위해 얼마나 잔혹한 방식으로 착취당하고 있는지가 일각에서는 이미 유명한 이야기였다. 1903년, 케이스먼트는 콩고자유국에 대한 조사가 필요하리라는 것을 상관들에게 납득시킬 수 있었다.

케이스먼트의 콩고 보고서[9]는 1904년에 '청서(Blue Book)', 곧 정부 공문서로 발행되었다.(그 당시 당국은 케이스먼트가 기재한 인명과 지명을 삭제함으로써 충격을 완화하고자 했다.) 이 보고서는 지금까지도 독자들에게 심한 충격을 안겨주고 있다. 총면적 약 225만 제곱킬로미터의 이 지역 전체가 일종의 강제노동 수용소처럼 운영되고 있었는데, 착취 방식의 잔혹함으로 인해 원주민 인구가 급격히 감소 중이었다. 당장의 피살을 면한 원주민들은 굶어 죽거나 맞아 죽거나 고문당한 끝에 죽거나 착취당한 끝에 죽는 것이 일상이었다. 레오폴의 관리들은 원주민들에게 세금(보통 생고무)을 징수할 권한이 있는 관료 체제를 세웠다. 한 노동자는 케이스먼트에게 이렇게 말했다. "고무 스무 통구하는 데 열흘 걸렸어요. 계속 숲에 들어가서 고무나무를 찾아다녔어요. 먹을 것이 다 떨어져도 [계속 찾아다녔어요.] 집에 여자밖에 없으니까 농사를 포기했어요. 그래서 다 같이 굶었어요. 숲에 들어가서 일하다가 짐승들한테, 표범들한테 죽기도 했어요. 길을 잃고 숲에서 나오지 못해서 굶어 죽기도 했어요. 백인들한테 빌었는데, 제발 살려달라고, 이제 고무가 더는 없다고 빌었는데, 백인들은, 백인들이 데리고 다니는 군인들은 우리한테 이랬어요. '저리 가라, 너희도 똑같은 짐승이다, 너희는 그냥 고기(nyama)다.' 그래서 우리는 고무를 구하러 더 깊은 숲으로 갔는데, 우리가 고무를 모자라게 가져오면 군인들이 마을에 와서 우리를 죽였어요. 총으로 쏴 죽였어요. 아니면 귀를 잘라갔어요. 아니면 밧줄에 목이랑 몸통을 묶어서 끌고 갔어요."[10]

케이스먼트의 보고서는 정신이 멍해질 정도로 반복적이다. 거의 모든 페이지에서 신체 훼손 행위와 살인 행위가 클로즈업된다. 군인들이 처벌 명령이나 살해 명령을 이행했다는 증거로 손을 잘라 왔다느니, 손이 가득 담긴 바구니를 들고 왔다느니 하는 이야기들도 나온다. 실행범인 군인들은 대개 아프리카인이었지만, 명령을 내리는 자들은 상부의 유럽인이었다. 레오폴 행정부가 콩고에서의 아랍 노예무역을 척결하는 데에 기여했다는 소리가 아직도 나오고 있지만, 당시 현지 주민들의 삶은 노예보다 훨씬 열악했다. 노예는 최소한 값나가는 소유물이었던 반면, 당시 콩고 주민들의 목숨은 무가치하게 허비되고 있었다. 주민 다수의 죽음을 초래할 정도의 가학 행위는 경제

전략이었다고 하기에는 너무 기괴하고, 여기서 무슨 이데올로기적 의미를 찾을 수 있는 것도 아니다.

　　　가학이 미치는 영향을 고찰한 저서에서 일레인 스캐리(Elaine Scarry)는 이렇게 말한다. "잔혹하고 흉폭하고 야만적인 고문 행위는 가해자 본인이 문명의 파괴자임을 자의식적으로, 명시적으로 선언하는 행위이자 의식을 통해 만들어진 내용들을 허물어버리는 행태를 연출해 보이는 행위다."[11] 그렇게 보자면, 벨기에인들의 가학 행위는 아프리카인들이 의식과 문명을 소유한 적이 없는 존재라고 선언함으로써 아프리카인들의 의식과 문명을 파괴하는 행위였다. 고통, 아픔, 신체 손상, 감금 상태, 배고픔, 두려움은 일차적으로는 다른 것을 생각할 힘, 다른 때를 기억할 힘을 파괴하고, 장기적으로는 문명 생활을 유지해나갈 힘, 곧 생계를 잇고 이야기를 나누고 전통을 익히고 후세를 양육할 힘을 파괴한다. 그렇게 보자면 레오폴의 관리들은 남의 문명을 파괴함으로써 자기네 문명의 상실을 초래하면서 자기네 문명의 이면과 한계를 폭로하고 있었다고 말할 수도 있다. 그들의 의도는 아프리카를 자기네가 상상하는 모습(부득불 외부로부터 차용되어야 하는 질서가 없으면 아무것도 할 수 없는 짐승 같고 백치 같은 사람들로 가득한 혼돈의 대륙)으로 야만화하는 것이 아니었을까. 그들이 그런 식으로 만들어내고 있었던 것은 결국 또 하나의 제1세계 판타지(인간 문명에 노출된 적이 없는 '처녀지')가 아니었을까.(이런 판타지는 아프리카에서 북극까지를 아우르는 과거 식민지를 다룬 야생 다큐나 자연 다큐 속에 여전히 작동하고 있다. 이른바 신

세계를 발견했다는 사람들의 머릿속에서 여전히 작동하는 것도 바로 이런 유의 판타지다.) 케이스먼트 자신이 부임 당시 콩고 인구가 처음 콩고를 여행했을 때에 비해 얼마나 급격히 감소했는지 체감했을 정도였다. 레오폴 체제가 300만 명을 살해했다는 것이 케이스먼트의 추산이었고, 나치가 자행한 유대인 홀로코스트의 규모인 600만 명에 달한다는 것이 지금까지의 여러 추산이다.

레오폴이 이렇게 말한 것은 1897년이었다. "'본국' 요원들이 콩고에서 완수해야 하는 과업은 고귀하고 고상하오. 적도 아프리카의 한복판에서 문명 건설의 과업을 이행하는 것이 그들의 의무요. [……] 우리 문명사회들은 인간의 생명을 중시하건만, 야만 부족들은 그것이 얼마나 중요한 것인지 모르니 말이오."[12] 케이스먼트가 스스로 떠맡은 과업은 목소리를 잃어가는 사람들의 목소리가 되어주는 것, 제국주의 자체의 권위가 부당한 권위임을 증명하는 그들의 경험에 권위를 실어주는 것, 그들의 육체에 가해지는 사적, 개인적, 국지적 고통을 거기서 수천 킬로미터 떨어져 있는 유럽과 미국의 공적, 정치적 사안으로 만드는 방식으로 그들의 대변인이 되는 것이었다. 케이스먼트의 보고서는 스스로를 교양인 또는 문명인이라고 생각하는 사람들을 자기 회의에 빠뜨리는 시대사적 사건(예컨대 아우슈비츠, 또는 베트남 같은 종류의 사건)이 아니었을까. 아무도 몰랐던 새로운 내용을 폭로하는 보고서는 아니었다 해도, 반박할 수 없는 구체성과 무시할 수 없는 신빙성을 갖춘 최초의 보고서였다. 빅토리아시대 사람들이 1차 세계대전 발발 이전에 전 세계로 우르르 몰려 나갈 때 동력이 되었던 그 역겨운 자기 확신을 최초로 깨뜨린 사람이 있다면, 그 사람이 바로 케이스먼트가 아니었을까. 케이스먼트의 삶을 규정하는 두 단어인 의혹과 분열은 20세기라는 새로운 세기에 정확하게 들어맞는 단어였고, 콩고 보고서는 그 20세기의 첫 이정표 중 하나였다.

그에게 국제적 명성을 안겨준 콩고 보고서였지만, 그의 상관들의 입장은 오히려 복잡해지기만 했다.(상관들은 그의 업무를 그리 반기지 않았다.) 케이스먼트 자신도 깨닫고 있었듯, 상관들도 본질적으로는 레오폴의 똘마니들과 크게 다르지 않았고, 상관들이 보고서에 관심을 가졌던 것은 인권의 옹호를 위해서였다기보다는 벨기에 국왕의 체면을 깎는 방식으로 자기네 권력을 강화할 수 있겠다는 생각에서였다. 케이스먼트가 영사로 근무했던 것은 그 자리가 요구하는 사명을 다하기 위해서였다기보다는 그 자리에 앉아 있는 편이 일하기 편해서였던 것 같다. 레오폴은 그의 보고서를 비난했고, 일부 논자들은 그의 보고서를 가리켜 가톨릭에 대한 영국 프로테스탄트의 공격이라고 했다.(한 아일랜드계 미국 신문도 그런 논조였다.) 하지만 레오폴이 체면을 되찾기 위해 파견한 독자적 조사단이 오히려 보고서의 타당성을 확인해주었다. 1908년, 레오폴은 자신의 사설 제국을 벨기에 정부에 넘기지 않을 수 없었다. 이로써 '벨기에령 콩고'가 된 이 나라는 1960년에 독립해서 지금의 자이르°가 되었다.

○   1971년 10월 27일부터 1997년 5월 16일까지 사용되었던
       콩고민주공화국의 옛 이름.

1965년부터 이 나라를 통치하고 있는 모부투 대통령(미국의 지원을 받는 독재자)은 그동안 이 나라의 열대우림과 주민들을 매우 효율적으로 착취해왔고, 지금은 세계 최고의 부자 중 한 명이 되었다. 국토 면적이 미국의 4분의 1가량 되는 이 나라에서 주요 교통수단은 여전히 콩고강의 배편이고, 도로는 여전히 부족한 상태다.°

몇 년 전에 콩고강을 여행했던 친구 힐러리가 그때 보고 들은 것들을 말해주었다. 콘래드와 케이스먼트가 콩고강을 여행했던 때로부터 오랜 시간이 흘렀지만(두 사람이 거슬러 올라갔던 강을 힐러리는 거슬러 내려왔다.), 벨기에인들이 싸질러놓은 온갖 악습에 시달리고 있는 것은 여전한 듯했다. 믿어지지 않을 만큼 숲이 울창하고 폭력적이고 후진적인 나라라는 이야기, 콩고강 배편은 한 줄로 연결된 거룻배(승선 인원 약 3000명)뿐이라는 이야기도 들었고, 현지에서 만난 몇몇 여행자와 함께 선실을 예약했는데 안에 들어가보니 바닥에 구더기가 너무 많아서 선실은 짐 보관용으로 사용하고 밤에는 다른 승객들과 마찬가지로 복도에서 잤다, 라는 이야기도 들었다. 살아 있는 것들이 많다, 도처에 살아 있는 것들이 있다, 물 밑에는 콘래드가 묘사했던 악어들이 있다, 밀림이 키싱가니(식민지 시대에는 스탠리빌이었던 콩고강의 항구도시)를 잠식하고 있다, 강을 따라 내려갈 때 두

° 모부투는 1997년에 축출당했고, 국호는 다시 콩고민주공화국으로 바뀌었다.

번째 항구도시에서 훈제 원숭이 뭉텅이가 엄청나게 많이 배에 실리더라, 털가죽이 그냥 붙어 있는 것들도 있더라, 얼굴은 찡그린 표정 그대로더라, 라는 이야기도 들을 수 있었다. 훈제 원숭이가 귀한 음식인가, 아니면 일상적인 음식인가 하고 내가 묻자 자이르에서는 **일상적인 음식**이 귀하다, 라고 힐러리는 대꾸했다. 사방에 군대가 깔려 있다, 어느 날인가는 힐러리가 다른 외국인들과 함께 갑판에서 일광욕을 하고 있었는데 같은 배에 타고 있던 군인들 몇몇이 말을 붙이더라, 군인 중 하나가 '여행자들의 일광욕 자세는 우리가 제일 좋아하는 고문 자세'라고 하더라, 힐러리가 '당신들은 고문하는 법을 어디서 배우냐' 라고 물으니 군인 중 하나가 '미국에서 배워 왔다'고 하더라, 라는 이야기도 들을 수 있었다. 케이스먼트의 업적이 아무리 대단하다 하더라도 비인도적 행위를 영구적으로 차단할 정도는 아니었고, 장기적으로 보았을 때 국민주의가 제국주의보다 언제나 더 인도적인 것은 아니었다.

케이스먼트는 콩고 보고서를 통해 새로운 종류의 영웅이 되었다. 제국의 정글을 탐험한 것은 기존의 영웅과 마찬가지였지만, 탐험의 목적은 유럽의 권력을 강화하는 것이 아니라 오히려 축소하고 개혁하는 것이었다. 퇴직을 고려하던 그는 일단 병가를 내고 아일랜드를 여행했다. 그의 국민주의 의식이 깨어나기 시작한 것이 바로 그 여행에서였다.(열혈 국민주의자 겸 역사가였던 작가 앨리스 스토퍼드 그린(Alice Stopford Green)과의 우정이 깊어진 것도 그 여행에서였다.) 그의 혈통은 아일랜드와 영국의 혼혈이었지만, 그가 자신의 운명을 걸고 충성하기로 한 나라는 영국이 아니라 아일랜드였다. 문예부흥운동(Gaelic Revival, 아일랜드 토착어의 멸실을 막기 위한 소소한 활동들로 시작해서 후일 케이스먼트가 참여하게 되는 대대적 혁명으로 귀결)이 한창일 때였다. 그 시기의 분위기는 제임스 조이스의 「죽은 사람들」에 잘 나타나 있다.(한 젊은 여성이 방학에 해외에 나가기로 한 주인공을 비난하면서 차라리 서해 지역에서 아일랜드어를 배우는 편이 낫지 않느냐고 한다.) 국민주의가 정치적 차원과 문화적 차원에서 동시에 깨어나는 시기였다. 케이스먼트의 거래 은행에서 보내온 은행에 편지를 보낼 때 제발 아일랜드어를 쓰지 말아달라는 내용의 짜증 섞인 편지가 이 시기의 케이스먼트 서류에 끼어 있기도 했다.

케이스먼트에게 아일랜드는 실제로 집으로 삼을 만한 편한 곳이었다기보다는 집의 이상 같은 곳, 정체성의 토대 같은 곳이 아니었을까 싶다. 그는 국민주의자가 된 후에도 대개 해외에 나가 있었다. 식민지 아프리카가 마치 케이스먼트 본인처럼 서로 다른 정의들 사이에 끼어 있는 곳이었기 때문일까, 그의 몇몇 발언들을 들어보면 그에게 가장 편한 곳은 아프리카였던 것 같다. 다른 일을 구하지 못하고 외무부 업무에 복귀한 그는 남아메리카에 배속되어 푸투마요 시찰단을 이끌게 되었다. 푸투마요는 당시에는 페루 영토였고, 지금은 페루와 콜롬비아 국경 지역이다. 푸투마요라는 이름은 아마존강의 지류인 푸투마요강에서 왔다.

케이스먼트의 푸투마요 보고서는 콩고 보고서와는

달리 그다지 드라마틱한 파장을 불러일으키지 못했지만(푸투마요는 내가 자연사박물관에서 발견한 나비가 잡힌 곳이다.), 푸투마요의 상황은 기본적으로 콩고의 상황과 똑같았다. 콩고와 마찬가지로 푸투마요 또한 사설 노예노동 수용소로 바뀌어버린 고무 산지였다. 케이스먼트의 1910년 시찰 일기에는 잡다한 주제가 두서없이 섞여 있다. "9월 30일 [⋯⋯] 새로운 고문 방법: 고무를 헹굴 때 물속에 처박기. 겁을 주는 것이 목적이라니! 기타 방법: 때리기. 총구 박기. 정글도(machete)로 등에 상처 내기. [⋯⋯] 프란치스코를 불러오게 시킴. 오늘 밤에 취조할 수 있게. / 낮에는 강에서 수영함. 좋았다. / 안도크(Andoke)° 사람들이 와서 나비를 잡아주었다. 나한테도 주고 반스한테도 주었다. 부족장이 우리를 끌어안고 우리 가슴에 머리를 댔다. 얼마나 가슴이 아프던지. 부족장은 우리를 안도크의 친구라고 생각해주고 있는데. / 길구드가 나를 케이스먼트라고 부르지 못하게 해야지. 뻔뻔스러운 놈. / 몸 상태가 별로. 저녁 식사 생략."[13] 10월 6일. 눈부신 황제나비들을 목격했다. 그다음 날. "경이로운 나비 표본. 내가 지금까지 본 것 중에 최고." 10월 27일. 이동 중에 나비 세 마리를 잡았다. "마음을 좀 가라앉히기 위해 즉흥적으로 나비 사냥을 시작했다. [⋯⋯] 표본을 만들면 근사할 것 같았다. 모래색 강변이 화려한 날개로 불타고 있었다. 검은색 & 노란색의 거대한 날개들, 푸른색 & 하얀색의 수려한 날개들, 주홍색 & 황

○   남아메리카 원주민 부족.

토색 & 자황색 & 유황색의 무수한 날개들."[14]

케이스먼트의 한 전기에 따르면, 나비 사냥은 시찰 범위 너머의 증언을 수집하는 전략이었다. 나비, 짜증스러운 시찰단 동료, 살인자와 어울려야 하는 만찬, 케이스먼트 본인의 질환, 수영을 즐기는 시간, 반라의 원주민을 바라보는 케이스먼트 본인의 감탄 어린 시선 등등은 푸투마요 공식 보고서에 나오지 않는다. 콩고 보고서와 마찬가지로 푸투마요 보고서는 누가 어디에서 어떤 종류의 고문을 자행했는가(밀림에서의 다양한 관심사로부터 추출된 정치적 정보들)를 무자비하도록 상세하게 기록할 뿐이다. 보고서에 기록된 잔혹 행위들이 고무 수확 경제 계획을 강제하는 방법인 줄 알았는데 알고 보니 고무 수확 노동력을 사실상 절멸시키고 있었다는 것도 콩고의 상황과 마찬가지였다. "현 체제로 10년이면 인디오 주민 전체가 없어질지도 모른다고 내가 걱정했더니, 이 남자는 한 술 더 뜨면서, '10년은 너무 길고, 6년이면 [……]'"[15] 푸투마요의 참상은 아프리카에서 목격한 그 어떤 참상보다 더하다는 것이 케이스먼트의 판단이었다.

밀림의 케이스먼트를 상상해본다. 그에게는 책임져야 할 정부가 있었고, 그의 마음에는 양심이 있었고, 그의 주변에는 더없는 연민을 불러일으키는 푸투마요 사람들이 있었다. 그가 느꼈을 책임의 무게, 죽음과 고통의 무게를 상상해본다. 열대림, 수풀과 진흙의 수렁, 습한 공기, 강력한 중력에 짓눌리는 느낌, 아니면 어느 거대하고 낯선 행성 위에 불시착한 느낌과도 비슷했을 그의 세상을 상상해본다. 바로 그런 세상에서 너무나 가볍게 공중을 날아다니는 나비를 상상해본다. 언젠가 테오도어 아도르노는 아우슈비츠 이후에는 시가 존재할 수 없다고 했지만, 참상 속에 나비가 존재해서는 안 되는 것일까? 세상을 좋게 만들기 위해 애쓰는 우리는 세상의 좋은 것을 맛보면 안 되는 것일까? 혁명가들과 활동가들이 줄곧 스스로에게 던지고 있는 질문이다. 케이스먼트는 대답한다. 좋은 것을 맛보자. 청옥색과 유황색 나비를 잡으러 다니자. 강에서 수영을 즐기자. 일기를 쓰자. 정의를 위한 투쟁이라는 끝없는 과업에는 휴식의 시간이 필요하다. 아우슈비츠 이후에는 시가 존재할 수 없다고 말한 아도르노의 세대는 나치의 유대인 (그리고 집시, 동성애자, 나치 반대자) 홀로코스트가 유일무이한 대량학살이라고 믿는 세대였다. 그 세대에게 아일랜드의 크롬웰, 아르메니아의 터키인들, 케이스먼트의 두 보고서는 이미 망각 속에 묻힌 과거였고, 캄보디아, 과테말라, 르완다는 아직 예견되지 못한 미래였다. 아우슈비츠 안에 시인이 있었다. 수감 중에 단테를 인용한 프리모 레비 같은 작가도 있었다.(레비는 수용소에서 살아남아 수용소를 규탄하는 서정적인 책을 썼다.) 그런 참혹한 순간에도 경험에는 어떤 복잡한 면, 단순화될 수 없는 면이 있을 것이라고 케이스먼트의 나비는 말하는 듯하다. 청년아일랜드당의 1848년 봉기를 이끌었고 봉기가 실패로 돌아간 뒤 아일랜드를 떠나야 했던 T. F. 미그허(T. F. Meagher)는 한때 구름 떼처럼 모여들었던 지지자들을 떠올리면서 여자들의 머리칼("폭풍 같은 함성 속에 흩날리던, 정리되지 않은, 젖은, 엉킨" 머리칼)을 함께 떠올리지 않을 수 없었다.[16] 봉기와 흩날리는 머리칼을 분리할 수 없는 기억이 있듯, 나비와 참상을 분리할 수 없는 기억이 있을지 모른다. 이성이 아무리 두 가지를 분리한다 해도, 누군가의 경험 속에서는 두 가지가 결코 분리될 수 없을지 모른다.

1910년, 40대 중반의 케이스먼트는 명확한 목적의식을 품고 행동의 수위를 높이고 있었다. 1911년, 영국 정부는 인권에 기여한 공로로 그에게 기사 작위를 수여했다. 같은 정부가 그를 사형시키기 5년 전이었다. 그는 본인의 서임에 어정쩡한 반응을 보였던 것 같다. 당시 그가 영국으로부터 멀어지는 중이었던 것은 상당수의 아일랜드인들과 마찬가지였다. 1912년, '아일랜드 자치법' 법안이 세 번째로 제출되었다. 1800년부터 이어져 온 영국과의 정치 연합을 종식시킬 가능성, 파넬이 처음 제기했던 가능성이 또 한 번 제기된 것이었다. 북부의 반발은 거셌다. 선동가형 정치가 에드워드 카슨(Edward Carson)이 반발을 부채질하고 있었다. 정착 초기에는 식민지를 개척하는 경제적, 종교적 프로테스탄트 난민 세력이었고 울프 톤 봉기 때는 가장 강력한 아일랜드 독립 지지 세력이었던 북아일랜드인들이 이제 '아일랜드 자치법'에 반대하는 연합주의 세력으로 조직화되고 있었다. 무기와 병력이 모이기 시작하면서 민병대 규모는 순식간에 수만 명을 넘어섰다. 이 북부 세력의 입장은 영국 정부가 아일랜드 독립을 허용한다면 영국 정부를 상대로 무력 투쟁을 벌이겠다는 것이었으니, 특이하다면 특이한 입장이었다. 남부에서도 뒤늦게 '아일랜드 국민의용군(National Volunteers)'이라는 대항 세력이 어렵사리 꾸려졌다.(북부 세력과 달리 무기를 국내로 반입하기가 대단히 어려웠다.) 아일랜드에서 갈등이 고조되면서 공권력의 폭력성이 드러나는 사건들이 이어졌고, 사회 전체에서 영국 정부에 대한 반감이 점점 강해지기 시작했다.

1차 세계대전이 발발한 1914년 8월의 케이스먼트는 미국에서 수많은 아일랜드 이민자들을 상대로 전투 자금 확보에 매진 중이었다. 그의 봉기 준비 작업은 한마디로 실패였다. 미국에서의 기대는 거의 수포로 돌아갔고, 자칭 아일랜드 특사 케이스먼트는 부활절 봉기를 앞둔 1년 반 동안 독일에서 아일랜드 전쟁포로들을 상대로 해방군에 들어오라고 설득하는 일, 아니면 무관심한 독일 정부를 상대로 지원을 쥐어짜내는 일로 세월을 보냈다. 종종 신체 질환에 시달리고 가끔 피해망상에 시달린 시간이었다. 적의 적은 친구라는 애초의 전체가 엄청난 실수였음을 깨달은 시점은 독일을 떠나기 직전이었다. 하지만 케이스먼트는 그런 환멸 속에서도 무기선적 선박 한 척을 얻었고(하지만 이 배는 아일랜드 해안에서 침몰했다.), 1916년 성 금요일에 아일랜드에 도착할 수 있는 잠수함 이동편도 확보했다. 부활절 봉기가 시작되기 전에 미리 도착하면, 외국의 지원이 없다는 소식을 전달해 봉기를 연기할 수 있으리라는 생각이었다.

부활절 봉기의 중심인물이었던 교사 겸 아일랜드 문예부흥운동가 패트릭 피어스(Patrick Pearse)가 보았을 때, 이 봉기의 의미는 그저 부활절에 일어나는 사건이 아니라 아일랜드의 부활을 위한 피 흘림이었고, 봉기의 목적은 더블린이라는 물리적 공간을 차지하는 것이 아니라 아일랜드인들의 상상력을 차지하는 것이었다. 기독교의 이미지가 가득 스며 있는 봉기였다.('부활절' 봉기가 기독교 봉기가 아니라면 달리 무엇이겠는가?) 피어스가 중앙우체국 계단에서 낭독한 「아일랜드공화국 선언」이 시인 공동체에서 나온 시문학인 것은 「미국 독립선언」이 계몽주의 공동체에 나온 계몽문학인 것과 마찬가지다. 「아일랜드공화국 선언」에 따르면, "그녀[아일랜드]는 우리를 통해서 자기 자녀들을 자기 깃발 아래 불러 모아 자기의 자유를 위해서 싸운다." 성별이 있고 의도가 있는 아일랜드라는 존재가 어느 알 수 없는 곳에서 명령을 하달했으니, "우리"[봉기 참가자들]는 지금 그 명령을 이행하고 있을 뿐이라는 식의 표현이다. 아일랜드를 젊은 여자, 늙은 여자, 자녀를 둔 여자 등으로 의인화하는 관행에는 유구한 역사(때때로 감상에 빠지기도 하는 역사)가 있지만, 이런 표현이 혁명 문건의 첫 문장에 나온다는 점은 특별한 주목을 요한다. 국민주의가 이야기와 노래라는 대중적 기반으로부터 비롯되는 대의라는 것을 분명히 해주는 표현인 동시에, 아일랜드 혁명에서 아일랜드 문예부흥운동(아일랜드 신화, 아일랜드 시문학, 아일랜드 정서 그 자체)이 얼마나 큰 비중을 차지했는가를 짐작케 해주는 표현이기 때문이다. 이 혁명의 주동자들은 시인들, 여름학교에서 게일어를 배우는 학생들, 오랜 옛날의 바드° 또는 더

° 켈트 문화에서 전문적인 스토리텔러이자 시인, 음악가, 구술 역사가를 일컫는다. 주로 저명인이나 후원자를 찬미하거나 그 죽음을 애도하는 비가, 지방의 전설 등을 노래했다.

오랜 옛날의 신화를 연구하는 학자들이었고, 이 혁명의 동력은 독립의 상상력(아일랜드가 영국에 종속된 작은 섬이 아니라 자랑스러운 독립국이라는 상상의 힘)이었다.

아일랜드 토착어의 복잡한 문법을 하나하나 익혀가는 사람들이 일구어낸 혁명. 케이스먼트의 푸투마요 나비처럼 경이롭다. 경이로운데, 좀 난데없다. 지나치다. 시문학 자체에 그런 중력과 무중력이 공존하는 것 같기도 하다. 국민적 차원의 봉기가 있으려면 먼저 국민적 정체성이 있어야 하는 것도 사실이고, 아일랜드 문화의 융성이 부활절 봉기로 이어지던 그때만큼 시문학의 정치적 중력을 확실히 느끼게 해주는 경우가 없는 것도 사실이다. 「아일랜드공화국 선언」의 서명자 일곱 명 중에서 세 명은 시인, 두 명은 교사, 한 명은 음악가, 한 명은 노조원 겸 역사가였다. 케이스먼트는 봉기의 실질적, 즉각적 결과만을 중요하게 고려했다. 그의 가장 큰 잘못은 그렇게 봉기의 상징적 가능성을 과소평가했다는 것, 시인처럼 계산하지 않고 정치가처럼 계산했다는 것이었다. 그가 봉기에서 수행한 역할은 부활절 주일의 전국 봉기를 취소시킨 것, 이로써 봉기가 부활절 월요일에 더블린에서만 시작되게 만든 것이었다. 그가 시인의 생각을 이해했더라면, 아니, 그가 외부 지원이 없으리라는 소식을 전하지 못했더라면, 아니, 그가 아예 상륙하지 않았더라면, 많은 것이 달라지지 않았을까?

케이스먼트는 아버지로부터 바다에서 헤엄치는 법을 배운 이래 평생 바다를 떠도는 듯한 삶을 살았다. 그의 주위에는 항상 외국인들과 적국인들이 있었고, 그의 헌신이 어느 나라를 위한 것인지 대개의 경우는 확실치 않았고, 그의 사생활은 수시로 그의 공무와 불화했다. 독일 잠수함으로 아일랜드 서해 딩글 반도 근처에 도착한 그는 다른 두 사람과 함께 작은 코라클로 갈아타고 육지에 닿았고, 이로써 국민주의자이자 순교자라는 자기 자신의 참모습에 닿았다. 그가 누이에게 보낸 편지에서 그 순간을 묘사한 대목은 그의 가장 잘 쓴 글 중 하나다. "아일랜드에 상륙했을 때 새벽이었는데 [……] 파도에 휩쓸리다가 헤엄치다가 어딘지 모르는 곳까지 떠밀려왔어요. 1년이 넘도록 느껴보지 못한 행복감을 그때 처음 느꼈어요. [……] 이렇게 될 운명이리라는 것은 그때 이미 알고 있었어요. [……] 모래 언덕에서 새벽 하늘로 가득 날아오르는 종달새들을 보았을 때는 말로 표현할 수 없는 느낌이었어요. 그런 새소리를 들은 것은 몇 년 만에 처음이었어요. 계속 밀려오는 파도를 헤치고 걸음을 옮길 때, 하얀 파도 너머에서 들리기 시작한 새들의 노랫소리가 커녀 고성으로 올라가는 내내 들려왔어요. [……] 사방에는 프림로즈와 야생 바이올렛, 하늘에는 종달새 노랫소리, 정말 아일랜드로 돌아왔다는 느낌이었어요."[17] 그는 자기가 다른 봉기 주모자들과 함께 사형당하리라는 것을 알고 있었고, 붙잡혔을 때는 이미 그 사실을 차분히 받아들이고 있었다. 그의 평생에서 가장 차분했던 시기는 그렇게 아일랜드 땅에 닿고부터 죽기까지였던 것 같다.

전쟁 중에 해안 오지에서 물에 흠뻑 젖은 채로 걸어

가는 낯선 세 사람은 눈에 띌 수밖에 없었다. 세 사람은 곧 트랄리 경찰에 체포되었다. 케이스먼트는 신원 조사 중에 자기가 버킹엄셔에 사는 영국인이고 항해성자 브렌던(St. Brendan the Navigator)의 전기를 쓴 사람이라고 말했고, 압송을 앞두고 있을 때 한 동네 신부를 통해 겨우 봉기 주모자들에게 소식을 전할 수 있었다. 그는 결국 아일랜드에서 런던으로 압송되었는데, 중간에 더블린을 경유했지만, 그곳에서 무슨 일이 벌어지고 있는지는 모르는 채였다. 누군가 그에게 반역죄로 기소되리라고 하자, 그는 "정말 그랬으면 좋겠네요."라고 대꾸했다. 케이스먼트 재판이 시작되었을 때는 「아일랜드공화국 선언」 서명자 일곱 명이 이미 총살당한 이후였다. 전시의 영국은 케이스먼트의 신병을 처리하면서 중세 정권 같은 난폭함을 드러냈다. 그의 첫 감옥이었던 런던탑은 군의 감시하에 24시간 강한 조명이 켜져 있었고, 그는 케리에서부터 입고 와서 몸에 말라붙은 옷을 그대로 입고 있어야 했다.

케이스먼트의 기소에 적용된 법은 아이러니하게도 1351년에 고대 프랑스어로 작성된 반역법으로 거슬러 올라갈 수 있다. 이 반역법은 영국 지배층이 프랑스의 후예를 자처하던 시절, 곧 영국이 아일랜드를 거의 모르던 시절의 유물이다. 해당 조항에서 쉼표를 읽어낼 것이냐, 조항 속 단어를 어떻게 번역할 것이냐가 재판의 논란거리였고, 케이스먼트의 상륙을 목격한 케리 주민 중 일부는 증언 중에 영국 법정이 거의 이해하지 못하는 아일랜드영어(brogue)를 사용했다. 반역죄가 가정하는

마음의 발걸음

국민이라는 개념이 이런 언어 문제들로 인해 체면을 잃었다. 같은 아일랜드인인 조지 버나드 쇼(George Bernard Shaw)는 케이스먼트가 애초에 영국인이 아닌 만큼 영국에 대한 반역죄 자체가 성립할 수 없다는 변론이 필요하리라고 보았다. 케이스먼트가 실제로 그런 내용으로 발언했지만 사형선고가 내려진 후 최후 진술에서였고, 그의 연설은 놀랍도록 명쾌하고 완전했다.

케이스먼트에게 가장 불리하게 작용한 증거는 그가 런던에 남겨두었다가 경찰에게 압수당한 1903년, 1910년, 1911년 일기(일명 '블랙 다이어리')였다. 반역과는 아무 상관이 없었고 법정에 제출된 적도 없었지만, 그의 운명을 확정 짓고 그의 평판을 무너뜨린 것은 바로 이 자료였다.(남자들과의 왕성한 성생활을 간결하게 정리한 기록이었다.) 같은 아일랜드인이었던 오스카 와일드가 동성애로 기소당한 때는 케이스먼트가 반역죄로 기소당한 때로부터 불과 21년 전이었고, 와일드의 재판 결과는 유죄, 징역, 추방, 오명, 죽음(와일드 본인의 표현을 빌리면, "분수에 안 맞게 살다가 분수에 안 맞게 죽는" 죽음)이었다. 케이스먼트가 동성애로 기소당한 것은 아니었다 해도, 케이스먼트의 동성애를 심판할 여론은 와일드가 사회적으로 매장당한 이래로 거의 변하지 않은 상황이었다. 그의 친구 중에 유력 인사들이 많았다는 것과 그에게 영웅적 과거가 있었다는 것을 고려하면 사면도 가능했겠지만, '블랙 다이어리'의 사본을 언론과 유력 인사들에게 뿌리는 방식의 인신공격이 자행되면서 사면을 위한 지원사격이 어려워지기도 했다. 그를 저버리는 친구도 있었고 끝까지 그를 지지하는 친구도 있었다. 나중에는 '블랙 다이어리'가 위조문서라는 주장이 대세로 널리 받아들여졌다. 파넬 시대에 일어난 피닉스 공원 살인사건(아일랜드 총독과 부총독이 암살당한 사건)과 위조 편지 사건(파넬이 그 사건을 묵인했음을 암시하는 편지가 나온 사건)을 기억하는 사람들이 아일랜드에 아직 많았다. (파넬은 이 사건과 관련해서는 혐의를 벗었다. 하지만 나중에는 간통죄로 기소되었고, 그때의 기소 내용은 사실이었다. 이로써 파넬의 이력은 끝났다.) 케이스먼트 역시 증거 위조의 희생자였다고 주장하는 책이 지금까지 계속 나오고 있지만, 블랙 다이어리가 진짜라는 데는 의심의 여지가 없는 듯하다. 하지만 그동안 일기는 확실히 변했다. 내용이 달라진 것은 아니지만 다른 읽기가 가능해졌다.

　　　케이스먼트는 평생 벽장(closet)의 창문으로 살아야 했다. 그의 전기를 쓴 대부분의 작가들이 그에게 적대적 태도를 취하는 것은 그런 그의 섹슈얼리티 때문인 듯하다. 그가 풍경의 아름다움을 알아보지 못했다는 것에서부터 그의 섹스 파트너가 "최하층"이었다는 것에 이르기까지 온갖 사소한 점들이 그의 전기에서 계속 비난의 대상이 된다.[18] 1970년대 말에 앤서니 블런트(Anthony Blunt) 스파이 스캔들°이 터진 직후 케이스

○　　　영국의 저명한 예술사학자였던 블런트는 2차 대전을 전후로 소련
　　　스파이로 활동한 '케임브리지 5인' 중 한 명이다. 1964년에 그는 자신의
　　　스파이 활동을 자백했고, 기밀이던 자백 내용이 1979년에 폭로되었다.
　　　블런트는 동성애자였고 케임브리지 5인의 또 다른 멤버인 가이 버지스
　　　(Guy Burgess)도 동성애자로 알려졌다.

먼트의 전기를 쓴 작가 중 하나는 반역과 동성애 사이에 깊은 상관관계가 있을 것이라고까지 했고(냉전 시대 영국에 게이가 소비에트 스파이들밖에 없었다면 그래도 조금은 더 신용할 수 있는 이야기였을 것이다.), 케이스먼트의 전기를 쓴 가장 권위 있는 작가 중 하나는 결론에서 케이스먼트를 가리켜 "천성적으로 분열적이었던 인물, 자칫 잘못했으면 정신병자의 비일관성을 드러냈을 인물"이라고까지 했다. 하지만 감정이 과도했다는 것과 글 솜씨가 좋지 않았다는 것을 제외하면 케이스먼트를 그렇게까지 혹평할 이유는 없을 것 같다.(더구나 두 가지 다 대개의 후기 빅토리아인이 공유했던 약점이다.) 용기, 다정함, 짓눌린 이들의 권리를 위한 헌신은 한편으로는 그의 삶 전체에 일관성을 부여하는 특징들이었고, 다른 한편으로는 공직자에서 혁명가로의 전면적 전향이 제국주의의 잔혹함에 저항하기 위한 타당한 수순이었음을 납득시켜주는 근거들이었다.(공직자로서의 삶이 아프리카와 아메리카에서 유럽의 제국주의를 개혁하는 삶이었다면, 혁명가로서의 삶은 유럽으로 돌아와서 제국주의와 투쟁하는 삶이었다.)

쾌감과 고통은 가장 개인적이고 수치스러운 가장 표현하기 힘든 경험이고 금기다. 케이스먼트는 쾌감과 고통을 묘사하되, 그 객관적 결과와 그 외면적 신호를 묘사한다. 그의 보고서에 등장하는 고통의 묘사는 신체 손상, 인구 격감, 상처의 화농, 절단 부위, 시체 같은 것들로 한정되어 있고, 그의 일기에 등장하는 성애의 묘사는 눈동자의 아름다움, 고환의 크기, 성행위의 동작 같은 것들로 한정되어 있다. 그런 글을 그는 왜 썼을까? 보고서는 공식적 정치 문서였으니까 그렇다고 쳐도, 본인을 그렇게 망가뜨리게 되는, 그리고 결국은 본인을 죽음으로 몰아넣게 되는 일기를 그는 왜 썼을까? 자신의 삶에서 비밀로 남겨두어야 할 부분을 일기에서는 솔직히 인정할 수 있었기 때문일 수도 있지만, 자신의 공사다망한 삶을 관리하는 비망록이 필요해서였을 수도 있다. 실제로 그의 일기에는 성애의 묘사와 함께 날씨, 사교 모임 일정, 건강 상태, 금전 관계 등이 기록되어 있다. 어쨌든 케이스먼트의 일기는 그 많은 빅토리아시대 사람들이 쓴 장황하고 문학적인 글이 아니라 바쁜 일정을 처리하거나 복기하는 데 필요했을 짤막한 메모이다.

어쩌면 케이스먼트의 일기도 빅토리아시대의 수집 전통 속에 있는 작업이었을 수 있다. 그렇게 보자면 그의 일기는 자기 자신의 경험을 수집하는 작업이었다. 원하는 상대를 묘사하거나 원하던 상대와 만났을 때를 묘사하는 대목들을 보면, 곤충학자의 메모와 거의 비슷하다.(곤충학자의 메모에서도 취향과 쾌감을 엿볼 수 있다.) 실은 많은 사람들이 그런 측정 습관을 보여주는데(케이스먼트의 경우에는 페니스를 측정하고, 많은 이성애자 남성들의 경우에는 특정 부위의 치수나 특정 행위의 횟수를 측정한다.), 그런 습관을 목격할 때마다 나는 측정의 결과로 승부를 정하는 낚시꾼들, 운동선수들을 떠올리곤 했다. 그렇게 보자면 케이스먼트의 기념비가 박물관의 나비라는 것도 그리 부적절하지는 않은 듯하다. 박물관 자체가 다양성의 기념비이자 대영제국 식민지 사업의 기념비이자 수집욕과 분류욕의 기념비니까 말이다. 마지막으로, 스페인어로 나비를 뜻하는 mariposa가 라틴아메리카에서 영어의 faggot 또는 fairy에 얼추 대응하는 비속어로 쓰인다는 것을 아이러니한 각주로 덧붙여본다.°

케이스먼트의 보고서와 일기를 읽는 일은 빅토리아 문화권이 육체의 가능성을 얼마나 협소하게 설정했나를 새삼 확인하는 일이기도 하다. 타인에게 고통을 가하거나 타인으로부터 육체적 고통을 당할 가능성도 없고, 협소하게 정의 내린 이성애적 쾌감을 넘어서는 쾌감을 경험할 가능성도 없는 육체로 상정된 빅토리아 문화권의 육체는, 육체의 주인이 육체를 제외한 모든 전선에서 과잉 활동성을 발휘함으로써 최대한 외면하고자 했던 묘하게 비활성화된 검은 대륙(dark continent)인 듯하다. 그렇게 보자면 케이스먼트의 동성애는 아일랜드를 포함한 빅토리아 문화권으로부터 멀리 떨어진 다른 문명 세계가 오히려 그의 욕망을 받아들이고 실현하기에 좋은 곳이었음을 시사하는 방식으로도 그의 뿌리 없는 삶을 이해하게 해준다. 그로브 출판사가 1959년에 펴낸 케이스먼트의 1903년과 1910년 일기는 나를 포함해서 요즘의 샌프란시스코 독자들에게는 전혀 충격을 주지 못한다. 무수한 대도시 신문의 게이 광고면에 비해 크게 실험적이거나 노골적인 면도 없다. 오히려 독자의 눈길을 사로잡는 것은 거의 모든 종류의 섹스에 수치스러움과 더러운 느낌이 묻어 있던 시대였음에도 불구하고 케이스먼트가 성애의

°   한국어로는 '호모'쯤에 해당하는, 남성 동성애자를 비하하는 비속어.

상대를 길게 만난 애인이든 처음 만난 애인이든 어떤 인종이든 높이 평가하고 성애의 시간을 즐긴다는 사실이다. 비슷한 다른 글, 예컨대 케이스먼트가 일기를 쓴 때로부터 20년 뒤에 나온 헨리 밀러(Henry Miller)의 글과 비교하면, 잘난 척하지 않고 파트너를 비방하지 않는다는 점만으로도 훌륭하다. 이렇게 보자면 빅토리아 문화권이 고문의 실상을 폭로하는 공문서를 허용했으면서 은밀한 쾌락을 담아놓은 사문서는 허용하지 않았다는 것도 특이하다. 그는 어떻게 이런 이례적 관점을 취할 수 있었을까, 그는 어떻게 권력의 역장 너머에서 권력의 작용을 감지할 수 있었을까, 그는 어떻게 침묵당한 것에 목소리를 줄 수 있었을까, 아일랜드인이라는 정체성 덕분인 것 못지않게 동성애자라는 정체성 덕분이 아니었을까, 하는 생각이 드는 것도 이런 맥락에서다.

성역할(gender role)의 단순성을 해체하는 동성애 앞에서 우리는 두 가지 상반된 결론에 도달할 수 있다. 성역할 그 자체가 성별(gender)의 다양한 가능성이라는 넓은 스펙트럼을 좁게 한정하는 사회적 관습일 뿐이라는 결론을 내릴 수도 있고, 주류 사회가 인정한 성역할로부터 벗어나고자 하는 것은 범죄, 질병, 일탈이라는 결론을 내릴 수도 있다. 요컨대 게이와 레즈비언이 비정상이라는 결론을 내릴 수도 있고, 아니면 동성애가 비정상이라는 이야기가 주류 사회의 픽션이라는 결론을 내릴 수도 있다. 그중에서도 특히 남성 동성애는 주류 사회의 현상태(status quo)에 위협이 된다. 남성이 욕망의 주체인 동시에 욕망의 대상이라는 사실, 남성이 꿰뚫는 존재인 동시에 꿰뚫릴 수 있는 존재라는 사실은 권력과 젠더가 일방향으로 작동하리라는 주류 사회의 상상을 무너뜨린다. 남성성은 정체성을 구성하는 요소로서 인종이나 제국이라는 요소보다 훨씬 중요했다는 것, 남성성 개념을 흔들어놓을 수 있다면 다른 모든 것에 대한 재정의가 가능하리라는 것을 케이스먼트의 섹슈얼리티에 대한 당대의 반응은 분명하게 시사하고 있다. 그는 공무와 성애를 통해 권위 스펙트럼의 양극, 곧 제국의 권위와 침실의 권위를 무너뜨리고 있었던 동시에 남자라는 생물체를 다양성을 가진 존재로, 생각했던 것보다 더 잔혹하면서 더 취약한 존재로, 더 달라질 수 있는 존재로 재창조하고 있었다. 아일랜드는 혁명 이후 지금까지 교회와 정부가 주도하는 성(性) 보수주의로 유명세를 떨쳐왔다. 케이스먼트가 당대에 벽장 안의 게이였듯 아일랜드에서는 지금도 대부분의 게이가 벽장 안에 숨어 있다, 라고 더블린의 한 레즈비언 시인이 나에게 말하기도 했다.

케이스먼트는 고문의 세계를 묘사한 공문서로 영웅이 되었다가 성애와 쾌락의 세계를 묘사한 사문서로 악당이 되었지만, 문서 검토자의 세계관을 뒤흔들어놓았다는 점에서는 공문서와 사문서가 마찬가지였다. 그로브 출판사에서 나온 책을 보면, 공식 보고서와 사적인 일기가 한 실재의 두 판본인 듯 좌우에 나란히 실려 있다. 왼쪽 페이지의 케이스먼트는 구체적 시간과 장소를 배제하면서 수집된 증언과 도출된 결론을 건조하게 요약한다는 점에서 그저 증거자료를 검토, 판단하는 눈과 귀로 존재하는 반면, 오른쪽 페이지의 케이스먼트는 정리되지 않은 경험으로서의 온몸으로 존재하면서 준수한 외모의 현지 남자에게 눈독을 들이기도 하고 관리자와 생존자를 취조하기도 하고 유럽을 떠나온 유럽인들과 어울리기도 하고 병으로 앓아눕기도 하고 강물의 수위를 기록하기도 하고 수영하면서 놀기도 하고 나비를 잡으러 돌아다니기도 하고 섹스를 즐기기도 하고 자연 풍경에 감탄하기도 한다. 이상하기도 하고 진솔하기도 한 것이 이 뒤섞임이다.

　　　케이스먼트는 죽기 직전에 가톨릭으로 개종했다. 죽을 때 내 하느님의 몸이 내 최후의 만찬이라는 말을 남긴 것을 보면, 피의 희생이라는 부활절 봉기의 상징을 드디어 이해했던 것 같기도 하다. 1916년 8월 4일에 교수형이 집행되었다. 공권력의 폭력을 폭로하는 일에 긴 세월을 헌신했던 그가 공권력의 폭력에 희생당한 날이었다. 그의 시체는 곧 백회에 묻혀 썩기 시작했다. (반면에 그의 열대 나비는 자연사박물관의 박제물이 됨으로써 그가 열대우림에서 고문 가해자를 잡으러 다니는 틈틈이 눈부신 색깔의 환상을 잡으러 다녔음을 증명해주고 있다.) 1965년에 아일랜드 정부가 그의 유해를 수습해 왔지만, 그의 누이가 40년 전에 그를 위해 사두었던 아일랜드 땅(정확히 말해, 아직 독립하지 못한 북아일랜드 땅)은 그의 무덤이 되지 못했다. 케이스먼트의 죽음은 예이츠의 시 중에서 「로저 케이스먼트」(그의 일기가 위조문서라고 전제하는 시)와 「로저 케이스먼트의 유령」("로저 케이스먼트의 유령이 문을 두드리네"라는 후렴구로 케이스먼트의 멜로드라마적 문체에 참여하는 듯한 시)에 영감을 제공하기도 했고, 사형선고를 받았을 때의 케이스먼트는 유령이 되어 (사형선고의 근거가 된) 반역법이 제정된 시대의 갑옷을 입고 돌아오겠다는 농담 같은 약속을 남기기도 했다. 1970년대에는 케이스먼트의 유령이 여러 차례 목격되었다는 보도도 있었다.(그의 유령이 목격된 장소인 나이지리아의 칼라바르는 그가 영국 제국주의에 처음 발을 들여놓았을 때 영사로 근무한 곳이었다.) "친절한 유령이었다는 것이 모든 목격자의 말이었다."[19]라고 나이지리아 신문은 전했다.

5장 걸인의 길

더블린에서 버스를 타고 코크로 가는 길이었다. 자다 깨다를 반복했지만 꿈을 방해하는 풍경은 거의 없었다. 녹색 들판에서 눈을 뜨면 먼 곳에 폐허가 된 사각 탑이 있을 뿐이었고, 작은 마을에서 눈을 뜨면 나를 빼고는 다들 용무가 있는 것 같았다. 버스는 더블린과 코크 사이에서 한 시간 정도 정차했고, 승객들은 모두 하차해 펍에서 차를 마시거나 맥주를 마셨다.(차와 맥주는 아일랜드의 도처에서 풍성하게 흘러넘치는 국민성 강화제 겸 조절제다.) 버스는 초저녁에 코크에 도착했다. 시내에서는 공업시설(그리고 그 유명한 매연)이 보이지 않았고, 시내라고 해보아야 큰 대학교에 밀려 점점 좁아지는 긴 메인 스트리트 하나가 전부였으니, 도시라는 느낌은 전혀 들지 않았다.

대학원에 진학하는 학생 수가 점점 많아지고 있다, 대학원은 최악의 구직 시장을 최대한 피하는 방법이다, 라고 코크 대학교의 한 대학원생이 '목마른 학자'라는 이름의 펍에서 말했다. 다음 날 만나서 시내를 안내해주겠다고 말하기도 했다. 그리고 다음 날 나를 만난 대학원생은 관광지 곳곳을 급히 들르면서 자기가 졸업하자마자 이탈리아에 가서 어떻게 살 것인가에 대해서 말했다. 지역 역사박물관에 갔을 때는 낡은 농기구와 접시와 증명서와 지역 역사 사진 사이에서 실제로 뛰어다녀야 했다. 독립전쟁에서는 살아남았지만 독립 이후의 당파 싸움에서는 살아남지 못한 게릴라 전사 마이클 콜린스(Michael Collins)의 군 기념품도 대학원생의 달리기 속도를 늦춰주지는 못했다. 박물관을 나온 대학원생은 열과 성을 다해 아일랜드의 축구문화에 관해 상세히 이야기하면서 겨우 발걸음을 늦추었다. 월드컵이 시작되면 온 나라가 경기 생방송을 중심으로 재편된다, 월드컵이 코앞으로 다가왔다, 라는 이야기였다. 대학원생들은 정치에 전혀 관심이 없냐고 내가 물었다. 축구 정치라면 몰라도, 라고 대학원생은 어깨를 으쓱하면서 대꾸했다. 아일랜드 북부의 분쟁이 의미 있는 투쟁이 아니라 참혹한 난장판이라는 식으로 이야기한다는 점, 그리고 아일랜드 국민주의와 아일랜드 국민사를 구세대의 취미 활동 같은 것으로 본다는 점에서는 그 대학원생도 내가 만난 많은 젊은 세대와 마찬가지였다.

　　내가 시내 중심가의 작은 주택에서 만찬을 함께 한 네 사람의 구세대는 아직 해방전쟁을 미완의 전쟁이라고 보고 본인을 해방전쟁의 일원이라고 보는 사람들이었다. 우리는 아직 싸우고 있다, 라고 그들은 커리 에그, 파스타, 샐러드, 워터포드 크리스털의 워터 고블릿으로 가득한 식탁을 앞에 두고 나에게 말했다. 만찬이 끝나고 위스키와 커피가 나왔고, 시간은 어느새 자정이었지만 우리는 아직 이야기를 나누고 있었다. 내가 고고학자인 리와 패디를 처음 만난 것은 그로부터 7년 전에 아일랜드에 왔을 때였다. 콜로라도 출신의 리는(그때 나와 동행한 남자와 친척 간이었다.) 이미 수년째 패디와 함께 코크 카운티 남서부에서 정착 생활을 하고 있었다. 하지만 결혼은 불가능했으니(아일랜드는 이혼하지 않는 나라였다.) 리는 아직 외국인이었고 패디는 아직 유부남이었다.(이혼이 법적으로 가능해진 것은 1996년이었다.) 리는 반백의 긴 머리를 높이 올린 헤어스타일과 꼿꼿한 자세의 근사한 여자였고, 마차를 몰 때 특히 멋져 보였다. 패디는 백발의 수염과 푸른 눈동자의 상냥하고 학구적인 남자였다. 패디, 패디의 누이 메리, 메리의 남편 데니스는 하얀 피부였다. 만찬 자리를 마련한 것은 메리와 데니스였다.

밤이 깊도록 네 사람의 이야기가 끊이지 않았다. 한 가지 일화가 또 다른 일화를 끌어내는 식이었다. 미국식 대화는 변증법적 대화(짧은 문장 주고받기), 아니면 더 짧은 대화(터프가이가 나오는 책이나 TV에서 자주 볼 수 있는 단음절어 주고받기)일 때가 많다. 서부 지역에서는 (그리고 특히 서부 영화에서는) 침묵이 강함의 표시다. 반면에 아일랜드의 대화경제에서는 말을 잘한다는 것이 재능이고, 때로는 무기인 것 같다.(영국의 통치가 아일랜드 주민들의 정치적 권익을 빼앗고 아일랜드 언어를 무력화했던 시대를 가리켜 침묵의 시대라고 말하기도 한다.) 언젠가 누군가로부터 들은 이야기인데, 말하는 방식은 풍경을 닮는다. 미국 중서부의 메마른 억양에는 광활한 벌판의 무미건조함이 깃들어 있고, 미국 서부의 과묵함에는 사막의 적막함이 깃들어 있고, 미국 남동부의 감미로운 어조에는 초목의 풍요로움이 깃들어 있다. 아일랜드도 마찬가지이다. 풍경은 역사의 암초들과 상처들과 함께 오밀조밀하게 펼쳐지고, 대화는 거의 언제나 일화와 함께 노랫가락처럼 흐른다.

우리의 대화도 마찬가지였다. 기억과 연상의 자장에 끌려 나온 이야기가 쌓이기도 하고 떠돌기도 했다. 이야기가 펼쳐지는 동안 모두 한가롭게 귀를 기울였고, 이야기 하나가 끝나면 또 다른 실화나 우스개가 대꾸처럼 이어졌다. 패디의 이야기는 노크(Knock)가 언덕을 뜻하는 단어이기도 하고 19세기에 성모 발현이 있었던 저 북쪽 마을의 이름이기도 하다는 것을 나에게 알려주면서 시작되었다. 노크로 순례를 떠났던 북아일랜드 남자가 돌아오고 있다. "그 병에 뭐가 들었나?"라고 국경 보초가 묻는다. "성수가 들어 있어요." 순례자가 대꾸한다. "냄새가 포틴(밀조주)인데."라고 국경 보초가 뚜껑을 열면서 말한다. "기적이 일어났네요!"라고 순례자가 소리친다. 메리는 패디의 이야기를 이어받아 막내아들의 첫 영성체 때의 이야기를 시작했다. 나중에는 다들 미국 이민 이야기를 했다. 나에게도 미국 이민자인 측면이 있었다.

코크 카운티 서부 태생이었던 메리와 패디의 조부에게는 미국으로 이민을 떠난 손위 형제자매들이 있었다. 보스턴에 살고 있던 형들과 누나들은 동생에게 여비를 보내주었고, 동생은 여비를 받자마자 배를 타고(여권이나 비자가 필요 없을 때였다고 메리와 패디는 말했다.) 엘리스섬과 뉴욕을 거쳐 보스턴에 갔고, 거기서 도시를 쭉 둘러본 뒤 곧장 고향으로 돌아왔다. 나는 왕년에 뉴욕을 훤히 꿰고 있었지, 라고 조부는 노년에 기억력이 나빠지기 시작할 때 하루에 몇 번씩 말했다. 그 이야기를 들은 데니스는 본인의 조부를 간병하던 한 여자에 대한 이야기를 떠올렸다. 자기에게 몇 명의 형제자매가 있는지 모르는 여자였는데, 글을 모르는 탓에 미국으로 이민을 떠난 아들과 연락이 끊겼다. 미국 우체국에 '미국에 사는 내 아들' 앞으로 발송된 편지가 도착한다. 편지를 전하는 숙제는 하루하루 미뤄진다. 그러던 어느 날, 한 남자가 '아일랜드에 사는 엄마'에게 보낼 편지를 들고 들어오고 우체국 직원은 이 남자가 그 남자임을 알아본다, 라는 이야기가 그 여자의 상황으로부터 만들어지기도 했다. 아일랜드에 남은 가족이 이민을 떠난 가족의 안부를 궁금해하는 이야기도 들을 수 있었고, 떠나지 않은 가족들이 뒤처진 사람의 상실감을 느낀다는 이야기도 처음으로 들을 수 있었다.

대화의 흐름이 느슨해진 것은 메리와 데니스가 얼마 전에 TV에서 본 치타에 대한 이야기를 주거니 받거니 할 때 한 번뿐이었다. 최상급 기록 앞에서 반사적으로 입을 쩍 벌리는 오락프로그램 시청자의 이야기라기보다는 생물학적 가능성을 향한 애정 어린 동경이 담긴 이야기였다. 그런 놀라운 것들에 대한 동경, 치타들이 변함없는 원초적 풍경을 배경으로 발산하는 속도와 역동에 대한 동경, 상상 속의 토템과 상징을 현실로 구현해내는 존재들에 대한 동경이 두 사람의 목소리에 깃들어 있었다. 문 밖의 늑대°가 현실의 늑대인 경우가 있었다. 하지만 패디는 아일랜드의 마지막 늑대가 1792년에 코크 카운티 남서단의 가브리엘산에서 사냥꾼의 손에 죽었다고 했다. 나도 이야기를 했다. 내가 캘리포니아를 떠나오기 얼마 전에 한 여자가 산사자의 공격으로 죽었다는 이야기도 했고, 내가 나고 자란 카운티에 있는 산에서 검은 곰들이 다시 출몰하기 시작했다는 이야기도 했고, 내가 사는 곳의 자연 풍경은 아직 놀라울 정도로 야생적이고 내가 사는 곳의 거의 모든 사람들은 이야기하는 법을 잘 모른다는 이야기도 했다.

우리가 모두 위스키 첫 잔을 비운 자정 무렵, 메리의 이야기에서 천진난만한 어린아이로 등장했던 내 또래의 아들이 집에 돌아왔다. 코크 시내의 밤거리에 내가 겁낼 만한 것은 없을 듯했지만, 모두가 메리의 아들에게 나를 숙소까지 태워다주라고 당부했다. 가는 길에 강을 건너라, 코크에서 제일 높은 섄던의 세인트 앤 교회에 들러라, 코크에서 제일 높은 교회 첨탑 꼭대기의 황금 연어를 보여주어라, 라는 당부였다. 그래서 나는 밤하늘에서 헤엄치는 황금 연어를 볼 수 있었다. 아일랜드에서 진짜 동물들이 어떤 운명을 맞았든, 동물 이미지들은 아직 통용된다. 화폐로도 통용된다. 예이츠가 도안한 주화의 동물로는 연어, 수사슴, 말, 물총새가 있고 저액 주화의 동물로는 형태가

○   위기 상황이라는 뜻의 속담.

복잡한 신화 속의 새 한 쌍이 있다.

>>>→

내가 7년 전 아일랜드에 왔을 때 리와 패디로부터 들은 이야기 하나가 나를 다시 아일랜드로 이끈 것일 수도 있다. 아일랜드의 시간 감각이 얼마나 다를 수 있는지를 느끼게 해준 이야기였다. 7년 전에 왔을 때는 공항에서 곧장 리와 패디를 만나러 오는 일정이어서, 도착하고 나서 하루 이틀 만에 리와 패디를 따라 전세 버스를 탈 때는 아직 시차에 시달리고 있었다. 리와 패디는 코크 카운티 서부의 현지 고고학 클럽인 '미즌 필드 클럽'을 이끌고 있었다. 활동 내용은 월 1회의 고고학 여행이었고, 회원들은 대개 지역 농가 주민들이었다. 버스에 동승한 사람 중에 성직을 잃은 전직 성직자와 뇌졸중으로 언어장애가 생긴 지역 역사 연구자가 있었던 것이 기억난다. 비가 부슬부슬 내리는 5월의 일요일이었다. 버스는 세 건물 중 한 건물은 폐가인 것 같은 가파른 비탈을 내려다보면서 구불구불 달려 미즌 반도(짐승이 다리를 뻗은 것 같기도 하고 해초가 펼쳐진 것 같기도 한 아일랜드 남서쪽 해안의 네 반도 중 두 번째 반도)로 향했다. 찾아갈 장소를 정하는 기준은 연대순이 아니라 인접성이었다. 버스는 해안선을 따라 전(前) 기독교 시대의 켈트 유적지, 엘리자베스 시대의 유적지, IRA의 유적지를 지나갔다. 지역 주민들에게는 장소 하나하나가 큰 그림 속에서 의미를 얻었을 테지만, 우리에게는 모든 것이 뒤죽박죽이었다. 버스가 해안의 가파른 비탈에 정차할 때마다 패디가 우리 앞에 서서 바로 그곳에서 일어났던 사건들을 빠르게 읊었다. 오스트레일리아의 노랫길(songline) 개념(몽환시의 신화들이 풍경 사이에서 길을 인도해준다는 개념)은 이제 많은 사람들에게 익숙해졌지만, 패디가 인도한 아일랜드의 시골은 지도처럼 잘 읽히는 풍경이 아니라 수천 년의 사건들이 몇 겹으로 적혀 있는 양피지인 것 같았다. 거의 모든 사건의 흔적은 쓸데 없이 많은 돌이 새로운 형태로 쌓인 흔적, 또는 다시 허물어진 흔적이었다.

가장 선명하게 기억나는 곳은 1603년에 오설리번 베르(O'Sullivan Beare)의 군대가 영국군의 포위 공격에 맞섰던 요새의 폐허였다. 그때의 전투는 토착 귀족 계급 시대에 종말을 고하는 '게일 영주들의 패주(Flight of the Earls)'를 앞두고 벌어진 최후의 전투 중 하나였고, 결과는 영웅적 패배였다. 거기서 불과 몇 킬로미터 떨어진 곳에 담쟁이덩굴로 뒤덮인 또 하나의 폐허가 있었다. 1920년대에 IRA가 파괴한 어느 영국계 아일랜드 가문의 웅장한 저택이었다. 하지만 이 한 쌍의 폐허보다 더 선명하게 기억나는 것은 작은 만이 내려다보이는 가파른 비탈 꼭대기에 놓여 있던 돌 하나였다. '베라의 할멈(Hag of Beara)'이라는 암탉 모양의 거칠고 육중한 그 돌에는 성직자의 분노를 산 해신(海神)의 아내가 돌이 되어 그렇게 영원히 바닷가를 바라보게 되었다는 전설이 있었다. 베라의 할멈은 왕년의 선남선녀들을 추억하는 늙은 여자가 되어 9세기의 시문학에 다시 나오기도 한다. 돌아오는 버스 안에서는 뒷좌석에 모여 앉은 여자아이들이 지루함을 달래려고 곱고 가는 목소리로 길고 피비린내 나는 민요를 불렀다. 후렴은 이랬다. "사람들이 그녀의 목을 썩은 사과나무에 매달았네 / 우리 이제 다시 그녀를 만날 수 없으리."

그날 저녁, 우리는 리와 패디를 따라 시내의 작은 펍에 들어갔다. 포장도로 하나와 길가 건물들로 이루어진 아주 작은 시내였고, 그야말로 온갖 크기와 형태의 말발굽 치료용 편자를 해당 병명과 함께 벽에 줄줄이 걸어놓은 펍이었다. 리와 패디가 나를 다시 아일랜드로 이끌 그 이야기를 들려준 것은 그때 그 좁고 어두운 펍에서였다. 리와 패디에게 그 이야기를 들려준 이웃은 스키베린 쪽에서 태어난 90대 노인이었다. 그 노인이 아이였던 20세기 초, 두세 달에 한 번꼴로 마을에 들르는 걸인이 있었다. 그 아이의 어머니는 항상 걸인에게 식사를 대접했는데, 그 아이는 걸인이 걸어올 때마다 다른 아이들이 놀림감으로 삼는 걸인의 걸음걸이에 두려움과 신기함을 느끼면서 길가에 숨어 있곤 했다(상상 속의 그림: 노란 흙길, 길가의 생울타리, 생울타리에 숨어서 걸인이 걸어오는 모습을 훔쳐보는 아이). 걸인의 걸음걸이는 벌어진 다리와 굽은 무릎 탓에 게의 걸음걸이와 비슷했다.

어머니가 아이에게 걸인의 걸음걸이에 얽힌 사연을 들려준 것은 아이의 두려움을 없애주기 위해서였다. 남서부의 코크 카운티와 케리 카운티는 1846년부터 수년간 계속된 감자 흉년으로 가장 큰 피해를 입은 곳이었다. 대기근이 가장 극심했을 때는 장례식을 포기해야 할 정도로 많은 사람이 죽어나갔다. 수레꾼 두 명이 하루에 한 번씩 마을을 돌면서 시체를 수거해 구덩이에 파묻었다. 자식들을 모두 잃은 가난한 부부가 있었는데, 아내는 마지막으로 죽은 막내아들을 구덩이에 던져 넣는다는 생각을 차마 받아들일 수 없었다. 아내는 남편을 설득해 작은 관을 만들게 했는데, 집에 있던 자투리 나무토막들로 만들어진 관은 길이가 짧고 폭이 넓었다. 죽은 아이를 관에 집어넣으려면 다리를 분지를 수밖에 없었고, 부부는 그렇게 아이를 넣은 관을 수레꾼들에게 내놓았다. 수레꾼들이 같은 날 또한 번 시체를 싣고 왔을 때, 구덩이 속에서 가냘픈 신음소리 같은 것이 들려왔다. 죽은 줄 알았던 아이의 울음소리였다. 그 아이가 훗날 코크 카운티를 도는 걸인이 되었다.

끔찍한 이야기였지만, 나에게는 놀라운 이야기이기도 했다. 대기근은 종교재판, 아니면 로마 약탈과 마찬가지로 살아 있는 사람들의 기억이 절대로 가닿을 수 없는 머나먼 과거의 일이라고 생각했었는데(그 시기까지의 나의 개인사에는 2차 세계대전 이전으로 거슬러 올라갈 수 있는 이야기가 거의 없었다.), 대기근의 생존자를 기억하는 사람이 살아 있다니(150년 전에 있었던 일들과의 연결 고리가 존재하다니) 그것은 내게 경이로운 발견이었다. 시간 그 자체가 탄력적이라서, 똑같이 먼 과거라고 해도 어떤 과거는 이야기가 되어 살아 숨 쉬고 있고 어떤 과거는 침묵 속에 묻혀 있다. 한 사람의 기억이 가닿을 수 있는 가장 먼 과거는 150년 전 정도(노인이 아이였을 때 만난 누군가가 겪은 일까지)가 아닐까. 걸인의 이야기는 내게 기억이 얼마나 먼 과거까지 가닿을 수 있는가를 처음으로 가르쳐주었다.

살아 있는 사람들의 기억이 낮이라면, 그 영역의 끝은 황혼이다.(황혼 너머는 어두운 망각과 메마른 역사책의 영역이다.) 낮이 그렇게 긴 시간일 수 있음을 나는 말발굽 치료용 편자로 가득하던 그 어두운 펍의 맥주 한 잔과 함께 처음으로 배울 수 있었다. 살아 있는 사람들의 기억(아직 책에 기록되지 않은 역사, 아직 대화 속에서 살아 숨 쉬는 역사, 아직 과거로 넘어가버리지 않은 역사, 아직 현재의 일부인 역사)은 역사 연구자들의 집필 작업에 막대한 영향을 미친다. 시간 그 자체가 불확정적이라서, 똑같이 먼 과거라고 해도 어떤 과거는 이야기가 되어 가까워지고 어떤 과거는 그냥 침묵 속에 묻혀 있다. 현재와 과거에 걸쳐 있는 순간들, 적황색으로 물드는 늦은 오후 같은 순간들, 사건을 기억하는 사람들이 하나둘씩 사라지고 역사로 기록된 사건만 남기 전에 사건의 최종적 의미가 정해지는 순간들이 있다. 지금 우리는 아직 우리에게 긴 그림자를 드리우고 있는 2차 세계대전의 온갖 참상들이 개인의 시간(기억)에서 사회의 시간(역사)으로 멀어지고 있는 것을 목격할 수 있다. 1919~1922년 아일랜드 독립전쟁도 마찬가지다. 패디는 아직 사건 당사자들로부터 들은 이야기를 들려줄 수 있었지만 그런 사람들도 이제 곧 사라질 것이다.

살아 있는 사람들의 삶 속에서 그런 순간들이 어두운 밤(무덤, 책)으로 넘어가고 있는 이때, 그런 사건들에 대한 이야기가 이미 많이 기록되어 있는 것은 다행이라고 하겠다. 역사 연구자들이 제때 관심을 가지지 못한 사건들, 작업에 필요한

1차 자료를 거의 전부 잃어버린 사건들, 남은 것은 정황 증거뿐인 사건들, 생명을 되찾을 가능성을 잃은 사건들도 있다. 불구가 된 걸인의 삶이 증언하는 대기근이 바로 그런 사건 중 하나다. 리와 패디에게 걸인의 이야기를 들려준 노인이 자기가 어렸을 때 스키베린에서 그런 일을 입에 담는 사람이 아무도 없었다고 한 것처럼, 대기근을 입에 담는 사람들은 대기근을 직접 겪은 이들이 아니라 대기근의 참상에 경악한 목격자들이나 대기근을 정당화하려고 애쓰는 위정자들이었다. 대기근의 목격자들이 끊임없이 언급하는 요소 중 하나가 침묵(죽은 사람들의 침묵, 죽은 사람들을 묻고 홀로 살아갈 힘이 없었던 사람들의 침묵, 굶어 죽지 않기 위해 유령의 몰골로 길 닦기 또는 돌 깨기 같은 구호사업에 동원되었던 사람들의 침묵)이다. 대기근의 역사를 발굴하고자 했던 어느 19세기 역사가는 이렇게 말했다. "여러 아일랜드 귀족들로부터 똑같은 이야기를 들었다. 대기근 이후로 몇 년간 거의 모든 곳에 만연해 있던 것, 그들에게 그 무엇보다도 섬뜩한 느낌을 안겨주었고, 그들로 하여금 이 나라가 겪은 불행을 가장 깊게 느끼게 만든 것은 바로 그 지독한 이례적인 침묵이었다는 이야기였다."[1] 트라우마는 침묵의 형태로 대물림된다. 침묵의 소리를 듣는 법을 알게 되기까지 몇 세대가 걸릴 수도 있다.

>>>→

내가 나고 자란 곳은 과거가 없는 곳, 단조롭고 인공

마음의 발걸음

적인 교외였다. 내 부모는 본인이 살아온 과거를 좀처럼 입에 담지 않는 사람들이었고, 우리 가족의 거처가 된 교외의 과거에 대해 말해줄 수 있는 사람은 아무도 없었다. 아빠가 이스트 로스앤젤레스의 이주민 게토에서 보낸 본인의 유년기에 대해 나에게 들려준 이야기는 딱 세 개였고, 셋 다 집단학살(pogrom)을 비롯한 폭력적 공권력으로 얼룩져 있었다.(다른 이야기를 들려줄 수 있는 친척이 주변에 있는 것도 아니었다.) 엄마는 본인의 유년기에 대해 많은 이야기를 들려주었지만, 엄마가 그런 이야기를 들려주는 유일한 목적은 본인의 자식들은 괴물들인 데 비해 본인과 본인의 형제자매들은 미덕의 귀감이었음을 증명하는 데 있는 것 같았다.(그럴듯한 이야기였지만, 언젠가 엄마가 데이브 삼촌의 자식들에 대해 그런 식으로 이야기하자 데이브 삼촌은, 아니야, 우리는 착했던 게 아니라 못 먹어서 기운이 없었던 것뿐이야, 라고 엄마를 놀렸다.) 메인 스트리트가 시작되는 곳 건너편의 크고 네모난 2층짜리 농가에 사는 나이 든 부부를 제외하면 동네 사람들 전체가 신규 입주자들인 것 같았다. 부부는 농지였던 땅을 택지로 매각한 뒤에도 농촌 분위기를 유지하려는 것인지, 성격 나쁜 늙은 양 한 마리와 헤리퍼드 소 몇 마리와 무너져가는 축사 몇 채와 움직이는 풍차 한 대가 보란 듯 배열돼 있었다. 농가 앞에서 시작된 메인 스트리트는 시내의 반대편 끝에서 비포장도로가 되었다가 말 목장 앞에서 끊겼다. 비포장도로의 마지막 모퉁이를 돌면 페인트와 마감재를 통해 개성을 드러내고자 하는 두세 가지 패턴의 새 집들이 좌우로 늘어서 있었고, 그중 한 집이 우리 집이었다.

그런 집에 사는 사람들은 대체로 비포장도로 너머의 언덕 대신 집 앞 찻길을 놀이터로 선택할 정도로 상상력이 빈약한 자녀를 둔 보수적인 백인들이었다. 집 주변의 식물들은 푸른 침엽수, 먹을 수 없는 열매, 번들거리는 상록수 등 살아 있는 것 중에서 플라스틱과 가장 비슷한 생명체들, 상징적 의미도 없고 저비용 장식성 외에는 하는 일도 없고 쓰일 데도 없는 이름 없는 식물들이었다. 문화를 만드는 것이 이야기들, 꼬리에 꼬리를 물고 이어지는 이야기들이라면, 그런 교외에서는 문화가 생길 수 없었다.

'황금시대'에는 아무 이야기가 없다. 서정시와 정태적 회화는 그렇게 아무 일도 일어나지 않는다는 것의 다행스러움을 표현할 수 있는 형식이다. 이야기(story)가 시작되고 역사(history)가 시작되는 때는 뭔가 잘못되었을 때, 예컨대 자식이 죽은 줄 알았을 때, 여자가 뱀과 대화를 나눌 때, 남자가 나무에 못 박힐 때다. 황금시대가 아닌 시대를 사는 사람에게 변화가 없고 이야기가 없다는 것은 권태 속에서 꼼짝 못 하고 있다는 것이다. 『율리시스』에서 스티븐 디덜러스는 "역사란 내가 그만 꾸려고 애쓰고 있는 악몽"[2]이라는 명언을 남겼고, 최근의 아일랜드 작가들은 미국이 아일랜드의 과거를 마구잡이로 소비하는 행태에 불만을 표했다. 카리브 제도의 작가 데릭 월컷(Derek Walcott)은 "기억상실은 신세계의 진짜 역사"[3]라는 은근한 답변을 남기기도 했다. 내가 아무 일도 일어나지 않는 교외에 살던 그때, 좀처럼 기억나지 않는 꿈이 더 매력적이듯, 역사는 내 손이 닿을 수 없는 곳에 있기에 더 매력적이었다. 그 꿈의 기본적 테마는 고통이었지만, 그래도 그 꿈은 나에게 여전히 매력적이었다.(지금도 마찬가지다.) 내가 역사를 말로 들려주는 사람들을 만나게 된 것은 한참 뒤의 일이었다. 그때의 나는 역사를 책으로 읽는 것이 고작이었고, 돌을 쌓아 올려 요새를 만들 듯 책을 쌓아 올려 나를 지키고자 했다. 그때 나에게 책은 나를 가족과 이웃으로부터 지켜주는, 심지어 그 시대로부터 지켜주는 요새나 마찬가지였다. 과거에 대한 이해력이 전혀 없는 시대, 기억상실증에 걸린 시대인 듯했다. 지금까지 나는 자기가 기억하는 과거를 이야기로 들려주는 사람을 많이 만날 수 있었지만(그중에는 인디언 전쟁의 이야기를 들려준 사람도 있었고, 남부 가정의 이야기를 들려준 사람도 있었다. 심지어 내 집안사람들이 아일랜드에서, 또는 러시아-폴란드 페일(유대인 거주 구역)에서 어떻게 살았는지를 들려준 사람도 있었다.), 가장 많은 이야기가 출몰하는 곳, 과거가 가장 집요하게 달라붙어 있는 곳은 단연 아일랜드인 것 같다.

들은 이야기를 하나 해보자면, 한 관광객이 아일랜드에서 펍에 갔다가 동네 주민들로부터 영국인들이 무슨 짓을 저질렀는지를 듣게 된다. 화가 치민 관광객은 술에 취한 채로 상황을 바로잡겠다고 밖으로 나갔고, 동네 주민들은 관광객을 붙잡아 앉히고 그렇게 생생한 이야기로 살아 있는 일이 실은 이미 여러 세대 전의 일이라는 것을 설명해주어야 했다. 겪은 이야기를 하나 해보자면, 아일랜드에서 서아프리카로 이민한 남자를 만난 적이 있다. 그 남자는 아일랜드가 과거를 떨치지 못하는 나라라고 욕하면서, 자기가 선택한 새 나라는 과거를 떨치고 역사의 상처를 치유하고 새로운 국가로 거듭나리라고 장담했다. 만델라 대통령 취임 직후였다. 구술문화(oral culture)가 아직 이어진다는 것이 최소한 외부인들에게는 아일랜드의 큰 매력이다. 아일랜드에서는 대화가 중요한 오락이자 재주이고, 기록된 역사 또는 기억상실증이 사람의 기억을 아직 완전히 밀어내지는 못하고 있다. 다른 곳에서는 이야기 전달(storytelling) 그 자체가 오래전부터 쇠퇴해왔다. 대개의 산업사회에서는 세대 차가 거의 인종격리 수준이라는 것, 이야기 전달을 위해서는 말하는 쪽과 듣는 쪽이 둘 다 한가해야 한다는 것, 상업적 오락이 이야기 전달을 대체해왔다는 것이 그 이유다. 이야기 수요는 그대로인 것 같지만 일방향적 내러티브(듣는 사람을 들리지 않는 존재, 보이지 않는 존재로 만드는 내러티브, 듣는 사람이 말하는 사람이 될 가능성과 이야기의 한 부분이 될 가능성을 차단하는 내러티브)를 통해 이야기 욕구를 만족시켜주는 정보 오락 매체가 발전해왔다. 그런 매체들은 직접 전달되는 양방향적 이야기(말하는 사람의 삶 속에서 일어나는 사건들과 그 사람이 밟은 장소들을 반짝이게 하는 이야기, 말하는 사람을 의미 공동체의 일원으로 만들어주는 이야기)를 대체할 수 없다.

⋙→

　　릴레이 기억은 사건의 여파를 측정하는 여러 가지 방법 중 하나일 뿐이다. 아일랜드 대기근이라는 사건도 마찬가지다. 아일랜드 대기근의 여파 중 하나는 가톨릭 아일랜드가 고향을 떠나지 않는 농민들의 나라에서 해외 이민자들의 나라로 바뀌었다는 것, 아일랜드에서 다른 영어권 지역으로 떠나는 이민자 규모가 여전히 상당하다는 것이다. 대기근의 직접적 원인은 1845년에 시작되어 1846년과 1847년에 거의 전국으로 퍼져나가 그 후로 수년간 계속된 감자역병(감자가 농지 또는 창고에서 갑자기 심한 악취와 함께 썩는 질병)이었다. 후일 대기근이라고 명명될 감자역병기가 닥치기 전에도 아일랜드인의 다수에 해당하는 빈곤층은 이미 상시적으로 생존의 위협을 받는 상태였고, 소규모 기근은 수시로 닥치곤 했다. 감자역병으로 유럽 전체의 감자 수확이 타격을 입기는 했지만, 국가적 재난이 발생한 나라는 주민 전체가 이 한 가지 작물에 의지하고 있던 아일랜드뿐이었다. 당대에 발생한 어떤 재난과도 비교가 안 되는 엄청난 규모와 강도의 재난이었고(광범위한 아사, 영양실조에서 비롯되는 실명과 정신이상, 티푸스를 비롯한 병발 질환), 아직 역사가들은 대기근에 상응하는 사건을 찾기 위해 14세기에 유럽 전역을 초토화했던 흑사병으로까지 거슬러 올라가고 있다.

흑사병처럼 대기근 역시 자연적 재앙에 기원한 사건이었지만, 수많은 연구자들이 설명하고 있듯 대기근으로 인한 피해가 그렇게 엄청났던 이유는 정치와 경제였다. 영국 의회가 아일랜드 빈곤층과 아일랜드 의회를 그렇게 철저히 묵살하지만 않았더라도 결과는 완전히 달라졌을지 모른다. 영국의 때늦고 야박한 구호사업이 수많은 소규모 자영농들에게 구호사업의 수혜 조건으로 토지의 포기를 요구하지만 않았더라도 결과는 완전히 달라졌을지 모른다. 감자 농가들이 다른 식량으로 교환할 수 있는 현금 또는 현물이 전혀 없이 오로지 감자에 의지해야 할 정도로 가난하지만 않았더라도 결과는 완전히 달라졌을지 모른다. 아일랜드는 대기근에 시달리는 내내 식량 수출국이었으니(아일랜드 농지의 4분의 3에서는 감자로 연명하는 대다수 아일랜드인이 손대지 못하는 곡물이 재배되었다.), 풍요 속의 아사였다. 지금 일어나는 여러 기근 사태와 마찬가지로, 아일랜드 대기근의 근본적 원인은 자연의 변덕이나 재화의 절대적 부족이 아니라 재화와 권력의 분배 방식이었다. 대기근은 아일랜드의 얼굴을 영원히 바꾸어놓았다. 가장 가난한 남부와 서부가 가장 큰 피해를 입으면서(무더기로 아일랜드를 떠나거나 무더기로 굶어 죽었다.) 1831년 교육법으로 시작된 토착어와 토착문화의 소멸이 더욱 가속되었다.(교육법 내용은 보통교육의 법제화, 곧 영어를 통한 교육, 영국 국민이 되는 교육의 법제화였다.) 대기근은 그런 의미에서 망각을 초래하는 재앙이기도 했고, 록스타 시네이드 오코너(Sinéad O'Connor)는 최근에 발표한 스포큰 워드° 송 「대기근(Famine)」에서 교육법과 대기근을 하나의 트라우마적 침묵으로 합쳐놓고 있다.

○　　구어의 리듬, 억양, 음색 등 말의 구성 요소들을 심미적으로 활용하는 퍼포먼스예술. 미국 할렘 흑인들의 시문학, 재즈 시, 랩 음악에서 많은 영향을 받았다.

우리는 그렇게 역사를 잃었고

그 고통을 아직 느끼는 것 같아[4]

이 곡에서 비틀스의 「엘리너 릭비(Eleanor Rigby)」 후렴구가 사용되는 것은 영국 것의 도용이라기보다는 영국이 도용해간 것의 재도용이라고 해야 할 것 같다.° 대기근의 영향을 꼽자면, 첫째, 상당한 면적의 농토가 영세 농민의 손에서 덜 영세한 농민의 손으로 빠르게 넘어가면서 농촌사회의 소멸이 시작되었다는 것(그렇게 시작된 소멸이 이제 최종 단계인 것 같다.), 둘째, 농촌 빈곤의 결과물이었던 원시적 생활 방식과 농경 방식이 일부 종식되면서 아일랜드의 석기시대가 종식되었다(간혹 사용되는 표현)는 것, 셋째, 고향에 남다른 애착을 느끼는 국민이 편도 티켓과 함께 배에 실려 해외로 내보내졌다는 것이다.

역사 연구자 커비 밀러(Kerby Miller)에 따르면, 대기

°   오코너의 「대기근」은 "There is no famine"(대기근은 없다. 다시 말해, 아일랜드 대기근은 자연재해가 아니라 영국 식민주의가 초래한 인재라는 의미다.)이라는 노랫말과 그런 영국의 음악적 유산을 하나로 엮는다. 리버풀은 아일랜드 이민자를 많이 받아들인 도시였다. 대기근 때는 더욱 그랬다. 비틀스의 탄생지가 바로 리버풀이었고, 존 레넌, 폴 매카트니, 조지 해리슨 셋 다 아일랜드계였다. 비틀즈의 「엘리너 릭비」에서 엘리너 릭비의 고독한 죽음은 대기근 이후에 이름 없이 죽어간 많은 사람들과 겹쳐진다. 예를 들어 "All the lonely people, / where do they all come from? / All the lonely people, / where do they all belong?"라는 대목은 가족과 친족과 고향을 떠나왔다는 데 비롯된 고독과 표류를 보여준다.

근 이전의 가톨릭-게일어권 아일랜드인은 해외 이민을 유난히 꺼려했다.(압도적인 수의 스코트족 아일랜드인이 이미 미국으로 떠난 상황이었다.) 밀러가 그 이유로 꼽은 것은 첫째, 장소에 대한 깊은 애착, 둘째, 언어와 문학(게일어로 외국에 간다는 말을 영어로 옮기면 추방(exile)이고, 게일어 문학에서 자기가 태어난 나라를 떠나는 이야기는 모두 비극이다.), 셋째, 게일어 문법이었다.(게일어 구문은 수동성과 체념을 조장하고 반영한다.) 개인주의, 진취성, 혁신을 경시하고 전통이나 지역사회와의 유대를 강조하는 문화였던 만큼, 떠난다는 것이 반가운 기회가 아니라 불가피한 피난으로 여겨졌다. 대기근 정도의 끔찍한 재난이 일어나지 않았다면 그런 문화에서 살아가는 사람들이 고향과 전통을 버리고 해외로 떠나는 극단적 선택을 하지는 않았을 것이다. 아일랜드에서 인구가 급격히 감소한 가장 큰 원인은 죽음 그 자체가 아니라 바로 이 해외 이민이었다. 약 100만 명이 대기근에 기인한 굶주림, 헐벗음, 질병으로 사망한 것으로 추산되는 반면, 대기근 시기에 해외로 떠난 인구는 전체 인구의 4분의 1로, 200만 명이 넘었다.(그중 대부분이 미국으로 떠났다.)[5]

아일랜드 해외 이민이 수행한 역할은 미국 프런티어가 수행한 역할과 마찬가지로 일자리가 없는 사람들, 한곳에 머물지 못하는 사람들, 반란을 꾀하는 사람들의 탈출구이자 불어난 인구의 배출구였던 것 같다. 아일랜드는 전 세계에서 거의 유일무이하게 지난 한 세기 반 동안 인구가 감소한 나라로서 지금 북아일랜드 인구와 아일랜드공화국 인구를 합쳐도 1846년 인구의 절반을 그다지 웃돌지 않는다. 역사 연구자 조지프 리 (Joseph Lee)에 따르면, 아일랜드의 진짜 트라우마, 곧 아일랜드 인이 침묵 속에 묻은 경험은 해외 이민 그 자체였다. "아일랜드 근대사에서 식민화 다음으로 중요한 독특한 경험은 해외 이민 이었다. 해외 이민 그 자체가 아일랜드의 독특한 현상이었던 것 은 아니다. 하지만 아일랜드의 해외 이민은 성격 면에서 그리고 영향 면에서 독특한 현상이었다. 해외 이민이 사회구조와 신분 제도 유지의 필수조건이 된 나라는 유럽에서 아일랜드밖에 없 다. [……] 농가의 부모가 가산을 보존하고 싶을 경우, 또는 노동 자의 자녀들이 살아남고 싶을 경우, '잉여' 자녀의 해외 이민은 대기근 이후로 필수조건이 되었다. 하지만 언젠가부터 해외 이 민은 공동체의 오점 같은 것, 국민을 부양할 능력이 부족한 국 가의 부끄러운 낙인 같은 것으로 여겨지기 시작했다. 아일랜드 에서 모종의 국민의식이 생기기 시작할 때였다. [……] 해외 이민 이라는 '해결책'이 내포하는 이상적 가정의 파괴를 이렇게 독하 게 합리화해야 할 의무를 떠안은 사회는 아일랜드 사회 말고는 달리 없었다. [……] 해외 이민의 심리적 충격에 대한 연구, 곧 아 일랜드 사회가 젊은 세대를 해외로 밀어내면서 자존심을 유지 하기 위해 동원했던 핑계와 구실로 인해 남은 사람들과 떠난 사 람들이 어떤 대가를 지불했는가에 대한 연구는 여태껏 거의 시 작되지도 못했다."[6]

아일랜드의 산업화가 낳은 짧은 번영기에는 아일랜 드 경제의 주기적 흐름으로서의 해외 이민이 아예 없어질 수 있을 듯했지만(1960년대와 1970년대는 세계경제의 팽창기이기도 했다.), 도시화와 탈농업에 기반을 둔 새로운 경제는 곧 흔들리기 시작했다.(1980년대였다.) 가족농 경제는 오래전부터 쇠퇴 중이었고, 잠시 농촌 출신 난민들을 흡수했던 도시 일자리는 금방 동이 났다. 출산율이 높은 아일랜드에서 구직 시장으로 쏟아지는 젊은 세대를 위한 출구는 오래전부터 요구되어왔다. 그중 산업화라는 출구는 외국 기업과 다국적 기업을 위한 세금 우대와 환경오염 규제 우대 등의 온갖 조치에도 불구하고 별다른 성과를 거두지 못하는 상태다. 또 하나의 출구인 해외 이민은 새로운 흐름을 타고 지금까지 계속되고 있다. 아일랜드공화국에서는 1980년대에 열두 명에 한 명 꼴로 이민을 떠났고(대다수는 미국과 영국으로 갔다.) 1994년 한 해에만 1만 7000명 이상이 미국 이민 허가를 받았다.(미국이 1990년 모리슨 법°으로 비자 발급 규모를 파격적으로 늘린 뒤에도, 미국의 미등록 아일랜드 이민자는 부지기수다.)

해외 이민을 상담하고 지원하는 일이 요즘 교회와 지역사회에서 운영하는 청년 센터의 일반 업무이기도 하지만, 아일랜드의 보수주의가 젊은 세대를 해외로 밀어내는 요소 중 하나이기도 하다. 아일랜드의 젊은 세대는 20세기의 삶, 이따금 향수에 시달릴 뿌리 없는 도시인의 삶을 살기 위해 탈출하고

○   1990년 승인된 이민법 개정안은 주 발기인이었던 브루스 모리슨 당시
     민주당 의원의 이름을 따 모리슨 법이라 불렸다. 모리슨 법이 승인되면서
     미국 내 많은 아일랜드 불법 이민자들에게 합법적인 취업과 거주의 기회가
     주어졌다.

있다는 인상을 줄 때가 많다. 여행 중에 만난 20대 초반의 여자에게 들은 이야기인데, 축제를 구경하려고 고향 마을에 갔더니 같이 학교에 다녔던 동갑내기들은 모두 해외로 떠나고 없었다고 했다. 자기 또래 중에 고향 마을에 와 있는 사람이 자기뿐이었던 것은 물론이고, 아직 아일랜드를 떠나지 않은 사람도 자기뿐이었다. 아일랜드에서 흔히 들을 수 있는 이야기다. 아일랜드의 가난한 부모에게 자식을 잡아먹든지 식용으로 내다 팔든지 하라고 제안하는 스위프트의 「겸손한 제안」이 해외 이민을 통해 실현되었다고 느껴지기도 한다. 예를 들어 대기근 이후 150년 동안 해외 이민의 먹이가 된 사람들은 대기근의 먹이가 된 사람들보다 많았고(그중 대다수는 부모 세대가 아니라 자식 세대였다.), 대기근에 희생되는 대신 그렇게 해외로 일하러 나간 사람들은 일종의 상품이 되었다.(처음 팔려 왔을 때는 자기를 판 나라에 돈을 부쳐주는 자금원이었고, 지금도 여전히 자기를 산 나라에서 값싼 노동력으로 일하고 있다.) 존 F. 케네디가 아일랜드에서 했던 덕담은 의도와 다르게 듣는 사람들을 얼어붙게 했다. "많은 나라에는 석유, 철제, 강철이나 황금, 그런 다른 수출품들이 있지만, 아일랜드의 수출품은 오직 한 가지, 바로 사람들입니다."[7]

≫→

리와 패디의 걸인은 고향을 떠나 떠도는 사람이 아니라 고향에 남아 떠도는 사람이었고, 걸인이 시계바늘처럼 규칙적으로 남부 아일랜드를 도는 이미지에서는 적선이 아직 기독교인의 의무로 여겨지던 시대에 구걸이 얼마나 익숙한 생계 수단이었나를 느껴볼 수 있다. 18세기와 19세기의 외국 작가들은 걸인의 엄청난 규모에 수시로 불만을 표하고 있지만, 걸인이 그렇게 오랫동안 없어지지 않았다는 것은 구걸이 일종의 생계 수단이었음을 시사한다. 아일랜드에는 수 세기에 걸쳐 엄청난 규모의 유랑 걸인이 존재했는데, 그중에는 집이 아예 없는 사람들도 있었지만, 소작료를 벌기 위해 감자가 자라는 따뜻한 몇 달간 노숙자가 되는 가난한 농민의 처자식들도 있었다. 대기근이 닥쳤을 때는 한 번도 땅을 떠난 적이 없던 수많은 농가가 떠돌이로 전락했다. 땅을 가진 자영농이나 소작농은 식량 원조를 받을 수 없었기 때문에 소유권이나 소작권을 팔 수밖에 없었다. 걸인이 급증하면서 노숙자가 수백만 명에 이르렀으니, 고향을 떠나 떠도는 인구가 늘어났을 뿐 아니라 고향에 남아 떠도는 인구도 늘어났다. 요새는 구걸이 최후의 수단이고 걸인은 낙오자로 여겨지지만, 한때는 구걸이 엄연한 생활 방식, 적어도 엄연한 생존 방식이었다.

사랑하는 사람들에 의해 불구가 되고 모르는 사람들에 의해 목숨을 구한 사람, 참혹한 죽음의 틈에서 부활한 사람은 누구일까? 항상 같은 길을 도는 떠돌이, 항상 같은 곳을 떠도는 떠돌이는 누구일까? 다리가 불편한데 걸어 다니는 것이 일인 사람은 누구일까? 달이 가고 해가 가도, 온갖 해방운동과 희망이 흥망성쇠해도, 수백만 명이 해외로 떠나도, 세상은 광란의 발전과 파괴와 변화의 20세기로 바뀌어도, 내내 같은 길을 떠도는 사람은 누구일까? 리와 패디의 걸인이 그 수수께끼의 대답이었다.

>>→

코크에서 만찬 후에 나는 리와 패디의 강권에 못 이겨 두 사람의 집에서 며칠 묵게 되었다. 두 사람은 발리드홉 근처의 낡은 농가에 살고 있었다.(도그패치가 미국 서부에서 시골의 대명사이고 힉스빌이 미국 동부에서 시골의 대명사라면 아일랜드에서는 발리드홉이 시골의 대명사다.) 나는 끝내 두 사람의 이웃 노인을 만날 수는 없었지만(두 사람에게 걸인 이야기를 들려줬다는 아흔일곱 살의 그 노인은 그 나이에 모르는 사람을 만나고 싶지는 않았던 것 같다.) 그 노인이 들려주는 이야기를 들을 수는 있었다. 이야기를 들려줄 수 있는 자신이 언젠가 없어질 가능성과 결국 타협한 노인은 자기가 들려주어야 할 이야기 몇 개를 녹음해놓았고, 리와 패디가 나를 위해 그 녹음테이프를 재생해주었던 것이다. 노인이 '55년 대설'을 이야기할 때는 그해(1955년이 아닌 1855년)의 추위가 다른 모든 해의 추위를 가늠하는 기준인 듯했고, 노인이 남북전쟁 때 종군기자로 미국에 갔다가 게티즈버그 전투 이틀 전에 죽은 한 지역 시인을 이야기할 때는 그 사람이 죽은 것이 바로 얼마 전인 듯했다. 노인이 태어나기 전의 사건들이 노인의 삶에 얼마나 깊숙이 스며들어 있는지를 분명히 느낄 수 있었다.

노인의 녹음으로 들은 걸인의 이야기는 그로부터 7년 전에 리와 패디에게 들은 이야기와 거의 비슷했다. 다만 추가된 디테일 몇 개가 있었다. 걸인의 이름은 톰 게린(Tom Guerin)이었다. 그는 시인이기도 했다.(아일랜드는 시인이 많은 나라다.) 그의 한 시에서 그는 한 다리로는 동쪽, 한 다리로는 서쪽을 표시하는 사람으로 그려져 있었다.

　　　리와 패디는 손님에게 이야기를 선물처럼 안겨주고 하루에 몇 번씩 차와 현지의 진미로 손님의 배를 채워주고 본인들의 사유지를 지나갈 때마다 차를 세워놓고 손님을 방목장 구석의 십자가상 아니면 환상열석으로 안내해주는 훌륭한 주인들이었다. 내가 두 사람의 집에 마지막으로 묵은 날, 두 사람은 본인들의 친절에 좀 지친 듯 나를 배웅하면서 내리막길로 1마일(약 1.6킬로미터) 지점에서 암각화를 보고 오르막길로 1마일 정도 되는 데서 원형 요새를 보라는 등등의 막연한 지시 사항을 간식과 함께 떠안겼다. 내가 1인치/2마일 축척 지도를 챙기고 키드산 비탈의 원형 요새를 찾아 나선 것은 5월의 어느 날이었다. 비구름이 잔뜩 끼어 있었지만 비는 조금씩 흩뿌릴 뿐이었다. 코크 카운티에서는 바다와 하늘이 금방이라도 한데 섞일 것 같고 땅은 비구름과 거친 바다 사이에 끼어 있는 얇은 돌과 약한 흙에 불과한 듯했다. 밴트리 근처의 한 방목장에서 리와 패디가 보여주었던 8세기의 돌 십자가에는 누운 배가 하늘을 향해서 항해 중인 듯이 새겨져 있었고, 코크의 높은 언덕에 올라갔을 때는 황금 연어가 교회 꼭대기에서 헤엄치고 있었다.

원형 요새로 가는 샛길을 찾기는 그리 어렵지 않았다. 샛길 초입에서는 사나운 양 떼가 울타리까지 달려오더니 아르카디아에서 교통 정체를 겪는 자동차들처럼 시끄럽게 울어댔고(울타리만 없었다면 나를 밟아 죽였을 듯했다.), 남은 샛길 내내 큰 개들이 슬금슬금 따라왔다.(내 손에는 돌멩이가 가득 들려 있었다.) 원형 요새는 둥글게 쌓여 있는 낮은 돌담에 불과했지만(돌담의 최근 용도는 돌담 위의 소똥을 통해 알 수 있었다.), 초기 기독교 시대의 소규모 전투가 남긴 흔적이었다. 풍경 속을 오고 가는 한 세대, 또 한 세대를 이 돌담이 이곳에서 줄곧 지켜보았으리라는 생각이 들었다. 유령들, 말없는 유령들이 느껴졌다.

다음 지시 사항은 키드산(미즌 반도에서 시작되는 산줄기에 솟아 있는 해발 300미터 정도의 봉우리)에 올라가서 정상의 전망에 감탄하라는 것이었다. 높이 올라갈수록 수렁이 깊어지는 특이한 산이다.(아래쪽 흙이 단단해진 것은 위쪽 이탄이 스펀지처럼 물을 흡수해주기 때문이다.) 키드산 서쪽 비탈을 오르는 길은 어느새 수렁 곳곳에 작은 섬처럼 자라는 이끼 뭉치와 사초 다발을 디디기 위한 고단한 멀리뛰기로 변했다. 산줄기를 따라 파여 있는 네모난 구덩이는 이탄 채취의 흔적이었다. 이탄은 다량의 수분을 함유한 식물이 불완전하게 부식될 때 만들어지는데, 이탄을 연료로 쓰는 발전소까지 있을 정도로 말린 이탄은 아일랜드의 가장 중요한 연료 중 하나이고, 이탄 말리기는 아일랜드의 가장 특징적인 정경 중 하나다.(농가 옆에는 검은 이탄이 수북이 쌓여 있고, 이탄 불에서는 당밀과 풀잎이 타는 듯한 달콤한 냄새가 난다.) 프리드리히 엥겔스가 쓴 아일랜드의 역사는 이탄 습지에서 시작된다. "알다시피 아일랜드의 불운은 역사 이전, 석탄이 퇴적된 시기로 거슬러 올라간다. 석탄층을 잃은 소국이 석탄이 풍부한 대국 옆에 붙어 있었으니, 이 소국은 자연으로부터 장차 공업국이 될 대국을 위해서 농업국 역할을 하라는 장기 선고를 받은 것이나 마찬가지다. 수백만 년 전에 내려진 이 선고가 19세기에 드디어 집행되고 있다. 영국인들이 자연의 선고에 가세해 아일랜드 산업의 모든 맹아들을 생겨나는 족족 짓밟은 결과를 우리도 곧 목격하게 될 것이다."[8] 지금은 조림, 산불, 이탄 채취 등으로 인해 곳곳에서 습지 자체가 소멸 위기에 처해 있다고 한다. 온전한 습지는 이제 모두 사라지고, 내가 그때 멀리뛰기로 뛰어넘은 수렁 같은 작은 고지대 습지들만 남아 있을 뿐이라고.

　　　그렇게 산을 오르는 동안, 서쪽으로 미즌 반도가 보이기 시작했다. 반도에서 왕관처럼 솟아 있는 곳은 마지막 늑대가 살았다는 가브리엘산이었다. 정상에서 멀리 남쪽으로는 로어링워터만에 흩어져 있는 맑고 깊은 청색의 섬들이 보였다. 발밑 녹색에서 바다 너머 청색까지 색들의 변화와 차이가 하나하나 느껴졌다. 가까이 내려다보이는 육지는 농지들이었다. 미세하게 다른 색의 밭들 사이로 구불구불한 길들이 나 있었다. 북쪽으로는 코크 카운티와 케리 카운티를 가르는 높직한 산줄기들이 보였다. 색은 아스라한 청색, 옛날 화가들이 먼 곳을 그릴 때 사용했던(소실점 투시가 가까운 곳에서 먼 곳까지의 변화와 차이를 표현하는 기법이 되기 전이었다.) 그리움이 깃든 그 절묘한 청색이었다. 이런 청색은 그 자체만으로도 깊은 충족감을 안겨주지만, 이런 청색이 공기의 물성을 보여주는 가시적 증거라는 것을 생각하면 기분이 더 좋아진다.

　　　내려올 때는 서쪽 비탈의 수렁을 피해 동쪽 비탈의 가파른 바위를 택했다. 경사가 완만해지기 시작하는 곳에 한 폐가가 있었다. 돌투성이 땅은 한때 밭이었던 듯 낮은 헛간들이 서 있었고, 곳곳에는 그런 헛간보다 높은 노두들이 서 있었다. 꿩 두 마리가 한 노두에서 불쑥 뛰어내리면서 우렁찬 울음소리로 정적을 깨뜨렸다. 7년 전에 우리가 산비탈에서 둘러보았던 폐가는 이 정도까지는 아니었다. 아래층에서 가장 큰 방은 싸구려 벽난로가 있는 거실이었는데, 한때 진청색이었을 연청색 거실 벽의 푸른곰팡이가 애잔하고 우아한 담록색을 덧칠해주고 있었다. 위층의 두 방은 핑크색이었다. 하지만 이 집은 그 집보다 훨씬 더 망가져 있었다. 바닥 여기저기에 부서진 목재가 쌓여 있었고, 무너진 돌벽은 돌무더기나 다름없었고, 층계는 어렴풋한 흔적만 남아 있었다. 몇 년만 지나면 모두 무너져서 돌들만 남을 것 같았다. 아직 멀쩡하게 서 있는 것은 토탄을 보관하거나 닭을 치는 용도였을 야트막한 헛간들뿐이었다. 그중 한 헛간에 낮게 뚫려 있는 네모난 창문이 갑자기 보였고, 여기의 기억이 떠올랐다. 여기 왔던 기억이 아니라 내 애인이었던 리의 사촌이 여기서 찍어준 내 사진을 본 기억이었다. 그 사진에서 나는 이 창문으로 밖을 내다보고 있었다. 여기와 거기는 같은 곳이었지만, 우리는 달라져 있었다. 나도 달라져 있었고, 여기도 달라져 있었다. 7년 전에 그랬듯이 헛간에 들어가 그 창문 뒤에서 무릎을 꿇고 밖을 내다보고 싶은 이상한 충동을 느꼈다. 하지만 그렇게 하는 것이 끔찍한 실수가 되리라는 것도 잘 알고 있었다.

그때 나를 괴롭히고 있던 유령은 예전에 그곳에 살았을 사람의 유령도 아니고, 7년 전 애인의 유령도 아니었다.(전 애인과는 그 여행에서 돌아오고 1년 만에 두 사람의 삶이 다른 곳을 향하고 있음을 더 이상 부정할 수 없게 되었을 때 헤어졌다.) 그때 나를 괴롭히고 있던 유령은 7년 전에 나였던 여자의 유령이었다. 리로부터 전 애인의 가족사를 들어서였는지, 전 애인과 함께 찍은 사진들을 보게 되어서였는지, 그때 나는 과거를 그리워하면서 심한 상실감을 느끼고 있었다. 그 서늘한 우울을 떨쳐버리려면 전 애인과 헤어지고 나서 생긴 좋은 일을 하나하나 되뇌어야 했다. 하지만 그 창문 앞에서 갑자기 나는 옛날의 나 자신이 여기 죽어 있다는 것을 느낄 수 있었다. 그 여자의 모든 꿈들, 그 여자의 모든 실현되지 못한 계획들이 여기 죽어 있다는 것을 느낄 수 있었다. 모든 인체 세포가 7년에 한 번씩 새것으로 바뀐다면, 7년 전에 여기 있었던 그 여자, 지금의 나보다 어리고 소심한 그 여자가 물리적인 의미에서 내게 남긴 것은 하나도 없었다. 그 여자와 나를 이어주는 것은 한 장의 여행사진에 매달려야 할 정도로 희미한 기억뿐이었다.

6장 길 위에 내려진 닻

어느 한낮, 나는 로어링워터만(灣)의 끝자락인 발리드홉에서 밴트리를 향해 출발했다. 그렇게 혼자 걷는다는 것이 애초의 계획이었지만, 실현될 수 없는 계획이라는 것도 곧 알게 되었다. 아일랜드 지도를 펼쳐놓고 여행의 경로를 정할 때만 해도, 서해의 작은 도시들을 하나하나 답파한다는 계획이었다. 밴트리, 켄마어, 킬라니, 트랄리, 리스타월, 글린, 그렇게 남쪽에서 북쪽으로 올라가는 지명들 자체가 근사한 느낌을 주었다. 기대 자체가 큰 기쁨이고, 계획은 기대의 기쁨을 누리는 좋은 방법이다. 내가 여행 계획을 세우는 일을 좋아했던 것은 둘째 오빠와 함께 가출 계획을 세웠던 여덟 살인가 아홉 살 때부터였다. 그때의 가출은 산속에서 살아남기 위해 필요하리라고 짐작되는 물건의 목록을 적는 데서 끝났다. 이 아일랜드 여행도 출발에서부터 어긋났다.

내가 한 등산용품점에 찾아들어가 아일랜드 지도

세트를 산 것은 더블린에 도착하자마자였다. 그때 내게 지도를 판 점원은 구레나룻을 텁수룩하게 기른 나긋나긋한 청년이었는데, 그 청년의 부드러운 웅얼거림 사이에서 자꾸만 튀어나오는 '대단하다'라는 흐뭇한 찬사는 잔잔한 수면 위로 자꾸만 튀어 오르는 은빛 송사리 같았다. 서해안을 따라 걷는 여행도 대단했고(그 당시의 내 계획이었다.), 클레어에서의 서핑도 대단했고(이 청년도 몇 주 뒤의 공휴일에 클레어에 갈 계획을 세우고 있었다.), 미국 서퍼들의 놀라울 정도로 창조적인 서핑 용어들도 대단했고(미국인인 나는 이런 용어들에 얽힌 이야기들을 알고 있었다.), 클레어에서 반드시 보아야 하는 모허 절벽도 대단했다.(클레어는 그 청년의 고향이었다.) 그 청년이 나에게 사게 한 지도는 내가 꿈꾸었던 여행 경로가 실행 불가능하다는 것을 확실히 알게 해주었다. 1평방마일당 한 개 이상의 지명이 적혀 있는 상세한 수치지형도였는데, 전체적으로 거의 빨간색이었다.(해면은 녹색이었고, 해발고도 2000피트(610미터)는 연한 오렌지색이었다.) 도로 형태는 까마귀가 날아가는 길°보다는 나비가 날아가는 길과 비슷했고, 이동 거리는 일반 지도의 거의 두 배였다.

북아메리카의 주간고속도로를 통해 형성된 내 거리 감각이 혼란을 겪었던 것은 그로부터 몇 년 전에 아일랜드에 처음 왔을 때도 마찬가지였다. 지도를 볼 때는 '여기는 갈 수 없

○　　일직선으로 날아갈 수 있는 까마귀의 특성에서 나온 관용 표현(as the crow flies)으로 '직선거리로'라는 뜻이다(75쪽 세 번째 각주 참고).

는 곳이다, 한 나라의 반대편 끝이다.'라고 생각한다. 하지만 이어서 이 나라의 총 길이가 기껏해야 240킬로미터(직선 고속도로로 겨우 두어 시간 거리)라는 데 생각이 미친다. 하지만 느리고 구불구불한 시골길이 객관적 수치와 무관하게 이 나라의 면적을 넓히고 있음을 결국 확인하게 된다. 길이 만들어진 것은 장거리 여행을 위해서가 아니라 마을과 마을을 잇기 위해서였고, 그렇게 구불구불한 길이 더 구불구불해진 것은 서해안의 가파른 지형 때문이었다. 서해안을 따라 걷는다는 계획을 완전히 포기한 것은 아니었지만, 긴 길을 한 구간 한 구간 하염없이 걷는 일이 지도상에서와 달리 그렇게 근사하지만은 않다는 사실이 점점 분명해지고 있었다.

>>>→

하지만 여행한다는 것, 어딘가로 가고 있다는 것은 그 자체로 깊은 충족감을 준다. 이야기 중에는 여행 이야기가 많고, 삶은 여행이 될 때 비로소 이야기가 된다. 여행은 왜 우리에게 그토록 깊은 충족감을 주는 것일까 생각해보면, 우리가 삶을 여행에 비유하기 때문이 아닐까 싶다. 어딘가로 가고 있을 때는 시간이 버려진다는 느낌보다는 시간이 채워진다는 느낌, 시간의 흐름이 공간의 리듬을 타고 있다는 느낌이 든다. 만약에 우리가 삶을 여행에 비유하지 않았다면, 예컨대 나무가 자라는 과정에 비유했다면, 길에서 운명을 느끼지 않았을지도 모른다.

하지만 우리는 삶을 여행에 비유하고 있고, 길에서 운명을 느끼고 있다. 길을 떠난다는 것은 한곳에 머물러 있었다면 만날 수 없었을 온갖 위험과 온갖 기회를 만난다는 것, 낯익은 운명을 뒤로 하고 낯선 운명들을 찾아 나선다는 것이다. 길은 그저 약속, 어겨진 것도 아니고 지켜진 것도 아닌 약속이다. 길이 나라라면 길기는 이 세상의 땅을 모두 합친 것보다 길면서 좁기는 건물 하나만큼 좁은 이상한 나라다. 이 나라에 사는 사람들이 있고 이 나라를 다스리는 법이 있다. 견고했던 것들, 고정되어 있던 것들이 이 나라에서는 유동하고 변화한다.

집 안에서 온갖 일이 벌어지는 홈드라마라는 문학 형식도 있지만, 유럽의 가장 중요한 문학 형식은 바로 로맨스다.(로맨스라는 문학 형식이 미국에서 퀘스트 장르, 어드벤처 장르, 편력 장르, 연쇄범죄 장르, 자동차여행 장르, 여행 리얼리티 장르로 전성기를 맞았다고 말할 수도 있다.) 특히 아일랜드 문학은 여행의 매력과 잠재력을 농도 짙게 구현하는 문학인 듯하다.(고향 개념이 중시되는 것, 아일랜드 사람들이 위기로 인해 어쩔 수 없이 고향을 떠나는 정주민들로 그려지는 것은 물론이다.) 고대의 여왕들, 남왕들, 영웅들은 객지를 떠돌고 있거나 전쟁터에 나갔다가 고향으로 돌아오고 있고, 성자들은 대개 여행 중에 있다. 19세기 이전 문학에서 큰 비중을 차지하는 게일 시인들은 항상 떠돌고 있었고, 추방과 패주는 시문학의 주된 테마였다. 『율리시스』라는 20세기 문학의 센터피스는 오디세우스의 여행 전체를 한 '떠돌이 유대인(Wandering Jew)'의 하루 속에서 되살리며 망향의 메아리들을 더블린이라

마음의 발걸음

는 도시 안에 빽빽히 채워 넣은 작품이다. J. M. 싱(J. M. Synge) 은 희곡과 에세이로 길을 찬양하고 20세기 초의 떠돌이들, 걸인들, 발라드 가인들, 꽃 파는 여자들을 찬양하는 작가이자 수시로 직접 길을 나서는 방랑자였다. "인간에게는 유목민의 천성이 있다. […] 떠돌아다니는 사람은 사는 곳을 떠나지 못하는 사람에 비해 심신의 감각이 더 예민하다. […] 떠도는 일의 존엄함, 구름을 물들인 낯선 색과 어두운 골목에서 속삭이는 낯선 목소리와 술집과 여관에서의 더욱 낯선 기분을, 봄밤의 향기와 함께, 또는 가을의 첫 낙엽불 연기와 함께 평생 되살아날 다정한 마음과 외로운 노래를 온전히 느끼는 일의 존엄함을 아직 간직하고 있는 부류는 뱃사람을 제외하면, 부랑자가 아닐까."[1]

나는 한때 내 개인사의 전사(前史)를 찾아 헤매면서 여러 켈트 신화들을 읽었다. 그때 내 마음에 큰 인상을 남긴 신화가 『다 데르가 여관의 파괴(The Destruction of Da Derga's Hostel)』였다. 방랑 생활, 초자연적 사건, 참혹한 살상, 파멸, 무수한 지명들을 이야기로 엮은 발라드풍 신화 중 하나였고, 내가 읽은 영역본에 따르면, 뭉쳐진/박힌 신화(impacted myth)였다. 서로 다른 판본들이 하나로 뭉쳐 있는 신화라는 뜻일 수도 있었고, 아직 문학이라는 잇몸에 박혀 있는 사랑니 같은 신화라는 뜻일 수도 있었다. 이 고대 신화는 12세기 필사본에 따르면, 유명한 미녀 에딘이 낳은 딸의 이야기로 시작된다. 엄마에게 버림받은 딸은 소를 치는 부부에게 길러지고 불임의 왕에게 간택된다. 왕이 그녀를 데리러 오기 전날 밤, "한 새가 창문으로 날아 들어와서 깃털 옷을 벗고 그녀를 취했다. '왕의 사람들이 와서 이 집을 부수고 당신을 강제로 끌고 갈 것이다. 하지만 당신의 배 속에 내 아이가 있을 것이다. 당신은 아들을 낳을 것이고 그의 이름은 코네르일 것이고 그는 새들을 죽이지 않을 것이다.'라고 그 새는 말했다." 왕이 죽었을 때 왕의 사람들은 왕을 정하는 황소 축제를 준비한다. 황소를 죽여 예지자에게 먹이자 "배불리 먹고 마시고 잠든 예지자는 꿈속에서 진리의 노래를 들었다. 예지자가 꿈에 본 사람이 왕이 되었다."

예지자가 황소 축제에서 꿈을 꾸는 동안, 청년 코네르는 리피강에서 이복형제들과 말을 타고 달리고 있었다. 흰색 바탕에 검은 반점이 있는 거대한 새들을 발견한 코네르는 사냥을 시작했다. 처음에는 말을 타고 뒤쫓다가 말들이 지치자 맨발로 뒤쫓았다. 바다가 나올 때까지 뒤쫓았다. 새들은 파도 위로 날아올랐지만, 코네르는 결국 새들을 따라잡았다. "새들은 깃털 옷을 벗더니 창과 칼로 코네르를 공격하기 시작했다. 그런데 한 새가 코네르를 보호했다. 그 새는 '나는 넴글란, 네 아비를 따르던 새들의 왕이다. 너는 새를 잡아서는 안 된다. 여기에 네 혈육 아닌 새가 없는 까닭이다. [……] 너는 오늘밤에 테메어로 가야 한다. [……] 동이 틀 때 무릿매를 들고 테메어에 도착하는 벌거 벗은 자가 왕이 될 것이다.'라고 코네르에게 말했다."

테메어는 지금의 타라 언덕(더블린에서 북서 방향으로 그리 멀지 않은 곳에 있는 아르드리°의 성지)이었다. 혈육인 새들을 사냥할 때부터 벌거벗은 상태였던 코네르는 새가 시킨 대로 테메어로 가서 왕이 된다. 코네르에게는 수많은 금기가 있었는데, 코네르는 이복형제들을 정의의 심판으로부터 보호하기 위해 그 많은 금기를 전부 깨뜨렸다. 전쟁이 시작되었고, 코네르는 "유령들에 의해 추방당한" 왕이 되었다. 코네르에게 남은 퇴로는 '다 데르가 여관'으로 가는 길 하나뿐이었다. 다 데르가는 지하 세계의 붉은 신이었고, 붉은 신의 집으로 가는 세 붉은 남자를 따라가서는 안 된다는 것이 코네르의 금기 중 하나였다. 그런데 코네르와 그의 부하들이 따라가게 된 세 남자는 치아까지 붉은색이었고, 결국 코네르는 일곱 문이 열려 있고 통로 하나가 뚫려 있고 강물이 흐르고 있는 붉은 신의 집에 갇혀 최후를 맞았다. 코네르의 목마름을 달래주기 위해 물을 구하러 갔던 부하는 코네르의 머리통이 잘려 있는 것을 보고 몸통의 목구멍으로 직접 물을 부어 넣었고, 코네르의 머리통은 부하의 사려 깊음을 여러 행에 걸쳐 칭찬했다.[2] 켈트 신화에는 말하는 새가 많듯 말하는 머리통도 많다. 하지만 켈트 신화를 통틀어 길이라는 장소의 막강한 힘을 가장 효과적으로 말해주는 장면은 바로 이 신화에서 코네르가 벌거벗은 채로 길을 걸어가는 그 장면이었다. 길을 가는 사람은 높은 사람이든 낮은 사람이든 길을 가는 사람일 뿐이다. 길은 주인을 모시지 않는 곳, 모두가 평등한 곳

○   아일랜드 지고왕.

이다. 길은 과거의 나를 지워주지만 미래의 나를 그려주지는 않는 미결의 장소요, 대기근 시대의 걸인이 집으로 삼았던 역설의 장소다. 지금은 더블린에서 타라 언덕까지 거의 일직선의 길이 뚫려 있고, 고대의 위용을 성찰하는 것으로는 성이 차지 않는 사람들을 위해 골프 코스까지 마련되어 있다. 누군가에게는 골프 코스 18홀이 십자가길 14처의 세속 버전일지 모르지만, 나에게는 아니다.

>>>→

발리드홉에서 밴트리까지 가는 길이었다. 로어링워터만으로 흘러나가는 보나노크안강에서 다리를 건너고, 노크로, 노크어프킨, 쿠스안, 발리브안, 바나그지를 지나고, 더러스강에서 다시 레터리키 다리를 건너고, 홀리힐과 카판알로하를 지나면 밴트리만이었다. 낮은 언덕들이 이어지는 길을 16킬로미터 정도 걸어가는 것치고는 꽤 훌륭한 지명 컬렉션이었다. 갓길이 없는 길이었으니, 자동차가 지나갈 때마다 고요한 목가적 풍경이 카레이스 트랙으로 바뀌었다. 길가는 낮게 쌓인 돌담이거나 너무 익숙하면서도 어딘가 미묘하게 다른 꽃들이 만발한 생울타리였다. 아울클로버, 버터컵, 바이올렛, 양치류, 블루벨, 푸크시아(야생의 일부가 된 외래종), 가시금작화가 가장 많았고, 이따금 키 큰 디기탈리스가 종 모양에 점무늬가 있는 꽃송이를 까딱까딱했다. 핑크색과 푸른색의 이름 모를 작은 꽃들도 있었다.

땅에서는 소가 울고 양이 울고 새가 울고 어쩌다 한 번씩 자동차가 으르렁거렸고, 무거운 물기로 낮게 드리워진 듯한 하늘에서는 빗줄기가 쏟아지는 대신 빗방울이 눈물처럼 뚝뚝 떨어졌다. 밴트리가 가까워질 무렵에는 점점 얇아지다가 끝내 찢어진 구름 사이에서 하늘이 딱하게 빛나고 있었다. 갑자기 구름이 걷히면서 내 앞에 내 그림자가 드리워진 것은 거대한 닻을 지날 때였다. 거대한 십자가의 가로를 둥글려서 거꾸로 세운 것 같은 녹슨 닻이 시내를 1.6킬로미터 정도 앞둔 곳에 내려져 있었다. 명패에 따르면, 1964년에 밴트리만에서 인양된 닻으로, 1796년에 시어볼드 울프 톤이 이끌었던 '프랑스의 아일랜드 원정'의 유물이었다.

울프 톤이라는 더블린 마차 제조공의 아들은 미국혁명과 프랑스혁명에 전율하는 할 일 없고 매력 있는 청년이었다. 당대의 혁명가들을 흥분시켰던 그 보편적 형제애에 뜨겁게 고무된 울프 톤은 1791년에 벨파스트에서 '연합아일랜드인회(Society of United Irishmen)'라는 초당파 기구를 세웠고, 결국 이 단체를 혁명기구로 변형시켰다. 수많은 아일랜드 애국자들과 마찬가지로 정의를 사랑하고 조국을 사랑했다는 이유로 망명자가 되어야 했던 울프 톤은 해외에서 군사적 지원을 확보하는 일에 인생의 마지막 몇 해를 바쳤다. 울프 톤이 1796년에 프랑스에서 확보한 원정함대는 더 이상 불리할 수 없을 날씨를 만났다. 브르타뉴에서 밴트리로 항해하기 위해 바람이 필요했을 때는 바람 한 점 없이 잔잔했고, 시야를 확보해야 했을 때는 짙은 안개가 끼었고, 숨어야 했을 때는 구름 한 점 없이 맑았다. 울프 톤이 크리스마스에 남긴 기록에 따르면, "정동 방향에서 눈을 동반한 강한 강풍이 분 탓에 오늘 아침에 산에 눈이 쌓여 있으니 밤에 산에 가서 야영하면 우스운 일이 많이 생길 것이다. 나침반의 32개 방향 중에 정동 방향이 우리에게 가장 불리하다는 것도 지적하고 넘어가야겠다." 경악할 기운을 잃은 것에 더해 여러 척의 배를 잃은 프랑스 함대는 싸움 자체를 포기하고 밴트리만을 빠져나갔다. 원정 함대는 총 마흔세 척이었고, 배 이름은 불굴(Indomptable), 네스토르(Nestor), 인권(Droits de l'Homme), 애국자(Patriote), 플루톤(Pluton), 헌법(Constitution), 혁명(Révolution), "그리고 그 열악한 상태의 유혹자(and the unfortunate Séduisant)", 불멸(Immortalité), 타르타로스(Tartare), 박애(Fraternité), 충성(Fidélité), 아탈란테(Atalante), 쥐스틴(Justine) 등등 신생 프랑스공화국의 낙관적 기세가 실린 이름들이었다. 영국군에 체포된 울프 톤은 반역죄로 총살형을 선고받는 대신 일반 범죄자로 분류되어 교수형을 선고받았고, 1798년에 더블린의 한 감옥에서 목을 그어 자살했다.[3]

하지만 밴트리에서 주인공은 울프 톤과 1798년의 역사°가 아니라 바다의 성자 브렌던과 6세기의 전설이다. 밴트리

° 연합 아일랜드인의 난 또는 1798년 아일랜드 반란은 1798년 5월에서 9월에 걸쳐 아일랜드에 대한 영국의 지배에 항거해 일어난 봉기이다. 미국과 프랑스의 혁명에 영향을 받은 공화주의 혁명단체 연합아일랜드인회가 반란을 주도했으며, 반란이 진압된 뒤에도 연합아일랜드인회는 여러 차례에 걸쳐 항영 저항운동을 벌였다.

는 모든 도로들이 항구 방향으로 내려와서 한곳에 모이는 작은 도시인데, 바로 그곳에서 바다를 내려다보는 것이 브렌던의 거대한 현대적 조각상이다. 브렌던이 577년경에 세상을 떠나고 두어 세기 만에 나온 전기인『성자 브렌던의 항해(*Voyage of Saint Brendan*)』에 따르면, 브렌던은 프랑스 함대가 들어온 만보다 약간 더 북쪽에 위치한 어느 만에서 항해에 나섰다. 브렌던과 그의 수도사 선원들은 7년 동안 아일랜드 서쪽 항로에서 여러 신기한 섬들을 만났다. 섬 하나하나가 프랑스 함대의 배 이름에 못지않게 매력적이다. 한 민둥섬에 닿았을 때는 선원들이 불을 피웠더니 섬이 가라앉기 시작했다. 알고 보니 섬이 아니라 쉬고 있던 고래였다.(이 고래는 부활절마다 같은 자리로 돌아와 수도사 선원들이 부활절 미사를 올릴 섬이 되어주었다.) '새들의 낙원'이라는 섬도 있었는데, 이 섬의 새들은 물론 말하는 새들이었다. 선원들의 동류인 아일랜드 수도사들이 사는 섬도 있었고, 배를 향해 시뻘건 슬래그를 던지는 더러운 거인들의 섬도 있었다. 배는 그렇게 수많은 섬들을 거친 끝에 드디어 '약속의 땅'에 닿았다. 이 텍스트의 일부 해석자들은 '약속의 땅'은 북아메리카이고, 브렌던이 내륙 방향으로 15일 동안 걸었을 때 발견한, 서쪽으로 흘러가는 강은 오하이오강이라고 주장한다.[4] 이 텍스트를 그저 환상적 항해담이라는 아일랜드 문학의 한 장르로 보는 해석자들도 있지만, 그런 해석자들도 이 텍스트의 사료적 가치를 부정하지는 않는다. 그들의 주장에 따르면, 중세 초기의 아일랜드인들이 대서양 너머의 세계를 알고 있었음을 이 텍스트가 보여주고 있고, 아일랜드인이 바이킹보다도 먼저 '신대륙'을 발견했음을 보여주는 증거들도 있다.(예를 들면 노르만 영웅서사시(saga)에는 바이킹이 콜럼버스보다 먼저 '신세계' 대륙을 발견하는 내용이 있는데, 발견 시점을 보면 브렌던 쪽이 먼저다.)

>>→

걷다가 발견한 첫 호스텔에서 배낭을 내려놓았다. 다데르가는 빨간색이었지만 그곳은 핑크색이었다. 열 개의 침대가 거대한 캐비지로즈 무늬의 핑크색 침구로 장식되어 있는 10인실 도미토리가 내 차지였다. 해가 뉘엿뉘엿 질 무렵에 밖으로 나와서 둑을 따라 걷기 시작했다. 5월 하순이었고 북반구 고위도 지역이었으니 9시 반쯤이었는데, 도로가 끊기는 지점에 트레일러 주택 다섯 채가 들쭉날쭉 세워져 있었다. 근처에 주차된 차들은 트레일러용으로는 부적합해 보였지만, 트레일러 주택들은 전부 자동차에 연결되는 구식 트레일러였다.(아일랜드인들이 보통 그런 트레일러를 가리켜 캐러밴이라고 한다는 것은 나중에 알게 되었다.) 이 길쭉한 양철 주택들은 대개 파스텔 색조로 칠해져 있었고, 개중에는 털털대는 발전기를 돌리는 집들도 있었다. 한 집은 검게 반짝이는 신상(神像)처럼 카펫 위에 올라앉아 있었는데, 카펫에 그려진 꽃무늬는 발전기에서 튄 검은색 기름에 거의 지워

마음의 발걸음

진 상태였다. 또 한 집의 작은 굴뚝으로는 가느다란 연기 한 줄기가 어두워지는 하늘로 퍼져나가고 있었고, 또 한 집의 앞쪽 창문에는 이동 생활의 예측 불가능한 중력에 반항하기라도 하듯 백조의 목처럼 구부러진 손잡이가 달린 핑크색과 하얀색의 키 큰 도자기 화병이 일렬로 늘어서 있었다. 거의 모든 창문에는 레이스 커튼이 쳐져 있었다. 자갈이 깔린 둑길 끝까지 나갔던 나는 거의 한밤중에 다시 트레일러 주차장을 지났는데, 빨간색 스웨터를 입은 남자아이 둘이 길가에 서서 울고 있었다. 뒤에 타고 숨어, 라고 빨간색 밴의 운전석에 앉은 여자가 말했고, 두 아이는 허겁지겁 차에 올라탔다. 여자가 급한 3점 방향 전환 중에 균형을 잃지 않기 위해 안전띠를 움켜쥐었을 때, 여자의 옷소매가 흘러내리면서 팔뚝을 뒤덮은 문신이 드러났다. 밴이 있던 곳에는 한 남자가 앉아 있었고, 전속력으로 주차장에서 달려 나간 밴은 시내로 들어가면서 겨우 라이트를 켰다. 그때 처음 본 트래블러°의 모습은 내가 아일랜드에서 처음이자 마지막으로 본 급한 모습이었다.

≫→

밤에는 아주 늦게까지 작은 바에서 블루스를 들었

○   아일랜드의 유랑 종족을 가리키는 고유명사. 아일랜드중앙통계국에 따르면 아일랜드 인구의 0.7퍼센트가 트래블러라고 한다.

다. 블루스의 애수를 체화하고 있는 듯한 현지 젊은이들의 상당히 훌륭한 연주였다. 아침에 일어나서는 캐비지로즈로 뒤덮인 침대에서 어느 이상향의 하늘 같은 구름 한 점 없는 하늘을 바라보기도 하고 잔잔하게 반짝이는 작은 만의 수면에서 뒤집힌 형태로 가볍게 흔들리고 있는 항구 건물들을 바라보기도 했다. 눈을 감고 있던 것은 아주 잠시였던 것 같은데, 다시 바라본 항구에서는 그사이에 바닷물이 다 빠지고 자갈과 쓰레기와 홍합 껍데기가 널린 바닥이 드러나 있었다. 일요일 아침이었으니 두 호스텔을 제외하고는 문을 연 식당이 없었고, 내가 묵는 호스텔에서 9시에 아침 식사를 주문하는 사람은 나밖에 없었다. 요리사가 주방을 열고 하루를 준비하는 동안 차가 계속 리필되었고 나중에는 빵과 버터까지 리필되었다. 아일랜드의 음식은 얼핏 단조로운 것 같지만 가장 기본이 되는 음식이 매우 넉넉하고 양질이다. 농후한 우유와 데메라라 설탕이 곁들여지는 토파즈색 차가 그렇고, 작게 구운 든든하고 향기롭고 포슬포슬한 빵이 그렇다. 맥주와 위스키는 두말할 필요도 없다. 주문한 달걀이 갈색 껍질째 나왔고, 나는 그중 하나를 깨뜨려놓고 후추통을 뒤집었다. 고운 갈색 가루들이 떨어졌다. 후추 냄새와는 너무 다른 건초와 헛간의 냄새가 풍긴 순간, 내가 처음 말 타는 법을 배운 목장의 축사, 축사 다락에 쌓여 있던 건초 더미, 목장 옆 비포장길과 흙먼지를 뒤집어쓴 오크나무 가로수, 목장 안의 좁은 말 우리들, 그리고 그 너머 넓은 목초지가 눈앞에 하나씩 펼쳐지기 시작했다. 20년 만에 맡은 냄새가 20년 전의 장면을 데려

마음의 발걸음

왔다. 식욕은 사라졌지만, 후추 냄새가 데려오는 장면들이 그날 하루 종일 나를 따라다녔다.

밴트리를 출발해서 밴트리만의 구불구불한 해안선을 따라 만의 북쪽 끝 해안의 글렌개리프까지 걸어가는 길은 전날 걸어왔던 길에 비해 더 길면서 재미는 덜했다. 하지만 그날의 나는 떨어지는 후춧가루가 불러낸 풍경들 사이를 걸었던 것 같다. 앞에서도 한 번 말했지만, 나는 여섯 살부터 열네 살까지 교외와 시골이 만나는 변두리 지역에 살았다. 7번가의 옆길들로 접어들면 양옆으로 교외 주택들이 늘어서 있었고, 우리 집이 있는 길은 7번가가 끝나고 시골이 시작되는 곳에나 있는 교외의 마지막 옆길이었다. 내가 그 이전에 살았던 세계들은 두어 개의 에피파니를 남겨놓았을 뿐 그 이상의 방식으로 기억되기에는 너무 희미했고(그 에피파니들이 내 기억의 조각난 토대들이다.), 그 이후의 세계들은 내 마음의 형태가 그 7번가 세계를 통해 대충 만들어져 있었을 때 찾아왔다.

뉴욕시에 살았던 엄마와 로스앤젤레스에 살았던 아빠였으니 7번가 비포장도로 너머의 시골에 대해서 우리에게 가르쳐줄 것이 없기도 했지만, 그곳이 나에게 그토록 생생했던 것은 언어로 접하기 전에 실물을 접할 수 있는 세계, 설명하러 오는 어른들이 없는 세계라서였을 수도 있다. 그때 내가 살았던 세계는 안팎이 바뀐 세계, 집을 폭탄이 터지는 곳이라고 느끼면서 7번가 너머의 산속을 피난처로 삼는 세계였다.(아이들이 돌아다니고 싶은 대로 돌아다니던 시절이었다.) 어린아이의 시각은 어른의 환각처럼 강렬하고, 어른이 뭔가 새로운 것을 보았다고 해서 그 정도로 강렬한 인상이 얻어지지는 않는다. 어린아이에게는 모든 감각이 글자 그대로 비할 데 없는 감각, 곧 전에 느껴보지 못한 감각이고, 어린아이가 느낀 그 첫 감각들이 마음의 원재료, 곧 마음의 바탕 이미지가 된다. 지구의 풍경이 태고의 화산 활동과 판구조 이동을 통해 만들어졌듯 사람의 마음은 태어나서 첫 15년 동안 느낀 감각들을 통해 만들어지는 것이 아닐까, 그 후의 인생은 이미 만들어진 풍경에서 길을 찾고 지도를 그리고 흔적을 더듬고 묻혀 있는 것을 파내는 여생이 아닐까, 나중에 다시 볼 때는 처음 보았던 때와 비교할 수밖에 없지 않을까, 하는 생각을 자주 해보게 된다.

내 유년기의 집이 그렇게 추웠다는 것, 7번가 너머가 내 유년기의 따뜻한 에덴동산이었다는 것은 지금도 내게는 경악과 경이를 불러일으킨다. 대개의 사람들에게 유년기는 그런 경이와 경악의 혼합물이다. 벌거벗은 아이는 유년기라는 주어진 세계를 살아나가는 동시에 그 세계로부터 자기만의 작은 세계를 만들어나간다. 운이 좋은 아이는 좀 더 따뜻한 세계를 만들어나갈 수 있다. 나는 운이 좋은 아이였다. 외부의 세계는 감각의 범위를 넘을 수 없지만, 내면의 세계는 어마어마하게 넓다. 생각해낸 것들, 기억해낸 것들이 펼쳐져 있는 밝은 곳도 있고, 아직 기억해내지 않은 것들이 감추어져 있는 어두운 곳도 있다. 내가 어릴 때 살았던 7번가, 내가 어릴 때 읽었던 책들은 내가 만들어나가는 세계의 첫 재료이자 주어진 세계를 벗어나야 하는 나의 첫 피난처였다. 7번가는 내가 꿈속에서 자주 찾아가는 길이기도 하다. 7번가에 서 있으면 어디로든 떠날 수 있을 것 같은데, 어느 길에 서 있어도 7번가에 서 있는 것 같다.

⟫→

7번가의 동쪽 끝에서 비탈을 타고 내려가면 주변 땅 전체가 종마 목장이었다. 우리 집 뒷담 너머에서는 늙은 종마가 풀을 뜯곤 했다. 교미의 의무를 다할 때도 당당하고 무관심한 태도를 잃지 않는 적갈색 쿼터호스였다. 7번가에서 서쪽으로 더 가면 작지만 가파른 언덕이 있었고, 언덕 위에는 벼락 맞은 오크나무가 있었다. 벼락 맞은 부분의 거대한 가지는 하늘을 향해 뛰어오르는 수사슴처럼 보였다.(얼마 전에 그곳에 다시 가봤는데, 오크나무에게 20년은 그리 긴 시간이 아니라는 듯, 놀랍게도 여전히 수사슴처럼 보였다.) 언덕 위로 올라가면 둘째 오빠와 내가 의자로 사용한 이끼 덮인 노두가 있었다. 아주 어릴 때는 훔쳐 온 과자를 우걱우걱 먹으러 가는 곳이었고, 나이가 더 들어서는 대마를 피우러 가는 곳이었다. 언덕의 잔디가 미끌미끌하게 말라 있는 계절에는 동네 아이들이 가끔 썰매를 타러 오기도 했다.(더 추운 지대에 눈썰매가 있다면 캘리포니아 해안 지대에는 판지 썰매가 있었다.) 언덕 밑에 버려진 판지는 버려진 목재나 부러진 가지와 함께 썩어갔고, 그렇게 식물이 자라지 못하는 어둡고 축축한 환경이 조성되면서 지네, 스킨크, 악어도마뱀이 모여들기 시작했다.

하지만 우리가 제일 많이 보았고 볼 때마다 신났던 동물은 블루벨리 도마뱀이었다. 내 유년기 자체가 블루벨리 도마뱀의 긴 행렬이었다. 7번가 왕국의 베스티아리였던 『도마뱀 및 양서류 도감(Golden Guide to Reptiles and Amphibians)』이 블루벨리에게 '서부 울타리도마뱀'이라는 비천한 이름을 붙인다는 것이 나에게는 내내 불만스러웠다. 물론 볕이 드는 울타리 같은 곳을 좋아하는 도마뱀이었지만, 등은 흙색의 자잘한 비늘로 뒤덮인 그저 그런 등이었고 눈알은 작은 볼베어링 같은 그저 그런 눈알이었지만, 뱃가죽은 크림색 바탕에 하늘처럼 청명하고 청량한 파란색 줄 두 개가 길게 그어져 있는 고귀한 뱃가죽이었다. 뱀도 7번가에서 많이 볼 수 있는 동물이었다. 겁 없는 둘째 오빠는 거대한 고퍼스네이크 아니면 킹스네이크를 잡아서 데리고 놀았고, 나는 아주 작은 목도리뱀을 귀여워했다. 색은 거무스름하고, 몸통은 어린아이의 손가락보다 가늘고, 길이는 15, 16센티미터쯤이고, 머리와 몸통 사이에 산호색의 얇은 목도리를 두른 뱀이었다.

북아메리카 대륙은 동쪽 해안 지역에서 오밀조밀하게 시작해서 서쪽으로 갈수록 점점 거대해지면서 미시시피강을 지나고 넓은 프레리를 지나고 높은 로키산맥을 지나고 높고 넓은 그레이트베이슨을 지나고 더 높은 시에라네바다를 지난 다음 서쪽 해안에 가까워질수록 천천히 낮아지면서 다시 작아지기 시작한다. 적어도 내 고향 캘리포니아 중부 해안 지역의 경우는 그렇다. 왜 그곳의 기억이 아일랜드를 연상시킬까 생각해

마음의 발걸음

보면, 작지만 가파른 언덕들과 노두들의 섬세한 지형 때문이기도 하고, 목장들과 들꽃들 때문이기도 하다. 적어도 두세 달의 풀빛 계절 동안은 그렇다. 하지만 그곳과 아일랜드 사이에는 큰 차이가 있다. 그곳의 하늘은 작열하는 투명 유리였고(아일랜드의 풀빛을 유지해주는 낮고 축축한 회색과는 다른 하늘이었다.) 마른 풀 사이에서는 도마뱀들이 기어 다녔다.(이런 도마뱀이 서식하려면, 새로 황금색을 띠기 시작하는 늦봄부터 진회색 구름이 나타나기 시작하는 겨울까지 건조한 날씨가 이어지다가 두어 달의 우기 끝에 찬란한 풀빛의 세상이 펼쳐지는 곳이어야 했다.) 우리 집에서 멀지 않은 곳에 7번가 첫 집이 있었고, 그 집 앞마당에는 버려진 수풀이 있었다. 어느 해인가는 그 수풀이 얼마나 높이 자랐던지 나와 남동생이 키 큰 풀을 하나하나 밟아 미로를 만들 수 있을 정도였다. 머리 위에서 풀을 엮으면 아치가 만들어졌다. 마른 풀의 미로 사이에서 거대한 불스네이크를 밟을 뻔한 날도 있었다. 색은 거의 검고 움직임은 한없이 부드러운, 내가 본 가장 큰 불스네이크였다.

　　　내가 7번가에 사는 동안 여우나 코요테가 나온 적은 없었고, 산사자는 나온다는 소문만 있었지만, 스컹크와 라쿤은 교외 관목숲까지 내려오곤 했다. 아침 일찍 사슴 한두 마리가 동네를 시찰하러 온 듯 큰길을 당당하게 활보하는 날도 있었다. 7번가 끝에서 멀지 않은 곳에는 조이라는 아이가 살고 있었다. 아빠와 단둘이 석류나무 한 그루가 있는 들판에서 흰 말 한 마리를 키우는 여자아이였다. 그 들판으로 가는 길 옆에는 내가 매년 훔쳐 먹는 포도가 자라고 자두나무, 프리클리페어, 블랙베리가 자라는 넓은 사유지가 있었다. 7번가 한 구간의 가로수 역할을 하는 키 큰 소나무들도 이 사유지의 일부였던 것 같은데, 그곳 소나무의 낮은 가지들이 나에게는 집의 일부였다. 내가 그곳에서 수풀을 모아서 만든 집은 트리하우스보다는 흙바닥의 새 둥지에 가까웠다. 그때 나는 항상 그곳 언덕에서 작은 집을 마련하고 있었던 것 같다. 보물을 숨길 수 있는 속 빈 나무둥치를 찾아내기도 하고 낮에 들어가 있을 수 있는 바위틈이나 올라가 있을 수 있는 나무를 찾아내기도 했다. 그때 내가 마련했던 가장 좋은 집은 7번가 포장도로가 끝나는 곳 부근에서 발견한 거대한 옛날식 장미나무였다. 수십 년간 버려진 채 마구 자란 덤불은 전체 넓이가 큰 거실만 했다. 덤불 중심의 나무줄기까지 낮은 터널이 있었고, 나무줄기 속은 동굴처럼 텅 비어 있었다. 한밤중에 언덕으로 달려가서 가파른 비탈의 아직 식지 않은 풀에 드러눕는 날들도 있었다. 바닥에 누워 있는 느낌이라기보다는 무중력 공간에 떠 있는 느낌이었고, 별들을 올려다보고 있는 느낌이라기보다는 깊은 우물 같은 무한한 하늘을 내려다보고 있는 느낌, 당장이라도 그 우물 속에 빠져버릴 것 같은 느낌이었다. 무한함이 주는 희열과 공포를 처음 경험한 순간이었다.

유년기가 처음 느껴본 감각들, 처음 당해본 고통들로 이루어진 세계라면, 우리에게 유년기는 잃어버린 세계일 수밖에 없다. 유년기가 집이라면, 우리는 집을 잃은 난민일 수밖에 없다. 하지만 어떤 의미에서 우리는 집에서 벗어날 수 없는 존재이기도 하다. 우리 안에 한번 뿌리내린 집은 영원히 우리를 놔주지 않는다. 나라는 존재가 몸이라는 울타리에 갇혀 있는 물체라는 식의 생각은 내면이라는 어마어마하게 넓은 집을 은폐하는 픽션일 뿐이다. 무엇보다도 집은 최초의 판단 기준이다. 다른 모든 대상의 가치는 집을 기준으로 가늠된다. 우리가 간 곳이 더운 곳인가 추운 곳인가, 붐비는 곳인가 조용한 곳인가, 윤택한 곳인가 각박한 곳인가는 우리가 어디서 왔느냐에 좌우된다. 내 마음이 이런 모양으로 만들어지던 때를 돌이켜보면, 나를 나로 만들어준 것, 교외 끝자락의 콩가루 가정보다 더 내 집처럼 느껴진 것, 가끔 막연하게 들려오는 가족사와 종족사보다 더 나라는 존재의 바탕으로 느껴진 것은 그때 나를 둘러싸고 있던 풍경이었던 것 같다. 캘리포니아의 풍경이 나를 만들어주었다는 것은 글자 그대로의 의미로도 사실이다. 나는 이곳의 작물을 먹었고, 이곳의 물을 마셨다. 캘리포니아 와인을 벌컥벌컥 마신 것은 세 살 때부터였다.

　　　내가 엄마에게 물려받은 것은 무엇일까 하는 질문에는 언어능력에서부터 사회정의에 대한 관심에 이르기까지 온갖 차원의 대답이 나올 수 있다.(사회정의에 대한 관심은 엄마가 아일랜드공화국의 조상들에게 물려받은 유산이라고 할 수도 있겠다.) 엄마는 현금인출기가 없던 시절에 비상금을 리엄 오플래허티(Liam O'Flaherty)의 『기근(Famine)』(오래된 녹색 표지의 소설책이었다.)에 보관하는 사람이었고, 막내 자식의 이름을 지을 때 유대인 시부모를 기쁘게 해주기 위해서가 아니라 본인의 오빠와 아빠의 이름을 따서 데이비드°라고 짓는 사람이었다.(열혈 국민주의자였던 엄마의 할아버지가 아일랜드 국민주의자 겸 시인 토머스 데이비스(Thomas Davis)처럼 되라고 지은 이름이었다. 친척들이 전하는 이야기에 따르면, 엄마의 할아버지는 지명수배자가 되어 가명으로 아일랜드를 탈출한 신(新)페인당원이었다.) 내가 물려받은 것들 중에 찻잔 몇 개, 성 파트리치오 축일의 소소한 습관들, 모종의 감상주의는 아일랜드의 유산이라고 할 수 있고, 실수에 대해서, 정의에 대해서, 성교에 대해서, 내 몸에 대한 권리에 대해서 불안해했던 면은 가톨릭의 유산이었다고 할 수 있다. 하지만 그렇게 물려받았다고 할 수 없는 다른 많은 것이 있다. 내가 가진 가장 중요한 것들은 물려받은 것이 아니라는 뜻이라기보다 내가 어떤 비주류 문화를 물려받았는지, 그리고 그 문화가 주류 문화와 어떻게 다른지 모르겠다는 뜻이다. 엄마와 외삼촌은 가톨릭 학교를 나오고 세례성사를 받고 교리문답을 통과하고 견진성사를 받은 당당한 아일랜드계 미국인이다. 다시 말해 두 사람은 아일랜드라는 나라에 관심과 애정과 요구 사항을 품고 살아가는 사람들, 그 나라를 여러 차례 다녀온 사람들, 각자 그 나라에 가서 먼 친척을 수소문하기도 하고 선조의 고향을 둘러보기도 하는 사람들, 하지만 선조의 이름을 우리 자식들에게 알려주지는 않는 사람들이었다. 두 사람에게 아일랜드는 고향이었지만, 우리에게 아일

○   히브리어에서 유래한 이름이며, 고대 이스라엘의 왕 다윗(David)은
        구약성경의 주요 인물이기도 하다.

마음의 발걸음

랜드는 그저 다른 나라였다.

　　　　주나 반스(Djuna Barnes)의 소설 『나이트우드』에는 한
때 샌프란시스코인이었던 미친 아일랜드인 닥터 매슈 오코너
가 바다 밑에서 굴러다니는 고래 똥처럼 흔한 것이 아일랜드인
이라고 말하는 대목도 있지만, 아일랜드계를 자처하는 사람이
4000만 명에 육박하는 미국 같은 나라에서 아일랜드 이민자를
조상으로 둔 미국인이 다른 미국인과 어떻게 구별되는지를 설
명하기는 어렵다. 반면에 아일랜드에서는 모두가 내 혈통을 궁
금해했다. 정확히 말하면, 모두가 나에게 아일랜드인이냐고 물
었고, 내가 반반이라고 대꾸하면 모두가 "그럼 나머지 반은?"이
라고 물었다. 모두가 궁금해한 것은 결국 내 종교가 어느 쪽인
가였고, 내가 어느 쪽도 아니라고 대꾸하면 모두가 눈을 동그랗
게 뜨면서 자기네가 기대했던 대로 경악스럽다는 듯이 **아무 쪽
도 아니라고?**"라고 되물었다. 그들의 경악과 내 답답함은 아일
랜드공화국이라는 동족 국가에 사는 그들과 캘리포니아라는
하이브리드 스프롤에 사는 내가 서로 얼마나 먼가를 나타내는
신호였다. 아일랜드 이민자를 조상으로 두었다는 것과 아일랜
드라는 과포화 국가에 산다는 것은 별개라는 사실, 아일랜드인
의 피라는 신비한 액체가 좀 섞여 있다는 것과 아일랜드라는 넘
치는 역사와 부족한 산업과 다습한 기후의 녹색국가에서 나고
자랐다는 것은 별개라는 사실을 그들도 나도 확실히 느낄 수
있었다. 그들은 내 얼굴에서 아일랜드인이 보인다면서 기뻐했지
만, 동유럽인들은 매번 같은 얼굴에서 동유럽인이 보인다면서

기뻐한다. 내가 물려받은 반반은 오히려 서로 상쇄하는 듯, 반반을 물려받은 나는 이쪽이기도 하고 저쪽이기도 한 사람이 되는 것이 아니라 아무 쪽도 아닌 사람이 되는 것 같다. 예컨대 나는 기독교인들 앞에서는 유대인이 되고, 유대인들 앞에서는 기독교인이 되고, 미국 원주민들 앞에서는 유럽인이 되고, 유럽인들 앞에서는 미국인이 된다. 정말 내가 생겨난 곳으로 돌아가기 위해서는 여러 개로 잘려 여러 곳에 묻혀야겠지만, 내 심장이 묻힐 곳은 캘리포니아의 그 언덕이리라는 확신을 나는 아일랜드에서 얻을 수 있었다.

기억하고 망각하는 방식도 유행을 탄다. 20세기 들어 한동안은 반짝이는 백색 도시 같은 유토피아적 미래를 앞당기기 위해 과거를 내팽개치는 멜팅포트 방식의 문화 동화주의가 유행했지만, 최근 들어서는 그런 식으로 냅다 밀어붙이는 경향에 반발하면서 뿌리, 핏줄, 종족, 차이, 기억, 땅속처럼 어두운 과거 등을 강조하는 방식이 유행하고 있다. 하지만 희망을 강조하는 논의나 역사를 강조하는 논의 둘 다 복잡하게 얽힌 현재를 위한 장소를 고려하지 않기는 마찬가지였던 것 같다. 아니, 장소 자체를 고려하지 않았던 것 같다. 역사를 강조하면서 종족을 고려하는 논의라고 해도, 새로운 토양에 심어진 하이브리드 또는 돌연변이를 고려하는 경우는 거의 없지만, 나를 키운 것은 나의 실제 부모라기보다 캘리포니아 교외의 새로운 토양이었다. 하지만 그런 나를 설명할 수 있는 담론이었던 생태지역주의(bioregionalism, 현장의 역사, 현장의 자연을 배움으로써 현장의 일부가 되는 철학)는 유행 담론의 끝없는 부침 속에서 다문화주의 (multiculturalism)가 새로 유행하면서 어느새 버려진 듯하다. 요컨 대 종족과 지형의 화합물로서의 정체성을 제안하는 화학 같은 것은 나온 적이 없고, 뿌리와 뿌리 없음 사이의 균형잡기 담론 같은 것도 나온 적이 없다. 7번가는 내가 아직 꿈에서 보는 곳, 내가 꿈에 자주 가는 곳들 중에 진짜 존재하는 두어 곳 중 한 곳이다. 내가 찾아간 아일랜드는 그 7번가를 닮은 곳이기도 했 고 나의 첫 길이었던 그 7번가로부터 이어지는 길이기도 했다.

>>>→

글렌개리프 시내라고 할 수 있는 큰길은 바다로 향 하는 내리막길이다. 내리막이 시작되는 곳에 상점과 펍 몇 군데 가 있다. 나는 카페 드 라 페(Cafe de la Paix)에서 차와 에그 샌드 위치를 받아들고 야외 테라스에 앉아 시내의 한가한 움직임을 구경하기 시작했다. 그런데 그렇게 자리 잡고 앉자마자 몸이 뚱 뚱하고 얼굴색이 붉은 한 남자가 다가왔다. 말을 한번 시작하면 끝낼 줄 모를 뿐 아니라 아일랜드의 역사를 건드리지 않고서는 단 5분도 말을 이어나갈 줄 모르는 것 같은 중년 남자들 중 하 나였다.(한 친구는 이런 부류를 '프로페셔널 아이리시맨'이라고 부른다.) 그들이 역사를 들먹이는 것은 그들 자신의 생각과는 달리 나 를 위해서가 아니라 그들 자신을 위해서였다. 역사란 그들이 긁 지 않을 수 없는 가려움증이었다. 1835년에 알렉시 드 토크빌

(Alexis de Tocqueville)이 합승마차에서 한 아일랜드인을 만났을 때, 그 아일랜드인은 크롬웰 통치가 시작된 이후에 현지에서 벌어졌던 사건들을 "무서울 정도로 정확하게"[5] 이야기해주었다. 불의가 저질러졌다는 느낌, 불의를 바로잡아야 한다는 느낌이 아직 생생하다는 의미에서의 정확함이었다.° 반면에 1921년에 영국 총리 로이드 조지(Lloyd George)가 정전과 관련된 조약°°을 논의하기 위해 에이먼 데 발레라(Eamon de Valera)°°°를 만났을 때, 데 발레라는 크롬웰을 언급함으로써 영국 총리를 곤혹스럽게 했다. 크롬웰은 영국 총리에게는 옛날 역사였지만 데 발레라에게는 현재 진행형인 역사였다. 무수한 사실의 연속체를 역사라고 하고, 그런 사실들로부터 뽑혀 나온 기원들과 근거들의 패턴을 신화라고 한다면, 여기서 역사는 신화에 가깝다. 선조 아일랜드인이 희생당한 영웅으로만 등장하는 국민주의 내러티브라는 점에서 프로페셔널 아이리시맨의 기억은 신화에 가깝다.

나에게 다가온 남자는 누이와 조카 모녀와 함께 여행을 왔다고 하면서 두 사람이 앉아 있는 쪽을 가리키더니 나더러 어디서 왔느냐고 했다. 내가 캘리포니아에서 왔다고 하자 남

° 아일랜드인의 이야기에 등장하는 올리버 크롬웰은 1658년에 죽었고, 윌리엄 3세는 1702년에 죽었다. 토크빌이 이 일기를 쓴 것은 1835년이다.

°° 영국-아일랜드 조약.

°°° 아일랜드 자유국의 대통령, 아일랜드공화국의 대통령을 역임했다. 또한 아일랜드 제헌의회의 의장이었으며 아일랜드의 총리(티셔흐)를 세 번 역임했다. 20세기 아일랜드사에서 가장 영향력 있는 인물 중 하나로 평가받고 있다.

자는 샌프란시스코에서 오지 않았냐고 되묻더니 식탁 앞에 앉으면서 혹시 거기 있는 애비 태번이라는 펍을 아느냐고 했다. 나와 남자는 일단 애비 태번에 대한 호의를 주고받았다. 그것으로 나에 대해 알아야 할 모든 것을 알 수 있었던 남자는 그때부터 내가 알아야 할 모든 것을 가르치기 시작했다. 이야기는 망망한 바다를 떠돌았고, 때마다 한 번씩 닻이 내려지듯 통계 수치가 인용되었다. 남해안의 미즌 헤드에서 북아일랜드의 북동단까지는 50킬로미터에 불과하지만 아일랜드 해안선은 4800킬로미터(3000마일)가 넘는다는 이야기도 있었고, 골웨이의 자기 고향에는 열여덟 명의 자식을 낳은 경찰관의 아내와 스물네 명의 자식을 낳은 재단사의 아내가 있다는 이야기도 있었고, 자기가 낳은 여덟 명의 자식 중에 다섯 명은 아일랜드공화국을 떠났다는 이야기도 있었고, 자기도 수년간 외국에서 일한 경험이 있다는 이야기도 있었다. 까불까불 지나가는 한 무리의 여자아이들을 향해 손을 흔들더니, "저 애들도 일자리를 찾아 떠나겠지, 영국으로, 미국으로…… 요새는 독일로."라고 말하기도 했다. 남자가 자기 집에 있는 책 3000권(아일랜드 해안선 1마일당 한 권꼴)으로 뭘 했는지는 모르겠고, 20세기에 죽은 언어가 몇 개였는지도 모르겠다.(1000개라던가.) 죽었다 살아난 언어가 히브리어라는 것은 맞추었다.

　　　　그러다 갑자기 남자는 18세기 초에 발효된 아일랜드 형법에 대해 이야기하면서 은근한 개인적 원한을 드러내기 시작했다. 토지 소유를 제한한 법, 두발과 복장을 제한한 법, 종교

생활을 제한한 법, 거의 모든 형태의 교육을 제한한 법을 하나 하나 나열하기도 했고, 아일랜드 가톨릭교도는 짐승과 다름없는 존재였어, 아니, 짐승보다 못한 존재였어, 짐승더러 짐승 말고 다른 것이 되라고 하지는 않잖아, 라고 말하면서 분개하기도 했다. 남자가 말없이 음료수를 마시고 있는 일행 두 사람에게 돌아간 것은 대니얼 오코널에 대한 찬양과 함께 1829년에 공표된 '가톨릭교도 해방령'에 대한 찬양을 짧게 마무리한 뒤였다. 그때 그 남자가 왜 오설리번 베르에 대한 이야기를 꺼내지 않았을까, 돌이켜 생각해보니 궁금해진다. 오설리번 베르를 공격한 영국군과 아일랜드 날씨는 밴트리만에서 프랑스 함대를 공격한 영국군과 아일랜드 날씨보다 가혹했다.(아일랜드 역사의 한 부분은 공교로운 날씨의 역사다.) 밴트리만 북쪽 해안의 던보이 성에서 패배한 오설리번은 1603년 1월°에 글렌개리프에서 다수의 여자들과 아이들을 포함한 1000명의 군대를 이끌고 북쪽으로 320킬로미터 거리인 쿠를루산맥까지 후퇴했다. 나중에 오설리번의 아일랜드 겨울 대장정으로 유명해진 그 길에서 악천후와 적의 공격으로부터 살아남은 사람은 고작 서른다섯 명이었다.(살아남지 못한 사람들의 시체가 퇴로의 이정표가 되었다고 한다.) 생존자 중 하나였던 오설리번 베르는 스페인으로 피신했다. 그로부터 불과 몇 년 뒤에 '게일 영주들의 패주'에서 옛 켈트 귀족들

○　　오설리번 베르의 후퇴는 1603년 1월이 아닌 1602년 12월 31일에
　　　이루어졌다.

이 로마로 피신하면서 아일랜드 토착 귀족 계급의 시대는 종말을 고했다.

그날 밤에 내가 묵은 곳은 오설리번 베르의 군대가 겨울 대장정 중에 넘었던 산의 가파른 비탈에 서 있는 한 낡은 농가였다. 사방은 온통 바위 숲이었고, 날이 어두워질 무렵에는 바위 숲에 숨어 있던 토끼들이 살금살금 풀을 뜯어먹으러 나왔다. 나 말고는 유럽 여행은 처음이라는 스무 살 정도의 건장한 미국 여행자와 후줄근하고 배가 나온 숙소 주인뿐이었다. 숙소 주인은 아버지의 농가를 물려받아 낮에는 관광객을 배에 태우고 주변을 돌고 밤에는 관광객을 묵게 하는 방식으로 생계를 꾸려나가려고 애쓰는 남자였고, 미국 여행자는 헨리 제임스의 소설에 나올 법한, 미국인의 순진함과 에너지의 화신 같은 여자였다. 목 아래쪽에 가로로 긴 흉터가 나 있는 여자는 자기가 본 모든 놀라운 것들을 묘한 금속성의 목소리로 늘어놓았는데, 그 목소리는 흉터와 관계 있는 것 같았다.

7장 떠도는 암초들

프랜시스 드레이크 경(Sir Francis Drake)이라는 해적이 엘리자베스 1세라는 프로테스탄트 여왕의 이름으로 전 세계를 항해한다. 항해의 목적은 황금을 찾는 것. 적의 배에 실려 있는 황금이든 현실과 상상을 넘나드는 어느 이국 땅에 묻혀 있는 황금이든 상관없다. 해적은 황금을 손에 넣기도 하고 놓치기도 하면서 영국 오크나무, 아니면 아일랜드 오크나무로 만든 배로 남아메리카 서해안에 닿는다. 이미 다른 해적이 페루를 침략해 잉카제국의 많은 보화를 약탈한 다음이었다. 이 1586년 원정에서 이 해적이 챙긴 전리품은 갈색 껍질로 덮여 있는 울퉁불퉁한 덩이줄기였다.(관련 기록은 어슴푸레하다.) 황금을 싣고 떠나는 스페인 해적선을 열두 시간 차이로 놓쳤으니 실패한 원정이었다는 평가도 있다. 어쨌든 수백 년간 고산지대 페루인들의 주식이었던 감자는 황금에 비하면, 아니 다른 어느 것과 비교하더라도 소박한 전리품이다.

때는 그로부터 7년 전, 프랜시스 드레이크가 또 다른 긴 원정 중에 북아메리카의 서해안에 잠시 정박한다. 그곳의 완만한 구릉과 오크나무를 보고 고향 섬 브리튼을 떠올린 그는 그곳을 '뉴 앨비언(New Albion)'이라고 명명하고 엘리자베스 1세의 영토라고 선언한다.° 엘리자베스 1세는 머나먼 대륙에 위치한 이 추상적 소유지에 끝까지 와보지 않는다. 이곳에는 이미 다른 많은 지명이 있었는데, 여성 전사들이 사는 어느 신비로운 섬의 이름에서 따온 스페인어 지명 칼리포르니아(California)도 그중 하나다. 이곳이 섬이 아니라는 것을 모르기는 브리튼 해적이나 스페인 해적이나 마찬가지지만, 살아남은 것은 스페인어 지명이다. 브리튼 여전사 엘리자베스 1세는 가까운 가톨릭 아일랜드와 먼 아메리카 대륙 동해안을 토벌하느라 이미 바쁘다. 대규모 농장 세우기, 정착민 보내기, 현지 주민 학살하기, 조약을 체결할 입장이 아닌 사람들과 조약 체결 후 체결된 조약을 강제하기라는 토벌 전략은 두 곳에서 거의 비슷하게 진행된다.

프랜시스 드레이크가 북유럽으로 챙겨 왔다는 감자는 우선 유럽 전역으로, 이어 아시아로 퍼져나가면서 많은 곳에서 주식으로 자리 잡는다.[1] (감자가 그렇게 현지 음식으로 자리 잡다 보니 감자의 유래를 기억하는 사람은 거의 없다.) 그중에서도 유독 아일랜드인들이 신속하고 철저하게 감자에 의지하게 되고, 감자 덕분에 인구는 더 늘어나고 살림은 더 가난해진 아일랜드

° 앨비언은 브리튼섬을 지칭하는 이름들 중 하나다.

마음의 발걸음

인들은 감자 중에서도 크고 볼품없고 수확량이 많고 품이 거의 들지 않는 럼퍼라는 품종을 재배하게 된다. 단일경작은 위험한 농법이지만, 전쟁에 짓밟힌 땅에서 한 치 앞을 내다볼 수 없는 아일랜드인들에게 땅속에서 알아서 자라는 작물, 땅속에 저장할 수 있는 작물의 유혹을 거부하기란 불가능하다. 럼퍼라는 한 가지 감자가 아일랜드 전역에서 한 가지 병해에 항복하면서 1845년과 1846년 그리고 그 후 10년 동안 감자 농사가 망하고, 럼퍼에 살고 정치에 죽으면서 고향 땅에 대한 무서운 애착을 과시하던 아일랜드 가톨릭교도들은 결국 해외 이민 종족으로 전락한다. 그중 특히 많은 사람들이 영어권 국가이면서 대영제국의 통치를 떨쳐낸 미국이라는 나라로 향한다.

>>>→

아일랜드라는 영국 식민지를 피난처로 삼고 얼스터에 모여 살다가 미국이라는 영국 식민지를 피난처로 삼고 미국 남부에 모여 사는 스코트족이 있다. 수 세기 동안 아일랜드에 살면서 끝내 아일랜드 사회에 동화되지 않은 스코트족은 시간이 갈수록 대영제국을 조국이라고 느끼게 되고,(스코트족은 켈트족의 한 분파였고, 스코트족의 발상지는 아일랜드였는데도 그랬다.) 아일랜드의 해방을 앞둔 시점의 스코트족은 혁명을 막는 데는 성공하지 못하지만 혁명의 완성을 막는 데는 성공하는 '연합주의자들'이 된다. 아직 대영제국의 한 부분으로 남아 있는 곳은 아일랜드의 4분의 1에 해당하는 그들의 땅뿐이고, 이 구석진 땅에서 해방 투쟁은 보복 루틴으로 전락하고 있다. 한편 미국을 피난처로 삼은 스코트족 아일랜드인들에게는 전혀 다른 이야기가 있다. 미국 남동부로 간 스코트족은 미국에 정착한 백인 중에 가장 안정적인 공동체, 현지 문화의 모든 구성 요소를 갖춘 공동체, 곧 전통을 따르고 땅에 애착을 느끼고 집단적 기억을 공유하는 공동체로 자리 잡게 된다. 그들은 미국의 옥수수로 위스키를 만들고 미국의 나무로 집을 지으면서 아일랜드 조상의 발라드(밥 딜런의 표현을 빌리면 "사람들의 머리에서 피어나는 장미를 노래하고 거위 아니면 백조인 애인이 천사가 된다고 노래하는"[2] 발라드)를 부르는 사람들이다. 그들의 발라드에는 낭만적이고, 폭력적이고, 지형적으로 구체적이고, 숙명적인 켈트 전설의 분위기가 있다.(미국에서 만들어진 것들, 심지어 20세기 후반에 만들어진 것들도 그렇다.) 향수와 실향의 변증법이라는 연료에 의지해 수천 킬로미터를 날아온 노래들이다.

　　미국에 온 스코트인들이 자유인이 된다면, 미국에 온 아프리카인들은 노예가 된다. 서아프리카인의 정체성은 서아프리카의 다양한 문화, 혈통, 지역에 따라서 정해지고 서유럽인의 정체성은 서유럽의 다양한 문화, 혈통, 지역에 따라서 정해지는 반면, 미국이라는 멜팅포트에서 서아프리카 출신의 이주민과 서유럽 출신의 이주민은 흑인과 백인이 된다.(미국에서는 피부색에 액면가가 있다.) 유럽에서 가장 낮은 계층이었다가 미국에서 가장 낮은 계층이 아니게 된 백인들은 그런 사회구조가 마음에 들었던 듯하고, 그런 경직된 사회구조 속에서 가장 낮은 계층의 흑인들과 흑인 바로 위 계층의 백인들이 수 세기 동안 서로 의심하고 서로 접촉했다. 양쪽 음악의 발라드와 흑인 리듬은 거의 아무 마찰 없이 섞여들었고, 20세기에는 레드 더트, 아프리카의(그리고 어쩌면 미국 원주민의) 강한 비트와 리듬, 켈트족의 애수로부터 새로운 토착 음악들이 출현했다. 그중 힐리빌리 쪽은 컨트리와 웨스턴으로, 반대쪽은 블루스와 리듬앤드블루스로 정리되었고, 결국 그 모든 음악이 로큰롤으로 어우러져 전 세계로 전파되었다. 제국주의 같은 전파 방식이 아니라 감자처럼 현지 작물이 되는 전파 방식이었다. 특히 영어권의 경우에는 그런식으로 현지 작물이 된 로큰롤이 전통과 권위에 저항하고 중앙 권력에 저항하는 청년층과 주변부를 위한 해방구가 되어주었다.(그런 해방구 자체가 아일랜드에서의 U2처럼 하나의 제도로 자리 잡기도 했다.) 지금 아일랜드에서는 노예와 하층의 애수가 새로 혹은 다시 유행하고 있고, 나도 아일랜드를 일주하면서 모든 소도시에서 전통적인 아일랜드 밴드의 연주 외에도 록과 블루스 연주뿐 아니라 컨트리와 재즈 연주를 들을 수 있었다. 아일랜드 서해안의 외딴 도시 밴트리에서 피시앤드칩스를 먹으면서 블루스 공연을 보는 것도 가능했다.

>>→

이곳 밴트리는 울프 톤의 1796년 반란이 실패로 돌

아간 곳이기도 하다. 그때의 반란이 성공하기만 했어도 티머시 머피(Timothy Murphy)[3]가 1828년에 배를 타고 캘리포니아 북부까지 오는 일은 없었을 것이고(머피가 상륙한 곳은 1579년에 드레이크가 상륙한 곳에서 가까웠다.), 대기근만 없었어도 엄마의 네 조부모가 고향 아일랜드를 떠나오는 일도 없었을 것이다. 머피의 아일랜드적 배경과 캘리포니아적 배경을 상상하는 데는 그때의 아일랜드와 그때의 캘리포니아를 기억하는 것이 중요하다. 아일랜드는 그때로부터 90년 더 영국의 일부로 남아 있을 것이었고, 캘리포니아는 그때로부터 15년 뒤 멕시코 땅에서 미국 땅으로 바뀔 것이었다. 아일랜드는 게일어를 사용하는 가난한 토착 주민들과 그들을 다스리는 영국인 지주들의 나라였고, 캘리포니아도 가난한 원주민들과 멕시코인 지주들로 이루어진 나라였다. 하지만 아일랜드에서는 토착 주민들이 과밀했던 반면, 캘리포니아에서는 원주민 인구가 400만 명 선을 넘은 적이 없었기도 하고, 약 100개의 언어와 문화로 갈라져 있었기도 하다.(캘리포니아의 지형은 사막, 고산, 삼림, 초지 등등 엄청나게 다양하고, 캘리포니아의 면적은 아일랜드의 다섯 배다.) 한편 아일랜드인들은 문화적으로는 동질적이었지만, 어느 정도 규모 있게 단결해서 외부의 침입에 맞서기가 불가능할 만큼 곳곳에 흩어져 있었다는 점에서는 캘리포니아 원주민들과 마찬가지였다. 아일랜드인들이 피정복민이 된 것은 그 때문이었다.

1830년대의 칼리포르니오(Californio)°층은 영어를 쓰는 아일랜드인 무리와 마찬가지로 모종의 황금시대를 즐기고 있었다. 엄밀한 의미의 노예는 아니지만 그렇다고 자유인도 아닌 방대한 노동 인력을 거느린 시골 젠트리의 삶, 무도회와 축제, 승마와 경마로 소일하는 삶이었다. 이 백인 멕시코인들과 그들이 부리는 현지 주민들은 승마 실력이 뛰어난 사람들이었다. 안장은 스페인에서 온 형태(캔틀이 높고 가축을 매어두는 혼이 달려 있고 등자가 깊은 형태)였지만, 말을 달리면서 밧줄을 던져서 가축을 붙잡는 바케로(vaquero)의 멋진 묘기는 유럽에는 없던 신기술이었다. 최초의 카우보이는 웨스턴 소설이나 영화에 흔히 등장하는 백인 프로테스탄트 영어 사용자 카우보이가 아니라 이 바케로(서부(West)°° 서쪽(west)°°°의 히스패닉 원주민)이지만, 그 기원은 이제 잊힌 지 오래다. 1846년은 아일랜드 가톨릭교도들이 대기근을 피해 미국 동해안 지역으로 몰려오기 시작한 해이자 멕시코 가톨릭교도들이 멕시코 영토의 북쪽 절반을 걸고 지는 전쟁을 시작한 해였다. 일부 아일랜드인들은 성 패트릭 부대가 되어 멕시코군의 병력을 불려주었다.

　　멕시코-미국 전쟁은 1848년에 끝났고, 패전한 멕시

° 　　캘리포니아 사람이라는 뜻의 스페인어. 캘리포니아가 미국의 한 주로 편입되기 전에 이 지역의 주류 백인층이었던 스페인계 주민층을 가리킨다.

°° 　미국 백인의 프런티어를 가리키는 표현. 다른 표현으로는 Wild West, Old West 등이 있다.

°°° 캘리포니아.

코인들은 자기네가 뿌리내린 땅에 대한 소유권을 잃고 캘리포니아 원주민들과 마찬가지로 사회 최하층으로 전락했다. 하지만 미국이 어떻게 캘리포니아를 손에 넣었나를 이미 잊어버린 다수의 미국인들은 언젠가부터 스페인어 사용자를 외지인이라고 부르면서 폄하하고 있다. 거꾸로, 그 스페인어 사용자들 중에 비교적 급진적인 사람들은 아직까지 캘리포니아를 아즈틀란 피점령지(occupied Aztlan)라고 부르고 있다.(훗날 멕시코 영토가 되는 땅에 살고 있던 원주민들이 자기네 땅을 불렀던 이름에서 따온 것이다.) 또 개중에는 스페인어를 가리켜 끝이 갈라진 뱀의 혀(forked tongue)라고 부르는 사람들도 있다. 스페인어가 미국에서는 피식민지 주민들의 언어지만 멕시코에서는 식민지 개척자들의 언어라는 뜻이다. 독일은 1차 세계대전 때도 적국의 국내 분쟁을 조장하는 정책을 채택했는데(독일이 아일랜드 국민주의와 1916년 부활절 봉기를 독려했던 것도 그런 맥락에서였다.), 멕시코-미국 전쟁 때도 마찬가지였다. 영국과 싸우고 있던 독일은 멕시코를 부추겼고, 미국은 그 유명한 '치머만 전보(독일이 멕시코에게 보낸, 1846~1848년에 잃은 땅을 되찾아올 것을 독려하는 내용의 외교 전보.)'가 감청된 뒤 영국과 같은 편으로 참전했다.[4]

이제 그만 티머시 머피의 이야기로 돌아가자.[5] 머피가 미국에 온 것은 칼리포르니오층의 전성기였다. 스페인 선교회의 잔혹 행위들은 이미 시작된 뒤였고, 골드러시의 잔혹 행위들이 아직 원주민의 떼죽음(멸종은 아니었다.)을 초래하기 전이었다. 1846년까지의 캘리포니아는 명목상 가톨릭 국가인 멕시코의 영토였고, 캘리포니아가 미국의 영토가 되기 전에 캘리포니아로 이주한 미국인들도 원래 가톨릭교도였거나 현지의 여성과 결혼하기 위해 가톨릭교도로 개종한 사람들이었다. 머피는 거대한 곰 같았고(체중이 130킬로그램이었다고 한다.), 티모테오 머피 경(Don Timoteo Murphy)이 된 뒤에는 현지 란체로(ranchero)들°

사이에서 큰 사랑을 받았다. 현지 행정가들은 머피에게 방대한 토지를 하사했다.(사실 그들에게는 그 땅을 남에게 하사하거나 말거나 할 권리가 없었다. 정복자로서의 권리를 권리라고 할 수 있다면 또 모르겠지만.) 지금의 마린 카운티 안에서 샌라파엘과 노바토 사이의 북쪽을 아우르는 땅이었다. 프랜시스 드레이크가 뉴 앨비언이라고 명명하며 영국 영토라고 선언했던 곳이 바로 지금의 마린 카운티다.(지금은 명명도 선언도 무효가 되었다.) 나도 그곳에서 유년기를 보냈지만, 머피가 살았던 시대의 모습은 이제 거의 남아 있지 않다. 머피가 살았던 시대는 토종 회색곰과 외래종 황소의 싸움을 돈을 내고 구경하던 시대였고, 10여 개 가문이 지역 땅 전체를 소유하던 시대였고, 해안선 수십 킬로미터 위쪽에 러시아 요새가 있던 시대였다.(머피는 밀을 재배해서 러시아 요새에 팔기도 했다.) 그곳에 살았던 미워크 부족 사람들이 아직 자기네 부족의 언어를 잊어버리기 전, 부족의 땅을 다 잃고 부족의 땅을 가리키는 이름들을 다 잃는 날이 아직 오기 전이었다.

평생 독신이었던 머피는 세상을 떠날 때 가톨릭교

○　　　스페인어로 목장 주인을 뜻한다.

회에 꽤 넓은 토지를 남겼다. 내가 어렸을 때만 해도 노바토 바로 남쪽의 샌라파엘에는 아직 그 오래된 가톨릭 공동묘지가 있었고, 근처 시골에는 아직 그 아름다운 교회 겸 고아원이 있었다. 머피의 아량이 머피 자신보다 훨씬 오래 살아남은 셈이었다. 이탈리아풍 바로크 건축물, 웃자란 수풀, 낭만적 폐허의 아우라…… 그때 내가 동경하던 유럽의 모습을 가장 많이 닮은 곳이었다. 하지만 역사책에는 그곳에 관한 이야기가 전혀 없었고, 머피에 관한 이야기도 전혀 없었다. 내 지역에 대한 이야기 자체가 거의 없었다. 내가 역사를 궁금해하면서 동부를 바라본 것은 그 때문이었다. 그때의 내게도 서부에 대한 강한 애정이 있었지만, 서부에 남아서 서부에 대한 이야기와 서부의 풍경을 결합할 방법이 그때의 내게는 보이지 않았다. 풍경은 어떤 이야기와 결합되기 전까지는 어떤 자리, 어떤 터전, 어떤 지반이 되지 못한다. 나는 프랜시스 드레이크 경 대로(Sir Francis Drake Boulevard)에 있던 뉴앨비언북스라는 중고 서점에서 일한 것을 시작으로 몇 년 동안 돈을 모아 열일곱 살 때 유럽으로 갔다. 내가 처음 몇 번 유럽을 여행했던 것은 그런 동경 때문이었다. 이번에 또 유럽에 온 것은 여권이 생겼기 때문이기도 하지만 한 떠돌이 걸인의 이야기 때문이기도 하다. (온 세상을 도는 이런저런 이야기 길과 얽혀 있다는 점에서는 우리 모두의 삶이 마찬가지다. 내 삶이 이런 이야기 길과 얽혀 있는 것은 내 삶이 색다른 삶이라서가 아니라 그렇게 평범한 삶이라서다.)

아일랜드가 식민지였다면 내가 유년기를 보낸 미국

서부도 식민지다. 단 아일랜드가 실제적, 구체적, 정치적 의미에서 영국의 식민지였다면, 미국 서부는 문화적 의미에서 유럽과 미국 동부의 식민지다. 식민지란, 한마디로 이곳이 중심이 아니라 주변이라는 생각을 주입당하는 곳이다. 기억과 역사가 일치하지 않는 곳이라고 말할 수도 있다. 식민지 주민은 역사란 이곳이 아니라 다른 곳에서, 우리가 아니라 다른 사람들에게 일어나는 일이라는 생각을 주입당한다. 나는 뉴잉글랜드 시인 로버트 프로스트(Robert Frost)에게 변함없는 적대감을 품고 있다. 유년기의 교과서에 봄, 눈(雪), 단풍잎에 대한 시가 너무 많이 실려 있었다는 단순한 이유에서다. 그때 그런 단어들을 처음 접한 나는 그것들이 그저 시의 관습 같은 것인 줄로만 알았다. 그때 내게 시란 그저 뻐꾸기, 블루벨, 공작부인 등등의 낯선 단어들을 내 머리에 쏟아붓는 그 무엇이었다. 내가 유년기를 보낸 지역에는 사계절이 없다. 1월이면 벚꽃이 피기 시작했고, 혼란에 빠진 외래종 단풍나무도 함께 붉게 물들었다. 미국 서부 곳곳에 흩어져 있는 내가 너무 잘 아는 저가 모텔들만 해도, 영국의 화가 게인즈버러의 그림 아니면 미국 동부의 허드슨리버 화파의 그림을 서툴게 흉내 낸 듯한 그림을 안 걸어놓은 곳이 없다. 그림 속의 잘 가꾸어진 숲과 모텔 창밖의 허허벌판이 전혀 연결되지 않는다는 것은 이곳 주민들이 아직 이곳을 삶의 터전으로 그리지 못하고 있다는 증거다. 학교에서 배운 전쟁들도 발발 장소는 대부분 저 머나먼 동쪽이었고, 우리 지역의 방대한 땅을 미국의 일부가 되게 만든 이 전쟁은 그리 중요하지 않은 사건으로 얼버무려졌다. 물론 이런 종류의 식민지를 아일랜드 같은 진짜 식민지에 비할 수는 없다. 지배문화의 이상적 풍경에 깃들어 있는 유유자적함과 전원의 행복을 아일랜드의 풍경에서 거의 느낄 수 없었던 것은 풍경 자체가 수탈과 착취의 대상이었기 때문이다. 한편 아일랜드 학교들이 독립 이전까지 역사가 다른 곳에서 다른 사람들에게 일어나는 그 무엇이라고 가르쳤던 것은 지금 이곳 미국 서부의 경우와 마찬가지였다. 다만 그때 아일랜드 사람들은 이곳 사람들과 달리 그런 공식적 역사에 맞설 준비가 되어 있었다.

≫→

에덴동산이 있다면 뱀으로는 악질방울뱀°이 좋겠고, 선악과로는 프리클리페어의 열매°°가 좋겠다. 하지만 내가 그런 생각을 하게 된 것은 나중이었다. 내가 어렸을 때는 우리 지역의 역사가 나오는 역사책은 하나도 없었고 우리 지역의 유적지들은 하나같이 주목받지 못하는 상태, 아니면 아예 헐린 상태였으니, 우리 지역 풍경에서 자연적 차원과 문화적 차원이 연결되는 곳은 아무 데도 없는 것 같았다. 그러다가 돈을 모아 노바토를 떠나기 얼마 전, 아빠가 엄마와 이혼하고 잠시 아마추어

○   미국 남서부에 서식하는 독뱀.
○○   선인장의 일종이지만, 먹을 수 있는 열매가 열린다.

고고학자를 만날 때였는데, 그 사람에게 들은 이야기 하나가 기억에 남았다. 캘리포니아에서 가장 큰 아메리카 원주민 무덤이 1950년대에 이장 없이 평탄화되었고 나중에 그 터에 도심 쇼핑센터가 들어섰다는 이야기였다. 내가 항상 익숙하게 알고 있던 한 장소가 그 이야기를 통해 어떤 증거 인멸, 또는 기억상실이 진행되는 신비로운 장소가 되었다. 그때 이후 나에게 교외는 내 발로 걸어 들어간 림보 같은 곳, 망명 상태보다는 수면 상태에 가까운 곳이었다.(자기가 무엇을 잃어버렸는지 망명자들은 알지만 교외 거주자들은 모르니까.) 내가 어렸을 때 살던 곳은 그런 교외가 시골을 만나는 곳, 다른 세계들이 스며들어오는 곳이었다.

　　　나는 7번가를 지나가고 있다.(나는 또 무수히 7번가를 지나가겠지만, 이 책에서는 마지막이다.) 길을 가다 보면 오른쪽으로 말 방목장, 왼쪽으로 언덕이 있고, 더 가다 보면 집이 있다. 키 큰 풀의 미로가 있는 그 집이다. 거기서 더 가면 벚나무들과 소나무들이 있고, 더 가면 거대한 프리클리페어 선인장이 있다. 예전에 그 선인장이 꿈에 나온 적이 있다. 한 남자로부터 도망치기 위해 하늘을 나는 꿈이었는데, 꿈에 나온 그 남자는 내가 사랑했던 두 남자였다. 더 가면 장미나무 동굴이 있고, 더 가면 공병 폐기장과 칠엽수들과 헛간이 있다. 공병 폐기장은 어린 시절의 유적 발굴지였다. 거기서 높은 언덕길과 낮은 자갈길로 더 따라가면, 내가 처음 말 타는 법을 배운 목장이 있다. 목장길을 따라 한참 가면 어느새 길이 없어지고, 길 없는 내리막길을 한참 가면 어느새 초지가 습지로 바뀐다. 타르와 감초 향이 나는 풀이 자라는 곳이다. 거기서 목장을 빠져나가려면 철조망의 개구멍을 통과해야 한다. 거기서부터는 말 목장보다 훨씬 넓은 소목장이다. 소목장을 가로질러 한참 가면 노바토와 페탈루마 사이에서 가장 높은 산의 산자락이 나타난다. 이 산의 이름은 한 세기 전에 이곳에 살았던 부유한 치과의사의 이름을 딴 버델산이지만, 버델이 살았던 이 땅의 이름은 '란초 올롬팔리'다. 여기서 전쟁이 있었다.

버델산까지 갈 엄두를 낼 수 있는 날은 여름방학 중에 가장 더운 며칠 정도였다. 산 위에는 오크나무들이 군데군데 모여 있었고 풍경화의 배경 같은 풀밭은 여름이면 항상 건조한 황금색으로 눈부시게 빛나고 있었다. 산 중턱의 작은 시멘트 대야에서는 옹달샘이 흘러나오고 있었고, 채석장의 위험한 노천 굴에는 아이들이 좋아하는 온갖 것들이 있었다. 졸다가 깬 사슴들이 곳곳에서 불쑥 튀어나와 깃털처럼 가뿐하게 달아나기도 했다. 산줄기의 긴 돌담은 아래쪽 비탈의 돌들로 지어진 듯했다.(19세기에 중국인 노동자들이 쌓은 돌담이라는 것은 나중에 책에서 읽었다. 그중에는 중국으로 되돌아간 이들도 있었지만, 독신으로 죽어 누구의 기억에도 남지 못하게 된 이들도 있었다. 시내의 쇼핑센터가 불도저에 밀린 공동묘지의 비밀 기념관이듯, 이 돌담은 이 돌담을 쌓은 이들을 기억하는 유일한 기념비다.) 이 돌담이 란초 올롬팔리의 내륙 쪽 경계선이었고, 그 땅 안에 있는 건물들은 샌프란시스코만의 북쪽 끝이 바라다보이는 산자락에 세워져 있었다. 어렸을 때 나는 그 돌담을 자주 보았고, 한번은 오빠들이 참가했던 컵스카우트 원정대에 꼽사리 끼어 그 땅 안에 들어가보기도 했다. 하지만 학교에서 역사 시간에 그 땅에 대해 가르쳐준 사람은 아무도 없었고, 캘리포니아의 역사가 우리 손에 만져지는 우리 지역의 역사라고 말해주는 사람은 아무도 없었다. 컵스카우트 원정대 아이들은 버델이 증축한 저택의 유리창 너머로 어도비 건축의 흙벽돌을 들여다보면서, 이 흙은 그저 오래되었기 때문에 중요한가 보다 싶었다. 이 흙에 결부된 구체적 인물이나 사건에 대해서 알 방법은 하나도 없었다.

란초 올롬팔리는 원래 미워크 부족의 땅이었다. 1843년, 미워크 부족 출신으로 란체로 사회의 스페인 라이프스타일에 성공적으로 동화한 카밀로 이시드로(Camilo Ysidro)라는 남자(후일 그 남자의 딸은 하버드를 나온 그링고(gringo)°와 결혼함)가 현지 행정가들로부터 그 땅을 하사받았다.(머피가 하사받은 땅은 그 바로 남쪽이었다.) 내 지역에 대한 이야기가 거의 없는 것과 마찬가지로, 미워크 부족에 대한 이야기도 거의 없다. 모든 캘리포니아 원주민 부족은 물질문화도 없고 정신문화도 없는 원시시대의 디거(Digger)°°였다는 것이 내가 어렸을 때 교과서에서 읽은 내용이었고, 예전에 디거가 사라져주었듯 캘리포니아 원주민 부족도 어딘가 우리가 그다지 알고 싶지 않은 데로 사라져주

°   외국인이라는 뜻의 스페인어. 캘리포니아라는 멕시코 땅에 사는 멕시코인에게 미국인은 외국인이었다.

°°   파이우트족 등 전통적으로 식물의 뿌리를 캐서 식량으로 삼았던 문화를 지닌 북아메리카 인디언을 일컫는 말로 지금은 주로 멸칭으로 쓰인다.

었다는 것이 그때 그런 식민주의적 교과서에서 받은 인상이었다. '1846년 곰 깃발 반란'에서 유일하게 전사자가 나온 곳이 란초 올롬팔리라는 것을 나는 어른이 되어 비로소 알게 되었다.

1846년은 미국이 칼리포르니아를 어떤 식으로든 손에 넣으리라는 것이 분명해지는 해였다. 1845년 텍사스 합병은 그 서곡이었다. 칼리포르니아에서 미국 국기를 게양하는 사건이 1844년과 1846년 3월에 이미 있었고, 북부 군사행정관이었던 마리아노 바예호 장군(General Mariano Vallejo)은 알타칼리포르니아를 평화적으로 넘길 준비가 되어 있었다. 1846년 4월 23일, 멕시코령 칼리포르니아의 미국 영사는 "배가 거의 익었으니 떨어지는 것은 시간문제"[6]라고 말했다. 텍사스의 리오그란데에서 멕시코-미국 전쟁의 첫 번째 전투가 시작된 것은 그로부터 불과 이틀 뒤였다. 그런데 6월 14일, 주로 칼리포르니아의 불법 체류자였던 일군의 양키[○○]가 바예호를 잡겠다고 소노마 저택으로 쳐들어가면서 전쟁 비슷한 것이 시작되었다. 멕시코-미국 전쟁이 시작되었다는 것도, 바예호가 항복을 준비하고 있다는 것도 모르는 어중이떠중이 집단이었다. 마침 머피가 바예호 가족을 도와주기 위해 찾아왔는데, 이 양키들은 머피가 멕시코 국적자라는 사실을 인정하자 국적을 빌미로 머피까지 포로로 붙잡았다가, 머피가 자기 이름을 정복자 명단에 올려도 좋다고 했다는 이유로 머피를 풀어주었다.[7] 곰 깃발 반란(이 첫 작

○○   멕시코인이 아닌 미국인.

전 직후에 게양된 기에 곰이 그려져 있었다는 이유로 붙은 이름.)은 반란이라기보다는 한 편의 광대극, 칼리포르니아에 띄엄띄엄 거주하던 멕시코 국적자들을 대개 술에 취한 채로 잡으러 돌아다니던 몇몇 지저분한 미국인들의 광대극이었다.(멕시코인들은 기에 그려져 있는 곰이 돼지처럼 생겼다고 생각했다.)

6월 24일, 반란자 일당이 란초 올롬팔리에서 아침 식사 중이었던 멕시코인들을 공격했다.(캘리포니아 역사상 최초의 주행 중 총격 사건이었을 것이다.) 반란을 통틀어 전사자가 나온 유일한 전투가 바로 그 '올롬팔리 전투'였다.(곰 깃발 반란은 반란이라기보다는 멕시코인 한 명이 죽고 엄청난 면적의 땅에서 주인, 깃발, 명의가 잠시 바뀌는 한바탕의 소동이었을 뿐이다.) 그때의 탄흔이 집 주변에 빽빽이 서 있는 오래된 오크나무들과 월계수들에 남아 있다는 이야기도 있었지만, 지금껏 내 눈에 띈 적은 없었다. 어린아이였던 내가 오빠들을 따라 놀러왔을 때의 란초 올롬팔리는 어느 부동산 컨소시엄의 소유지였다. 이곳이 '더 패밀리'라는 히피 코뮌이 된 것은 그 뒤였다. 그레이트풀 데드°의 리더였던 고(故) 제리 가르시아(Jerry Garcia)가 그곳에서 최후의 LSD 트립을 경험했다는 것이 그의 한 전기 작가의 주장이다. "그는 그곳에서 360도 시야를 발명했고, 수천 번 죽었고, 만물(All)이라는 단어가 하늘에서 떠다니는 것을 볼 수 있었고, 자기 몸이 밀밭으로 변하는 것을 느낄 수 있었고, 「브링잉 인 더 시브스(Bringing in

○   60년대에는 히피 밴드였다.

the Sheaves)」°의 후렴이 되풀이되는 것을 들을 수 있었다."**8** 버델 저택은 1969년에 화재 사고로 전소되었지만, 어도비 흙벽돌은 살아남았다. 원주민 마을이었다가 메스티소 란초였다가 멕시코-미국 전쟁의 배경이 되었다가 이국적 식물로 꾸며진 앵글로아메리카 부동산이었다가 엉망진창 사이키델릭 반문화 커뮤니티가 되었던 이곳 란초 올롬팔리의 궤적은 캘리포니아 역사의 완벽한 구현인 듯하다. 이곳은 나중에 란초 올롬팔리 주립공원이 되었지만, 이곳이 중요한 교전 지대였다는 점은 전쟁 그 자체와 함께 아직 침묵 속에 묻혀 있다.

'곰 깃발'은 아직 캘리포니아주의 깃발이지만, 이 깃발에 그려져 있는 캘리포니아 회색곰은 20세기 초에 사냥꾼들의 손에 멸종당했다. 미국이 전선을 태평양 해안으로 확대한 것은 '곰들(the Bears)'°°이 캘리포니아를 독립국으로 선포하고 얼마 되지 않았을 때였고, 그렇게 계속된 멕시코-미국 전쟁을 마무리한 것은 1848년에 체결된 과달루페 이달고 조약이었다. 지금 캘리포니아가 미국의 한 부분인 것은 이 조약이 아직 유효하기 때문인데,°°° 이곳에서 이런 일이 있었다는 것을 이제 아무도 기억하지 못하는 것 같다. 어렸던 나에게 역사는 다른 곳에

○   '기쁨으로 단을 거두리로다'라는 뜻으로 시편 126장 5~6절("눈물을 흘리며
        씨를 뿌리는 사람은 기쁨으로 거둔다 / 울며 씨를 뿌리러 나가는 사람은 기쁨으로 단을
        가지고 돌아온다")을 모티프로 하는 가스펠 송.

○○   곰 깃발 반란의 일당을 가리키는 표현.

○○○   멕시코가 캘리포니아, 애리조나, 네바다, 유타, 콜로라도, 뉴멕시코,
        와이오밍 등 국토의 절반가량을 미국에 넘겨주는 것을 골자로 하는
        조약이었다.

관한 책들에 나오는 이야기였다. 그때 내가 가장 잘 알았던 역사는 서유럽의 역사, 특히 영국과 프랑스의 역사였고, 그때 내가 가장 가보고 싶었던 곳은 그런 역사가 신성시하는 나라들이었다. 지금 내가 발굴하고 있는 역사는 그런 서유럽의 역사보다 더 가깝게 느껴지는 역사, 긴 구전 자료와 짧고 피비린내 나는 문헌 자료로 이루어진 미국 서부의 역사이다. 지금 내가 대답해야 하는 질문들은 내가 발 디디고 있는 이 땅, 주립공원이면서 동시에 공동묘지인 이 땅에서 아지랑이처럼 피어오르는 질문들이기에.

아일랜드가 750년에 걸친 영국 점령기를 종식시키고 비로소 아일랜드인의 땅이 되었다면, 지금 캘리포니아는 누구의 땅일까? 영국인이 영국 점령기에 자기 땅이 아닌 아일랜드 땅으로 이주함으로써 아일랜드인이 될 수 있었다면, 자기 땅(native)이라는 말의 의미가 애매하기 짝이 없는 미국 땅에서 미국인이 된다는 것은 무슨 의미일까? 미국 땅에서 미국인이 아니라는 것은 또 무슨 의미일까? 북부 아일랜드에서 미국 남부로 이주한 스코트족 아일랜드인은 정착에 성공한 미국인인 데 비해 감자 흉작 이후에 미국에 건너온 가톨릭 아일랜드인, 영국의 제국주의를 그렇게 비난하면서 미국의 제국주의를 비난하지는 않는 가톨릭 아일랜드인은 미국인이 아니라면 그것은 왜일까? 아일랜드인이라는 말이 피식민지 주민이라는 뜻이었다면, 식민지 지주가 된 티모시 머피는 아일랜드인이 아니었다고 보아야 할까? 티모시 머피가 멕시코인이 되었다가 미국인이 된 것은 감자가 아일랜드 음식이 되고 로큰롤이 아일랜드 음악이 된 것과 어떻게 다를까? 감자는 아일랜드에 대한 관심과 지식이 없어도 되지만, 미국인에게는 미국에 대한 관심과 지식이 좀 있어야 하지 않을까? 장소와 관련된 관심과 지식이 미국인에게 너무 부족한 것이 아닐까? 이런 역사들을 발굴하다 보면, 정체성은 사회학의 문제가 아니라 지리학의 문제인 것 같고, 기억하기의 반대말은 망각하기가 아니라 창조하기, 장소이동(relocation)을 통해 복합적, 혼종적 재료를 확보하고 그 재료들을 이용해 창조하기인 것 같다.

아직은 아일랜드라는 곳이 있고 페루라는 곳이 있고 캘리포니아라는 곳이 있고 영국이라는 곳이 있지만, 이제는 이 네 곳에서 그저 스페인어와 영어라는 두 언어가 통용되고 있다. 감자와 블루스, 그리고 혼혈이 이 네 곳의 내용물을 완전히 뒤섞어놓았다. 리듬과 감자의 로큰롤이 온 세상을 하나로 연결하는 이때, 종족을 말하면서 장소를 말하지 않는다는 것은 종족과는 전혀 다른 그 무엇을 말하고 있다는 뜻, 아니면 자기 집(home)이 어디인지, 자기 땅(native)이 어디까지인지 그렇게 어렵지 않게 말할 수 있었던, 세상이 더 단순 명확했던 시절을 그리워하고 있다는 뜻이다.

8장 신앙고백

두 발이 길에서 걷고 있다. 나의 두 발이 가파른 길에서 북쪽으로 걷고 있다. 발 위에는 다리가 있겠고 한참 더 위에는 머리가 있겠고 머릿속에는 여러 역사가 있겠지만 눈에는 보이지 않는다. 길에서 보이는 풍경은 나머지 풍경을 가리는 덤불과 가파른 경사면뿐이다. 지금 세상에는 나 하나, 그리고 길 하나뿐이다. 돌아야 할 모퉁이와 넘어야 할 언덕이 자꾸 나타나는 좁은 길, 멀리까지 내다볼 수 없는 길이 지금은 나의 길이고, 이런 감각들과 이런 생각들의 덩어리가 지금의 나다. 지금 내가 볼 수 있는 것은 시야의 가장자리에서 움직이고 있는 손과 발, 그리고 눈앞의 길 하나뿐이다. 나머지는 전부 신앙의 영역이다. 나라는 한 사람이 이렇게 걷고 있을 뿐이다. 이 사람에게도 이름이 있고 과거가 있고 나름의 생활이 있습니다, 조상들도 있습니다, 그 조상들 중에서 절반은 아일랜드라는 나라에서 왔습니다, 그 나라가 지금 이 사람이 걷고 있는 길의 동쪽과 북쪽에 한참 더 펼쳐져 있습니다, 라고 말한다면, 그것은 신앙고백이다. 믿을 때도 있지만 잊을 때도 있다. 아일랜드라는 이름은 알지만 여기가 거기가 맞는지 확실히 알지는 못한다. 나의 것이라고 칭해지는 세계가 어딘가 있지만, 그 세계가 없어졌다 한들 여기서 이렇게 혼자 걷고 있는 나는 그 세계가 없어진 사실을 알 수 없을 테니, 지금 나의 것이라고 칭해질 수 있는 것들은 지금 내 배낭 속, 아니면 내 호주머니 속에 있는 것들이 전부다. 나는 지금 여행 중이니, 짐은 버릴수록 좋다. 내 나라니 내 세계니 하는 정주와 기억의 말들마저 버린 여행자는 눈앞의 풍경을 그저 좌우로 양분하는 길을 갈 뿐이다. 길은 어떤 장소가 아니라 다른 장소로 떠나는 방법이자 장소와 장소를 이어주는 긴 끈이다.

걸음은 몸 전체를 깨어나게 한다. 쉴 때 깨어 있는 곳은 피부뿐이니, 쉴 때 할 수 있는 일은 감각뿐이다. 몸을 움직일 때 비로소 몸속을 감각할 수 있다는 의미에서라면 몸속 또한 여행을 통해 탐험할 수 있는 곳들 중 하나다.(보이는 피부 밑에 보이지 않는 뼈와 근육과 장기가 있다는 말은 몸이 쉬고 있을 때는 그저 신앙고백일 뿐이다.) 하지만 여행은 나라는 존재를 내 피부까지로 좁히는 면도 있다. 여행하는 나에게는 내 피부 바깥의 모든 것이 내가 알 수 없는 낯선 대상, 낯선 타인들의 세계로 느껴진다는 뜻이다. 나라는 존재가 나의 세계, 나의 것이라고 칭해질 수 있는 세계로 넓어져 있었다는 것을 나는 여러 번의 여행을 통해서 비로소 배울 수 있었다. 나라는 존재는 독립적이고 자족적이고 내면적인 존재라는 논의가 많지만, 나라는 존재가 살아갈

마음의 발걸음

수 있으려면 나의 세계, 나라는 존재를 받아주고 길러주고 거들어주는 세계가 마련되어 있어야 한다. 여행을 떠나기 전의 나는 나의 세계라는 동심원들 안에 머물러 있었다. 가장 안쪽 원이던 나의 집은 나라는 한 마리 짐승에게 마치 달팽이의 껍질처럼 아늑하게 느껴지는 곳이었다. 그다음 원이던 나의 친구들은 나의 여러 가능성을 끌어내주었다. 친구들과의 대화 중에 비로소 해보게 된 생각들, 해보게 된 말들이 있었다. 다음 원은 내가 사는 동네였다. 어렸을 때 살았었고 커서도 계속 꿈에 나오는 7번가로부터 불과 50킬로미터 거리에서 살고 있는 나에게는 마치 두 번째 피부인 듯 친숙하게 느껴지는 곳이었다. 정주의 세계, 전(前) 코페르니쿠스 세계라고 할 수 있는 이런 동심원의 가장 바깥쪽에서는 가계와 종족의 원이 더없이 희미한 파문을 그리고 있었다.

　　　나의 세계, 나의 것이라고 칭해지는 세계는 많은 경우 내가 내 손으로 정성들여 세우는 세계이니만큼, 나의 세계가 끊임없이 불러내는 나라는 존재는 내가 하는 말, 내가 하는 일, 내가 보는 풍경, 내가 먹는 음식으로 이루어져 있다. 그런 나의 세계, 그렇게 세워놓았던 세계를 토대만 남기고 없애는 것이 여행이다. 여행 중에는 나의 세계를 세울 필요가 없다. 여행 중에 마주치는 낯선 세계가 나의 낯선 가능성들을 불러내기도 한다. 외부의 세계는 내 피부가 감각하는 범위를 넘을 수 없는 데 비해서 내면의 세계는 내가 기억하고 상상하는 모든 일을 포함하는 넓디넓은 곳이라는 말은 내가 앞부분에서 한 번 했던 말이다. 하지만 외부의 세계가 감각의 범위를 훌쩍 뛰어넘는다는 말도 틀린 말은 아니다. 나의 몸은 그저 나의 토대일 뿐이니, 나의 내면이라는 보이지 않는 가지가 나의 세계로 뻗을 때 나는 나의 몸보다 훨씬 큰 존재가 된다. 무언가를 안다는 것은 그 대상을 나의 내면이라는 보이지 않는 세계에 머물게 한다는 것이다. 누군가를 사랑한다는 것은 그 사람을 나라는 존재의 일부가 되게 한다는 것이다.

피부가 국경이라면, 피부라는 국경은 열린 국경이다. 밖이 안에 의해 감각되기도 하고 안의 일부가 밖으로 빠져나가기도 하고 밖이 안을 자극하기도 하고 안이 밖의 일부를 흡수하기도 한다. 하지만 피부가 글자 그대로 폐쇄된 국경인 면도 있다. 몸의 3분의 2를 구성하는 물은 몸 밖으로 흘러 나가 존재의 수원에 가닿고자 하니, 피부가 없다면 몸은 별개의 국가로 존재하는 대신 세계 만국의 일부가 되어 사라져버릴 것이다. 혼자 여행할 때 나라는 존재는 몸 하나만 남은 존재, 피부라는 국경 안에 갇힌 존재다. 여행의 좋은 점은 휴대할 수 있는 것들, 나의 세계를 떠날 때 챙길 수 있는 것들, 낯선 세계에서도 통용되는 것들이 무엇인지 알 수 있다는 데 있다. 처음부터 다시 시작할 수도 있겠구나, 존재가 세계로 뻗는 데 필요한 언어들, 장소들, 관습들, 행보들, 친구들을 새로 사귀면서 새로운 세계를 세울 수도 있겠구나, 라는 깨달음을 얻을 수 있다는 것도 여행의 좋은 점이다. 몸 하나로 여행 중이라는 것은 현재와 단절되었다는 뜻이고, 현재와 단절되었다는 것은 과거를 마음껏 회상할 수 있다는 뜻, 실현되지 않은 다른 결말들을 상상할 수 있다는 뜻이다. 현재에 실현되지 못한 시간들은 외부의 세계가 두 번 다시 불러내지 않을 수도 있는 내면의 세계로 남는다. 현재의 세계는 감옥 같은 세계든 궁전 같은 세계든 내가 벗어날 수 있는 세계일 것이다, 머릿속으로는 벗어날 수 없다 해도 몸으로는 벗어날 수 있을 것이다, 이번의 여행은 내가 세운 현재를 벗어나 아직 실현되지 못한 다른 시간들을 찾아가는 내 몸의 여행일 것이다, 그렇게 생각하면서 떠난 여행이었다.

그렇게 길을 걷고 있을 때였다. 나를 아는 사람 중에 내가 있는 곳을 아는 사람은 아무도 없었고, 나도 내가 있는 곳이 어디인지 모르고 있었다. 알고 있는 것은 계속 걷다 보면 코크와 케리의 경계를 넘게 되리라는 것이었다. 어쨌든 지도에 따르면 그랬고, 도로 표지판에 따르면 25킬로미터 전방에 시내가 있었다. 한참 올라가다 보니 나무가 없어지면서 시야가 트였다. 뒤로는 글렌개리프 너머의 섬들과 밴트리만 전체가 바라다보였고, 발밑으로는 지도와 똑같은 풍경, 가시금작화 덤불숲, 돌무더기, 맨땅, 자연 삼림지, 소나무 조림지, 그림 같은 농가 마을이 체스판의 보색 칸들처럼 이어지는 풍경이 내려다보였다. 길에서 제멋대로 왔다 갔다 하던 양들은 내가 다가오자 무너진 돌담을 기어올라 가서 공연히 울음소리를 냈다. 겁에 질린 새끼 양이 어미 양의 옆구리로 파고드는 모습은 그렇게만 하면 자궁이라는 작고 안전한 세계로 돌아갈 수 있다는 듯 절박했다. 어미 양의 젖을 빠는 새끼 양의 꼬리는 젖을 빠는 속도를 정하는 메트

로놈처럼 미친 듯이 흔들렸다. 새끼 양 두 마리가 나를 등진 어미 양의 양쪽 옆구리로 파고들어 꼬리를 흔들 때는 착륙한 비행기 양쪽에서 북슬북슬한 프로펠러가 동시에 돌아갈 때처럼 어지러웠다. 나는 수없이 많은 양털 다발이 나뭇가지에 걸려 있거나 바닥에 뒹굴고 있는 길을 지나 걷고 또 걸었다. 허옇게 미끈거리는 양털은 늙은 여자들의 머리에서 뽑혀 나온 머리카락처럼 힘없는 곱슬 털이었다.

　　　나는 가장 높은 곳을 향해 걷고 또 걸었다. 내가 움직이는 속도는 두 발이 번갈아 땅을 밟고 지나가는 속도였다. 내가 움직이는 속도가 몸이 움직이는 속도였다는 당연한 사실을 굳이 지적하는 것은 몸의 속도로 움직이는 일이 요새는 오히려 드문 까닭이다. 패디는 대기근 이전에 아일랜드 농민이 집에서 10마일(16킬로미터) 이상 떨어진 곳까지 가는 일은 드물었을 것이라고 했다. 10마일이 하루에 왕복할 수 있는 거리라고 하면, 평생 반경 10마일을 벗어나지 않는 삶은 지독하게 단조로운 삶이거나, 아니면 자기를 둘러싼 세계를 놀라울 정도로 속속들이 아는 삶이었을 것이다. 그런 삶을 살았던 사람은 자기와 세계를 별개의 존재로 느끼지 못했을 것이고, 그런 사람을 그런 사람의 세계와 구별하기는 불가능했을 것이다.(살던 곳을 떠난 적이 없던 사람들, 떠돌이 걸인이나 떠돌이 노동자가 아니던 사람들에게 해외 이민의 트라우마가 그토록 심각했던 것은 이 때문이었을 것이다.) 대개의 인간이 땅에서 기계나 말의 도움 없이 하루에 전진할 수 있는 거리는 20~30킬로미터를 넘지 않을 테고, 걷거나 뛰는 데 능숙한 사람이라 해도 그 거리를 두 배로 늘리는 정도일 것이다.(요즘 누가 말을 타고 여행하는지는 모르겠다.) 휴먼 스케일이라는 말은 움직임을 설명할 때보다 대상을 설명할 때 주로 쓰이지만, 움직이는 속도에도 휴먼 스케일이 있고 그렇지 않은 스케일이 있는 만큼 내 움직임이 내 몸의 움직임보다 빠를 때는 내가 지나가는 곳을 파악할 수 없다. 내 마음이 기계의 속도로 움직일 때 세계는 무대 배경이 되니, 그럴 때 시야에 들어오는 것은 그곳의 가장 이색적인 특징들뿐이다. 그곳에 사는 사람이 아니면 그곳을 안다고 말할 수 없겠지만, 그곳을 천천히 느긋하게 지나가는 사람은 그곳이 어떤 곳인지 어렴풋이나마 느껴볼 수 있다.

걸을 때의 움직임이 이런 율동이기 때문일까, 걸을 때는 마음도 더 유연하게 움직인다. 등은 배낭에 눌리고 머리는 역사에 눌려도 온 세상은 길 하나를 걸어가는 사람 하나. 길 하나를 걸어가는 사람 하나라니, 그저 그림에 불과하지만, 내가 여행을 시작한 것은 그 그림과 함께였고, 여행을 떠나면 머릿속의 짐을 모두 내려놓을 수 있으리라는 환상과 함께였다. 나는 계속 걸어갔다. 비유적인 의미의 동심원 안으로 걸어 들어가서 글자 그대로의 원을 찾아가는 길이었다. 나는 이미 유럽이라는 가장 바깥 원을 지나고 아일랜드라는 원을 지나고 아일랜드 서해안이라는 원을 지나 켄마어로 가는 길이라는 중심에 들어와 있었다. 코크 서부와 케리 남쪽에는 그렇게 동그란 환상열석이 100개 이상 있다.

바위투성이였던 산이 어느새 바위가 서 있는 산으로

바뀌었다. 엄청나게 큰 화강암들이 땅을 뚫고 올라온 듯 비스듬히 서 있었다. 내가 알던 것과 다른, 결이 거칠고 색이 짙은 화강암이었다. 거대한 풍경, 길들지 않은 풍경이었다. 나는 처음으로 풍경에서 가벼운 기쁨을 경험하는 것을 넘어 압도적인 충족감을 경험했다. 정상 부근 바위들은 거의 메사와 비슷한 형태였는데, 높이가 6미터쯤 되는 수직 암벽의 드넓은 캔버스 같은 표면에는 많은 연인들과 여행자들, 그리고 한 '켄터키 치킨'이 붓으로 써놓은 무수한 이름이 있었다. 붓으로 그린 작품이었으니 스프레이캔 화풍과는 완전히 달랐고, 여행의 기념품이라기보다는 거대한 묘비 같았다. 가장 높은 바위에는 굴 같은 구멍이 있었고, 그 돌덩이 같은 어둠 속에서 가는 물줄기들과 얕은 물웅덩이들이 약하게 빛나고 있었다. 그렇게 짧은 어둠을 통과한 내 앞에 또 다른 세계가 있었다. 케리였다. 정상의 동쪽에 올라서서 내륙 쪽을 바라보는 순간, 예상치 못한 훨씬 더 근사한 광경이 펼쳐졌다. 내가 밟고 있는 산줄기와 저 멀리 보이는 많은 산줄기들 사이사이에는 산속 농지들이 둥지를 튼 새처럼 깃들어 있었다. 케리에서는 양 떼도 달라서, 양 엉덩이에 빨간색 글자 대신 군청색 A가 찍혀 있었다. 나는 양 떼가 많이 모여 있으면 알파벳 스프 아니면 쏟아진 활자 통 같겠다고 상상해보았다.

비탈을 다 내려와서 작은 강을 건너 다시 오르막길로 접어들 때까지 한 시간 반 정도 걸렸다. 더블린에서 구입한 상세 지형도에 따르면, 나의 목적지인 환상열석으로 가는 길이었다. 인적이라고는 없고 아스팔트는 다 부서졌길래 길 중앙의 수풀선을 따라 걷기 시작했다. 그러면 발이 좀 덜 아플 것 같아서였다. 그렇게 걸은 것이 사흘째였고, 내 신발의 결점들과 조금 과한 듯한 배낭의 무게(물, 옷, 종이 9킬로그램)가 내 두 발을 으깨고 있었다. 가엾게도 발은 인체에서 가장 많은 뼈로 이루어진 섬세한 건축물이니(뼈 중에 절반이 손발 뼈다.) 한 걸음 내디딜 때마다 발에서 뼈들이 하나하나 선명하게 느껴졌다. 뼈들의 지도가 그려지는 느낌, 고통의 엑스레이가 찍히는 느낌이었다. 두 발 밑의 땅이 밟히는 느낌이 아니라 종달새 한 쌍이 밟히는 느낌이었다고 할까, 한 걸음 한 걸음 내디딜 때마다 가냘픈 발허리에서 볼록한 뼈들이 납작하게 으스러지는 것 같았다. 몸은 튼튼한 건축물이고 두 다리는 몸을 단단하게 받쳐주는 두 기둥인데, 가장 밑에 있는 발이 튼튼한 토대가 아니라 새처럼 가냘픈 뼈마디일 뿐이라는 사실이 점점 희한하게 느껴졌다. 남은 10마일은 꽤 고통스러울 것 같았지만, 낮이 긴 여름이었으니 천천히 걸어갈 수 있는 거리였다. 걷고 또 걷는 길, 한 걸음 또 한 걸음이 또렷하게 의식되는 길이었다.

　"날씨 참 좋소." 목장에서 긴 나뭇가지를 끌고 나오던 나이 든 남자가 나를 돌아보더니 무관심하게 말했다. 그 길에서 만난 사람은 그 남자뿐이었고 그 길가에 집은 그 남자의 집뿐이었다. 길을 올라가는 내내 기분 좋은 물소리가 들려왔다. 산비탈 곳곳의 어두운 틈에서 빛나는 물줄기들이 흘러나오고 있었고, 문기둥에 상인방을 얹은 스톤헨지 스타일의 작은 바위 문턱들이 그렇게 흘러나오는 물줄기들을 장식해주고 있었다. 아일랜드라는 나라에서는 사람이 세운 건축물과 자연 그대로의 풍경이 확실하게 구분되지 않을 때가 많다. 문기둥과 상인방의 흔적들이 자연 그대로의 풍경처럼 보일 때도 있고, 흙이 의식적으로 서서히 정교한 바위 건축물로 변하는 것 같을 때도 있다. 산비탈의 바위 문턱으로 들어가면 멋진 지하 저택이 나올 것만 같았다. 두 번째 정상에 올라서서 돌아본 광경은 더 근사했다. 비탈은 양들도 올라올 수 없을 만큼 가팔랐고, 비탈길 좌우는 폭포였다. 과연 길들지 않은 풍경이었다. 반대쪽 비탈 아래 계곡에는 역시 전원이 펼쳐져 있었다. 샛길들이 있고 트랙터 소음이 있고 나무들이 있고 농가 건물들이 있는 농촌 마을이었다. 정상 쪽의 거친 덤불숲은 내리막길에서 어느새 생울타리 꽃밭으로 바뀌어 있었다. 작고 따듯한 보라색 난꽃들은 줄기에 촘촘히 매달려 있었고, 제비꽃은 활짝 피어 있었고, 물망초 비슷한 새파란 봉오리는 아직 피지 않고 있었다. 드문드문 블루벨, 프림로즈, 디기탈리스도 피어 있었다.

생울타리 아래 가방을 숨기고 샛길로 접어들었다. 지도에 따르면 환상열석은 막다른 길 너머에 있었다. 하지만 집들을 지나고 개 짖는 소리를 지나면서 한참 들어오니 막다른 내리막길 끝에 농장이 있었다. 농가 건물에서는 개가 깽깽 우는 소리가 들렸고, 길 반대쪽에 서 있는 오래돼 보이는 헛간 건물에서도 개 짖는 소리가 들렸다. 여자가 나왔다. 프린트 앞치마 뒤에 레이스 장식의 순 나일론 블라우스를 입고 작은 발에 빨간색 농구화를 신은 나이든 여자였다. 환상열석을 찾고 있다고,

코크 땅과 케리 땅 곳곳에 아무렇게나 흩어져 있는 작은 환상 열석들이 근처에 있다는 이야기를 들었다고 나는 말했다. 여자는 근처에서 환상열석 같은 이야기는 들은 적이 없는 것 같다고, 하지만 자기는 그런 이야기를 들어도 금방 잊어버리는 사람이라고 말했다. 그러고는 남편한테 물어보면 알겠지만 지금은 양을 보러 나가고 없으니 다른 집에 물어보겠느냐고 하더니 어디에서 왔느냐고 했다. 그러고는 내 영어가 미국인치고는 좋고 알아들을 만하다는 논평과 또 비가 올 모양이라는 추측을 내놓았다.(그러면서 아까 천둥소리를 들었다고 했다.) 나는 감사를 표한 뒤 길 찾기를 포기하고 여자가 내 차가 세워져 있다고 추측한 곳으로 나왔다. 나에게 그 여자의 집 주변은 '유럽의 풍경: 아일랜드의 시골, 신석기시대 이후'라는 제목의 그림이었다. 하지만 그 여자에게 그곳은 그림과는 무관한 곳이었을 것이고, 제목이 필요했다면 '일하는 곳, 사는 곳: 집'이었을 것이다. 나에게 그곳은 고대의 유적을 둘러싼 풍경이었지만, 그 여자에게 그곳은 일하면서 살아가는 현재의 풍경, 물을 구할 수 있고 양을 키울 수 있고 정주할 수 있는 풍경이었을 것이다.

종달새는 계속 으스러졌고, 길은 계속 켄마어강을 낀 완만한 내리막길이었다. 그렇게 골짜기 쪽으로 내려와 나무 사이로 2000걸음 남짓 더 걸으니 폭이 넓은 강어귀와 다리가 나왔다. 켄마어 시내였다. 켄마어는 네딘(Neiden, 아일랜드어로 둥지를 뜻한다.)이라는 옛 지명에 걸맞은 곳, 작은 골짜기에 둥지처럼 자리 잡은 곳이었다. 1776년 9월에 이곳의 지명이 아직 네딘

(Neiden 또는 Nedeen)이었다는 것은 아서 영(Arther Young)의 아일랜드 여행기에서 알 수 있다. 셸번 경(Lord Shelburne)이 그 무렵에 켄마어(Lord Kenmare)라는 친구에 대한 경의의 표시로 켄마어라는 지명을 붙였다는 것, 켄마어 경은 북쪽 땅의 큰 부분을 소유하고 있었다는 것, 셸번 자신은 "케리에서 15만 아일랜드에이커를 웃도는"[9] 땅을 소유하고 있었다는 것도 영의 글을 통해 알 수 있다.

영은 귀족 지인이 많은 동시에 농업에 지대한 관심이 있는 사람이었다. 영이 아일랜드 장기 여행 중에 기록한 두 권짜리 여행기는 아일랜드 농업의 현재와 미래를 주로 다루고 있다. 그 시대의 소설 속에 등장하는 귀족 남자들은 하나같이 응접실에서 휘스트를 즐기거나 여자들과 시시덕거리고 있으니, 영의 글은 그런 남자들이 평소에 무엇을 하면서 시간을 보냈는지를 알게 해준다는 것만으로도 매우 흥미롭다. 소설의 관습을 따르는 픽션에서는 그들의 경제적 역할 대신 그들의 사교적 역할이 그려지는 만큼 농업에 대한 이야기, 농지 소유자와 농업 노동자 사이의 관계에 대한 이야기는 거의 나오지 않는 데 비해서, 영의 논픽션은 그들이 석회, 해초, 분뇨를 가지고 거름을 만드는 실험을 감독하기도 하고 농지의 잡석을 제거하기도 하고 송아지의 뿔을 끄는 방법으로 밭을 갈기도 하고 습지를 초지로 바꾸기도 하는 농장 관리자들이었음을 알려준다.(그들이 자기의 영지에 붙어 있는 근면한 지주들일 때의 이야기다.) 아일랜드 지주들은 허랑방탕한 부재지주이자 잔혹한 수탈자로 유명했지만, 영

마음의 발걸음

이 아일랜드 여행 중이던 때는 놀라울 정도로 많은 수의 아일랜드 지주들이 영의 영지 방문을 반겨주고 영에게 영지 내 농장을 안내해주었다. 그들은 농민이 가난한 것이 수탈 때문이 아니라 게으름 때문이라고 주장했지만, 영이 그들의 주장에 항상 동의하는 것은 아니었다.(영의 글은 농민이 왜 그렇게 굶주리는지, 농민의 옷이 왜 그렇게 누더기인지, 농민이 사는 곳이 왜 그렇게 열악한지에 대한 판단의 공정함으로도 유명하다.) 셸번 경은 영이 방문했을 당시 부재중이었지만, 영지 관리자들은 그의 영지를 꽤 합리적으로 관리하고 있었던 것 같다. 켄마어에는 아직 예전의 목가적 모습이 남아 있다. 셸번이 예전에 세웠던 그림 같은 코티지들은 아직 켄마어의 명물이다.

주민들이 가는 펍 몇 곳, 관광객들이 가는 식당과 가게 몇 곳, 그리고 예쁘게 다닥다닥 붙은 가정집들이 켄마어 시내의 전부인 듯했다. 늦은 오후에 식사를 하고(그날의 첫 끼니였으니, 메뉴는 평소와 똑같은 차와 빵이었지만 음식을 받았을 때는 평소보다 훨씬 반가웠다.), 메인 스트리트의 그림 같은 코티지들을 따라 삼각형 광장까지 갔다. 광장에서 서로 스쳐 지나가는 두 중년 여성의 인사말은 "저녁이네요."와 "비가 좀 오네요.", 질문도 아니고 대화의 서두도 아니고 몰랐던 정보도 아닌, 있는 그대로의 사실이었다. 입장료를 받는 뚱뚱한 여자와 마주쳐버린 것은 그렇게 광장을 벗어나 시내 끝에 있는 환상열석으로 가는 뒷골목으로 접어들었을 때였다. 코와 뺨에 빨간 뾰루지가 잔뜩 난 여자가 "비가 오네요."라는 인사말을 건네오는가 싶더니, 비가 너무 온다느니 겨울 내내 봄 내내 온다느니 하는 내가 정말 자주 들은 말을 덧붙였다. 으스러진 발로 살살 걷고 있는 무방비 상태의 나에게 그런 식으로 달려들어서 내 돈 50펜스를 받아낸 여자는 그때부터 자기 텔레비전에서 흘러나오는 상세한 기상정보를 알려주기 시작했다. 스코틀랜드의 날씨 정보도 있었고 정반대쪽 해안인 워터포드의 날씨 정보도 있었고, 내륙 곳곳의 날씨 정보도 있었고, 아침에 소나기가 내릴 것이라는 정보도 있었다.(케리는 아일랜드에서 가장 비가 많이 오는 곳이다. 노아의 방주가 아일랜드 옆을 지나갈 때, 한 케리 남자가 브랜던산 꼭대기에 앉아 있었다. 발아래는 점점 물에 잠기고 있었다. 방주를 불러 세운 남자는 노아에게 좀 태워달라고 했는데, 노아는 자기에게는 받은 사명이 있다면서 거절했다. "그럼 가서 일 보세요. 이런 보슬비는 별거 아니에요."라고 케리 남자는 말했다. 패디에게 들은 이야기다.)

날씨와 스포츠는 항존하는 화제이자 비정치적인 화제라는 점에서 처음 만난 두 사람을 위한 완벽한 화제인데, 스포츠에 관심이 없는 나는 여행 내내 날씨를 화제로 삼을 수밖에 없었다. 내가 처음에 아일랜드에 도착했을 때는 거의 모든 사람들이 내게 아일랜드에서 100일 내내 비가 오고 있다는 사실을 알려주면서 100일 내내 비를 보는 것이 어떤 느낌인지도 함께 알려주었다. 다행히 아일랜드의 날씨는 비가 오는 날씨, 아니면 비가 좀 그친 것 같은 날씨, 아니면 비가 올 것 같은 날씨라서, 이 한 가지 화제의 변주만으로도 끝없는 대화를 이어갈 수 있다. 불가항력인 동시에 예측불허인 날씨는 그 자체로 신앙고백의 한 구절이다. 처음 만난 두 사람에게는 날씨의 힘에 경의를 표한다는 것이 곧 같은 하늘 아래 살아가는 존재이고 같은 취약성을 공유하는 존재라는 인정일 수 있는 만큼, 날씨 대화에는 거의 예배 같은 면이 있다.

모두에게 같은 하늘이자 계속 달라지는 하늘, 그 하늘이 온 세상에 약한 가랑비를 뿌리고 있었고, 광장의 뒷골목으로 입장했던 나는 아직 걸려 있는 빨래들과 졸려 보이는 다갈색 스패니얼을 지나 길이 갈라지는 곳에 이르렀다. 오른쪽으로 가면 공사장, 왼쪽으로 가면 양 목장 울타리가 쳐진 경사지였다. 경사지를 기어올라 가서 양 목장 울타리 안으로 들어가니 잔디의 길이가 일정하고 잡초가 전혀 없는 푸른 잔디밭이 펼쳐져 있었고, 한 바위를 중심으로 열다섯 개의 거친 바위들이 둥글게 배열돼 있었다. 바위의 색깔은 회색과 담갈색 두 가지였고, 바위의 모양은 넓적한 것부터 둥그런 것까지 제각각이었다. 바위 중에 내 키보다 큰 것은 없었고, 원 전체의 지름이 7.5미터 정도에 불과했다. 나침반으로 확인해보니 바위의 위치는 동서남북 방향에 맞춰 배치되어 있었다. 바위 각각의 모양이 주변의 산세와 공명하는 것 같기도 했다.(하지만 그것은 어디까지나 추측이었다.) 뛰어난 환상열석 연구자 오브리 벌(Aubrey Burl)의 추측에 따르면, 이곳을 포함해 수십 곳을 헤아리는 이 지역의 환상열석들을 만든 것은 대략 3500년 전에 해안에서 울창한 산간으로 이주해 온 외부인들이었을 것이다. 스코틀랜드에는 이 지역의 환상열석과 비슷하지만 만들어지기도 더 오래전에 만들어졌고 크기도 더 큰 환상열석들이 남아 있으니, 이 지역의 환상열석을 만든 것도 스코틀랜드에서 이주해 온 사람들이었을 가능성이 있다.(하지만 그것도 추측일 뿐이다.) "그들은 자기들이 가지고 온 농기구로 경작할 수 있을 만한 부드러운 흙을 찾아 점점 깊은 내륙으로 들어왔다. 삽 정도의 단순한 농기구였던 것 같다."(그로부터 3000년 뒤 영이 아일랜드를 여행할 때도 쟁기는 아직 상용화된 농기구가 아니었다.) 오브리 벌에 따르면, 환상열석 한 곳은 약 2.5제곱킬로미터 면적의 마을 한 곳의 전용 공간이었고, 환상열석 한 곳에 모이는 인원은 서른 명을 넘지 않았다.(아일랜드의 환상열석이 잉글랜드와 스코틀랜드의 환상열석에 비해 작은 것은 그 때문이었으리라고 추측된다.) "보게라산맥의 어느 깊은 곳에 서 있거나 서해 만의 바위 절벽에서 폭풍을 맞으며 서 있는 환상열석들은 이제 거의 망각 속에 묻혀 있다. 하지만 한때 그런 환상열석은 마을 생활의 중심, 마을에 가장 필요한 곳, 땅에서의 삶과 밤하늘의 성좌를 결합하는 곳이었다. [……] 마을 사람들은 문바위(portal stones)를 따라 걷거나 춤을 추면서 지평선을 바라보았다. [……] 지평선은 어두워지면서 낮아지고 있었고, 해가 지고 있거나 달이 지고 있었다. 지금까지 살아남아 있는 것은 바위들과 비밀들뿐이다."[10]

　　스톤헨지가 보는 사람에게 강한 인상을 남기는 데는 여러 가지 이유가 있다. 우선 스톤헨지는 최소한의 기술력만으로 형태의 규칙성과 구조의 수직성을 창출하기 위해 바위와 중력에 저항한 사람들, 거대한 바위 가로대를 땅 위에서 들어 올려 하늘을 떠받친 사람들의 작품이다. 모든 정교한 건축물이 불러일으키는 상념, 세상은 무질서하고, 무질서에 저항하면서 질서를 부여해야 하며, 거주할 만한 세상은 이미 만들어져 있는 세상이 아니라 거주할 사람이 만들어내는 세상이라는 상념을 스톤헨지 또한 불러일으킨다. 한편 켄마어 환상열석을 비롯한 전혀 거대하지 않은 환상열석들은 바위들과 주변 풍경에 최소한의 질서를 부여하는 데 그친다. 이제 망각 속에 묻힌 어떤 목적들을 달성하는 데는 그저 얼추 맞는 바위들을 둥그렇게 늘어놓는 것만으로 충분했다는 듯, 이것은 더 좋은 작품을 만드는 일에는 아무런 관심도 없었던 사람들의 작품이라는 듯, 이런 환상열석에는 어떤 태평스러움마저 깃들어 있다. 이런 얼기설기한 형태가 자아내는 노동 감각과 풍경 감각에도 태평스러운 데가 있고, 이런 자연 그대로의 바위들을 천체의 지도로 삼을 수 있는 문화에도 태평스러운 데가 있다. 또한 이런 환상열석은 어떤 비이동 생활의 증거가 되어주기도 한다. 이런 환상열석을 만든 사람들은 이동하지 않는 농업 사회의 구성원들이었을 것이다. 그런 사람들이 볼 때, 가장 변함없는 것은 바위들이었을 것이고, 그중에서도 특히 천체의 지도로 사용되는 바위들이었을 것이다. 그로부터 1000년 뒤에 켈트족이 침략하면서 환상열석의 정확한 용도는 망각 속에 묻히게 되었다. 수십 년 전부터 여러 가지 고고학적 발견들이 나오고 있지만, 환상열석의 용도는 아직 추측에 맡겨져 있다. 어쩌면 환상열석은 흐르는 세월의 순환과 변화를 한눈에 알아볼 수 있게 만든 다이어그램 같은 것, 신앙고백의 가시적 형태 같은 것이었을 수도 있다. 지금의 지도들, 이름들, 날씨에 관한 대화들에 해당하는 것이 그때의 환상열석이었을 수 있다.

9장 깃털 1파운드가 더 무거울까

사람들이 여행을 좋아할 수 있는 이유는 눈으로 본 것의 기억이 몸으로 느낀 것의 기억보다 훨씬 오래가기 때문인 것 같다. 여행 그 자체는 근사한 것들에 둘러싸인 고생스러움의 연속일 뿐이다. 낙원행 기차를 타기 위해 폭염 속에서 질주하기도 하고, 점점 무거워지는 배낭을 메고 알프스의 절경 속을 지나기도 하고, 복통에 시달리면서 옛터의 장엄함에 압도되기도 한다. 하지만 나중에 기억에 남는 것은 그런 고생스러움이 아니라 눈으로 본 근사한 것들이다. 여자들이 출산의 고통을 기억할 수 있으면 대체 누가 둘째를 낳겠느냐고 엄마는 언젠가 세 번째 자식의 셋째인 나에게 말했다. 내가 태어난 것은 망각 덕분이고 내가 여행을 좋아하는 것은 시각적 기억의 우위 덕분이라는 뜻이다. 켄마어에 도착해서 자고 일어나니 무릎 한쪽과 근육 한 곳과 발 두 쪽이 말도 못하게 망가져 있었다. 한 걸음 한 걸음 내디딜 때마다 얼마나 망가져 있는지 잘 알 수 있었다. 걷다가 그 정도까지 망가져본 적은 처음이었다. 켄마어와 킬라니 사이의 산맥들을 하나하나 넘는, 사흘 전부터 기대했던 멋진 도보여행은 결국 버스여행으로 바뀌었다. 거친 바위를 타고 쏟아지는 작은 폭포들은 구불구불한 강물이 되어 휙휙 지나갔고, 강가의 오크나무들은 강물처럼 구불구불한 가지를 하늘로 뻗어 올리고 있었고, 진달래가 무더기로 공세를 펼치고 있었다. 버스는 구불구불하고 오르내림이 많은 복잡한 산길을 달렸고, 시야는 기습적으로 계속 바뀌었다. 아일랜드의 다른 어느 곳에서도 보지 못했던 길들지 않은 자연의 복잡다단함이 풍경의 윤곽 자체에 깃들어 있었는데, 나에게는 그 복잡다단함을 풀어낼 기회가 없었다.

킬라니 주변이 아일랜드에서 가장 자연 그대로의 풍경이자 가장 낭만적인 풍경이자 가장 아름다운 풍경을 간직한 곳이라는 지위를 얻은 것은 200년 전부터이다. 이곳의 풍경이 실제로 경이로워서이기도 했지만, 아일랜드 곳곳에서 자연 그대로의 숲이 사라지고 사람 손을 타게 되는 경우가 많아져서이기도 했다. 자연 그대로의 숲으로 살아남은 곳, 아니면 파크랜드°로 살아남은 곳은 귀족의 영지뿐이었다. 파크°°의 한 명판에 따르면, 킬라니 주변의 상당한 면적(약 3만 6800헥타르)이 발렌타인 브라운(Valentine Brown)의 영지가 된 것은 1620년이었다. 그로부터 150년 뒤에 아서 영이 이곳을 방문했을 당시에는

○   귀족 영지 중에서 대정원, 또는 사유 숲, 또는 사유 사냥터를 뜻한다.
○○   킬라니 국립공원을 가리킨다.

이곳 대부분이 켄마어의 땅이었고, 나머지 땅의 주인은 허버트라는 사람이었던 것 같다. 가파른 비탈, 탁 트인 전망, 좁은 산길, 험준한 바위, 잔잔한 호수, 세찬 폭포, 아름다운 숲과 나무 등등 낭만적 풍경의 모든 요소가 갖춰진 곳, 낭만적 풍경의 최고봉이라고 할 수 있는 고딕 양식 건축물의 폐허까지 갖춰진 곳, 그 모든 것들이 아일랜드의 규모로 긴밀하게 압축되어 있는 곳이다. 당시에 유행한 원조 낭만주의를 잘 배워놓았던 아서 영은 농업이라는 평소 관심사에서 잠시 벗어나 여행기의 여러 페이지를 열광적 풍경 예찬으로 채울 수 있었다. "마음속에 어떤 두려움을 불러일으키기기 위해 창조된 이 압도적인 풍경에는 자연 그대로의 어떤 아름다움이 깃들어 있다. [……] 한 봉우리에 올라갔더니 앞으로는 멀리 킬라니의 호수가 펼쳐져 있었고 뒤로는 킬라니강이 흐르고 있었다. 보고 싶었던 상류의 호수 한 부분이 약간 보였다. 호수 곳곳에 섬이 흩어져 있었고 높은 산맥이 호수를 감싸고 있었다. 어떤 야만스러움과 공포스러움이 깃든, 인간이 상상할 수 있는 가장 어마어마한 산맥이었다."[I] 영이 이곳을 방문했을 당시 머크로스 수도원은 이미 그런 18세기 취향의 폐허가 되어 있었고, 수도사들의 유해는 아직 이곳의 바위들 사이에 흩어진 채 남아 있었다. 켄마어와 허버트도 이곳에 다리를 만들고 산길을 내면서 그런 유행하는 취향을 따랐다. 풍경에 가치를 더하는 작업, 정원의 느낌을 가미하되 자연 그대로의 느낌을 크게 해치지 않는 작업이었다.(단, 여기서 자연 그대로란 어디까지나 유럽 기준에 의한 것이었다.)

시인 셸리가 이곳의 풍경 앞에서 감탄한 것은 그로부터 수십 년이 지나서였는데, 그때 이미 이 지역은 영국의 레이크 디스트릭트, 또는 스위스의 호수들과 마찬가지로 명승지로 자리 잡은 상태였다. 자연 풍경 앞에서 열광하는 취향은 18세기에 영국에서 만들어졌는데, 지금 우리가 관광(tourism)이라고 알고 있는 것이 바로 그 취향의 결과물이다. 지금은 인간의 본성에서 비롯된 취향이라고 생각되지만 실제로 이 취향은 18세기에 회화와 정원을 대상으로 심미안을 발휘하던 사람들의 창조물이었다. 그런 사람들의 정원 취향은 점점 자연주의 쪽으로 기울어졌고, 호러스 월폴(Horace Walpole)에 따르면, 그들 중 하나였던 최초의 뛰어난 정원 디자이너 윌리엄 켄트(William Kent)는 "담장을 훌쩍 뛰어넘어 밖으로 나갔다. 그에게는 자연 전체가 정원이었다."[2] 방대한 규모의 정원을 조성하고 소유하는 것은 귀족 계급만의 특권이었던 반면, 이미 존재하는 풍경 앞에서 감탄하는 것 정도라면 좀 더 대중적인 취미가 될 가능성이 있었다. 그 가능성이 현실이 되었을 때 출현한 것이 관광여행이었다. 관광여행(좋은 것을 보기 위한 여행)은 오늘날에는 이렇게 거대한 산업이자 인기 있는 취미 활동이 되었고 19세기에는 여러 가지 의미에서 환경운동의 초기 동력이기도 했던 만큼, 관광여행을 떠나는 사람들은 관광여행이 인간의 보편적 욕망이자 문명의 보편적 특징이리라고 생각하는 경우가 많다. 하지만 관광여행은 특정한 시기에 매우 특정한 지형(킬라니처럼 높은 산과 탁트인 전망이 있는 곳)에서 매우 특정한 취향(교양 있는 취향, 계급적 기반을 요하는 취향)과 함께 출현한 현상이었다. 관광여행 취향은 대개는 영국제 수입품, 간혹은 유럽제 수입품이다.

그러니 내가 도착한 날 킬라니에 근대의 여행자보다는 중세의 여행자에 가까운 사람들이 가득했던 것은 특이한 상황이었다고 할 수도 있다. 명승지를 찾아다니는 대신 지혜를 찾아다니는 여행자들, 모종의 순례자들이었다. 국제자아초월심리협회(International Transpersonal Association, ITA)의 연례 학회가 '흙의 공동체를 향하여'라는 제목으로 열리고 있었다. 발표는 대부분 심리(psychology)와 정신(spirituality)에 관한 것이었고, 간간이 환경운동가 발표자, 미국 원주민 발표자, 아일랜드인 발표자가 있었다. ITA는 '새로운 패러다임'과 총체적 아이디어 앞에서 때마다 줏대 없이 열광하는 학제 간 단체로, 본부가 캘리포니아에 있다. 학회 참가자들은 대개 중년에 접어드는 부유한 백인 미국인들이었다. 대머리가 되기 시작한 남자들, 살이 찌기 시작한 여자들, 뉴에이지 서브컬처를 대표하는 보라색과 부적 장신구로 치장한 남녀들이었다.(내가 아는, 친구의 친구인 젊은 사람들도 두어 명 있었다.) 하지만 간간이 유럽인들과 아일랜드인들이 있었고, 미국 원주민 발표자들도 있었다. 이른 아침부터 늦은 저녁까지 행사장에 머물면서 정보를 배불리 받아먹기만 한다면 모든 문제에 대한 멋진 답이 얻어지리라는 게걸스러운 착각을 불러일으키는 것이 대개의 학회 분위기다. 나도 발이 나아가는 사흘 동안 행사장을 들락거리면서 그런 학회 분위기에 휩쓸렸다. 행사장을 오래 지키지는 않았지만, 내가 들은 발표들 중에도 흥미로운 것들이 있었다. 밀릴라니 트라스크(Mililani Trask)라는 하와이 원주민 여성의 발표도 흥미로웠고(관광이 하와이의 생태계를 파괴한다는 내용이었다.), 메릴린 해리스(Marilyn Harris)라는 호피족 여성이 보여준 미국 남서부의 슬라이드 사진들도 인상적이었다.(그렇게 고향의 레드록과 불타는 하늘을 보면서 집에 있는 느낌, 집으로 돌아온 것 같은 느낌에 빠져 있다 보니, 발표가 끝난 뒤 커튼이 걷히고 킬라니의 녹색과 회색이 나타났을 때는 깜짝 놀랄 수밖에 없었다.) 위노나 라듀크(Winona LaDuke)와 헬레나 노르베르크 호지(Helena Norberg Hodge)라는 두 여성의 발표도 훌륭했다.(자본주의와 세계화가 전통문화에 어떤 영향을 미치는가에 관한 내용이었다.) 발표자는 대개 제3세계나 제4세계, 곧 정신적 전통은 아직 온전하게 남아 있는 반면 정치적 상황은 끔찍하기 짝이 없는 지역의 문화를 대변하는 입장이었다. 발표는 대개 액티비즘의 필요성과 실질적 개혁의 필요성에 대한 내용이었다. 발표를 듣는 청중은 거의 정반대인 것 같았다. 물질적으로 상당한 특혜를 누리면서 정신적으로는 빈곤을 느끼는 청중은 정신과 전통에 대한 이야기를 듣고 싶어 했다. 그들이 듣고 싶어 하는 정신과 전통의 이야기는 공권력이 정신과 전통을 위협한다는 이야기나 액티비즘이 정신과 전통을 지킬 수 있다는 이야기가 아니라, 정신과 전통이 문제의 해결책이라는 이야기였다.

그때 학회와 청중을 보면서 느꼈던 것들을 너무 많이 떠벌린 것 같다. 나는 왜 이 뉴에이지 신도들을 이렇게 거슬려 하는 것일까 생각해보면, 내가 그 사람들과 비슷한 면이 있어서인 것 같기도 하다. 기원을 기억하지 못하는 문화, 혼종문화, 상업문화, 착종된 문화 속에서 길러진 그들은 대부분 자기가 그런 문화 속에서 길러졌다는 애매한 상황에 반발하고 있다. 그들이 내놓는 진단은 꽤 괜찮을 때도 많다. 내가 거슬려하는 것은 그들이 취하는 해법이다. 그들의 해법은 정신의 관광객이 되는 것, 몰랐던 문화, 또는 몰랐던 시대로 불쑥 들어가서 스냅사진을 찍고 기념품을 사듯 남의 의미들, 또는 남의 정체성들을 챙겨오는 것이다.(여기서 관광객이란 말은 비하의 의미로 쓰였다.) 그들을 길러낸 문화의 심각한 해악으로는 신속한 만족을 추구한다는 것, 모종의 세계화를 통해 다른 문화들을 지배한다는 것, 정치를 정신으로부터 격리한다는 것 등을 꼽을 수 있는데, 그들이 대안을 추구하는 방식 그 자체가 바로 그런 해악들을 체화하고 있다. 그들이 추구하는 '알아차림'은 상당한 '못 알아차림(obliviousness)'을 체화하고 있다.

　　　그들이 자기를 둘러싼 세계의 구체적 정치든 자기의 처신과 연관된 정치든 정치라는 것에 아무 관심이 없다는 사실도 그런 못 알아차림의 한 부분이다. 탈정치적 세계관으로서 정신적 알아차림은 정신적으로 알아차리고자 하는 사람들을 오히려 세상으로부터 고립시키는 듯하다. 그런 사람들이 정신적 알아차림을 통해 얻고자 하는 것들 가운데는, 공동의 목적에 의거한 정치 참여를 통해 얻을 수 있는 것들도 있지 않나 하는 생각이 들 때도 많다. 게다가 그들이 추구하고 실천하는 정신적인 것의 상당 부분은 그들의 전통에 속하지 않는 것들이다. 학회 발표자 중 하나였던 대학 교수 브론 테일러(Bron Taylor)에 따르면, "자기 것이 아닌 정신적 전통들을 믹스매치하는 의례적 포트럭은 그렇게 믹스매치되는 정신적 전통들의 격을 훼손할 수밖에 없다." 이것이 문화전유(appropriation)이다. 뉴에이지는 자기가 전용한 문화에 대해서 감탄을 표하지만, 뉴에이지에 전용당한 문화들 가운데 일부는 뉴에이지를 적대시한다. 예컨대 미국 북부 평야의 '라코타 연합국(Lakota Nation)'°은 자기네 부족의 정신문화를 무단으로 사용하고 혼종 교배하고 혼탁하게 하는 뉴에이지 운동과 기타 온갖 세력을 상대로 공식적으로 전쟁을 선포했다. 학회가 열리기 한 해 전의 일이었다.

>>>→

킬라니에서 한번은 삼림정치에 대한 발표라고 해서 들으러 갔는데, 발표자는 우리더러 눈을 감고 자기 말의 인도를 따라서 숲을 떠올려보라고 했다. 아일랜드 최후의 거대한 숲 한 곳이 창밖에 펼쳐져 있는데 왜 우리는 이렇게 실내에 커튼까지 치고 앉아 있나 싶어서였는지, 나는 눈을 감고 숲을 떠올리는 대신 떠오르는 생각들을 두서없이 써나갔다. 몇십 년 전부터였을까, 철학의 중심 흐름이 둘로 갈라져서 뉴에이지 철학과 아카

○　　다코타 지역의 미국 원주민 부족들로 구성된 대표없는국가민족기구
(Unrepresented Nations and Peoples Organization)의 멤버.

데미 철학이라는 불완전하고 불충분한 두 지류가 되었다고 본다면 어떨까. 일단 뉴에이지 운동은 서로 다른 문화들 사이의 구분과 차이를 흐리는 방식으로 의미와 소속을 찾고자 하지만, 예컨대 호피족 문화가 티벳불교 문화와 거의 비슷하다는 말은 두 문화를 다 무의미하게 만들어버릴 뿐이다. 모든 표면적인 차이들을 아우르고 하나의 절대적 진리를 세우는 데 필요한 모종의 보편적 기반을 모색하는 뉴에이지 운동은 문화들의 상호 연결성과 상호 관련성을 거듭 내세우면서 문화들 사이의 중대한 차이를 외면한다. 호피족과 티벳불교도가 정말로 그렇게 비슷하다면 혼종문화 속에서 길러진 유럽계 미국인 두어 명도 함께 아우를 수 있을 만한 보편적 기반을 발견하는 것도 불가능한 일은 아닐 테니, 그렇게 보자면 뉴에이지 운동이란 그런 미국인들이 정신의 무대에 끼기 위해 채택하는 전략일 수 있다. 만물의 절대적 합일은 기나긴 여행의 종착점이라는 일종의 신비한 비전으로서나 의미를 가지는 개념이니만큼, 여행의 출발점이 어디였는지를 크게 중시하지 않는 개념이다. 이런 개념을 설정한다는 것은 지름길로 가겠다는 것 아닐까.

한편 최신 아카데미 철학에서는 절대적 구별을 지향하는 논의들이 대세인 것 같다. 논의도 예리하지만 논의 대상들도 너무 예리해서 잘못 건드리면 손을 벨 것 같다. 그런 논의에서 얻을 수 있는 유일한 만족은 대상을 한층 더 엄밀하게 정의하거나 한층 더 치밀하게 분석함으로써 대상 장악력을 증명했다는 만족뿐인데, 대상을 장악할 수 있으려면 대상과 구별되는 존재여야 한다. 종족(ethnicity) 관련 논의는 이 두 극단 사이에서 우왕좌왕하고 있다. 이른바 포스트모던 다문화주의 쪽에서 지적하고 있듯, 지배문화는 근대 유럽인이 이 세상 모든 종족들의 모범이자 원형이라고 주장하는 과정에서 보편적 휴머니티의 이념을 너무 많이 써먹었다. 보편적 휴머니티 모델에 맞서 출현한 새로운 모델은 나와 타자의 근본적 차이를 강조하면서, '타자(나와 문화적으로 다른 존재)'를 대변하려고 하거나 다른 문화를 전유하려고 해서는 안 된다는 논의를 펼친다.(나와 다른 존재를 대변하려고 해서는 안 된다는 논의는 나 자신이 아닌 것에 대해서는 아무 말도 할 수 없다는 결론으로 이어진다.) 뉴에이지는 그 모든 문화가 옛 비밀로 이어져 있다고 보면서 그 모든 문화를 정신의 순례에 이용하고자 한다는 점에서 차이를 말하는 새로운 모델과는 상극인 것 같고, 그렇게 보자면 뉴에이지는 새로운 시대라는 이름과는 달리 보편적 휴머니티라는 지배문화의 구식 비즈니스의 잔재인 것 같다.(뉴에이지에서 살아남은 보편적 휴머니티는 좀 낯선 모습, 과거의 거만을 많이 잃은 모습, 좀 굶주린 모습이다.) 휴머니즘과 아카데미즘이라는 두 분립된 전통 사이의 어딘가에서, 분석하되 무감각해지지 않을 수 있는 길, 공감하되 무분별해지지 않을 수 있는 길, 모호함과 냉정함 사이의 중간 길을 찾아야 할 것 같다. 하지만 현재는 두 극단이 분립하는 시대인 것 같다. 어두운 숲 속을 헤매고 있기는 양쪽이 마찬가지인데, 한 극단은 숲이 존재하는 것이지 개별 나무들이 존재하는 것이 아니라고 주장하고 있고, 다른 한 극단은 나무는 나무일 뿐 숲의 한 부분이 아니라고 주장하고 있다.

두 극단 사이의 중간 길이 있다. 숲을 지나가는 길이다. 언어와 이미지는 거짓말이나 참말이 아니라 무언가를 그린 그림이다. 그려져 있는 것이 그리려고 했던 것에 완벽하게 상응하기는 불가능하지만, 다시 그리기와 고쳐 그리기는 가능하다. 그리려고 했던 것에 가닿기는 불가능하지만 그리려고 했던 것에 다가가기는 가능하다. 니체에 따르면, 진리란 은유라는 사실을 망각당한 은유다. "진리란 은유법들과 수사법들의 기동부대요, [……] 은유와 수사를 통해 고양되고 변모되고 미화된 상태로 오랫동안 통용됨으로써 불변성, 진정성, 규범성을 얻은 인간관계들의 총체요, [……] 닳고 닳은 탓에 감각적 위력을 잃어버린 은유들이다."[3] 메타포가 그리스어라는 특정 언어에서 기원하는 단어이자 그리스라는 특정 지역에서 운행하는 교통수단이라면(자연사박물관 장(章)에서도 한 번 했던 이야기다.), 진리란 그저 맥 빠진 메타포다. 뉴에이지 신도들은 은유를 모르는 사람들, 갖가지 모순된 것들이 글자 그대로 진실이기를 바라는 사람들, 절대적 진리를 간직하고 있을 절대적 출발점 또는 절대적 종착점을 찾아다니는 사람들이다. 어쩌면 그들은 여행을 멈출 수 있는 곳을 찾아다니는 여행자들인지도 모르겠다. 어쩌면 그들과 나의 차이는 그들은 여행을 그만하고 싶어 하고 나는 여행을 계속하고 싶어 한다는 데 있는지도 모르겠다.

나는 킬라니에서도 발이 좀 덜 아플 때나 발표가 덜 끌릴 때면 시내를 가로질러 숲으로 갔다. 킬라니 시내의 길들은 어느 중세 도시의 길처럼 좁았고, 킬라니 주민들은 내가 본 모든 지역 주민 중에 관광객들에게 가장 수세적이었다. 시내 중심가에는 관광 마차들이 서 있었다. 인상적인 모습의 중종마가 진득하게 제자리걸음을 하는 동안, 기대에 찬 표정의 마부는 다른 마부와 잡담을 나누거나 행인에게 말을 걸었다. 숲은 시내를 에워싼 돌담 너머에서 시작되었다. 숲이 시작되는 곳에서는 거대한 나무 하나하나가 하늘을 원뿔 모양, 구 모양으로 조각하려는 듯 거대한 가지를 둥글게 쳐들고 있었다. 우듬지는 바람에 포효하고 가지들은 바람에 미친 듯 흔들렸지만, 내가 걷고 있는 아래쪽은 바람 한 점 없이 고요했다. 아일랜드에서 가장 높은 맥길리커디스릭스산맥까지 뻗어 있는 숲이었다.

　　세로로 길다는 것은 나무가 또 하나의 직립 생명체인 인간과 비슷한 점이다. 킬라니의 나무들에서도 고대인들과 증언자들의 당당함이 느껴졌다. 뿌리와 가지로 땅과 하늘을 연결해온 존재들, 온몸으로 땅과 하늘을 감당해온 존재들이었다. 그렇게 그 나무들을 바라보던 나는 온갖 재난과 격변 속에서 하나의 장소를 지킨다는 것, 하나의 진실이 아니라 하나의 장소를 지킨다는 것에 대해 생각해보지 않을 수 없었다. 나무가 된다는 것은 어떤 느낌일까, 상상해보기는 어렵지 않다. 고대 그리스 신화에는 나무가 되는 인간이 많이 나온다. 두 발이 땅속에 박혀서 움직이지 않게 되고 두 팔이 축복기도를 하듯 들어 올려진 상태로 굳어지고 그렇게 나무로 변하면 엄청난 평화가 느껴진다. 수백 년이 지나도록 중력에 시달릴 일이 없다. 초현실주의

마음의 발걸음

사진작가 만 레이(Man Ray)는 샌프란시스코 근처의 레드우드 숲에 갔을 때 바로 그런 느낌을 받았다. "고대 이집트 때도 살아 있었던, 자연계에서 가장 나이가 많은 생명체들이다. 따뜻한 색감의 목피(木皮)는 살처럼 물러 보인다. 그들의 고요는 포효하는 폭포들과 나이아가라보다, 그랜드캐니언에서 치는 천둥의 메아리보다, 터지는 폭탄보다 웅변적이지만, 그들의 웅변에는 아무 위협도 없다. 내가 있는 낮은 곳에서는 100미터 남짓한 높이에서 재잘거리는 나뭇잎들의 소리가 들리지 않는다. 전쟁이 터지고 몇 달 동안 뤽상부르 공원으로 산책을 다니던 때가 기억났다. 공원에는 프랑스혁명 때도 살아 있었을 것 같은 나이 많은 밤나무가 있었는데, 아주 자그마한 나무였지만, 나는 그 나무 밑에서 걸음을 멈추고 전쟁이 끝날 때까지 나무로 변해서 그렇게 있을 수 있으면 좋겠다고 생각하곤 했다."[4]

그때 내가 걸은 길은 호숫가에 있는 로스 성(城)의 옛 터로 통하는 길이었다. 나무의 키가 점점 작아지고 나무들의 간격이 점점 촘촘해지면서 점점 진짜 숲속 같아졌다. 물가의 습지에 쓰러져 있는 자작나무들과 사시나무들의 동그랗고 얕은 뿌리에는 아직 검은 흙이 붙잡혀 있었고, 뿌리가 뽑혀 나가면서 생긴 구덩이는 물웅덩이가 되어 있었다. 물웅덩이도 원형이었고, 그렇게 동그란 수면은 나무가 쓰러지면서 열린 하늘을 비추고 있었다. 동그란 거울 같은 물웅덩이 바로 옆에 흙을 움켜쥔 뿌리가 들어 올려져 있는 모습은 화장하는 여자들이 사용하는 콤팩트의 검은색 뚜껑이 열려 있는 것 같았다. 이 숲에서 함께 자라는 수선화, 블루벨, 노란색 수염아이리스, 보라색 진달래는 자연 그대로의 숲과 사람이 가꾼 숲 사이의 경계를 흐리고 있었다. 먼 쪽 풀밭 곳곳에서 어슬렁거리던 붉은사슴들은 내가 나타나자 뛰어가기 시작했다. 내가 알던 사슴과는 다르게 좀 더 원시적인 듯한, 바닥에 붙어서 뛰어가는 낯선 발놀림이었다. 하지만 그렇게 풀밭 끝에 있는 울타리까지 뛰어갔던 붉은사슴들은 모든 것이 그저 장난이었다는 듯이 방향을 돌렸다. 야생이었지만 야생이 아닌 것 같았다. 아일랜드에 붉은사슴을 들여온 것이 13세기 이후라고 더블린 자연사박물관의 한 명판이 자신 있게 말하고 있으니, 이곳의 붉은사슴은 이곳이 영지 사냥터였을 때 영주가 취미로 길렀던 붉은사슴의 후손일 것이다. "동식물이 없는 자연은 그저 관광지다."라고 말했던 한 미국인 자연보호 운동가가 기억난다.

관광객들이 보고 싶어 하는 것도 관광지였다. 늑대를 잃고 시를 얻은 숲은 관광지인데, 유럽에서 자연 하면 떠올리는 것이 바로 그런 관광지의 풍경, 늑대는 다 없어지고 자연 그대로의 숲도 거의 없어진 풍경이다. 러시아 시인 조지프 브로드스키(Joseph Brodsky)에 따르면, "자연과 대면하겠다고 생각한 유럽인은 친구들, 아니면 가족들과 함께 시골 별장 또는 작은 여관에 갔다가 혼자 저녁 산책을 나간다. 산책 중에 한 나무와 마주친 유럽인에게 그 나무는 역사의 소개로 안면을 트게 되는 존재, 역사가 증인으로 내세우는 존재다. 나뭇잎들이 바스락거릴 때, 의미들이 함께 바스락거린다. 산책을 마치고 돌아오는 길은 즐거우면서도 차분하다. 삶에 활력을 주는 만남이었을 뿐 삶을 바꾸어놓는 만남은 아니었다. [……] 반면에 자기 집에서 걸어 나와서 한 나무와 마주친 미국인에게 그 만남은 대등한 두 존재 간의 만남이다. 인간이라는 존재와 나무라는 존재가 어떤 소개장도 없이 각자의 원초적 능력만 가지고 대면한다. 둘 다 과거가 없는 존재이고, 둘 중 어느 존재의 미래가 더 위대할지는 아직 미정이다. 미국인은 자기 손으로 지은 집으로 돌아오면서 충격과 공포를, 아니면 최소한 당혹을 경험한다."[5] 세상은 유럽일 것이고 자연은 관광지일 것이라는 기대를 아직 버리지 못한 미국인이라면 그런 만남에서 당혹과 충격을 경험하겠지만, 불안정한 번역, 곧 문화에 완전히 흡수되지 않은 상징물을 선호하는 미국인이라면 그런 만남에서 희열을 경험할 것이다. 내가 지금보다 나이를 덜 먹었을 때는 유럽을 부러워했다. 그때 내가 보았던 유럽은 문화가 있는 곳, 모든 사람, 모든 장소에 기나긴 역사와 전통이 달려 있는 곳이었다. 하지만 지금 유럽에 가면, 유럽에서 내려지는 인간의 정의가 너무 협소하고 너무 인위적이라는 느낌을 받게 된다.

>>>→

완성도 높은 시적 발표문으로 정신의 언어와 정치의 언어 사이의 간극을 뛰어넘은 것은 두 명의 아일랜드인 발표자였다. 기독교 이외의 종교 형태를 다룬 발표자가 그렇게 많았음에도 기독교의 정신구조와 그런 이국적인 종교 형태 사이에서 차이점이 아닌 공통점을 찾은 발표자가 그 두 아일랜드인뿐이었다니 그것도 흥미로운 점이었다. 전(前) 기독교 시대의 켈트문화는 해외의 비(非)기독교 신도 그룹과 뉴에이지 신도 그룹 둘 다에게 큰 관심의 대상이 되고 있다. 하지만 신성한 우물, 성녀 브리지다가 된 여신 등의 요소에서 비기독교 신앙의 흔적을 지적한다는 것 외에는 두 그룹 중 어느 쪽도 1500년 전부터 이어진 이 나라의 종교 관행에 크게 주목하는 것 같지는 않다. 아일랜드가 특이할 정도로 종교적인 나라라는 것, 그리고 아일랜드의 종교가 압도적으로 가톨릭이라는 것을 고려할 때, 그런 면에 주목하지 않는 것은 중대한 간과다. 유럽가치조사위원회가 1984년 보고서에서도 지적했듯, "아일랜드인들이 '영혼'을 믿는 비율, '사후생'을 믿는 비율, 천국을 믿는 비율, 기도를 믿는 비율은 서유럽의 다른 어느 나라와도 비교가 안 되게 단연 높다."[6] 영국의 셀라필드에 세워진 원자력 공장은 핵폐기물을 아일랜드해로 배출하기가 예사인 시설인데(워즈워스와 베아트리스 포터(Beatrice Potter)를 배출한 레이크디스트릭트의 일부다.), 이 시설에 반대하는 운동을 조직하고 있는 돌로레스 웰런(Dolores Whelan)은 학회에 발표자로 참석해 켈트의 영성을 이야기했다. 피르 볼그와 투어허 데 다넌에서 시작해서 성녀 브리지다를 거쳐 현재에 이르는 아일랜드의 신화적 역사를 나열하는 발표였다. 상상의 세계를 거처로 삼을 수 있음을 뜻하는, "천국이 있는 곳은 머리에서 한 걸음 위"라는 표현도 있었다. 성직자 겸 시인이면서 버른(Burren)이라는 서해안 돌땅이 관광지로 개발되는 것을 저지하는 자연보호 투쟁의 주역이기도 했던 존 오도너휴(John O'Donohue)는 학회에 발표자로 참석해 「기억의 성막으로서의 돌(Stone as the Tabernacle of Memory)」이라는 글을 읽었는데, 청중은 발표가 채 다 끝나기도 전에 난동에 가까운 열광을 표했다. 청중이 알게 모르게 내심 원했던 것은, 직설적인 산문적 진실이 아니라 의미를 고정할 수 없는 시적 이미지였구나 싶었다. "풍경은 첫 번째로 태어난 피조물이다. 풍경이 태어난 것은 아주 오랜 옛날이었다. 우리가 생겨나리라는 것은 꿈에도 몰랐을 때였다. 우리가 세상에 왔을 때도 풍경이 보고 있었다. 우리가 얼마나 이상하게 보였을까. 내면의 땅에도 속하지 못하고 풍경의 땅에도 속하지 못한 채 저마다 혼자서 떠도는 외톨이 인간들이라니, 오랜 옛날부터 있었던 풍경의 눈에는 우리 인간들이 유령에 홀린 존재처럼 보였을 것이다."[7] 이렇게 시작된 발표문은 풍경들의 침묵에 관한 이야기, 돌들의 기억에 관한 이야기, 땅을 소유할 수 있다고 믿는 사람들의 주제넘음에 관한 이야기로 이어졌다.

학회 종반에 아일랜드인들이 들고 일어났다. 학회 참여자들과 청중 사이에서 여러 명이 주 행사장 무대를 점거하고 선언문을 낭독했다.(매우 정치적인 선언문이었다고 하는데, 선언문 사본을 가지고 있는 사람을 찾아내는 데는 결국 실패했다.) 아일랜드인들은 학회에 실망과 분노를 느꼈다고 한 아일랜드인 참가자는 나에게 말했다. 아일랜드에서 열리는 학회이니만큼 아일랜드의 이

슈들과 아일랜드 문화가 조명될 줄 알았는데 이 학회에서 아일랜드는 아무 의미 없는 장소, 아무 슬라이드나 틀어놓고 아무 말이나 하면 되는 림보 같은 장소였다, 하기야 대개의 학회가 그렇다, 라는 말이었다. 앞으로 뉴에이지는 아일랜드에서 결코 환영받지 못할 것이다, 라는 것도 그 아일랜드 참가자에게 들은 말이었다. 하지만 폐막식 행사를 이어받은 것은 현지 주민들이었다. 밖에서 피페, 드럼, 바이올린 소리가 들려오면서 긴 라인댄스가 시작되었다. 메인 행사장에 있던 모든 사람들이 하나하나 긴 사슬에 엮여 햇빛 아래로 어정어정 끌려 나왔다. 연주자들 쪽에서는 한 나이 든 여자가 격렬하게 스텝댄스를 추고 있었다. 그곳에서 겨우 빠져나왔을 때, 나무둥치에 앉아 있던 한 중년 남자가 나를 붙잡고 게일어 시를 읽어주었다.(그 남자도 '프로페셔널 아이리시맨'이었다.) 모르는 언어의 미묘하게 서먹서먹한 음운들과 그 남자의 낡은 책에 적혀 있는 알 수 없는 둥근 글자들은 내가 그곳에서 얻은 어느 답 못지않게 멋진 답이었다.

10장

총알 1파운드가 더 무거운가[1]

아일랜드인과 미국 원주민은 ITA 학회 내내 자아를 초월한 심리의 현현 또는 토대로 불려 나온 두 이국 종족이었다. 하지만 학회는 두 종족 사이에 유사한 속성이 있음을 계속 암시하면서도 끝내 그것이 어떤 속성인지를 설명해주지는 않았다. 두 종족이 비슷하다는 생각은 영국인들이 아일랜드와 북아메리카 동부 해안을 차례로 식민화하던 튜더 시대로 거슬러 올라갈 수 있는 유서 깊은 생각인데, 그 생각이 살아남아 지금에 이르렀다. 예컨대 얼스터 플랜테이션 사업(얼스터를 폭력적으로 식민화하고 시장경제에 편입시키는 사업)이 개시되었을 때 그 집행자 중 하나였던 피네스 모리슨(Fynes Moryson)은 사업에 신중을 기할 것을 다짐하는 맥락에서 두 종족의 유사성을 암시했다. "이번에 새로운 식민지를 건설함에 있어 잔혹한 인디언 지역으로 들어갈 때 못지않게 [⋯⋯] 세심한 주의가 필요할 것이다."[2] 역사 연구자 니컬러스 캐니(Nicholas Canny)의 논평에 따르면, "저자들이 종종 아일랜드인과 아메리카 인디언을 함께 이야기한 데는 오래전에 두 종족이 같은 조상에서 갈라져 나왔으리라는 뜻, 아니면 지금 두 문화가 똑같이 낙후된 상태이리라는 뜻이 있는데, 이는 아일랜드인과 아메리카 인디언 둘 다에게 불길한 징조였다."[3] 예컨대 1600년에 한 대수롭지 않은 시인은 케헤른이라 불리는 아일랜드 용병을 아메리카 원주민에 비유했다.

> 온갖 악덕, 악행으로 충만하니
> 아직도 역적인데, 비겁한 역적이다.
> 이 거친 아일랜드인들이 사는 법은
> 잔인한 인디언들과 똑같아서
> 조용히 사는 이웃들을 괴롭히는 것을 낙으로 삼는다.[4]

그 시대의 저자들 중에는 아일랜드인을 아메리카 원주민이 아닌 다른 이국 종족, 예컨대 러시아인이나 타르타르인에 비유하는 경우도 있었다. 시인이자 식민지 행정관이었던 에드먼드 스펜서(Edmund Spenser)는 아일랜드인들이 실은 야만의 스키타이족이라는 것을 증명하기 위해 최선을 다했고,[5] 1620년대 아니면 1630년대에 먼스터의 어느 지주는 아일랜드 농노의 조상이 인간이 아니라 악마임을 논하는 무기명 논문을 써냈다. 한편 북아메리카 탐험가들 중에는 현지에서 만난 부족들이 아일랜드인과 비슷하다고 주장하면서 물질문화, 무기, 바지 등을 거론하는 경우가 많았다. 예컨대 1607년에 버지니아주의 제임스타운 근처를 걷던 조지 퍼시(George Percy)는 자기가 걷게 된 길이 아일랜드의 습지나 숲속과 비슷하다고 주장하기도 했다.[6]

알렉시 드 토크빌이 친구 구스타브 드 보몽(Gustave de Beaumont)과 함께 한 아일랜드 여행은 미국 민주주의 시찰 여행보다는 덜 유명한데, 토크빌은 이 아일랜드 여행 중에 한 친척에게 쓴 편지에서 아일랜드인과 아메리카 원주민이 닮았다는 200년도 더 된 생각을 또 한 번 해보고 있다. "이 나라 사람들의 비참함을 어디 한번 상상해보시겠습니까. 사는 집을 보면, 벽은 진흙, 지붕은 지푸라기, 가구는 감자를 익힐 때 쓰는 솥 하나가 전부입니다. 연기가 빠지는 구멍만 하나 있었다면 내가 지난 여행 중에 방문했던 이로쿼이족 친구들의 움막이라고 해도 믿었을 것 같습니다. 여기서는 연기가 문으로 빠지는데, 저의 좁은 소견으로는 이로쿼이족의 건축술이 단연 뛰어난 것 같습니다."[7] 런던의 《타임스》는 대기근의 비참함이 극에 달한 19세기 중반에 두 종족 사이에서 또 하나의 닮은 점을 발견해내고 있었다. "맨해튼 해안에서 레드 인디언을 볼 기회가 드물어졌듯 앞으로 몇 년 뒤에는 코네마라에서 켈트 아일랜드인을 볼 기회가 드물어질 것이다."[8] 주류 사회의 무관심 속에 이주민으로 전락했다는 것도 아일랜드인과 미국 원주민의 닮은 점이었다.

하지만 19세기 말에는 두 종족이 닮았다는 말의 위상이 바뀌고 있었다. 1890년대에 탁월한 종족학 연구자 제임스 무니(James Mooney)는 나코타족, 북(北)샤이엔족, 아라파호족, 코만치족을 비롯한 아메리카 원주민 부족들이 열렬히 받아들인 유령의 춤(Ghost Dance)이라는 종말론적 신흥종교를 정리 했는데,[9] 무니 본인의 아일랜드 국민주의 성향과 무니가 미국 원주민 투쟁에 공감했다는 사실 사이에서 인과관계를 찾는 논평들이 있다. 그로부터 수십 년 뒤에 로저 케이스먼트는 페루의 푸투마요 열대림을 떠나 코네마라(그의 전기 작가 중 한 명의 표현을 빌리면, "굶주림과 더러움이 티푸스의 발병 원인이 된 곳")로 돌아왔는데, 그가 보기에는 아메리카 원주민의 운명과 아일랜드 농민의 운명이 매우 흡사했다. 그에게 코네마라는 '아일랜드의 푸투마요'였다. "아일랜드의 '백인 인디언(white Indians)'은 지구상의 다른 모든 인디언들보다 내 마음을 무겁게 짓누르고 있다."[10] 캘리포니아 역사 연구자 마이크 데이비스(Mike Davis)는 1970년대에 벨파스트에 처음 갔을 때의 이야기를 들려주었는데, 이야기의 배경은 국민주의 지역의 한 펍이다. 술 취한 공화주의자가 데이비스에게 다가오더니 술잔이 튀어오를 정도로 탁자를 세게 내리치면서 따져 묻는다. "여보시오, 왜 제로니모°를 죽였는지 한번 말씀해보시오!" 지금껏 IRA는 부족의 터전을 파괴하는 식민주의에 맞서는 아메리카 원주민의 게릴라 투쟁에 동질감을 느끼고 있고, 1994년에 아메리카인디언운동 활동가 겸 작가 워드 처칠(Ward Churchill)은 아일랜드인과 아메리카 원주민이 닮았다는 이야기를 또 하고 있었다. 아메리카 원주민이 그런 이야기를 하기 시작한 것은 내가 알기로는 그로부터 수년 전부터였

○   아메리카 원주민 지도자의 이름.

다. 예컨대 아일랜드공화국에 가서 몇 개월 지내고 돌아온 샤이엔-아라파호 부족연합의 아티스트 에드거 하치비 힙 오브 버즈(Edgar Hachivi Heap of Birds)는 자기가 본 아일랜드는 식민화 경험이 있는 토지 기반 원주민(아메리카 원주민을 가리킬 때 자주 쓰는 표현)의 나라라고 했다.[11]

두 종족이 닮았다는 말은 거의 400년 전부터 들려왔지만, 두 종족이 닮았다는 말이 무슨 뜻인지는 계속 오락가락한다. 영국 식민 세력은 두 종족이 미개하다는 점에서 닮았다고 말하면서 식민지 정복을 정당화하고, 토크빌과 케이스먼트는 물질적으로 궁핍하다는 것이 두 종족의 닮은 점이라고 하고, IRA와 처칠은 (그리고 어쩌면 무니는) 두 종족의 닮은 점을 정치적 자결과 문화적 생존을 모색하는 저항운동에서 찾는다. 하지만 두 종족이 닮았다는 말이 무슨 뜻일까 생각하면 할수록 두 종족의 공통점보다는 두 종족의 차이점이 부각되는 것 같았다. 같은 아메리카 원주민이라고 해도 수백 개를 헤아리는 부족들 사이의 차이는 적어도 시칠리아 사람과 라플란드 사람°의 차이만큼 크니 켈트 아일랜드 문화에 상응하는 아메리카 원주민 문화라는 것 자체가 존재하지 않는다.(각각의 부족은 저마다 고유한 문화가 있어 신앙의 차이도 크고, 생계 수단의 차이도 커서 비정주 수렵 부족이 있는가 하면 정주 농경 부족이 있다.) 두 가지가 닮았다는 말은 두 가지가 똑같지 않다는 뜻, 곧 닮은 점을 제외하면 모든 면

○   시칠리아와 라플란드는 각각 유럽 최남단과 최북단 지역이다.

에서 다르다는 뜻인데, 아일랜드 문화와 아메리카 원주민 문화의 닮은 점은 유럽적이지 않다는 데 있다. 아일랜드인이 아메리카 원주민을 닮았다는 말은 피정복지에서 살아가는 삶이 어떤 삶인가를 막연히 일러주는 말이기도 하지만, 유럽인이 어떤 존재인가에 대한 모종의 가정을 매우 분명하게 깨뜨리는 말이기도 하다. 아일랜드는 정치적으로 신대륙과 제3세계를 닮은 곳이었고, 아일랜드의 전통적 부족사회는 문화적으로 식민지를 개척하는 상업적, 도시적 국민국가들과의 공통점보다는 전 세계 피식민지들과의 공통점이 많은 곳이었다. 아일랜드인이 아메리카 원주민을 닮았다는 말은, 유럽인(European)은 이런 존재이고 원주민(Native)은 이런 존재라는 정의가 자의적이라는 것을 깨닫게 해주는 말, 아니, 모든 정의가 자의적이라는 것을 깨닫게 해주는 말이다. 이 사람은 유럽인이라는 말, 또는 이 사람은 원주민이라는 말은 특정한 맥락 속에서만 할 수 있는 말, 유럽인이라는 용어와 원주민이라는 용어가 온갖 이질적인 속성들을 연결시키기도 하고 온갖 연결되는 속성들을 나누기도 한다는 것을 의식하고 있는 상태에서만 할 수 있는 말이다.

아일랜드 내부에서는 아일랜드라는 나라를 구약의 유대 민족에 빗대는 기나긴 역사가 있었지만(박탈감이나 소외감을 경험해본 기독교도 집단에게 유대 민족과의 동일시는 거의 일반적인 현상이고, 구약의 유대 민족과 동일시한다는 것이 꼭 현실의 유대인들에게 동질감을 느낀다는 의미는 아니다.[12]), 지금 북아일랜드에서 아일랜드 가톨릭교도는 권리를 빼앗긴 원주민이라는 의미에서의 팔레스타인인에 빗대어지고 있다.(IRA와 PLO(팔레스타인해방기구)는 서로 응원하는 관계였고, 아메리카인디언운동 쪽에서는 IRA와 PLO 둘 다에게 동질감을 느껴왔다.) 대서양 반대쪽에서는 아일랜드인이 백인이라는 정의도 바뀐다. 예컨대 19세기에 미국에서는 아일랜드인이 아프리카계 미국인을 닮았다는 말이 돌기 시작했다. 닮음의 내용은 아일랜드인과 아프리카계 미국인 둘 다에게 모욕적이었다. 역사 연구자 데이비드 로디거(David Roediger)에 따르면, "'이마가 좁고 야만적이다, 비굴하게 굽실댄다, 나태하고 난폭하다, 원숭이처럼 호색적이다.' 남북전쟁 이전에 미국 토박이들은 가톨릭 아일랜드 '인종(race)'을 묘사할 때 이런 표현들을 사용했다. 이런 모욕적인 표현이 남북전쟁 이전에 흑인의 특징이라고 간주되었던 것들과 대단히 비슷하다는 점은 굳이 지적할 필요도 없다. 흑인/아일랜드인의 관련성이 명시되는 경우도 있었다. [……] 요컨대 아일랜드인이 백인인지 아닌지는 전혀 확실치 않았다."[13] 다시 말해 아일랜드라는 말은 정체성을 규정하는 상투적인 용어들의 의미 누수 탐지기 같은 것이 될 수 있다.

≫→

튜더 시대의 글에 등장하는 아일랜드인은 근대 유럽인과는 다른 존재였다. 아일랜드인에게 호의적인 글에서든 아닌 글에서든 마찬가지였다. 엘리자베스 시대의 에드먼드 캠피언(Edmund Campion)은 아일랜드인의 속성을 늘어놓기도 했다.

"사람들의 성격을 보면, 신앙이 깊고, 가식이 없고, 호색적이고, 쉽게 격분하고, 엄청난 고통을 참는 힘이 있고, 시원시원하고, 주술을 쓰는 사람이 많고, 말 타는 솜씨가 뛰어나고, 전쟁이 나면 좋아하고, 자선에 후하고, 손님 접대에도 야박하지 않다."[14] 16세기 초반의 아일랜드는 수많은 소왕국으로 이루어진, 숲으로 뒤덮인 섬이었다.(모든 소왕국을 관장하는 아르드리 같은 존재는 이미 없었고, 헨리 8세의 편지 상대 중 한 명이 파악하기로는 소왕국이 60개가 넘었다.) 이렇듯 섬 전체에 숲과 늪이 있으면서 가장 강한 통치자나 가장 큰 나라는 없었으니 아일랜드 주민을 진압하라는 것은 대단히 어려운 숙제였고, 아일랜드 정복 전쟁이라는 좀처럼 끝나지 않는 잔혹하고 지리멸렬한 사업은 끝까지 온전한 성공에 이르지 못했다. 엘리자베스 시대에 아일랜드인은 주로 소를 키우거나 남의 소를 빼앗아 생활했으니 많은 주민들이 정주 농경민이 아닌 비정주 목축민이었고, 그런 점에서는 『쿠얼룽거의 소도둑(Táin Bó Cúailnge)』 같은 영웅서사시가 나온 기독교 시대 이전과 마찬가지였다. 『쿠얼룽거의 소도둑』은 한마디로 메브 여왕이 소를 빼앗은 탓에 엄청나게 난리가 났다는 이야기지만, 여러 전투단이 얼스터와 코노트 일대를 돌아다니고 있으니만큼 수많은 지형지물 디테일이 등장한다. 시인 셰이머스 히니에 따르면,

그 시절의 왕도는 소들이 가는 길이었다.
젖소 옆에 쭈그리고 앉은 왕대비는

소젖 하프로 연주한 곡을
들통에 받았다.[15]

가축 약탈 사건들, 국경 지역의 작은 전투들, 소젖과
소 피(血)로 이루어진 식사들에 대한 이런 역사적, 신화적 자료
들을 읽은 독자라면, 아메리카 원주민보다는 동아프리카의 마
사이족이나 사막의 유목 부족들을 떠올릴 것이다. 아메리카 원
주민도 대개 비정주 부족이었지만 목축 생활을 하는 경우는 거
의 없었다.

중앙집권 세력이 비정주민의 존재를 모욕으로 받아
들이는 것은 아일랜드에서도 예외가 아니었다. 귀족 계급과 전
문직 계급은 계급 고유의 비정주 생활을 영위했고, 농민 계급
도 1년의 절반에 해당하는 비교적 따뜻한 계절에는 가축을 데
리고 숲으로 들어가거나 산으로 올라갔다. 민속사 연구자 E. 에
스틴 에반스(E. Estyn Evans)에 따르면, "내가 볼 때 계절형 유목
은 아일랜드 사회사에서 중요한 측면이면서 지금껏 간과되어온
측면이다."[16] 1580년부터 1598년까지 아일랜드에서 식민지 행
정관을 지낸 스펜서는 바로 그 측면에 불만을 표했다. "그들은
한 해의 절반이 넘는 기간을 가축을 데리고 볼리(bolly)로 나간
다.[게일어 buaile에서 온 bolly라는 말은 처음에는 여름용 목장을 의미
했고 나중에는 유목 생활 전반을 의미하게 되었다.] [······] 산간 오지 풀
밭에서 풀을 먹이다가 풀이 없어지면 다음 풀밭으로 옮겨 다니
는데, 스키타이족의 생활 방식과 매우 흡사하다. [······] 계속 이

동해야 하고, 유일한 식량은 가축의 젖과 백색육이다. [……] 하지만 이런 볼리 생활이 이 나라의 안위를 크게 위협하고 있다. 첫째, 죄를 짓고 도망 다니는 자들이나 절도나 약탈로 살아가는 자들에게는(그런 자들은 반드시 있다.) 그런 산간 오지 볼리들이 은신처나 피난처가 될 수 있다. 그런 곳이 없었다면 금방 식량을 구하러 마을로 내려와야 했을 텐데 [……] 둘째, 그런 볼리에서 오래 살다 보면 성격은 점점 더 난폭해지고 생활은 점점 더 문란해진다. [……] 국법과 주인의 명령을 지키지 않아도 된다는 생각이 커져서이기도 하고, 일단 자유를 맛본 사람이 얽매인 생활로 돌아온 뒤에는 마치 오랫동안 멍에를 메지 않았던 황소처럼 울분을 느끼게 마련이라서이기도 하다."[17]

농민들이 여름에 유목민이 되었다면, 다른 직업군은 다른 방식으로 비정주 생활을 영위했다. 일단 의사들은 국경 없이 이동할 수 있는 특권 계급이었고, 시인들과 입법자들(lawgivers)도 마찬가지였다. 또한 장인들 사이에서도 비정주 생활이 흔했다. 도시 개념이 없는 사회에서는 장인들이 시골 곳곳에 흩어져 있는 고객들을 직접 찾아다닐 수밖에 없었다. 엘리자베스 시대의 아일랜드 사회를 상세하게 묘사하는 데이비드 비어스 퀸(David Beers Quinn)에 따르면, "학식 있는 계급이 세습된다는 것, 그리고 학식 있는 계급의 일부와 장인 계급과 전문직 계급이 비정주 생활을 영위한다는 것이 통치권력의 아일랜드 안정화 정책에 지장을 주는 모양새였다. 통치권력의 목표는 소수의 가문을 지주로 앉히고 토지제도를 안정화하는 것이었지만, 광범위한 방목권, 여름철 이동방목 등의 관행 탓에 소유권을 일원화할 수 없는 꺼림칙한 현실 속에서는 실현되기 힘든 목표였다."[18] 그 시대의 아일랜드 사회는 비정주 생활이 지배적인 사회이자, 시인이 권력을 누리는 사회이자(시인의 저주는 매우 상세했고 큰 두려움의 대상이었다.), 신체노출, 성(性), 결혼, 이혼 등이 훨씬 자유로운 사회이자(엥겔스의 『가족, 사유재산, 국가의 기원』에 따르면, 그 사회에서 "아내가 재산분할에서의 불이익 없이 이혼을 요구할 수 있는 사유는 매우 광범위해서 남편의 고약한 입냄새도 충분한 이혼 사유였다."[19]), 기독교의 대단히 태평스러운 판본을 받아들인 사회였으니, 유럽의 다른 곳에서는 이미 사라지고 없던 영웅시대의 흔적이 아직 남아 있던 사회였다고 하겠다.

영국인과 아일랜드인의 간극이 새로운 형태로 영속화된 것은 헨리 8세가 영국을 가톨릭교회에서 끌고 나왔을 때였다. 다시 말해, 영국인과 아일랜드인이 예전과는 달리 화해불가능한 갈등 관계에 돌입한 것은 새로 아일랜드에 정착한 사람들의 종교와 원래 아일랜드에 살고 있던 사람들의 종교가 갈라진 탓이었다. 종교개혁 이전의 점령은 영국인이 아일랜드로 유입되어 서서히 아일랜드에 동화되는 형태였던 반면, 종교개혁 이후의 점령은 본격적인 식민화의 형태를 띠었다. 튜더 시대에 생긴 상처는 여전히 아물지 않은 상태다. 어마어마하게 잔혹한 아일랜드 정복 작전들이 끝없이 되풀이되었다. 헨리 시드니(Henry Sidney, 시인 필립 시드니(Philip Sidney)의 부친)에 이어 아일랜드 총독이 된 그레이 경(Lord Gray)은 1580년에 시작된 2년짜리 군사작전에서 "장수와 귀족만 1485명"을 살해했다. "나머지 군사는 셈하지 않았다. 법에 따라 처형당한 자들, 이렇게 저렇게 죽임 당한 잡것들(churls)도 무수히 많지만 그 수 또한 셈하지 않았다." 총독의 비서로 아일랜드에 와 있던 스펜서는 「아일랜드의 현황에 대한 소견(A View on the Present state of Ireland)」이라는 긴 논문을 집필했는데, 총독의 잔인한 군사 전술로도 상황이 여의치 않음을 분명하게 지적하며 전쟁 대신 농촌을 황폐화하고 주민을 굶기는 방식의 진압을 추천하는 내용이었다. 이 논문에는 뮌스터의 북쪽 사분면에서 그런 작전이 실제로 어떤 성과를 거뒀나를 설명하는 대목도 있는데, 잔혹하리만큼 선명한 묘사로 유명해졌다. "칼로 찔러 죽이거나 군대를 동원해 죽이는 방식이어서는 안 된다. [……] 예를 들어 뮌스터는 수확물도 풍성하고 가축도 풍부한 지역이었으니 꽤 오래 버틸 수 있을 줄 알았지만 채 1년 반도 버티지 못하고 아무리 냉혹한 심장도 울게 만들 비참한 상태에 몰렸다. 굶주린 자들이 숲과 골짜기에서 나올 때 네 발로 기어서 나왔던 것은 다리에 힘이 없어서였다. 해골 같은 몰골이었고, 무덤에서 울부짖는 유령 같은 목소리를 냈다. 썩은 고기까지 먹었고 썩은 고기라도 있으면 다행일 정도였으니 무덤에서 나왔다고 해도 틀린 말은 아니었고, 나중에는 썩은 고기가 무덤을 빠져나가지 못하게 했으니 서로 잡아먹었다고 해도 틀린 말은 아니었다. 물냉이나 토끼풀이 자라는 풀밭이 보이면 잔치가 벌어진 듯 우르르 몰려갔지만, 잔치가 오래 계속되지는 않았다. 그 짧은 시간에 남아난 것이 거의 없었다. 사

람 많고 여유 있던 지역이었는데 인간과 가축이 순식간에 없어
졌다."

　　　　군대를 이용한 진압과 기아를 이용한 진압이 1550년
이후 100년 동안 아일랜드 정복 전략의 양대 산맥이었다고 한
다면, 시인 추방 같은 조치들은 비교적 지엽적이었다. 오크나무
가 선박과 술통의 재료, 또는 제철용 연료로 사용되면서 아일
랜드에서 숲이 없어지기 시작했다. 추방자와 반란자의 피난처
를 없앨 수 있었던 것은 숲이 훼손되면서 발생한 부가 이익이었
다.(아일랜드 국민주의자들 가운데는 반란 진압을 위해 숲을 없앤 것이라
고 주장하는 사람들도 있다. 킬라니의 숲을 관리하는 한 삼림감독관도 학
교에 다닐 때 그렇게 배웠다고 했다.) 본인이 소유한 토지를 자기 자
신의 보금자리, 자기 자신의 미래라고 보지 않았던 신흥 지주들
은 엄청난 면적을 벌채함으로써 아일랜드의 숲에 영구적 훼손
을 가했다. 더블린 자연사박물관 리플릿을 보면, 다람쥐는 17세
기 말에 멸종했다가 19세기 초에 영국에서 다시 수입되었는데,
개벌(開伐)이 심해지면서 아일랜드가 목재 수입국이 된 것이 바
로 17세기 말이었다. 아일랜드에서 숲을 없앤 것이 농민들이라
고 주장하는 지주들과 역사가들도 있었지만, 아서 영은 이 문제
를 다루면서 지주들의 잘못을 지적했다.

　　　　킬라니의 숲을 이루는 이 어마어마한 고목들은 이
나라의 대부분이 이런 나무들로 뒤덮여 있던 시절을 희미하게
나마 느끼게 해준다. 그때의 풍경은 지금과는 전혀 달랐을 것
이고, 나무 없는 맨땅 같은 곳은 없었을 것이다. 지금 아일랜드

는 유럽공동체(European Community)° 중에서 제일 나무가 없는 나라다.(상황이 최악이었던 1901년에는 숲이 국토 면적의 1퍼센트에 불과했고, 이제 공식 집계로는 숲이 국토 면적의 6퍼센트로 늘어난 것인데도 여전히 그렇다.) 지금 숲으로 간주되는 토지 가운데는 유감스럽게도 예전 생태계를 되살릴 수 없는 것은 물론이고 생태계 자체를 조성할 수 없는 과밀 조림지가 많다.(나무는 대부분 미송을 비롯한 속성 외래종 침엽수다.) 나무의 간격이 너무 좁고 아래쪽 죽은 가지들이 길을 막고 있는, 문자 그대로 뚫고 들어갈 수 없는 숲이다. 아래쪽의 가지들이 죽는 것은 수령이 같고 수종이 같은 나무들의 빽빽한 지붕이 햇빛을 완전히 차단하고 있기 때문이다. 새도 없고 동물도 없고 하층목(下層木)도 없고, 나무 이외에는 아무것도 없으니, 숲이 아니라 그저 나무가 있는 곳이다.

조이스의 『율리시스』에는 '아일랜드 국민(the Citizen)'이라는 과격분자가 아일랜드의 숲을 구해야 한다고 외치는 대목이 있다. "그 나무들을 다 구해야 한다고 그 국민은 말한다. 골웨이의 자이언트 애시를 구해야 한다고, 킬데어의 느릅나무, 줄기가 40피트°° 높이로 자라고 가지가 1에이커°°° 넓이로 퍼

○   유럽경제공동체, 유럽원자력공동체, 유럽석탄철강공동체를 통틀어 이르는 말. 유럽의 통합과 경제 번영을 위해 설립된 기구로 아일랜드는 1973년에 가입했다. 1993년 마스트리흐트 조약이 발효됨에 따라 1994년부터 유럽연합으로 명칭을 변경했다.

○○   원문의 fortyfoot은 약 12미터 높이를 뜻하는 한편 더블린만의 곶 이름이기도 하다.

○○○   4000제곱미터에 달하는 넓이이며 소가 한나절 갈 수 있는 밭의 넓이로 통용되기도 한다.

지는 족장 느릅나무를 구해야 한다고 [……]" 조이스는 이렇듯 아일랜드 국민의 감상적인 장광설을 통해 숲과 국민주의의 관계를 패러디한 다음, 신랑인 삼림감독관과 신부인 "소나무 골짜기 가문의 미스 전나무"의 성대한 결혼식을 통해 나무 신화를 패러디한다.[20] 미시즈 마가목과 미스 오엽담쟁이를 비롯한 그야말로 아일랜드의 숲 전체가 하객으로 참석했고, 신혼 여행지는 당연히 '검은 숲(Schwarzwald)'이다. 켈트 종교에서 숲과 나무가 중요한 역할을 했다는 것이 알려져 있었고, 조이스의 시대에는 켈트 복고주의(Celtic Revival)의 맥락에서 나무를 찬양하고 신비화하는 경우가 많았다. 하지만 조이스가 나무 찬양론을 풍자한 것과는 별도로 아일랜드의 삼림지 소실은 심각한 문제였다. 아일랜드에서 삼림지 소실이 시작된 튜더 시대와 스튜어트 시대는 현지 주민과 현지 환경을 희생시켜 외국 투자자본을 불리는 초국적 수출경제가 시작된 시대다. 아일랜드에서 숲을 희생시켜 철을 제련하고 목재와 술통을 수출한 과거는 에콰도르에서 유정을 파고 브리티시컬럼비아 북부에서 나무를 베어낼 저개발국 원자재 경제의 미래를 예고한다. 삼림지 파괴의 주범은 영국인들이었지만, 그에 못지않은 주범이 자본주의라는 체제, 현대라는 시대였다. 아일랜드에서 숲이 없어진 시대는 아일랜드인들이 이른바 유럽적 세계관을 강요당한 시대였다.

하지만 나무들과 시인들이 다 없어진 것은 아니었고 이른바 비유럽적 세계관이 완전히 사라진 것도 아니었다. 당대 역사가였던 토머스 처치야드(Thomas Churchyard)에 따르면, 헨리 시드니는 1566년에 "시인(rhymer)을 붙잡은 사람은 [……] 가진 것을 전부 빼앗아도 된다."는 내용의 시인 사냥 허가법을 선포했고, 일부 영국인들은 실제로 시인들을 대상으로 약탈과 폭행을 저질렀다. "우리 신사분들에게 당한 누추한 자들은 시를 지어 죽음의 저주를 내리겠다고 맹세했지만, 우리 신사분들이 그런 누추한 자들을 힘으로 다스렸다는 이유로 죽는 일은 고맙게도 아직 없었다."[21] 아일랜드 시인들이 선동가라고 여겨졌던 것은 영주의 용맹을 찬양하고 응원하는 예가 많다는 이유에서였고, 아일랜드 시인들의 작품이 이따금 영어로 옮겨졌던 정황은 CIA가 소비에트의 공식 성명을 해독했던 정황과 비슷했다. 순수한 호기심에서 시 몇 편을 번역하게 해서 읽은 스펜서는 도덕적인 가치가 아닌 문학적인 가치만큼은 마지못한 듯이 인정했다. 맹인 라프터리(Blind Raftery)는 게일어로 시를 지은 최후의 방랑 시인이었으리라고 추정되는 인물인데, 아일랜드가 독립했을 당시 그는 이미 죽고 없었지만 그를 기억하는 사람들은 여전히 살아 있었다.[22]

영국계 아일랜드인으로 예이츠의 친구이자 아일랜드 국민주의의 친구였던 레이디 그레고리(Lady Gregory)가 그의 이야기를 들은 것은 1901년에 클레어 카운티 고어트 구빈원에 가서 나이 많은 여자들을 만났을 때였다. 그들은 저마다 자기가 어렸을 때 알던 시인들 중에서 누가 제일 훌륭했는가를 이야기했는데, 그때 화제가 된 시인 한 명이 맹인 라프터리였다. 그가 세상을 떠난 것은 그로부터 60여 년 전, 곧 대기근이 닥치기 얼마 전이었다. 아버지로부터 라프터리에 대한 이야기를 들었다는 한 노인의 기억에 따르면, "그의 능력은 사람들로부터 두려움을 샀다. 사람들은 마차를 타고 가다가 그를 보면 태워주었는데, 그가 이름을 알려달라고 해도 안 알려주었다고 한다. 그에게 이름을 알려주면 그가 노래에 집어넣을지도 모르기 때문이었다." 또 다른 사람들의 기억에 따르면, 그는 바이올린을 연주하면서 아일랜드의 서쪽을 떠돌아다닌 사람이었고, 노래를 짓고 저주를 내리고 찬사를 바치는 데 능통한 사람이었고, 저주의 능력 때문에 두려움을 사는 사람이었다. 사람들이 시인의 저주를 그렇게 두려워한 것은 튜더 시대 이래 처음이었다. 맹인 라프터리의 저주가 "덤불을 말려 죽였다."는 이야기도 있다. 레이디 그레고리의 결론에 따르면, "하지만 라프터리의 시에 문학적 가치가 얼마나 있는지를 판단하기는 쉽지 않다. 그의 시 일부는 완전히 소실된 것 같다. 지금 남아 있는 시는 그의 시를 기억하고 있던 농민들이 나중에 공책에 적어놓은 것들인데, 그중에서도 일부는 소실되었고 또 일부는 이민자들과 함께 미국으로 건너갔다."²³ 그러니 아일랜드에서 1901년은 숲이 극소하게 남아 있을 뿐인 시기이자 옛 시인들의 기억이 희미하게 남아 있을 뿐인 시기였다. 하지만 새로운 시인들이 속속 정치적 목적을 들고 나왔다는 의미에서 튜더 시대 이전의 전통을 잇는 시기이기도 했다.

튜더 시대 아일랜드에서 벌어졌던 시인들과의 전쟁, 나무들과의 전쟁에서 가장 희한한 점은 필립 시드니와 에드먼드 스펜서라는 당대 최고의 영국 시인 두 사람이 이 전쟁에 깊이 연루되어 있다는 점이다. 필립 시드니는 시인 사냥을 전면 허용한 아일랜드 총독 헨리 시드니의 아들이었다. 어릴 때는 여름을 아일랜드의 부모와 함께 보냈고, 아버지의 정치적 업무에 관여하기도 했다. 엘리자베스 1세를 섬기는 궁정정치가 겸 외교관이 된 뒤로는 아일랜드에서 본인의 임무를 수행했다. 시드니가 귀족이었던 반면에 스펜서는 밧줄 제조업자의 아들이었고° 나이는 스펜서가 시드니보다 두 살 위였다. 한 지인°°의 호의와 본인의 머리 덕분에 출세에 성공했고, 1580년에 아일랜드 총독의 비서가 되어 아일랜드로 건너왔다. 코크 카운티 북부의 킬콜만 성을 영지로 양도받았을 때부터 영지 주민들에게 원성을 샀다. 월터 롤리 경을 초대할 수 있을 만큼 정리된 1589년의 킬콜만 성은 "세상 어디에도 없을 높은"²⁴ 숲에 둘러싸여 있었지만, 그로부터 불과 몇 년 만에 풀 한 포기 나지 않는 황무지로 바뀌었다. 킬콜만 성은 원래 데스먼드 영주의 저택이었으니, 1598년 반란에서 새 영주가 공격의 타깃이 되는 것은 불가피한 일이었다. 저택은 불탔고, 스펜서와 그의 가족들은 간신히 목숨을 건졌다. 스펜서는 그로부터 몇 달 뒤에 런던에서 세상을 떠났다.

　　그때 나온 영국 시는 주로 목가였는데, 그 사실이야말로 그때 벌어졌던 시인들과의 전쟁에서 가장 희한한 점인지

○　　밧줄 제조업자의 아들은 개브리얼 하비(Gabriel Harvey)였다. 스펜서의 아버지로 추측되는 존 스펜서는 옷 만드는 일과 관련 있는 듯하지만, 신분은 젠트리 계급에 속했다고 한다.

○○　　개브리얼 하비를 가리킨다.

도 모르겠다. 목가(pastoral)에는 글자 그대로 목초지(pasture)를 배경으로 가축을 돌보는 목동들이 등장하는데, 목가에서 주인공 목동이 한가롭게 돌아다니면서 가축을 돌보는 것은 대개 시를 짓기 위한 방편이다. 풍경의 아름다움을 알아볼 줄 아는 근대적 미감의 기원이 바로 목가 장르라고 말할 수도 있다. 아일랜드는 방랑하는 시인들과 비정주 목축민들의 나라였으니, 영국인들에게 아일랜드는 이론상 처참한 나라이기보다 근사한 나라였어야 하지 않았을까 싶다.

인류의 황금시대가 언제였을까를 놓고 논쟁이 이어져온다.[25] 1980년대에 한동안 유행한 뉴에이지 계열의 페미니즘은 고대 근동의 농경 모계사회를 인류의 황금시대로 지목하면서 그때의 사회를 자애롭고 평화롭고 조화롭고 건전하고 등등 여러 모로 좋았던 사회로 형상화했다. 역시 1980년대에 유행한 남성운동(men's movement)은 더 오래전부터 있었던 (그리고 여전히 건재한) 수렵채집 사회를 인류의 황금시대로 지목해왔는데, 그때의 사회를 다시 한번 살아보고 싶다면서 비전 퀘스트(vision quest),° 드러밍 등의 아메리카 원주민 문화를 건드리다가 문화전유 소동을 초래하기도 했다. 그럼에도 수렵이나 채집이나 목축은 지루하거나 단조롭지 않고 매어 있지 않은 생활인데 농경시대가 시작되면서 먹을 것을 얻는 일이 고역이 되었다

° 아메리카 원주민 부족들에서 주로 행해진 통과의례를 일컫는 포괄적 용어다.

고 주장하는 것은 가능하다. 아담과 이브가 에덴동산이라는 황금시대의 낙원에서 추방당했을 때 흙을 갈아서 먹고 살라는 선고가 내려진 것도 사실이다. 유럽에는 고도로 양식화된 낙원을 아르카디아라는 허구의 공간에서 찾는 오랜 역사가 있다. 야외의 소박함, 걷는 일, 한가함, 사랑을 나누는 일, 노래를 만드는 일로 이루어진 삶을 목가라는 한 단어로 압축하는 역사, 곧 목가의 역사다.(목가는 목초지와 어원이 같다.) 시문학 장르로서의 목가라는 장르가 탄생한 것은 기원전 고대 그리스 시대였다. 테오크리토스가 아르카디아라는 그리스에서 가장 낙후되고 살기 힘든 지역을 배경으로 염소 치는 목동의 노래를 지었을 때였다. 목가를 세련된 전원문학(idyll)으로 다듬어낸 것은 로마의 베르길리우스였다. 그를 통해 목동들은 더 똑똑해지고 아르카디아는 더 이상화되었다. 중세에 주로 유럽에서 융성했던 목가는 후일 시드니와 스펜서를 통해 영국의 장르가 되었다.[26]

시드니는 영국 산문픽션의 역사에서 최초의 걸작이라고 간주되는 『펨브로크 백작 부인의 아르카디아(The Countesse of Pembroke's Arcadia)』를 썼다. 귀족 계급의 목가를 가능케 하는 환경을 예찬하는 허황된 로맨스였다.(시드니는 총독이었던 아버지의 아일랜드 통치체제를 옹호하기 위해 「아일랜드 관련 사안에 대하여(A Discourse on Irish Affairs)」라는 논문을 쓰기도 했는데, 결국 완성하지는 못했다.) 『양치기의 달력(Shepheardes Calendar)』이라는 열두 편의 목가 연작을 써서 명성을 얻게 된 스펜서는 장황하기로는 『펨브로크 백작 부인의 아르카디아』보다 더하고, 고대(the archaic)와 전원(the rustic)에 대한 예찬이 난무하기로는 『펨브로크 백작 부인의 아르카디아』에 못지않은 『요정 여왕(*The Faerie Queene*)』이라는 걸작을 쓰느라 긴 세월을 소비했다. 『요정 여왕』에서 요정 나라라는 설정과 아서 왕이라는 인물, 그리고 그 밖의 비교적 구체적인 환경들은 주로 켈트 전설에서 차용된 것이었지만, 『요정 여왕』은 켈트 전설과 함께 그리스 로마 신화와 기독교 알레고리를 차용한 하이브리드 시였다. 『요정 여왕』에서 켈트 전설, 그리스 로마 신화, 기독교 알레고리는 셋 다 엘리자베스 여왕을 예찬하기 위해 동원된 요소들, 웨일스의 튜더라는 벼락출세 가문을 아서의 적통으로 확립하고 엘리자베스를 본인이 다스리는 왕국(그리고 그 왕국의 신화적 과거)과 상징적으로 혼인시킬 수 있는 모종의 애국 찬가를 위해 동원된 요소들이었다. 적어도 토머스 하디(Thomas Hardy)의 『사람을 미치게 만드는 군중으로부터 멀리』와 케네스 그레이엄(Kenneth Grahame)의 『버드나무에 부는 바람』까지 이어지면서 영국 문학의 핵심 장르라는 위상을 유지해온 것이 영국 목가라고 할 때, 시드니와 스펜서는 『펨브로크 백작 부인의 아르카디아』와 『양치기의 달력』을 통해 바로 그 영국 목가 전통의 기틀을 다지고 있었다.

하지만 그렇게 영국 목가 전통의 기틀을 다지는 동시에 아일랜드 목가의 가능성을 봉쇄하고 있었다. (도보관광(walking tour)조차 영국 문학의, 그중에서도 워즈워스의 풍경 개념, 여가 개념과 관련되어 있다. 아일랜드에서 사람들이 땅을 도보관광이라는 방식으로 접하는 경우는 거의 없다. 역사적으로 아일랜드에서 걸은 사람들은 정해진 노선을 왕복해야 하는 걸인들과 유목민들, 적에게서 도망쳐야 하는 패잔병들, 땅을 잃고 쫓겨난 떠돌이들, 한마디로, 온갖 비(非)목가적 비정주자들이었다. 반면에 등산과 암벽등반을 포함한 이른바 산행(hillwalking)은 소수 애호가의 취미 활동으로 비교적 최근에 생겨난 듯하다. 이상은 내가 이렇게 걸어 다니는 동안 깨달은 것들이다.) 1994년에 문학 비평가 테리 이글턴(Terry Eagleton)은 아일랜드 시문학에 왜 풍경시가 없을까를 자문한 뒤 영국의 풍경과 아일랜드의 풍경은 다르다는 결론을 내린다. "키츠의 풍경은 로코코 양식의 매력을, 워즈워스의 풍경은 숭고미를, 오스틴의 풍경은 확고한 소유주 의식을 느끼게 해줄 수 있지만 기아와 궁핍과 추방의 상처로 점철되어 있는 풍경은 절대로 그럴 수 없다는 결론을 내리는 것도 가능할 것 같다."²⁷ 스펜서의 『요정 여왕』이 나오고 한 세대 뒤에 나온 목가풍 추모시의 걸작인 밀턴의 「리시더스(Lycidas)」만 해도, 시에서 추모하는 이는 아버지를 만나러 가는 길에 아일랜드해에서 익사한 에드워드 킹(Edward King)인데, 에드워드의 아버지 존 킹은 당시 아일랜드에서 수도원들의 땅을 몰수해서 부를 축적하고 있었다. 영국 목가와 아일랜드 반(反)목가의 밀접한 관계가 이렇듯 표면화되는 경우도 많은 듯하다.

회화나 시에 묘사된 목가적 풍경에서는 자연과 사회, 본능과 교양, 노동과 유희 사이에 분명한 경계가 없다. 가장 흔한 것으로는, 목동들이 나무 그늘 아래에서 피리를 불거나 대화를 주고받고 있고 한쪽에서는 양들이 평화롭게 풀을 뜯고 있는 풍경이 있다. 베르길리우스의 목가가 전쟁이나 정치로부터

마음의 발걸음

의 도피라는 것은 분명했다. 아일랜드의 풍경이 숲을 잃고 헐벗은 풍경이었듯, 그 속에서 살아가는 사람들은 목가의 바탕인 시간적, 경제적 여유를 빼앗긴 사람들이었다. 아일랜드 시문학은 반목가에 특화되어 있다. 스위프트가 「목가적 대화(A Pastoral Dialogue)」라는 통렬한 반목가를 쓴 것은 스펜서와 시드니가 영어 목가 장르를 만들고 채 150년도 지나지 않은 1729년이었다. 작가 자신의 신랄한 반(反)낭만적 비전도 작품의 중요한 양분이었지만, 더 중요한 양분이 된 것은 작가를 에워싼 아일랜드의 현실이었다. 목가에서 흔히 그리스 로마풍 이름을 얻게 되는 요정(nymph)과 목동(swain)은 「목가적 대화」에서는 더멋이라는 하인과 실라라는 하녀이고, 목가의 대화가 흔히 양 떼를 돌보는 일을 배경으로 펼쳐지는 데 비해서 「목가적 대화」는 주인의 저택 안뜰에서 돌밭의 잡초를 제거하는 일을 배경으로 펼쳐지고 있다. 두 사람은 제초용 낫으로 유기적 풍경을 글자 그대로 훼손하는 일을 하고 있고, 두 사람이 서로에 대한 사랑을 고백할 때 쓰는 단어들은 그 자체로 궁핍한 처지와 비천한 신분을 드러내고 있다. 먼저 더멋이 자기 사랑의 비유로 사용될 만한 잡초를 발견한다.

실라를 향한 내 사랑은
여기 이 돌멩이 사이에서 자라는
가장 억센 잡초보다 단단하게 박혔다오.

이어서 실라도 그런 잡초를 발견한다.

점잖은 더멋, 당신을 향한 내 사랑은
당신의 코까지 닿는 거기 키 큰 소리쟁이보다
빨리 자란다오.

이 목가적 대화의 뒷부분에서는 가난, 땀, 머릿니, 찢어진 옷, 뾰족한 돌멩이, 다른 이성과의 관계까지 등장한다. 목가에 나오는 아름다운 꽃나무가 어떤 맥락에서는 아사 직전의 아일랜드인들에게 모조리 뜯어먹히는 토끼풀이나 물냉이가 되고 어떤 맥락에서는 수출용 술통 널판과 선박 늑재가 되었듯, 이 반목가의 맥락에서는 하인의 낫날에 찍히는 잡초가 되었다. 스위프트는 같은 해인 1729년에 성 패트릭 대성당의 우물이 말랐을 때를 시로 쓰는데, 이 시에서도 목가적 풍경을 통렬하게 뒤틀어놓는다.[28] "너희 목자들은 이리의 자식들이라 / 양 떼를 위해서가 아니라 양 떼를 벗겨먹기 위해서"오고, 개구리의 재앙, 벌레의 재앙, 병충해의 재앙이 닥치고, 폭군은 "이리 떼"를 데리고 와서 "이 나라의 모든 호수에서 물고기를, 이 나라에서 모든 열매를 먹어치운다." 이 나라가 외지인들에 의해 글자 그대로 모조리 뜯어먹히고 있다. 목가에 나오는 조화로운 풍요와 자애로운 돌봄이 이 반목가의 맥락에서는 현지의 굶주림과 외지의 게걸스러움이 되었다. 뒤틀린 목가의 세계다. 영국인들을 규탄한다고 해서 꼭 아일랜드인들을 예찬해야 하는 것은 아님을 스위프트는 분명히 하고 있다.

스위프트가 반목가를 쓴 지 40년이 지난 1770년, 또 한 명의 영국계 아일랜드 시인 올리버 골드스미스(Oliver Goldsmith)는 「버려진 마을(The Deserted Village)」이라는 훨씬 더 점잖고 훨씬 더 유명한 시를 썼다. 이 시는 인클로저법의 폐해를 설명하는 예로 많이 인용되는데, 이 시에 나오는 오번("가장 아름답던 평야 마을")이라는 마을이 롱포드 카운티의 리소이라는 마을(골드스미스가 어린 시절을 보낸 곳)로 추정되고 있음에도 불구하고, 많은 경우 아일랜드 인클로저법이 아닌 영국 인클로저법을 설명하는 데 쓰인다. 화자가 어릴 때 살았던 마을로 돌아온 여행자라는 설정 때문에 흔히 감미로운 애수의 시로 분류되지만, 경제적 차원의 매서운 교훈이 시 곳곳에 담겨 있는 것은 스위프트의 반목가들과 마찬가지다. 이 마을로 돌아와 말년을 보내는 것이 화자의 소망이었지만, 이제 이 마을은 사람들도 없고 건물들도 없는 목초지로 바뀌었다. 신흥 지주를 위해 마을을 통째로 없앤 것이었다.(영국과 아일랜드를 막론하고 농지를 목양용 초지로 바꾸는 행태가 횡행할 때였다.) 화자는 사라진 마을을 섬세하게 기억해낸 뒤에 이렇게 외친다.

부가 축적되고 인간이 부패하는 땅은
이제 곧 망할 땅, 달려드는 변고의 먹이가 될 땅일지니

그러고는 이어서 이렇게 외친다.

다정하던 오번이여! 낙원의 행복을 안겨주던 오번이여!
이렇게 황량한 숲들이 폭군의 권력을 말해주는구나.

마지막 부분에서는 땅을 잃은 농민들이 북아메리카
로 이민을 떠나는 상황이 예견되기도 한다. 앞서 스위프트는
농지로 바뀌었던 땅을 다시 목초지로 변경하는 당대의 인클로
저 행태(목장주 한 사람의 배를 불리려고 "100사람의 생계"를 짓밟는 행
태)를 규탄하면서 목장주들을 스키타이족에 비유했는데, 사실
이 비유는 아일랜드 목가의 운명이 정해지던 때를 떠올리게 하
는 면이 있다. 스펜서가 아일랜드 진압 작전을 제안하면서 아일
랜드의 목축민들을 스키타이족 유목민들에 비유하던 때가 있
었고, 그렇게 목축민의 비정주 생활을 즐기던 아일랜드인들은
결국 땅에 얽매인 가난한 농경민이 되었는데(농작물은 대개 감자
다.), 아일랜드인들이 목축민이었을 때 키우던 양이 결국 농경민
이 된 아일랜드인들의 땅을 빼앗는 존재가 되었다고 할까, 한때
목축문화를 지탱해주던 양이 결국 외국자본을 지탱해주는 존
재가 되었다. 정해진 노선을 여유 있게 왕복했던 옛날 유목민
과 달리, 땅을 잃은 농경민은 이민자나 피난민 같은 편도 여행
자다. 골드스미스의 여행자가 가는 길처럼, 떠날 수는 있어도 돌
아올 수는 없는 길이다.
　　토머스 무어(Thomas Moore) 같은 서정적인 시인마저
「존 불이 노래하는 목장 발라드(A Pastoral Ballad by John Bull)」
같은 반(反)목가를 쓸 수밖에 없는 시대였다. 1827년에 아일랜

드로 들어온 반란 진압용 탄환 500만 개를 남성 화자인 잉글랜드가 에린(Erin)이라는 여성에게 보낸 사랑의 선물에 빗댄 작품이다. 물론 목가 작가 가운데는 과거와 농민을 이상화하는 로맨스를 쓰는 작가군도 있다. 켈트 복고주의 진영의 영국계 아일랜드인 시인들, 예컨대 고귀한 농민이라는 공식적 신화에 집착하는 예이츠와 그 밖에 비교적 최근 작가들이 바로 그들이다. 그들의 장소감각과 문화감각이 새 국민주의에 필요한 토대를 놓았던 것처럼 보이지만, 사실 그들은 스위프트를 필두로 지금까지 시인들이 제기해온 질문들을 회피하고 있다. 그들의 유산이 발견되는 곳은 현대시보다는 '리얼 아일랜드' 그림엽서라고 해야 할 정도다.(다만 『영국 목가 시집: 펭귄북(*The Penguin Book of English Pastoral Verse*)』의 대미를 장식하는 예이츠의 1923년작 「고대의 가문들(Ancient Houses)」은 특권에 관한 불편한 시다.) 아일랜드 문학에서 면면이 이어져 내려오는 반목가는 시골 생활을 부정적으로 묘사하거나 아니면 최소한 현실적이고 비(非)낭만적으로 묘사한다.(영국 문학이 시골 생활을 예찬하는 만큼, 아일랜드 문학은 시골 생활의 부정적인 면을 부각시킨다.) 애런제도 주민들의 혹독한 삶을 다룬 싱의 20세기 초 희곡들, 시골에 고립된 농부가 등장하는 패트릭 카바나흐(Patrick Kavanagh)의 장시 『대기근(*The Great Hunger*)』 등이 그런 작품이다. 그중에서 카바나흐가 2차 세계대전 중에 집필한 『대기근』은 패디 매과이어라는 독신남 농부의 따분한 노역과 실현되지 못한 욕망을 다룬 작품으로, 아무 일도 일어나지 않는 일상과 굶주린 정신의 서사시다. 여기서 카바나흐는 긴 대목을 예이츠와 관광객들이 그리는 낭만화된 농민을 조롱하는 데 특별히 할애하고 있다.

> 농부는 아무 근심도 없이
> 서정적인 밭에 일하러 나간다
> 밭을 갈고 씨를 심고
> 갓 딴 것을 먹는다 [……]
> 마음속은 밝고
> 머릿속은 맑다
> 옛날의 모세와 이사야처럼 농부도
> 하느님과 대화를 나누는 듯―
> 농부나 농부가 기르는 가축이나 큰 차이가 없다
> 차를 세운 여행자는 녹색 두둑 너머로 펼쳐진 밭을
> 신기한 듯 바라본다

하지만 농부의 복잡한 머릿속에는 "그의 생각이라는 갇힌 수녀의 히스테리와 권태"가 담겨 있고 "하느님 맙소사! 나는 소, 돼지와 영원히 축사에 갇혔네."라는 절규가 담겨 있다.[29]

⫸→

아일랜드는 하나의 유럽이 있다는 가정을 깨뜨리고, 백인 개념을 깨뜨리고, 대서양까지가 유럽이라는 통념을 깨뜨

마음의 발걸음

리는 곳이다. 문화의 깨진 지점들이 가장 잘 보이는 곳이기도 하다. 스펜서와 시드니라는 목가 시인들이 아일랜드에서는 반목가의 창시자들이다. 아일랜드에서는 두 사람의 정치적 삶이 두 사람의 예술적 가치에 그림자를 드리우고 있다. 모든 영국 시인들이 아일랜드에서 체면을 잃는 행동을 한 것은 아니다. 예컨대 열아홉 살의 혈기왕성한 청년으로 더블린에 온 셸리가 아일랜드 혁명의 필요성을 역설하는 논문을 집필, 배포했던 것은 현명한 행동은 아니었지만 체면을 차릴 수 있는 행동이었다.(셸리가 킬라니 관광을 즐긴 것은 한참 더 뒤였다.) 한때 학교에서 영국 시는 교양으로 가는 길을 알려주는 지표인 듯 가르쳐졌지만, 지금은 그런 길을 가도 되는지 자체가 분명하지 않다. 시문학의 걸작 『요정 여왕』의 아름다움은 잔인무도한 산문 「아일랜드의 현황에 대한 소견」과 불가분으로 뒤얽혀 있다. 스펜서의 전기 작가 중에 이 두 글을 한 쌍으로 보는 사람까지 있다.(하지만 내가 영문학과에서 수강한 강의들에서 『요정 여왕』은 결코 피해갈 수 없는 텍스트였고 「아일랜드의 현황에 대한 소견」은 존재하지 않는 텍스트였다.) 『요정 여왕』에서 마법의 나무를 찬양하는 대목을 읽을 때는 스펜서가 코크 카운티에서 없앤 숲이 떠오르지 않겠는가? 『요정 여왕』이 나올 수 있었던 것은 아일랜드에서 숲을 없앴기 때문이잖은가? 아일랜드에 풍경시가 없는 것은 아일랜드의 풍경에 상처가 있기 때문이잖은가? 아일랜드 문학에 무엇이 왜 없는지를 모르면서 영국 문학에 무엇이 왜 있는지를 알 수 있겠는가? 영국 문학에 있는 것들 속에 아일랜드 문학에서 빼앗아 간 것들이 있지 않겠는가? 지금 영국에서 누군가가 정원 같은 쾌적함을 누릴 수 있는 것은 한때 아일랜드에서 누군가가 감옥 같은 억울함을 겪었기 때문이 아닌가? 영국에 목가가 있고 목가가 상징하는 안정과 풍요가 있는 것은 다른 나라들이 궁핍하기 때문이 아닌가?

최근에 뉴에이지 커뮤니티와 아메리카 원주민 커뮤니티 사이에서 충돌이 발생하는 것도 저개발국에서 원자재를 채취하듯 문화를 탈정치적으로 전유하는 관행들과 관련되어 있다.(문화를 연구하면서 문화의 정치적 차원을 탈각시키는 관행은 실은 이미 오래전부터 학술적 문학연구라는 이름으로 정착되어 있다.) 20세기 초에 아일랜드에서 시인들이 정치가가 되어 언어와 민속과 신화를 부활시키고(다만 신화가 부활하면서 농민과 토지의 낭만화 경향이 덩달아 부활했다는 것은 지적되어야 하겠다.) 시의 정치적 기능을 부활시키면서 옛 뿌리에 물을 주고 옛 상처의 피를 짜낸 것도 문화와 정치의 분할에 맞서는 투쟁이었다.

마음의 발걸음

11장 혈액 순환

거구의 여성이 에니스 역에 내릴 때 나도 버스에서 내리고 있었다. 지극히 평범한 역사(驛舍) 근처에는 택지개발지가 있었다. 택지의 개발을 당당하게 선언하는 사업장 입구의 양쪽 기둥에는 유약을 바른 도자기 찻잔 같은 반짝이는 파스텔 색조의 실물 크기 셰퍼드가 한 마리씩 엎드려 있었다. 다른 나라에서는 집 지키는 동물들이 무서운 표정이었는데(중국은 사자, 프랑스는 그리핀이었다.), 이곳을 지키는 개들은 아무 일도 일어나지 않는 평화롭기만 한 세상에서 잠들어버린 것 같았다. 에니스에서 내린 사람은 여자와 나 둘 뿐이었다. 시내가 어느 쪽이냐고 여자가 미국 억양으로 물어왔다. 작고 가느다란 두 눈, 크림색 피부, 키는 장신이라고는 해도 180센티미터 정도였지만, 거구라는 것은 분명했다. 한 미모 하는 것에 못지않게 한 체구 하는 여자, 옛날의 영웅서사시에서 '여신 주노처럼 아름답다(junoesque)'라는 수식어를 달고 등장할 것 같은 여자였다. 나는 꼬챙이가 된 듯한 기분으로 여자를 데리고 시내 쪽이라고 짐작되는 길로 걷기 시작했다. 길을 걷고 있을 때는 뒷일을 걱정해야 하는 자리에 앉아 있을 때에 비해 사람과 사람이 만나고 헤어지는 일이 훨씬 가뿐하다. 여자와 내가 그렇게 한동안 함께 어울렸던 데도 그런 여행자라는 공감대가 있었다.

미국에서 드문드문하고 메마르기로는 최고인 지역에 집이 있으면서 촘촘하고 축축하기로는 최고인 나라를 여행하고 있는 여자였다. 자기 자신, 자기의 결혼 생활, 자기 엄마, 자기 할머니에 대해 이야기하는 여자, 여전히 양수에 잠긴 채 세상 속을 떠다니는 몽유병자 같은 여자였다. 근심 걱정 없는 여자의 순진하고 민감하고 박약한 성격, 세대가 바뀌면서 점점 없어지고 있는 성격이었다. 나이는 나와 동갑이었고, 형편은 남편의 고소득 덕분에 여유가 있었고, 이제 어떻게 살지 아직 생각 중인 상태였다. 가족과 함께 유럽 여행을 왔다가 자기 혼자 아일랜드로 건너와서 스케치도 하고 어떻게 살지 생각도 하고 있다고 여자는 말했다. 묵을 곳을 정하고 짐을 내려놓은 우리는 꿈결 같은 에니스 시내를 좀 더 거닐었다. 『율리시스』에서 레오폴드 블룸의 아버지가 자살한 곳이 에니스인데, 느리게 흐르는 얕은 강은 녹색 수초와 백조로 가득했고, 폐허가 된 교회와 이상한 각도로 꺾이는 거리의 건물들은 새로 지은 것 같지는 않았지만 아주 오래된 것 같지도 않았다. 여자는 장신이면서도 걸음이 느려서 같이 걷다 보면 계속 나보다 한두 걸음 뒤처졌다.

가로수길이 길게 이어지는 동안, 여자는 자기 할머니

에 대한 이야기를 했다. 여자의 할머니는 미국 중서부에서 농장 생활을 하는 아일랜드인이었다. 할머니는 딸이 옆에 없을 때면 손녀에게 나무와 대화를 나누는 이야기를 들려주었다. 나무의 시간 감각은 사람의 시간 감각과는 다르다는 이야기, 사람이 나무한테 무슨 말을 하거나 무슨 짓을 하면 나무는 대답하기까지 1년이 걸릴 수도 있고 더 오래 걸릴 수도 있다는 이야기, 아예 대답이 없을 수도 있다는 이야기였다. 살면서 먹어본 가장 맛없는 중국 음식이 차려져 있는 동안, 여자는 자기 엄마에 대한 이야기를 했다. 여자의 엄마는 그리 아득하고 낭만적인 화제는 아니었지만, 어쨌든 여자에게는 좀처럼 걷어낼 수 없는 불안의 원천이었다. 본인의 삶을 딸의 삶에 투영하는 엄마, 딸이 순결과 자아실현과 모성애의 모델이라는 망상을 방해하는 모든 것을 못 들은 척하는 엄마, 본인이 선물로 받고 싶은 것을 딸에게 선물로 주는 엄마였다. 그렇게 우리는 엄마라는 존재에 대해, 그리고 딸로 살아가는 일의 어려움에 대해 이야기했다. 가까운 가족 관계, 예컨대 처참하게 실패한 부모-자식 관계는 자기 정체성에 포함되는 요소가 될 때보다 자기 정체성이 대결하는 요소가 될 때가 많지만, 그리 가깝지 않은 혈연 공동체, 곧 의무와 경험의 끈이 그리 긴밀하지 않은 친족 공동체는 상상 속의 공동체인 측면이 있다. 사실 나에게는 혈통이라는 것이 상상 속에나 존재하는 공동체라고 느껴질 때가 많았다. 혈통에 양분을 제공하는 것은 죽은 조상들이 아니라 살아남은 이야기들이니, 혈통이란 그저 정체성을 찾는 사람들의 신화일 뿐이다. 그 신화가 힘을 발휘한 덕분에 아일랜드 정부가 나에게 국적을 주었고 그 신화가 힘을 발휘한 덕분에 장신 거구의 여성과 내가 여기까지 오게 되었지만, 그 신화의 근원적 동력은 경험과 관련되어 있는 것에 못지않게 잡설들, 조항들, 이름들과 관련되어 있다.

아침에 클레어 해변과 모허 절벽행 버스에 오를 때도 장신의 여성과 함께였다. 나에게 상세지형도를 사게 했던 서퍼 청년은 꼭 클레어에서 모허 절벽을 보라고 했지만, 나는 충동적으로 라힌치에서 내렸다. 다시 혼자 걷고 싶어서이기도 했고, 여자가 본인의 일정을 혼자서 용감히 소화해나가는 여행 대신 나를 따라다닌다는 훨씬 쉬운 여행을 택하지 않기를 바라서이기도 했다. 내린 곳은 모허 절벽까지 몇 킬로미터 떨어져 있는 곳이었지만, 대상의 진가를 알아보는 데는 대상이 막간에 바뀌어버린 무대처럼 갑자기 눈앞에 나타나게 하는 것보다는 대상이 주변 풍경으로부터 서서히 솟아오르게 하는 것이 훨씬 좋은 방법이다. 그렇게 생각하면서 걷기 시작했다. 모래 바닷가를 지나 시내 중심가, 시내 중심가를 지나 단조로운 국도, 단조로운 국도를 지나 비포장도로를 걷는 내내 시야는 해안을 놓치지 않았다. 그렇게 몇 킬로미터를 걸었으니 지도상으로는 탑 하나가 나와야 할 때였다. 바다에서 멀지 않은 안길로 들어온 나는 눈에 띄는 사람에게 탑으로 가는 길을 물었다.

연한 녹색 스웨터에 진한 녹색 카디건을 걸친 노인이었는데, 꼿꼿한 자세와 푸른 눈이 내 외할머니와 비슷했다. 노인은 낮은 담장 뒤에서 더러운 주전자를 들고 제라늄에 물을 주고 있었고, 보더콜리 한 마리와 유난히 침착한 새끼 고양이 한 마리가 그 옆을 얌전히 지키고 있었다. 계속 쭉 가라고, 목장이 나오면 울타리 문으로 들어가서 쭉 가라고, 황소가 있다는 경고문이 붙어 있긴 해도 황소가 사람에게 다가오는 일은 없으니까, 그렇게 쭉 가다 보면 절벽이 나오고 첫번째 탑이 나온다고, 자기는 여기서 지내는 동안 거기까지 나간 적은 없지만 거기 탑이 있는 건 맞다고 노인은 말했다. 내가 잘못 들은 건가 싶었지만, 정말이시냐고 되묻기는 불가능했다. 억양의 차이 때문이기도 했고 노인이 대화를 주도하겠다는 결연한 의지를 드러내고 있기 때문이기도 했다. 생각할수록 코가 납작해지는 느낌이 드는 것은 지금도 마찬가지다. 모허 절벽 근처에 살면서 모허 절벽까지 걸어가볼 마음이 생기지 않을 수 있다니. 그 정도로 철저하게 현지 주민으로 살아갈 수 있다니. 하루하루 살아가는 일에 대면 공연한 호기심 따위는 아무것도 아니라는 듯이 살아갈 수 있다니. 우리들은 대개 환경의 변화에 적응하는 방식으로 삶을 조율하는데, 그 정도로 변함없는 환경에서 살아가는 사람들은 어떤 방식으로 삶을 조율할까? 그런 삶은 평안한 삶일까, 아니면 자각 없는 삶일까? 뿌리가 깊은 삶일까, 아니면 가지가 짧은 삶일까?

　　"여기서 지내신 지는 오래되셨나요?" 잠깐 지내러 온 별장이라기에는 좀 초라한 집이었지만, 여기서 지내는 동안이라는 말을 들었으니 물어볼 수밖에 없었다. 노인은 태어나서 이날 이때까지 여기서 지냈고 태어난 집은 저 고개 너머 금방이라고 하면서 야트막한 산을 가리켰다. 어릴 때 같이 놀던 아이와 결혼했는데 그게 50년 전 일이라는 말도 했다. 50년은 축하를 받을 만하다는 생각으로 축하의 인사를 건네보았더니 노인은 결혼한 건 50년 전이고 남편이 무덤에 들어간 건 7년 전이고 오빠가 무덤에 들어간 건 일주일 전이라고 하면서 절벽 밑을 보면 두 남자가 슬레이트석을 캐고 있을 텐데 그건 아들과 조카라고 했다. 그러고는 길게 뻗은 팔로 안길을 가로지르는 담을 가리키면서 이 집에서 50년을 살았고 50년은 더 살 거라고 했다. 그러고는 아일랜드가 어떠냐고 물어왔다. 자기 헤어스타일이 어떠냐고 물으면서 찬사가 돌아오리라고 확신하는 미인대회 우승자처럼 아일랜드 사람들은 항상 아일랜드가 어떠냐고 물어왔다. 현지 주민들의 서두르지 않는 친절함이 아일랜드의 강점이라는 요지의 말을 건넸더니(물론 그런 표현을 쓰지는 않았다.) 노인이 기분 좋은 듯 날쌔게 대꾸해왔다. 맞아, 우리는 아직 죽어라 경쟁이나 하고 그런 나라는 아니야. 마음의 여유, 그런 게 좀 있어.

일정을 엄수하고 생산성을 최우선시하는 것이 산업혁명이라면 아일랜드에서 아직 산업혁명이 시작되지 않았다는 말도 완전히 틀린 말은 아니다. 아일랜드는 시간이 돈이라는 말을 하기 힘든 나라라고 할까, 비어 있는 일자리도 별로 없고, 경주와 경쟁을 조장할 정도의 일자리는 거의 없는 나라다.(조이스는 한 편지에서 아일랜드 사회가 유럽에서 가장 덜 관료화된 사회이고 그런 이유에서 유럽에서 가장 수준 높은 문명사회라고 말하기도 했다.[1]) 시간의 광대함이 당장의 위급함을 압도하는 측면도 있는 것 같고

(5000년 역사가 이렇게 눈에 보이는 형태로 등 뒤에 서 있다.), 가톨릭 국가 특유의 형이상학이 작용하는 측면도 있는 것 같다.(가톨릭적 세계관이 영향을 미치는 나라들에서는 모든 시대 위에 영원의 그림자가 드리워져 있고, 사람이 죽는다는 사실이 다른 곳에 비해 좀 더 현실적인 사안이면서 좀 덜 극단적인 사태이고, 사람이 이승에서 사는 동안 반드시 물질적으로 이로우려고 노력할 필요는 없다.) 아일랜드가 이렇게 역경을 견디는 나라가 된 것도 이런 면들 때문이 아닐까 싶다. 어쨌든 아일랜드가 이렇게 두 발로 느릿느릿 걷는 여행자가 기꺼이 하던 일을 멈추고 대화를 시작해주는 사람을 쉽게 만날 수 있는 나라가 된 것은 분명 이런 면들 때문이다. 목장을 다 지나도록 황소는 나타나지 않았지만, 탑은 금방 나타났다. 거대한 돌들을 쌓아 만들었던 성의 잔해 같은 사각 기둥이 벼랑 끝에서 불과 몇 미터 앞에 서 있었다.

모허 절벽은 골웨이만(灣) 남쪽으로 수 킬로미터 이어져 있는 관광명소로, 아일랜드가 이 세상의 서쪽 끝이라고 알려져 있던 시절의 정취를 느껴볼 수 있는 곳이다. 외지고 적막한 느낌, 망망한 피안을 마주하는 느낌, 유럽이 이렇게 낭떠러지 앞에 있다는 느낌이 드는 것은 아직 마찬가지다. 이제 세상의 서쪽 끝이라는 의미마저 잃었다는 것이 외지고 적막한 느낌을 더해주는 듯도 하다. 바다는 하늘로 올라가고 하늘은 바다로 내려오는 날씨라고 할까, 멀리 보이는 밝은 청연이 바다와 하늘이 만나는 정확한 지점을 알 수 없게 하는 날씨였다. 뭉게구름 하나가 애런제도 세 섬의 회청색을 스쳐 북서쪽으로 흘러가고 있었고, 섬들의 불룩한 윤곽은 항해성자 브렌던이 미사를 올릴 수 있도록 등을 빌려주던 고래들 같았다. 하지만 눈을 사로잡는 것은 바다 그 자체였다. 영원히 마르지 않을 것 같은 바다가 시간이 탄생하고 달의 인력이 존재한 이래 호흡처럼 끊임없이 해변으로 밀려왔다 해변에서 밀려가는 파도를 만들어내고 있었다. 그렇게 눈앞에 펼쳐진 바다의 푸름은 내가 잘 아는 바다의 푸름보다, 휘저어지듯 출렁거리는 회색 태평양보다 깊은 푸름이었다. 내가 모르는 다른 꿈들을 머금고 있는 듯한 푸름, 푸른 잉크 같은 푸름, 그 푸른 잉크로 만년필을 채운다면 어떤 이야기를 쓰게 될까. 그렇게 절벽을 따라서 걷다가 아래를 내려다보기도 했다. 절벽 밑 여울에서는 푸른 바닷물이 하얗게 부서지다가 환한 녹색이 되었다. 뾰족한 바위가 여기저기 솟아 있는 여울 한 곳에는 바위 하나를 사이에 두고 끈질기게 밀려오는 긴 파도 두 줄이 있었다. 한 사람의 두 팔처럼 벌어져서 바위를 감싸 안으려다가 물거품이 되기도 하고 바위 반대쪽에서 만나 둥글게 이어지기도 했다. 뾰족한 바위들 사이로 밀려 들어와서 하얗게 부서진 녹색 파도들은 깊은 바다 쪽으로 밀려 나가면서 푸른 잉크 색을 되찾았다.

절벽 아래쪽에서는 바다 위를 낮게 나는 갈매기들의 희미하고 으스스한 울음소리가 들려왔고, 절벽이 안으로 휘어 들어가는 곳에서는 갈매기들이 절벽을 뚫고 나오는 듯한 모습이었다. 벼랑길에서는 잔디가 얼마나 폭신폭신한지 마음이 어루만져지는 느낌이었고(온 세상이 나를 반겨줄 것만 같았다.), 벼랑

마음의 발걸음

이 시작되는 가파른 곳에 피어 있는 프림로즈는 벼랑길을 벗어났을 때 무엇이 기다리고 있을지를 자꾸 잊게 했다. 자꾸 30센티미터 미만으로 다가오는 벼랑 끝은 바다 바위들이 내려다보이는 150미터 높이였고, 벼랑 반대쪽으로는 현지에서 생산되는 얇은 석판들이 낮은 목초지를 담처럼 두르고 있었다. 묘석처럼 세로 방향으로 서서 목초지 전체에 공동묘지 같은 분위기를 안겨주고 있는 석판들과 깊고 푸른 바다 사이에서 끈처럼 가늘게 이어지는 벼랑길이었다. 그렇게 몇 킬로미터 걸으니, 녹색 스웨터를 입은 노인이 말했던 슬레이트석 채석장이 나타났다. 아래를 내려다보니, 노인의 아들과 조카일 두 남자가 목초지를 두르고 있는 석판과 똑같은 석판을 천천히 옮기고 있었다. 석판의 회색은 먹구름처럼 진한 회색이었는데, 나무 수레 여러 대에 실려 있는 석판들은 벌써 건축가의 손에 들어간 듯 정사각형 아니면 직사각형으로 잘리고 있었다. 여기서는 하늘이 조금씩 바다로 변해가듯, 사람이 만들어 세운 것이 조금씩 자연으로 변해간다. 수천 년 전부터 세워져온 석조물은 어떻게 보면 조물주의 의도 같고 어떻게 보면 자연 그 자체의 성장 과정 같다.

두 번째 탑 '오브라이언 타워'는 첫 번째 탑에 비해 사람이 훨씬 더 많았고, 탑 바로 옆에는 자료 전시관, 간이식당, 기념품 상점을 겸하는 관광 안내센터가 세워져 있었다. 모든 입구들을 잇는 옥외 통로의 포석도 현지 슬레이트석이었다. 하지만 이 포석에는 벌레가 기어간 흔적을 비롯한 화석이 포함돼 있었다. 절벽 위의 탑을 신축 건물처럼 느껴지게 하는 시간의 흔적들이었다. 그렇게 포석을 밟으며 걷다 보니 한참 앞에 장신의 여자가 있었다. 간이식당 입구에서 중년 커플과 대화를 나누는 모습이었다. 재회의 기쁨을 나누기에는 너무 이른 시점이기도 하고 그토록 고요한 하루를 보낸 뒤에 시끌벅적한 인사를 나눈다는 것이 좀 민망하기도 했던 나는 복합건물의 옥외 통로를 벗어나 벼랑 끝으로 가는 오르막길로 접어들었다. 미국 시인 윌리스 스티븐스(Wallace Stevens)가 쓴 시 중에 모허 절벽과 혈통에 대한 시가 있는데, 모허 절벽의 실물을 본 것은 아니고 모허 절벽을 찍은 사진을 보고 쓴 시다.

[……] 안개를 뚫고, 실제 너머로 솟아오르는
절벽으로 간다

현재의 시간, 현재의 장소를 뚫고
젖은 풀, 푸른 풀 너머로 솟아오르는 절벽으로 간다

시(詩)가, 바다가 몽중방황하는 절벽,
이것은 풍경이 아니다

이것은 내 아버지, 아니면, 어쩌면
내 아버지의 옛날 [……]

「아일랜드 모허 절벽(The Irish Cliffs of Moher)」이라는 이 시는 스티븐스의 작품 중에서도 특히 모호하다. 절벽 그 자체가 조상의 역할을 하는 존재, 또는 조상들을 대신하는 시작점이라는 뜻의 시 같기도 하지만, "나의 아버지의 아버지가, 그리고 그의 아버지의 아버지가, 그리고 그의— / 그런 바람 같은 그림자가" 모두 절벽으로 간다는 대목은 세대는 줄줄이 사라지지만 풍경은 남아 있다는 뜻 같기도 하고, 앞서 왔던 것들, 먼저 있던 것들을 찾아서, 시간을 찾아서 어딘가로 간다 해도, 찾아간 그곳은 수수께끼 같은 장소일 뿐이라는 뜻 같기도 하다.[2]

　　둘린 시내를 앞둔 국도에서 민박집을 발견하고 하룻밤 숙소로 정한 것은 아침부터 24킬로미터 가까이 걸어온 두 발이 또 불길하게 신음하기 시작하는 탓이었다. 허름한 단층 농가였고 주인은 건강한 중년 여자였다. 주인에게 현금을 건넨 나는 목욕을 하고 잠시 눈을 붙였다가 날이 어두워질 때 시내로 나갔다. 큰길을 따라서 걷다가 바다 쪽 샛길로 내려가보았다. 드문드문하던 건물들이 길 한쪽에 마을처럼 옹기종기 모여 있었고, 길 끝에는 애런제도행 배를 탈 수 있는 항구가 있었다. 불과 얼마 전까지만 해도 겨울이면 포크 뮤지션들이 둘린에 모여서 자기가 만든 노래를 서로 불러준다는 소문이 있었고, '오코너'는 그런 소문에서 특히 자주 등장하는 펍이었다. 진정한 포크 뮤직을 찾는 관광객들이 몰려오면서 상황이 변했고, 지금 펍에서 연주하는 사람들은 다른 뮤지션을 위해 연주해주는 뮤지션이 아니라 펍에 고용된 뮤지션들이고, 그런 뮤지션이 있는 펍도 두어 곳뿐이다. 관광 안내책자는 아직 둘린이 뮤지션들이 오는 곳이라고 주장하고 있는 반면, 인근에 정착한 젊은 독일 여자가 다음 날 들려준 심사평에 따르면, 펍에 가봤자 독일어를 쓰는 사람들뿐이고 둘린에 뭔가 특별한 것이 있다는 말은 이미 옛말이었다. 하지만 내가 오코너에 가서 현지 주민과 대화를 나눈 것은 바로 그 전날이었다. 달팽이 껍질 같은 코를 가진 흑발 청년이 친구와 함께 생맥주 잔을 앞에 놓고 바이올린 연주를 듣고 있었는데, 더블린에서 돌아온 클레어 사람이었다. 클레어 서부에는, 그리고 클레어 서부의 음악에는 뭔가 특별한 것이 있고, 클레어 서부 사람들은 어디서 만나도 서로를 특별히 챙긴다는 것이 그 청년의 말이었다. 우리는 여러 장소들의 여러 음악들을 화제에 올렸다. 몇 달 전에 시애틀의 록스타가 자살했을 때("천재였는데!"라고 청년은 너무 슬프게 외쳤다.) 클레어 펍을 닫는 데 다들 찬성했다는 것도 그 청년에게 들은 말이었다. 그러다가 친구와 함께 동네 여자들의 목록을 만들고 하나같이 결혼을 했거나 해외로 이민을 떠났음을 확인하기도 하고 친구를 상대로 본인의 오스트레일리아 이민 계획을 설명하기도 하는 청년이었다.

　　미국 중서부인 사업가 아버지와 10대 후반의 아들이 같은 숙소에 묵고 있다는 것은 다음 날 아침에야 알게 되었다. 둘린에 미국인이 너무 많기에 옆 도시인 리스둔바르나에서 자고 왔다는 것이 아버지의 말이었다. 관광객 티, 외지인 티는 많은 관광객이 본인을 제외한 모든 관광객에 의해 전파된다고 믿는 바이러스다. 자기가 어떤 산에 제일 먼저 올라간 사람이기를 바라는 종류의 여행자가 있듯 외지인에 의해 오염되지 않은 청정한 문화에 발을 들여놓은 외지인이 자기뿐이기를 바라는 종류의 여행자도 있다. 아버지는 아무것도 묻지 않은 내게 어디에 가서 무엇을 보아야 하는지를 알려주기도 하고, 본인이 다른 사람에게 뭔가를 가르쳐주는 장면에서 클라이맥스를 맞는 이야기를 줄줄이 늘어놓기도 하고, 자기가 여행 경비로 얼마를 지출하고 있는지를 상세히 알려주기도 하고, 몇 세대 전 선조들이 살던 집을 자기가 되사서 여기서 은퇴 생활을 즐기겠다는 포부를 털어놓기도 하는, '꼴불견 미국인'이라는 표현이 아우를 수 있는 모든 자질을 갖춘 여행자였다. 덕분에 그날 아침의 나는 그 숙소의 외지인이 나뿐이기를 바라는 여행자였다.

시끄러운 아버지와 말없는 아들이 전날 다녀왔다는 애런제도는 진정성의 마지막 보루 같은 곳이었다. 그곳 사람들이 여전히 아일랜드어를 쓴다는 사실을 시끄러운 아버지는 군이 내게 가르쳐주었다. J. M. 싱을 비롯한 민속학자들과 언어학자들이 아일랜드어를 배우고 현지 주민의 오염되지 않은 옛날 그대로의 청정함에 감탄하기 위해 애런제도에 들락거리던 20세기 초부터 지금까지 애런제도 주민들은 고향에 수감된 토착 문화 공연단이나 마찬가지가 아닌가, 그런 데는 안 가겠다 하는 내 결심은 시끄러운 아버지 덕분에 더욱 굳어졌다. 발 때문에 잠시 잊고 있었지만 사실 나는 민박집을 몹시 싫어한다. 친한 척해야 하는 상황도 싫고, 저녁에 텔레비전을 보는 가족들을 슬그머니 지나다녀야 하는 것, 아침 식사가 차려지기를 기다리는 동안 공들인 인테리어를 알아보아야 하는 것도 싫다. 남의 가정집에 묵는다는 것은 가장 작은 규모의 식민지를 가장 예의 바른 방식으로 마련하는 일인 것 같기도 하다. 주인 여자가 식탁에 끼어 앉더니 독일인들이 인근에 땅을 사서 여름 별장으로 쓰고 있는데 참 붙임성이 없더라는 이야기를 늘어놓았다. 말없는 아들은 세 그릇째의 콘플레이크를 들여다보고 있었다. 나는 배낭을 메고 리스둔바르나를 향해 걷기 시작했다.

≫→

자기 할머니가 여기서 나무들과 대화를 나누는 법을 배웠기 때문에 여기에 왔다는 장신의 여자는 어떤 여행을 하고 있을까. 미국인 사업가가 조상이 살았던 코티지를 사고 나면 자기가 무엇을 손에 넣었다고 생각하게 될까. 시드니로 가는 길에 클레어에 들른 청년이 느끼는 클레어의 특별함은 무엇일까. 70년이 넘는 시간 동안 한곳에 살면서 다른 어디도 가본 적이 없는 노인이 있는가 하면, 그런 고정점 주위를 맴도는 우리들이 있다. 가족과 가정에 국한되지 않은, 더 막연한 것들, 더 신화적인 것들을 향해서 확장되는 유대감이 있다. 가문의 조상, 스티븐스가 말한 풍경의 조상과의 유대감이다. 규칙은 없다. 미국인 사업가의 아들은 아버지를 닮지 않았는데, 나는 미국으로 이민 와서 외할머니를 낳다가 죽은 증조할머니를 닮았다. 증조할머니의 얼굴을 몇 년 전에 착색 사진으로 처음 본 이래로, 나는 이렇게 절벽과 관광객들을 보고 있는 눈 말고 내가 증조할머니에게 물려받은 것이 또 무엇이 있을까 자문해보곤 한다. 그리고 그렇게 또 다른 질문을 만난다. 이런 종족 정체성, 내게 새로 생긴 여권이 인정한 종류의 정체성은 어느 정도까지일까.

'종족(race)'을 뜻하는 영어, 프랑스어, 독일어의 어원은 시작을 뜻하는 아랍어라는 설도 있고,[3] 자기를 어느 한 종족의 일원으로 규정한다는 것은 자기가 시작된 지점을 찾는 일, 자기가 어떻게 생겨났는가를 이야기해주는 모종의 신화를 찾는 일인 면도 있다. 에덴동산의 이야기에서 시작되는 문화이기 때문에 그런지는 몰라도, 기독교문화는 유독 시작점에 권위를 부여하는 경향이 있다. 그런 시작 신화에 따르면, 처음에는 모든 것이 완벽한 상태였는데, 시간이 가면서 처음의 완벽한 상태가 망가지고 변질되고 훼손된다. 그런 시작 신화를 믿는 미국인 사업가가 보았을 때 진정한 아일랜드인은 시드니로 떠나기에 앞서 마지막으로 잠시 고향에 내려와 펍에 들르는 로큰롤 청년이 아니라 애런제도에서 게일어를 쓰는 괴팍한 어부 노인이다.(하지만 테리 이글턴에 따르면, "J. M. 싱 같은 작가들이 생각하는 영구불변의 애런제도가 저인망 어선을 통해 런던 시장과 곧장 이어지는 어업의 기지라는 점도 덧붙일 필요가 있겠다."[4]). 진정한 정체성을 시작점이 아닌 종착점에서 찾는 반(反)에덴 신화를 이야기하는 것도 가능할 것 같다. 그런 종착 신화가 있다면, 아일랜드인은 해외로 이민을 떠나는 사람, 아프리카계 미국인 음악을 좋아하는 사람, 다른 종족과 결혼하는 사람일 것이고, 둘린이 진정한 둘린, 이상적 둘린이 되는 때는 펍 안에 고색창연한 아일랜드영어를 포함한 여러 언어가 오가는 때이자 펍에서 연주하는 뮤지션들이 봉급을 받게 되는 때일 것이다. 그런 종착 신화에서는 불순한 상태, 하이브리드 상태야말로 모든 것이 지향하는 이상적 상태다. 국경은 월경(越境)을 위해서만 존재하고, 달라지고 불순해진 상태를 떠나 원래 상태로 돌아가고 싶은 회귀 충동 같은 것은 사라진다.

시작점이나 종착점이나 가늠을 수 없는 것은 마찬가지인데, 종족은 개인에 비해서 규모가 큰 개념이니 종족의 시작점과 종착점은 더 아득하고 더 막연하다. 시작점이라고 생각했던 시점 너머에는 언제나 먼젓번 시작점이 있고, 새로 생기는 시작점은 새로 퍼져나가는 동심원처럼 먼젓번 시작점을 지워나간다. 종족국민주의는 종족과 장소의 분리 불가능성을 주장한다는 점에서 일종의 신화이며, 19세기의 종족 개념(자신의 시작점이라고 느껴지는 종족과의 동일시)은 그런 종류의 신화를 생성해내는 경향이 있었다. 종족국민주의는 국민이 한 몸이라는 식으로 상상하는데, 그때 한 몸이라는 신화적 합일을 표현하는 것이 피(血)다. 다시 말해 종족국민주의의 상상 속에서는 종족 구성원 하나하나가 피라는 끈으로 연결되어 있다. 예를 들어 1916년 부활절 봉기 중에 낭독된 「아일랜드공화국 선언」의 첫 문장에 나오는 표현을 빌리면(여기서 아일랜드는 여성으로 의인화된다.), "아일랜드의 국민성(nationhood)이라는 오랜 전통"의 토대에는 "죽은 세대들"이 있다.[5] 종족국민주의가 출현하기 전인 봉건시대에는 합일의 토대가 추상이 아니라 왕의 신체(body of the king)라는 구체적인 몸, 곧 하느님이 봉건질서의 머리에 앉혀준 몸이었다. 왕의 두 신체(two bodies of the king)라는 상상 속에서 왕의 신체는 글자 그대로의 몸이기도 하고 만세를 누리는 정치체(body politic)이기도 했다. 왕의 두 신체라는 상상을 대체한 것이 바로 종족국민주의였다. 종족국민주의의 상상 속에서는 한 종족 또는 한 나라가 곧 한 몸이었고, 그 종족의 선민들은 모두 그 몸의 일부분이었다. 봉건시대에 왕의 두 신체가 있었다면 이후에는 국민주의의 신체가 있었다.

이런 식의 상상에서 나온 것이 피라는 수수께끼의 액체다. 정체성 형성의 격정 속에서 뻔질나게 들먹이는 것이 이런 피이고, 정체성이란 이야기로 또는 가치관으로 전해 내려오는 의식적인 그 무엇이 아니라 무의식적인 그 무엇, 타고난 그 무엇이라고 주장하는 것이 이런 피다.(선천/후천의 논란에서 가장 정치적인 모티프가 바로 피다.) 독일 시인 릴케도 이런 피를 노래한다. "한편으로는 사랑하는 그녀를 노래한다. 하지만 어쩌랴, 다른 한편으로는 숨어 있는 그를, 죄 많은 그를, 강의 신을, 피를 노래한다."[6] 피에는 여러 의미가 있다. 예를 들어 처녀성 상실, 생리, 출산 등을 의미하는 여성의 피도 있고, 성찬 포도주로 기념되는 그리스도의 보혈도 있다. 하지만 정체성을 은유하는 남성의 피는 예컨대 '피의 불화(blood feud)', '피의 조약(blood pact)', '혈맹(blood brother)', '살인죄(blood guilt)', '피의 숙청(blood bath)', '피의 보수(blood money)', '피의 맹세(blood oath)'에서처럼 충돌과 동맹의 의미를 강조한다.(피의 은유를 글자 그대로 받아들인 스무 명의 광신자는 1912년에 아일랜드자치법에 반대하는 얼스터 서약에 서명할 때 잉크 대신 자기 피를 사용했다.) 이렇듯 피를 은유적, 알레고리적으로 들먹인다는 것은 정체성 그 자체가 타고나는 그 무엇, 대물림되는 그 무엇이라고 주장하는 것이나 마찬가지다.

이런 종류의 피의 신화에 유독 동조하는 국가들이 있는데, 그중 가장 눈에 띄는 것이 이스라엘과 독일이다.[7] 아일랜드공화국은 국적 취득 자격을 해외 이민자 2세와 3세로 제한하고 있지만, 독일에는 그런 제한 규정이 없다. 예를 들어, 3세기 전에 러시아에 정착했던 디아스포라 독일인들(ethnic Germans)은 독일이 통일되면서 독일 국적자가 된 반면, 독일로 이민 온 터키인 2세(그리고 독일에서 태어나는 그들의 자손들)는 현행법으로는 영원히 독일 국적자가 될 수 없다. 한편 이스라엘은 유대인의 피를 물려받았다는 것이 유대인의 땅을 물려받을 권리가 된다는 생각을 기반으로 건국된 나라, 훨씬 더 극단적 판본의 시작 신화를 받아들이는 나라다. 예루살렘 함락부터 이스라엘 건국까지 장장 1900년 동안 한 종족의 특이성이 유지될 수 있었다는 사실, 그리고 이후에 거처가 된 곳이 얼마나 좋았건, 그곳이 거처가 된 기간이 얼마나 길었건, 그 모든 이후의 거처를 한시적 망명지로 볼 정도로 본향이라는 없어진 장소로 돌아가고 싶어 할 수 있었다는 사실이 나에게는 줄곧 경이의 원천인 것에 못지않게 경악의 원천이었다. 토박이가 된다는 것은 망각의 과정, 나를 받아들여준 곳을 받아들이는 과정이다.

　　　　피의 이미지를 동원하는 종족국민주의를 가장 열심히 지지한 것은 독일 제3제국의 이데올로그들이었다. 위에서 인용된 릴케의 시는 그런 의미에서 예언적이었다. "하지만 내면의 홍수를 막아낸 자 누가 있었으며, 억누른 자 누가 있었으랴? [……] 그렇게 그는 계곡으로 내려가 옛 피의 강에 몸을 담갔다 / 조상들을 잡아먹은 괴수가 사는 곳이었다."[8] 제3제국 수립의 토대가 된 신화적 독일의 여러 은유들은 같은 피를 가진 한 사람이라는 이미지를 떠올렸다. 한 장소에 사는 사람들이 그 장소에 대해서 느끼는 애착을 설명하면서 피와 흙이라는 이미지를 동원하는 것이 나치의 방식이었다.(그런 점에서는 종족국민주의와 마찬가지였다.) 같은 피를 가진 한 사람이라는 이미지가 정치적 비전이 되었을 때, 유대인들의 전락은 거의 불가피했다. 히틀러는 "수많은 질병의 원인이 유대인 바이러스"라고 하면서 "우리가 건강을 되찾을 방법은 유대인을 제거하는 것뿐"이라고 했다. 이렇듯 모든 독일인이 한 사람의 육체이기라도 하다는 듯 피를 들먹이고 모든 유대인들이 한 종류의 바이러스이기라도 하다는 듯 유대인을 들먹이던 히틀러는 끝내 그런 알레고리가 비유가 아니라 사실이라고 믿게 된 것 같기도 하다. 역사 연구자 마이클 벌리(Michael Burleigh)와 볼프강 비페르만(Wolfgang Wippermann)에 따르면, "히틀러는 독일인 유대인이든 외국인 유대인이든, 부자 유대인이든 가난한 유대인이든, 진보주의자 유대인이든 보수주의자 유대인이든 사회주의자 유대인이든 시

온주의자 유대인이든, 신앙이 있는 유대인이든 없는 유대인이든, 세례를 받은 유대인이든 그렇지 않은 유대인이든 상관하지 않았다. 그에게는 그저 '유대인'이 있을 뿐이었다."[9] 국가는 몸이고 국민은 피라는 은유에는 실은 매력적인 잠재력이 숨겨져 있지만, 히틀러가 본인의 은유를 단 한 번도 신중하게 검토해본 적이 없는 것은 유럽의 신(新)종족국민주의자들, 또는 미국의 백인우월주의자들과 마찬가지였다.

서구 세계는 피가 돈다는 것을 1628년에 윌리엄 하비(William Harvey)의 실험을 통해서 비로소 알게 되었지만, 어쨌든 피의 가장 큰 특징은 돈다는 것이다. 고대에는 세습 지위와 정체성이 피에 저장되어 있다고 보기도 했지만, 글자 그대로의 피는 몸에서 저장고나 금고의 역할을 하기보다는 주간고속도로나 강의 역할, 다시 말해 다양한 물질을 혼합하고 흡수·배출하고 전달하는 역할을 한다. 피 자체가 한 가지 성분으로만 이루어진 순물질이 아니라 적혈구, 백혈구, T세포, 산소, 호르몬, 기타 내부 전달·조절 물질, 노폐물, 영양분, 항체 등등으로 이루어진 혼합물이기도 하다. 건강한 몸속을 흐르는 혈액이 이렇듯 매우 잡다한 혼합물이니, 피의 은유를 쇄신한다면 피의 다양성과 기동성을 이용하는 방향으로 쇄신해야 한다. 피의 은유가 흙의 은유와 묶인다면, 종족 정체성이나 장소 정체성의 토대로는 더더욱 부적당해진다. 근본적 변화가 일어나는 곳이라는 점에서는 흙도 피와 마찬가지다. 생태 역사가 폴 셰퍼드(Paul Shepherd)의 표현을 빌리면, 흙은 "광물 공동체와 생물 공동체를 매개하는 피부"[10]이다. 몸속에서 피가 돌아다니면서 다양한 물질을 체내로 흡수하고 체외로 배출하듯, 흙에서는 벌레들과 미생물들이 돌아다니면서 흙에 공기가 통하게 만들기도 하고 생명이 소진된 것들(동식물의 시체, 배설물, 부패한 오물)을 신선한 흙으로 바꾸어놓는다. 흙이 신선해지면 생명의 순환이 다시 시작된다. 흙은 부패와 재생의 축제요, 몸을 가진 모든 것의 알파이자 오메가다.

히틀러는 한편으로는 피와 흙의 생명력을 은유하고자 했지만, 다른 한편으로는 피와 흙 같은 것과는 어울리지 않는 항구성을 은유하고자 했다. 항구성을 은유하는 데는 피와 흙보다는 뼈와 돌이 더 적합했겠지만, 뼈와 돌이 은유하는 항구성이 죽음의 항구성인 것도 사실이다. 어쨌든 육체는 국가의 은유로는 적합하지 않다. 일단 국경은 투과성의 측면에서 피부와 비교가 안 된다. 국경에 대해서 지형적 차원의 합당한 이유를 내놓을 수 있는 나라는 대개 섬나라뿐이다. 국민주의는 피부를 강화해 체외의 물질을 차단할 수 있다고 상상하는 판타지인 면이 있고, 보수주의자들은 육체의 성적 순수성과 국민의 혈통적 순수성을 같은 차원에서 들먹이면서 **이질**(alien), **외래**(foreign), **오염**(contaminant) 등의 단어를 양쪽에 똑같이 갖다 붙이는 경향이 있다.(와일드, 케이스먼트 등등이 맞닥뜨렸던 지독한 동성애 혐오는 남성의 육체가 투과성의 측면에서 취약하다는 불안에서 기인하는 현상이었을 테고, 둘 다 아일랜드인이었으니 영국 문화라는 줄기 속에서는 이미 바이러스였다.) 한 장소에 사는 사람들에게 피의 은유를 적용하는 것, 그렇게 국민이 곧 한 몸이라는 은유를 사용하는 것이 어느 정도 적절했을 때도 있었지만, 전에 없는 규모의 이주가 행해지고 있는 몇십 년 전부터는 그런 은유가 완전히 부적절해졌다. 아일랜드에서 재개된 대규모 해외 이민에는 종종 출혈이라는 표현이 사용되는데, 이런 은유에도 국경의 투과성에 대한 부정적 시각이 포함되어 있다. 은유를 현대화하자면, 피의 욕망은 도는 것이다. 국민이 한 몸이라는 것도 어느 정도까지는 맞는 말이지만, 국민이 곧 한 몸이라는 은유는 일부러 막다른 길에 봉착하는, 위험하리만치 단순한 그림이다.

　　계통수, 가문의 뿌리 등등의 은유도 몸의 은유와 비슷한 종류의 환상을 심어주는 경향이 있다. 나무는 하나의 줄기가 수많은 뿌리와 가지를 아우르는 형태 덕분에 다양한 상황의 은유로 사용될 수 있다. 예컨대, 역사가 데이비드 로디거는 백인성(whiteness)과 인종차별주의(racism)에 대한 글에서도 나무의 은유를 문제시한다. "기존에 있었던 솔깃한 마르크스주의적 이미지들을 동원하는 논의에 따르면, 인종차별주의가 계급 관계에 뿌리박은 나무의 큰 가지일 때, 우리는 가지가 뿌리와 다르다는 점을 항상 기억해야 하며, [……] 때로는 가지를 움켜잡는 것이 뿌리를 흔드는 최선의 방법일 수 있음도 기억해야 한다. [……] 이렇듯 계급을 인종보다 우위에 두는 논의의 문제점을 설명하는 데는 나무의 은유와는 다른 것이 필요하다."[11] 다수의 조상들, 또는 다수의 자손들을 아우르는 데는 계통수라는 나무의 이미지가 유용하지만, 계통수를 그릴 때도 망각이 기억 못지않게 중요하다. 단 한 사람의 후손으로 종결되는 계통수가 없는 것은 아니라고 해도 수 세대의 조상에게 다른 후손이 하나도 없는 경우는 거의 없고, 한 가문이 단 한 사람의 시조에서 시작되는 경우는 전혀 없다. 대부분의 계통수는 깔끔한 나무의 형태를 하고 있지만, 수백 년 정도를 오르내리는 계통수의 정확한 형태란 한 그루의 나무보다는 얽힌 가지들로 이루어진 숲에 가깝다. 예컨대 내 외삼촌이 아일랜드 조상들을 찾기 위해 계통수를 그릴 때도 여러 그루의 나무들을, 아니 작은 숲 하나를 그려야 했다. 그렇게 하고도 미지의 영역을 여러 세대 위로 밀어 올렸을 뿐 아예 없앤 것은 아니었다. 은유를 글자 그대로 받아들일 때 새로운 가능성이 열리기도 한다.("나무에게 달려 있는 것이 뿌리"이고 "유대인에게 달려 있는 것은 두 다리"라는 표현을 사이먼 샤머(Simon Schama)는 기억하고 있다. 그 표현을 쓴 사람은 스스로를 "유대교 신자가 아닌 유대인"이라고 지칭하는 유대계 영국인 역사학자였다.[12]), 날개가 없는 나무에게도 뿌리는 있다. 그 뿌리를 따라 아예 진정한 시작점으로까지 돌아가보는 것, 서로 다른 종족들이 아직 출현하지 않은 시점, 인류의 조상이 출현한 시점으로 거슬러 올라가보는 것도 가능하다.(에덴동산에서 출현했다는 신화적 조상일 수도 있고, 아프리카에서 출현했다는 생물학적 조상일 수도 있다.) 아니면 내 자아의 시작점을 임의로 선택해 그곳에서 내 자아를 찾아보는 것도 가능하고, 그 시작점 너머로까지 거슬러 올라가 내 자아를 잃어보는 것도 가능하다.(증조할머니를 선택하는 사람도 있고, 조상이 살았던 집을 선택하는 사람도 있고, 아일랜드 모허 절벽을 선택하는 사람도 있다.)

　　　　망각이 기억 못지않게 중요한 것은 아일랜드인의 정
체성에서도 마찬가지다. 아일랜드인이라는 정체성을 가지려면
켈트족이 항상 아일랜드인이었던 것도 아니고 아일랜드인이 항
상 켈트족이었던 것도 아니라는 사실을 망각해야 하고, 옛날에
는 목축 부족이었던, 그리고 그 후에 몇 번이나 크게 변해온 아
일랜드인들에게 지금의 보수적이고 완강한 전통은 임의의 선택
일 뿐이었다는 사실을 망각해야 한다. 인간에 대한 과학적 논의
는 피(종족의 실체성)를 부정하면서 피보다 더 유동적이고 피보
다 더 파악하기 힘든 시작점을 제시한다. 동아프리카의 뼈로 거
슬러 올라가는 연구도 있고, 그렇게 인간과 인간이 아닌 것 사
이의 구분이 모호해지는 지점까지 거슬러 올라가는 연구도 있
다. 생물학자들과 함께 거기서 더 거슬러 올라가면, 피라는 체
내의 박동은 태고의 바다에서 원시 생물들에 부딪히는 체외 파
동이 된다.(피와 바닷물은 아직 염분을 공유하고 있다.) 인간의 시작
점을 찾는 인류학자들은 유인원이 아프리카의 초원으로 걸어
나온 시점, 곧 두 발로 똑바로 걷는다는 의미에서의 보행이 시
작된 시점으로 거슬러 올라가기도 한다. 그들이 보행을 인간다
운 인간의 시작점으로 꼽는다는 것이 마음에 든다. 숲을 떠난
인간이 숲에 있던 나무처럼 직립 보행한다. 뿌리를 내리지 못하
고 하늘을 향하는 나무. 인간의 시작점을 찾아 그렇게 점점 더
거슬러 올라가다 보면, 고정된 한 점이 나오는 것이 아니라 어딘
가로 걸어가는 사람이 나온다. 아니, 이쪽으로 또는 저쪽으로

걸어가는 사람들이 나온다. 그렇게 생각하면서 리스둔바르나 쪽으로 걸어가는 6월의 어느 날 아침이었다.

12장 암초 수집

나에게는 방학이었다. 다른 사람들에게는 공휴일이었다. 리스둔바르나 중심가에서 펍이 딸린 호스텔에 배낭을 두고 아일위동굴 쪽으로 걸었다. 동굴에 가고 싶어서였다기보다는 버른을 걷고 싶어서였다.(버른은 골웨이만 남서쪽으로 넓게 펼쳐진 황량한 석회암 지역이고, 버른(Burren, 아일랜드어로는 Boireann)이라는 지명은 바위가 많다는 뜻이다.) 비가 내리는 길을 오래 걸었다. 흉한 조림지가 조성되어 있는 산봉우리를 올랐고(뚫고 들어갈 수 없는 숲이라고 하더라도 숲이기만 하면 관광 휴양지가 아니겠느냐는 가정을 따른 것일까, 피크닉 벤치가 드문드문 놓여 있었다.), 걸음마다 돌이 부서져 내리는 비탈을 지났고(바닥에 바위가 얼마나 많은지, 흙 땅이 아니라 연회색 석회암으로 포장된 땅인데 포장재가 비틀리거나 표면에 구멍이 나거나 포장 전체가 움푹 꺼지는 바람에 곳곳에 작은 웅덩이가 생긴 것 같았다.), 지도에 성녀 브리지다의 무릎 자국이 나 있는 바위로 유명한 블레스트 부시(Blessed Bush)로 통하는 샛길이라고 표시된 곳을 그냥 지나쳤다.(그렇게 희미한 자국이 보일 정도라면, 내가 그때 지나가고 있던 풍경보다 더 밋밋할 듯했다.)

가파른 비탈에 나 있는 지그재그 형태의 도로에서 딴 지명이 아닐까 싶은 '코르크스크루 힐'을 내려온 뒤에는 비교적 쾌적한 풍경을 만났다. 나무들이 돌담을 따라 늘어서 있었고, 땅에는 바위보다 흙이 많았다. 그렇게 들판을 가로질러 시골 호텔로 향했다. 고대의 백마 같은, 굵은 다리와 로마 코와 뻣뻣하고 짧은 갈기를 가진 말이 인사를 하러 다가오기도 했다. 호텔 입구에서 투박한 비옷을 벗었다. 호텔 안은 너덜너덜해진 복제화들, 여러 옛날 전집에서 남겨진 들쭉날쭉한 책들로 장식된, 가난한 남자의 대저택 같았다. 호텔 라운지에서 넓은 소파 자리에 앉아 차를 마셨다. 손님이라고는 나와 테이블 하나를 사이에 둔 자리에 앉아 있는, 옷을 잘 차려입은 영국인 일가족뿐이었는데, 여자 3대는 불행한 인형 같은 표정이었고, 남자 3대는 밑에 깔린 가구 못지않게 표정이 없었다. 다시 호텔 밖으로 나와, 바다 방향을 바라보았다. 바다를 가린 산들이 지형도처럼 보였던 것은 침식된 부분이 등고선처럼 일정해서였다. 바다를 등지고 동굴에 가보니 다른 동굴들과 비슷했고(동굴의 길고 구불구불한 통로에 들어서면 거인의 내장에 들어온 느낌인데, 그러고 보면 동굴은 사실 지구의 내장이다.), 동굴 가이드도 다른 대부분의 가이드와 비슷했지만(기억력은 좋으면서 외운 것을 전하는 재주는 부족한 청년이었다.), 비를 피할 수 있어서 좋았다. 동굴을 나와서 걷다가 장신 거구의 여성과 또 마주쳤다. 나보다 여행을 잘하고 있다는 이야

마음의 발걸음

기, 동굴과 훨씬 더 가까운 도시에 묵은 덕분에 훨씬 덜 걸었고, 둘린에서 묵던 날은 펍에서 멜 깁슨을 닮은 남자를 만났는데 결국 정숙한 유부녀답게 정중히 거절했다는 이야기를 들을 수 있었다. 하지만 그렇게 키메라 사냥의 평행선을 그리면서 그 여자와 계속 마주칠 줄 알았는데, 그 뒤로는 전혀 마주쳐지지 않았다.

다음 날은 더 거세진 비 사이로 계속 걸었다. 킬페노라에서는 지저분한 가게에 들어가 과자 한 봉지와 판초콜릿 한 개를 샀는데, 외지인이나 여자를 좀처럼 볼 수 없는 곳이라서인지, 내가 가게를 나서자 안에 있던 남자는 이마로 지저분한 창문을 짓누르면서 눈을 희번덕거렸다. 혀를 윗니 안으로 공처럼 말아 넣은 것만 보면 뭔가에 집중하고 있거나 깜짝 놀란 것 같기도 했다. 킬페노라의 교회 건물은 반쯤 무너져 있었고, 주변은 다 묘지였다.(명목상으로는 대성당이고, 주교는 명목상 교황이 맡고 있다.) 무너지지 않은 벽 한쪽에 조각된 14세기의 주교는 지금의 운전자들의 손 인사처럼 검지와 중지를 펴는 동작으로 축복을 내리고 있었지만, 손 인사를 나눌 사람은 없었다. 이렇게 비바람이 몰아치는 날의 버른은 버려진 행성 같은 풍경이었다. 이 행성에 거주했던 생명체가 무슨 이유에서인지 모두 사라진 듯, 자동차 한 대 보이지 않았고 새도 거의 보이지 않았다. 가축이 있었던 흔적이 보일 뿐 소 한 마리 보이지 않았다. 눈에 보이는 것은 바람과 빗물에 마모되고 부식된 바위벌판의 광활함뿐이었고, 존재하는 것은 식물, 지질, 기후, 그리고 폐허뿐이었다. 강풍

탓에 거의 수평으로 쏟아지고 있는 빗줄기가 속귀를 간지럽혔다. 석회암의 파인 홈들이 빗물로 채워지고 나니, 넓적한 바위 하나하나가 오래된 퍼즐 조각처럼 성기게 맞추어졌다. 거인의 골절선 같은 긴 홈들을 따라 열석이 세워지기도 했다. 돌담을 따라 띄엄띄엄 늘어서 있는 산사나무들까지 외로워 보였다.

　　　작은 길 몇 개로 이루어진 노하발이라는 곳에서는 죽은 사람들과 함께 11세기 교회의 폐허를 바라보았다. 지붕이 없다는 점과 함께 신경계가 골격을 압박하듯 담쟁이덩굴이 돌벽을 압박하고 있다는 점은 이 교회도 마찬가지였다. 교회 건물의 남은 돌벽은 공동묘지로 둘러싸여 있었고, 공동묘지는 다시 돌담으로 둘러싸여 있었다. 비에 젖는 쐐기풀 사이에 세워진 묘비들을 보면, 더 이상 읽히지 않게 된 과거의 것이 있는가 하면 (비석의 글자가 닳아 없어지니 비석이 아니라 그냥 바위였다.) 하모의 플라스틱 조화로 장식된 현재의 것도 있었다. 빗속에서 한참 걸은 끝에 겨우 풀나브론 고인돌에 도착했다. 도로에는 자동차 두어 대가 세워져 있었고, 몇몇 형체들이 출입금지 표지판을 무시하고 고인돌 주변을 돌아다니고 있었다. 풀나브론 고인돌은 거대한 상판이 가로로 쳐들려 있으며, 수직 기둥 몇 개가 상판을 받치고 있는 형태였고, 바닥에는 부정형의 바위들이 구조물을 받치듯이 흩어져 있었다. 4500년 동안 중력에 저항하기 위해서인지 균형을 찬양하기 위해서인지 상판을 지붕처럼 떠받쳐온 수직 기둥들. 지평선을 흉내 내는 대신 지평선 너머로 날아오르듯 살짝 경사진 지붕. 발밑에 도사리고 있는 계곡, 바위산, 열석, 구덩이를 피해 고인돌 쪽으로 조심스럽게 걸음을 옮겨놓고 있었는데, 다른 방향에서 고인돌 쪽으로 걸어오는 잉크처럼 푸른 옷을 입은 형체가 보였다. 남자와 나는 동시에 고인돌에 도착했는데, 빗줄기가 점점 거세어지고 있었고, 남자는 친절한 주인이 손님을 부르듯 나에게 안으로 들어가자는 손짓을 해왔다. 남자와 내가 문지방을 넘어 상판 아래 서게 되었을 때, 남자는, 이런 것들은 다 바람이 많이 불고 비가 많이 오는 데 있지요, 라고 말을 꺼내고는, 나는 브르타뉴에서 왔는데 거기는 이런 것들이 많거든요, 라는 말을 덧붙였다.

　　남자는 전혀 거북해하지 않았고, 같은 거석 아래 서서 비를 피하고 있는 두 사람은 필시 같은 취향일 것이니 통상적인 인사말은 생략해도 된다는 듯 곧장 허물없는 태도를 취함으로써 거북하지 않은 분위기를 조성해주었다. 남자는 프랑스어 억양이 섞인 영어로, 브르타뉴 사람들은 푸른 눈의 켈트족이지요, 라고 말을 이었는데, 정작 본인은 짙은 색 눈동자에 흑발이었다. 브르타뉴어는 현존하는 켈트어 중에서 가장 사용자가 많은 언어라고, 스코틀랜드어나 웨일스어나 아일랜드어를 쓰는 사람보다 브르타뉴어를 쓰는 사람이 더 많다고, 본인도 브르타뉴어를 쓴다고 남자는 힘주어 말했다. 내가 랭보의 한 구절을 들려줘본 것은 그래서였는데("내 눈은 갈리아족 조상의 연푸른 눈이지만 [……] 내 머리카락은 버터색이 아니고"[1]), 남자는 못 알아들었다. 내가 영어로 들려주었기 때문일 수도 있었다. 우리는 함께 고인돌 둘레를 돌아보고 함께 차로 걸어 나오면서 돌들에 대해, 켈트족에 대해, 요정들에 대해, 순례에 대해, 오래된 장소들에 대해 이야기했다. 둘 다 오래된 산티아고데콤포스텔라 순례 길을 파리 루트로 걸은 사람들이었지만, 남자 쪽만 끝까지 도보로 완주한 사람이었다. 남자는 멜 깁슨보다 미남이었지만, 이 책은 소설이 아니니, 자동차에서는 남자의 어머니가 기다리고 있었다. 까다로운 인상과 가죽 바지 차림의 콜레트(Colette) 같은 여자였는데, 아들은 아일랜드가 켈트족의 섬이 되기 전에 세워진 기념비적 건축물을 어머니에게도 보여주고 싶어 했지만, 어머니는 비에 젖은 돌덩어리들을 그리 대단하게 여기지 않았다.

버른에는 사람의 거처가 된 적이 없는 장소들, 거의 건드려지지 않은 장소들이 있다. 몇 해 전에 공공사업관리청이 바로 그런 곳에 관광객을 위한 통역 센터를 지으려고 했을 때는 격렬한 개발 반대운동이 일어나기도 했다. 아일랜드에서 일어나는 가장 격렬한 환경운동 중 하나였고, 적어도 일시적으로는 승리를 거둔 환경운동이었다. 낮의 버른에서는, 인간은 희귀한 멸종 위기 동물이며 인간의 역할은 주로 대단히 느리게 변하는 유행에 따라서 돌을 옮겨 무덤이나 돌 요새나 교회나 돌담을 쌓는 것이라고 믿을 수도 있을 것만 같다. 지표가 퇴적되거나 침식되기까지의 수백억 년, 돌 놓기 방식의 유행이 변하기까지의 수천 년, 돌로 된 구조물이 세워지기까지의 수십 년, 구름의 위치가 바뀌고 바람의 방향이 변하고 비가 내리거나 그치기까지의 몇 시간, 시간의 단위는 그 정도가 전부인 듯한 곳이 버른이다. 모든 장소에는 두 가지 면이 있어서 같은 장소가 누군가에게는 이국적 여행지이고 누군가에게는 삶의 터전이다. 이국적 여행지가 매력과 아름다움과 역사의 현장들로 여행자의 마음을 사로잡아야 하는 가벼운 지인 같은 장소라면, 삶의 터전은 일상의 루틴을 따르는 엄마 같은 장소, 기억 하나하나, 생활 하나하나 쌓여서 만들어지는 장소다. 버른은 점점 삶의 터전으로서의 면모를 잃고 아예 이국적 여행지로 변하고 있는 것 같았다.(불륜은 나쁘다느니, 엄마 곁을 떠나지 않는 것이 좋다느니 하는 이야기를 하고 싶은 것은 아니다.) 대기근 이후에 인구가 가장 급감한 곳이 서해안 지역이었고, 내가 가본 여행지를 통틀어서 버른처럼 사람이 없어서 외로워 보이는 곳은 처음이었다.

>>>→

밤의 버른은 좀 달랐다. 내가 묵는 호스텔에는 웨일스에서 온 단체 투숙객이 있었는데, 기운이 넘치는 사람들이었다. 낮에는 자전거, 카약, 등산으로 바쁜 모양이었는데, 즐거운 시간을 보내기 위해서가 아니라 주어진 상황에 맞춰주어야 한다는 완강한 격식 감각 때문인 듯했다. 하지만 밤에는 호스텔에 딸린 펍에서 술을 마시고 노래를 부르면서 시간을 보냈는데, 그때가 더 즐거워보였다. 내가 펍에 간 첫날엔 펍에 고용된 현지 뮤지션들도 있었고, 호스텔 소유인의 어린 세 딸이 내려와 펍 손님들에게 스텝댄스를 선보이기도 했다. 세 자매가 정교하게 만들어진 뻣뻣한 재질의 상의와 짧은 풀스커트 차림으로 춤을 추는 동안, 세 자매가 상을 많이 탔다는 내용의 자료가 회람되었다. 치마가 들쳐 올라가고 두 발이 하늘로 치켜 들리는 와중에도 상체는 뻣뻣하게 고정되어 있어서, 심각한 얼굴은 흡사 상체는 하체가 무슨 일을 하는지를 알지 못한다고 말하는 듯하다. 딱딱하게 굳은 얼굴과 등뼈가 매우 적극적인 두 다리와 대조를 이루는 스텝댄스는 성애 에너지의 의식적 억압과 무의식적 표출에 관한 알레고리가 아닐까 하는 생각을 해보고 있는데, 그 이야기는 다음 기회에.

다음 날은 금요일이었다. 펍 주변을 돌던 영국인 버스커 청년이 슬며시 기타를 들고 펍 안으로 들어오더니 「더티 올드 타운(Dirty Old Town)」을 불렀다. 더블린을 묘사하는 대단히 유명한 노래였고, 구슬프게 단조로운 목소리가 노래와 잘 어울렸다. 가수는 두 번째 곡에도 똑같은 애수를 덮어씌웠다. 세 번째 곡까지 똑같자, 내가 앉은 구석자리를 에워싸고 있던 더블린 청년들은 더 이상 참을 수 없다는 듯 뛰쳐나가더니 밖에 세워둔 자동차에서 기타 두 대를 꺼내들고 돌아왔다. 황금 같은 공휴일에 차를 몰고 달려와서 일단 펍을 찾아 들어온 청년들이었다. 그날 밤을 영국인 청년의 애수로부터 정중히 탈환한 더블린 청년들은 흥겨운 선율의 팝과 록을 불러나갔다. 가사와 코드로 가득한 여러 권의 줄노트 덕분에 노래가 떨어질 염려는 없었고, 노래를 쉴 때도 이야기를 쉬지 않았다. 기네스 생맥주를 인상적인 속도로 목구멍으로 들이붓기도 하고, 수많은 담배가 재떨이 안에서 연기를 피우게 내버려두기도 했다. 어느새 웨일스인들이 끼어들어 노래를 신청해오고 농담에 맞장구쳐왔다. 보란 (bodhrán)이라는 아일랜드 드럼을 연주하는 사람도 있었고 어마어마한 성량의 바리톤 연기를 뽐내는 사람도 있었다. 노래를 쉬는 동안에는 더블린 청년들과 농담을 주고받기도 하는 웨일스인들이었다.

이렇듯 조크, 독설, 찬사, 일화를 총알처럼 발포하면서 농담의 공방을 펼치는 적극적 대화를 가리켜 크랙(아일랜드어로는 craic, 영어로는 crack)이라고 한다. 이런 식의 대화가 별도의 명칭을 얻을 만큼 존중받는다는 사실도 인상적이었지만, 남이 만든 예능물을 소비하는 대신 스스로 만들어 스스로 즐기는 사람들을 만나본 경험은 더욱 인상적이었다. 나는 농담의 공방에 살짝 끼어들었다가 옆자리에서 기타를 휘두르고 있는 더블린 청년과 로큰롤에 대한 이야기를 시작했다. 젊은 세대 사람을 처음 만나 인사를 나눌 때 음악이 유용해지고 있던 것은 젊은 세대의 부모 세대 사람을 처음 만나 인사를 나눌 때 날씨가 유용해지고 있던 것과 마찬가지였다. U2의 열성팬이라는 이 청년은 비행기를 타고 뉴욕까지 가서 보고 온 U2 콘서트에 대한 이야기를 늘어놓았다. U2는 미국에 사로잡혀 있는 그룹이고, U2의 노래에는 아일랜드의 '피의 일요일'을 기리는 경향에 못지않게 마틴 루서 킹과 '7월 4일'을 기리는 경향이 있다. U2의 음악 자체가 미국을 기리는 로큰롤이다. 여행 후반에는 더블린에 일주일에 한 번 문을 여는 작은 로커빌리 클럽이 있다고 해서 가보았는데, 미국 대중문화를 숭배하는 신흥종교 청년단체 같은 곳이었다. 미국 대중음악에 접근하는 유럽인들에게는 해당 장르를 숭배하는 듯한 독특한 태도가 있다. 한 곡의 음악이 마치 명나라 도자기처럼 그렇게 신비롭게, 색다르게 완벽한 작품이라는 식이다. 프랑스인들의 재즈 숭배는 이미 유명한 이야기이고, 1950년대에 나온 크게 히트하지 못한 컨트리와 로커빌리 중 상당수가 독일 레이블과 영국 레이블로 학술적인 음반 해설지와 함께 재발매되고 있다. 이렇게 수용된 음악은 트웽(twang)과 하트에이크(heartache)와 라임 스킴(rhyme scheme, 각운 맞추기)으로 축약되는 판타지 세계, 완벽한 예술 형식을 낳은 완벽한 세계로서의 미국을 불러내고 있고, 오스트레일리아의 닉 케이브(Nick Cave)나 아일랜드의 U2 같은 아티스트들은 익숙한 것들의 시시함이라는 짐을 벗어던진 야생마와 지명수배자로 가득한 판타지화된 미국을 끝도 없이 불러내고 있다. 컨트리는 원래 미국에서 가난한 남부 백인들이 농토를 잃고 이주민이 되는 과정에서 생긴 음악인데, 지금 아일랜드에서 컨트리는 로큰롤을 몰아내고 가장 큰 인기를 누리는 장르가 되었다. 내가 아일랜드를 여행하던 때는 그야말로 법인 카우보이(corporate Cowboy)°이자 아일랜드의 최고 대중음악 스타인 가스 브룩스(Garth Brooks)의 얼굴이 선불 전화카드에까지 그려져 있었다.

하지만 더블린 뒷골목의 그 어두운 바에서 일주일에 한 번 모인다는 로커빌리 팬들은 사람들이 잘 모르는, 드루이드

○   돈밖에 모르는 사람을 뜻하는 관용 표현.

마음의 발걸음

교와 비슷한 비밀 종교의 신도들 같았고, 그들이 알고 있는 노래들과 그들이 마스터한 스텝들은 통과의례, 아니면 다른 시공간을 불러내는 주문 같았다. 그곳에서 나는 옷도 어울리지 않고 지터버그도 출 줄 모르는 사람이었지만, 그들은 나한테 더할 나위 없이 우호적이었다. 로커빌리 팬 한 명과 50년대 컨트리 음악 중에 무슨 곡을 좋아하느냐에 대한 이야기가 나왔는데, 내 입에서 조니 호튼(Johnny Horton)이라는 가수와 「홍키 통크 하드우드 플로어(Honky Tonk Hardwood Floor)」라는 곡목이 나오자 상대는 마치 스탠리가 리빙스턴을 만났을 때처럼 내 손을 잡고 열렬히 흔들었다.° 어쨌든 그곳에서 나는 기름 부으심을 받은 사람이었다. 그곳의 한 DJ가 자정이 넘은 어두운 길거리를 한참 바래다주다가 지나가는 말로, 아일랜드인은 80퍼센트 취한 상태, 20퍼센트 우울한 상태거든요, 라고 했다. 그렇게 말하는 본인은 누가 봐도 80퍼센트 상태였고, 오코널 스트리트에서 나와 헤어지면서 "신의 축복이 있기를."이라는 말을 건넬 때는 본인의 힙함마저 좀 잃었다.

내가 U2의 첫 미국 순회공연 관객이었다는 사실은 리스둔바르나에서 크게 도움이 되었다. 내가 U2의 앨범 「조슈아 트리(The Joshua Tree)」에 이름을 빌려준 캘리포니아 남부의 사막 국립공원에 가본 적이 있다는 사실조차 리스둔바르나에

°   헨리 모턴 스탠리(Henry Morton Stanley)와 데이비드 리빙스턴(David Livingstone)은 19세기 아프리카를 탐험했던 영국인이다.

서는 도움이 되었다. 밤이 깊어지면서 노래하던 사람들이 거의 이야기로 돌아섰을 무렵, 어딘가 레프러콘°을 연상시키는 텁수룩하고 지저분하고 정정한 노인 하나가 더러운 손으로 바이올린 케이스를 움켜쥔 채 펍을 찾아들어왔다. 노인의 현란한 연주는 재즈풍의 실험적인 전주로 시작해 전통적인 발라드 곡 아니면 지그 곡으로 끝났다. 긴 수염과 너무 강한 아일랜드 영어 탓에 노인의 웅얼거림에서 독일어 억양을 알아채기까지 한참이 걸렸다. 한 현지 노인이 떨리는 소리로 미국 컨트리 발라드 곡들을 부르고 그 엄청난 노래에 웨일스인의 드럼과 독일인인의 바이올린이 반주로 합세한 것은 마지막 음료 주문 시간이 지났을 때였다.(아일랜드의 펍에서 주류를 제공할 수 있는 시간은 여름에는 밤 11시 30분, 나머지 계절에는 밤 11시까지다.) 노인의 노래는 끝났고, 나는 남은 위스키를 털어 넣고 잘 곳을 찾아 올라갔다. 그동안 더블린 청년들은 계단 밑에서 나를 올려다보면서 레드 제플린(Led Zeppelin)의 「스테어웨이 투 헤븐(Stairway to Heaven)」을 아이러니컬한 세레나데로 고쳐 부르고 있었다.

다음 날 밤, 골웨이에서 기타를 들고 펍을 찾아들어온 사람은 젊은 여자였다. 기타와 함께 들고 온 것은 가사와 코드를 적은 줄노트, 그리고 어머니가 만들어주었다는 소다빵 한 덩어리였다. 그리 멀지 않은 작은 도시에 사는데 지난주에 약혼

○ 아일랜드 설화 속 턱수염을 기르고 초록색 모자와 옷을 입은 남자 모습의 작은 요정.

자랑 헤어졌고 지금은 주말여행 중이라면서 작고 고운 목소리로 「테이크 미 홈, 컨트리 로즈(Take Me Home, Country Roads)」와 「워킹 애프터 미드나잇(Walkin' After Midnight)」을 불렀다. 골웨이까지는 버른에 부족한 버스 편을 보완할 수 있는 셔틀 밴 사업을 시작해보려고 하는 남자와 함께 차로 이동했다. 실질적 업무는 리스둔바르나에서 나를 태우기, 골웨이만의 해안선을 따라 북쪽으로 15여 킬로미터 올라간 곳에 있는 유스호스텔에 들러 오전의 다과를 즐기고 젊은 여자 두 명과 주변을 거닐기, 두 여자 손님을 어딘가에 내려주기, 나를 드라이브시켜주는 김에 학교에서 자기 아이들을 픽업하기, 그러면서 내내 지역 문제들에 대한 뛰어난 논평을 내놓기였다. 효율성은 불친절한 미덕인데, 내가 아일랜드에서 만난 사람 중에 그런 미덕으로 고통받는 사람은 아무도 없었던 것 같다.

골웨이까지의 첫 구간에서 우리의 관심사는 돌담이었다. 남자는 운전을 하면서 돌담에 대한 논평을 이어나갔다. 돌담의 가장 큰 쓸모는 돌을 없애는 가장 쉬운 방법이라는 데 있다는 이야기, 돌이 많은 곳일수록 돌담의 두께도 두꺼워진다는 이야기도 들을 수 있었다. 그런 사정으로 돌담의 두께가 3미터나 되는 곳들도 있다고 하고, 너무 커서 담으로 쌓이지 못한 돌덩어리들이 땅의 거의 4분의 1을 차지하고 있는 풍경을 직접 보기도 했다. 코크의 낮은 돌담을 보니 녹색의 식물이 돌을 거의 뒤덮고 있더라는 이야기, 돌담이 가지런하고 튼튼한 지역을 보면 넓적한 돌이 많이 나더라는 이야기, 넓적한 돌들을 수

평으로 차곡차곡 눕힌 뒤에 수직으로 촘촘히 세우면 책이 꽂혀 있는 책장 같아서 특히 마음에 든다는 이야기, 돌담이 촘촘하지 못한 것은 그 지역에 나는 돌의 모양이 일정하지 않아서인데 그렇게 레이스처럼 성긴 돌담에는 햇빛과 바람을 통과시킬 수 있는 구멍이 많다는 이야기를 들려줘보기도 했다. 돌담에 대한 심미안을 키우기 시작한 사람으로서의 이야기였다. 운전하는 남자는 수많은 돌담이 대기근 때의 작품이라는 점, 그때 사람들이 돌담을 쌓은 것은 공짜로 줘 버릇하면 안 된다는 영국인들의 걱정 때문이라는 점, 쓸모 있으라고 쌓은 돌담이 아니었다는 점을 지적하면서 버른의 바위 많은 산비탈을 직선으로 타고 올라가는 긴 돌담을 가리켰다. 덩치 큰 동물들이 지나다닐 수도 없게 마구잡이로 쌓여 있는 구간이나 염소나 양을 가둬둘 수도 없을 만큼 낮은 구간도 곳곳에 있었다. 굶어 죽어가는 사람들이 쌓은 쓸데없는 돌담들이었다. 돌담 아트가 있다는 것은 강제노역이 있었다는 증거라고 남자는 말했다.

　　골웨이에서는 수많은 역사적 증거들 사이를 헤매기도 하고 수많은 뮤직 클럽들 사이를 헤매기도 했다. 한 역사의 수많은 증거들이 아니라 수많은 역사들 저마다의 증거였다. 현대적 대성당 건물이 강줄기 사이에 섬처럼 서 있었고, 건물 주변에는 미사를 마치고 걸어 나오는 가톨릭 신도들과 레이스 옷을 입고 거니는 신부들이 있었다. 해안도시이자 강변도시인 골웨이의 무수한 물가들 중 한 곳에 서 있는 어느 돌기둥에는 크리스토퍼 콜럼버스가 골웨이에 머물렀던 일을 기념하는 명판이 붙어 있었다.

> 이 바닷가에서
> 1477년에
> 크리스토퍼 콜럼버스는
> 대서양 건너편에 땅이 있다는
> 확실한 흔적을 발견했다

구세계가 신세계에서 초기에 벌인 여러 사업들에 그리 열광하지 않은 누군가의 다소 반(反)식민주의적인 낙서가 명판에 오점을 남기고 있었다. 어느 좁은 샛길에는 노라 바너클 조이스(Nora Barnacle Joyce)가 어렸을 때 살던 집이 관광객들에게 열려 있었다. 안에 들어가 보니 노라 바너클의 남편 조이스가 쓴 편지 한 장이 액자에 걸려 있었다.

> 26. VIII. 09

> 나의 사랑하는 가출소녀 노라에게
> 나 지금 이 편지 당신 어머니 집 부엌 식탁에서 쓰고 있어요!!! 당신 어머니가 「어흐림의 미혼모(The Lass of Aughrim)」를 불러주셨는데[「죽은 사람들(The Dead)」에서 연정을 품은 채 죽어간 인물이 생전에 즐겨 부르던 노래다.] 사랑의 증표가 오가는 마지막 소절은 안 부르시려고

하네요. 골웨이에서 하룻밤 묵어야겠어요.

나의 사랑하는 노라, 산다는 게 참 이상하지요!

내가 여기 와 있다니! 좀 전에는 당신이 할머니랑 살던
어거스틴 스트리트 집 앞을 지나쳤는데, 내일 아침에는
집을 살 사람인 척하고 안에 들어가서 당신이 잤던
방을 볼래요.

지금은 거대한 관광산업으로 자리 잡은 그녀의 남편
조이스가 한때는 일개 관광객이었다는 것도 반가웠다. 역사를
이해하거나 한 사람을 이해하려면 역사의 현장에 찾아가보거
나 그 사람이 살던 곳에 찾아가보는 것이 좋다는 생각이 조이
스에게도 있었던 것 같다. 노라 바너클의 가족이 살던 집은 밖
에서 보았을 때는 조금 큰 상자들 사이에 끼어 있는 작은 상자
같았는데, 들어가보니 아래층에 작은 방이 하나 있고, 위층에
방이 또 하나 있고, 수도도 없고, 가스도 없고, 요리용으로도
쓰는 벽난로가 하나 있을 뿐이었다. 노라의 부모와 노라를 포함
한 7남매가 이 집에 살았고 그중 여러 아이들이 이 집에서 어른
이 되었다.(노라는 할머니에게 맡겨지기도 하고 수녀원에 맡겨지기도 했
다.) 노라의 모친 애니 바너클은 1940년에 84세로 세상을 떠나
기까지 이 집에 살았다. 몰래 한숨 한 번 쉬는 것도 불가능할 만
큼 좁은 집에 살았으니, 의식주를 공유해야 했던 것은 물론이고
정신적 삶까지 공유해야 했겠구나 싶다.(아일랜드가 나에게 조상의
나라라는 느낌을 준 때가 한 번이라도 있었나 생각해보면, 우리 집 족보에

나오는 사람들은 거의 다 대대로 가난한 사람들이었겠고 초기 아일랜드 사진이 포착한 가난, 세간살이 없는 오두막집에 살면서 누더기를 입고 맨발로 다니는 사람들의 가난은 바로 우리 집 족보에 나오는 사람들의 가난이었겠다는 생각이 떠오를 때뿐이었다. 지나간 시대에 관한 공상에 빠지는 사람들은 자기가 귀족이었던 줄 알지만 우리 조상은 거의 농민이었다, 무슨 요술을 부려 과거로 돌아가봤자 농민이라도 되면 다행이라고 하던 엄마의 훈계가 기억난다.)

입장료를 받은 여자는 이 집의 역사를 암송해주었다. 누가 살던 곳에 가면 정말 거기 살던 사람의 존재가 느껴질까 하는 내 질문에, 여자는 이 집은 편지 쓰기에도 아주 좋다는 말과 조이스의 손자인 스티븐 조이스(Stephen Joyce)도 이 집에 몇 번 찾아왔고 이렇게 해놓은 것을 괜찮아했다는 말을 덧붙였다. 고운 목소리와 평범한 외모의 50대 여자는 말을 이어나가면서 점점 탄력을 받은 듯, 반복과 서정, 혼돈과 열광이 넘치는 독백에 빠져들었다. 조이스 본인이 와서 들었다면 분명 기뻐했을 너무나 멋진 독백이었는데, 그중에서 이런 문장들이 아직 기억에 남는다. 우리가 시간의 끝에 닿는다면, 모든 게 다 이어져 있음을 알게 될 거예요. 모든 걸 다 이어주는 끈을 보게 될 거예요. 더 멀리, 더 멀리, 더 멀리 되돌아간다면, 계통수 같은 것을 조금만 되돌아보아도, 모든 게 다 이어져 있잖아요.

13장 새와 나무 사이의 전쟁

내가 가는 곳이 수녀원이라는 것을 나는 그곳에 가는 도중에 알게 되었다. 방문의 계기는 킬라니 컨퍼런스에서 숲의 중요성에 대한 발표에 이어진 토론 때 캐슬린을 만난 일이었다. 발표자에게 자기 지역에 있는 숲에서 무슨 일이 벌어지고 있는지를 설명하던 캐슬린은 발표자가 관심을 보이지 않는 반면에 내가 관심을 보이자 나를 데리고 나와 설명을 이어나갔던 것이고, 내가 작가(프로페셔널 증인)라는 것을 알게 되자 그렇다면 자기 지역에 와서 직접 보라고 나를 초대한 것이다. 캐슬린은 나를 초대하면서 자기 커뮤니티에 묵으면 된다고 했는데, 그 커뮤니티라는 곳이 캐슬린이 설명해준 그 지역 환경운동의 허브인 듯했다. 캐슬린은 자기 지역에 닥친 환경 위기 앞에서 절박감을 느끼는 사람이면서 환경운동의 전문용어를 유창하게 구사하는 사람이었다. 킬라니에서는 흰색 러닝화, 청바지, 파스텔톤 스웨트셔츠 차림이었다. 밤색 머리카락, 호감이 가는 얼굴, 섬세하면서도 강인한 젊은이의 인상을 가진 30대 후반 여성이었다.

　　　내가 사는 곳에서 환경문제에 관심이 있는 커뮤니티라고 하면 흔히 급진주의 청년들의 공동생활 공간을 뜻한다. 하지만 내가 전화를 걸자 캐슬린은 필리스 자매님과 아그네스 자매님이 지금 '골웨이 시내'에 나가 있으니까 두 분과 함께 포터마로 들어오라고 했다. 내가 얼마나 먼 곳에 와 있는지를, 그리고 이제 곧 더 먼 곳으로, 무려 수녀원으로 가게 되리라는 것을 나는 그때 비로소 알게 된 것이다. 셔넌강은 골웨이 카운티와 오펄리 카운티 사이에서 강폭이 넓어지면서 더그호(Lough Derg)가 되는데, 포터마는 더그호의 좌안이다. 포터마가 다른 나라에 있었다면 조용한 도시, 자그마한 도시라고 했겠지만, 아일랜드의 기준으로는 평균 정도 될 듯싶은 도시, 도심 상가가 있고 학교들과 교회들이 있고 수도원과 성이 있던 유적지가 국립 문화유산으로 복원되고 있는 도시였다. 내가 묵을 곳은 100명까지는 수용할 수 있을 법한, 돌로 지은 멋진 학교 건물이었다. 한때 포터마 자비의 자매회(Portumna Sisters of Mercy)는 젊은 여성들을 대상으로 농가 주부에게 필요한 살림의 기술을 가르치는 기숙학교를 운영했는데, 농가에 그런 종류의 기술이 필요했던 시대가 지나면서 지금은 네 수녀님이 건물 한쪽에서 지내면서 평생교육 프로그램을 운영하고 있었다. 노린 자매님을 뺀 세 수녀님은 샌프란시스코에서 지낸 적이 있었고(아일랜드에서는 베이에어리어에서 지내보지 않은 사람이 거의 없는 것 같았다.), 두 수녀님은 그곳에서도 학생들을 가르치는 일을 한 적이 있었다. 수녀님들은 나를 환영한다는 뜻으로 동네 주민에게 받아놓은 엘더베리 와인을 개봉하기도 했고 한때 학생 침실이었던 칸막이 방의 안 쓰는 침대에 더운 물이 담긴 물병들을 넣어주기도 했다. 그들의 신앙과 내 신앙 사이의 어마어마한 차이는 전혀 화제가 되지 않았다. 성도덕을 화제로 삼지 않는다는 것은 하나도 어려운 일이 아니었다.

한때 저학년 교사였던 캐슬린은 교구에서 주는 환경보호 활동 지원금을 받고 있었는데, 그 이면에 꽤 훌륭한 전통이 있었다. 중세 전기의 아일랜드 수도사들은 자연시를 통해 새, 열매, 나무, 늑대가 있는 풍경을 기쁘게 노래했는데, 그런 면에서는 이승에 거부적 태도를 취하는 유럽의 비교적 익숙한 유형의 수도사보다는 그림을 그리고 시를 쓰는 일본 선승들과 비슷했다. 아일랜드 성자들을 개괄하는 한 오래된 책의 표현을 빌리면, 성 콜룸바는 드르(Doire, 오늘날의 데리(Derry) 또는 런던데리(Londonderry))의 한 숲에 살면서 "그에게 닥칠 수 있는 가장 끔찍한 일은 그 오크나무가 베어지는 것이었음을 알려주는" 찬송가를 썼다. '죽음과 지옥이 두려운 마음이 나에게 있으나, 드르에서 들려오는 도끼 소리가 더 두려운 것을 나 숨기지 않으리.'라는 내용이다. 글렌달로그의 성 케빈에 대한 이야기도 있다. 어느 날 그가 두 팔을 뻗어 올리고 기도하고 있을 때 검은 지빠귀가 그의 손 위에 알을 낳았는데, 그는 성자다운 강인함으로 알이 부화될 때까지 팔을 쳐들고 있었다는 이야기다. 교회는 역사를 통틀어 자연/본성 혐오(nature-hating)의 단일 암체였다는 식의 논의가 많지만(서구의 이원론적 사고방식을 환경 재난의 원흉으로 꼽는 글이 쏟아져 나오고 있는데, 그 시작이 린 화이트(Lynn White)의 유명한 에세이 「이 시대 환경 위기의 역사적 뿌리(The Historical Roots of Our Ecological Crisis)」[1]이다.), 성 프란체스코가 유럽 대륙에서 이 훌륭한 소수파 전통을 이어나간 가장 유명한 성자라고 하면, 이 전통이 지금까지 이어져 내려왔다고 해도 그리 이상할 것은 없다. 나는 교회라면 덮어놓고 싫어하는 사람이었다가 미국 주교들의 핵전쟁 규탄, 해방신학, 프란체스코회의 영웅적 반핵 활동 같은 것들을 보면서 서서히 생각을 바꾸게 된 경우였다. 그런 내게 캐슬린은 이제 '교회의 녹색화(Greening of the Church)'[2]에 대한 논의, 기독교 도그마와 환경보호 도그마를 화해시키는 논의도 많아졌다고 했다. 아일랜드에는 환경파괴에 민감하게 반응하는 유구한 기독교 전통이 있다는 주장도 있을 수 있고, 환경파괴에 민감하게 반응하는 움직임이 전통의 자리를 확보하기 위해 역사를 다시 쓰고 있다는 주장도 있을 수 있다. 하지만 수녀가 청바지를 입고 환경운동을 하는 것이 유구한 전통을 잇는 모습이든 전례가 없는 모습이든 내가 그런 수녀에게 초대받았다는 것은 변하지 않는 사실이었다.

캐슬린은 자기 주변에서 발생하는 모든 감지되기 힘든 와해 현상들에 마음을 쓰는 사람이었다. 남유럽인들이 와서 명금을 수십 마리씩 잡아 죽이는 것, 독일인들이 얼마나 별장을 열심히 사들이는지 섀넌 강변에는 독일인 중심의 마을들이 생길 정도라는 것, 주변에서 농장들이 축소되고 삼림지가 훼손

되고 호수가 오염되는 것이 캐슬린에게는 모두 안타까운 일들이었다. 아침에 차를 마시는 동안에도, 저녁에 차를 마시는 동안에도, 삼림지에서도, 골웨이 카운티 동부의 저지대가 내려다보이는 전망 좋은 곳에서도, 학교로 가는 자동차 안에서도(학교에서는 노인 학생들이 나를 위해 게일어로 된 노래를 불러주기도 하고 월드컵에서 누구 편이냐고 물어오기도 했다.), 지역 하천으로 오물을 흘려보내는 쓰레기하치장을 지나는 자동차 안에서도(근처에서는 트래블러의 얼룩무늬 역마들이 풀을 뜯어먹고 있었다.), 캐슬린은 계속 안타까워했다. 하지만 안타까워하기만 하는 것이 아니라, 환경운동의 비전들과 적극적 해법들을 절실하게, 열렬하게 추구했다. 그럼에도 캐슬린은 자기가 살아온 세상이 전부 파괴되는 중이라고 생각했고, 그것이 틀린 생각은 아닌 듯했다. 캐슬린 주변에는 캐슬린과 마찬가지로 자기가 사는 세상이 자기 발밑에서 사라지는 것을 지켜보고 있는 지역 주민들이 있었고, 캐슬린은 내가 그런 사람들을 만나보게 해주었다.

어느 쌀쌀한 날 오후에는 아일랜드 서부 지역 농업인 단체를 조직할 때 힘을 보탰다는 핀탄 멀둔이라는 준수한 외모의 나이 든 농부가 트위드 캡과 트위드 코트 차림으로 들렀다. 캐슬린 자매님은 내가 아일랜드 농업에 대해서 좀 더 많은 것을 배울 수 있도록 위층 응접실에 토탄불과 찻쟁반을 마련해놓고 멀둔과 나를 앉혀놓았다. 멀둔과 내가 서로의 억양을 못 알아들을 때가 많았으니 아주 이상적인 교육 환경은 아니었지만, 우리의 수업은 그럭저럭 이어져나갔다. 서부 지역 평균 농지 면적은 16헥타르 미만인데 그중에는 질퍽거리거나 돌이 많이 섞여 있거나 가파른 농지도 있어서 농기업 형태로 운영되기에는 너무 소규모였다. 유럽경제공동체(European Economic Community)는 보조금과 할당량에 의지하는 인위적 농업경제를 만들어냈고, 그렇게 경제가 대규모 농업인에게 유리하게 일그러져 있는데도 아일랜드농업인협회(Irish Farmer's Association)는 소규모 농업인을 위해 아무것도 하지 않고 있는 상태였다. 1930년대는 경제적 이유로 결혼을 못하는 남자들이 많을 때였고, 젊은 여자들은 할 수만 있으면 해외로 이민을 떠났다. 20~30년 전부터는 조카가 농지를 물려받는 것이 흔한 일이 되었지만, 농업인들의 생활 수준이 높아지지 않다 보니 이제는 조카도 농장을 물려받지 않으려고 하는 지경이 되었다. 그러니 소규모 농지, 소규모 농업인은 멸종 직전이고, 아일랜드 농촌에는 젊은 여자들이 여전히 드물다.

멀둔을 비롯한 농업인 활동가들은 클론페트 주교를 찾아가보기도 하고 나중에는 튐(Tuaim) 대주교를 찾아가보기도 했는데, 그때 대주교는 도움을 청하러 온 사람들에게 "저는 녹색 사막의 대주교입니다."라고 했다. 풍경은 아름다울지 몰라도 인구는 걱정될 정도로 줄고 있는 곳이 아일랜드 서부라는 의미였다. 농업인들은 자기네 농지가 별장이 되거나 대기근 시대의 버려진 오두막 같은 곳이 되는 사태를 막고 싶어 했고, 성직자들은 농촌 교회문화를 필요로 하는 집단이었다. 해외 이민이 신도를 빼간다는 인식이 성직자들에게도 있었고, "해외 이민은 하느님이 하신 일이 아닙니다. 하느님이 원하시는 일이 아닙니다. 사람들이 아일랜드를 떠나 영어권 나라에서, 아니면 요새처럼 유럽의 개발된 나라에서 이주 노동자가 되는 것은 하느님이 원하시는 일이 아닙니다."라는 안내문이 자비의 수녀회(Sisters of Mercy Convent)에도 크게 나붙어 있었다. 코노트의 주교들이 힘을 합해 서부지역개발을위한농촌동맹(Rural Alliance to Develop the West) 소속 농업인들과 공조에 나선 데는 그런 사정이 있었다. 이런 움직임은 변화의 양상에 영향을 미칠 수는 있어도 변화의 방향을 되돌릴 수는 없을 것이다. 아일랜드의 상당 부분이 150여 년에 걸쳐 탈농하는 상황이라고는 해도 아일랜드 문화는 줄곧 농촌문화였는데, 정부는 20세기 말이면 소규모 농업인 4만 명이 농사를 포기하리라고 예상하면서도 그 수치가 아일랜드 같은 나라에서 무엇을 의미하는지에 대해서는 별다른 예상을 내놓지 않고 있다.

캐슬린은 수녀원 안에서 기숙학교 정원이었던 곳을 되살리고 있었다. 여성들이나 실직자들이 유기농법을 배우면 그중에서 유기 농산물로 소득을 올리는 사람이 나오지 않을까 하는 기대에서였다. 농가의 딸이었던 캐슬린은 가족이 여러 가지 채소를 기르고 소와 닭을 치면서 대체로 자급자족 생활을 했던 어린 시절을 기억하고 있었다. 하지만 오늘날 아일랜드에서는 대개의 농지가 육류 시장, 양모 시장, 유제품 시장을 겨냥한 소와 양에 특화되어 있다. 심지어 감자도 유럽 여러 나라에서 수입된다. 캐슬린은 보조금으로 굴러가는 담합 조작 경제에 경악을 표하는 사람이었다. 배가 과잉 생산된 버터를 싣고 바다로 나가 닻을 내리고 그냥 있는 것도, 농업인들이 농사를 짓지 않는 대가로 돈을 받고 있는 것도 캐슬린에게는 다 경악스러운 일이었다. 캐슬린의 부친은 아직 농사를 짓고 있었고, 캐슬린을 따라 들어가본 집 안에는 아직 토탄 벽난로가 있었다.(요리용 전기스토브는 따로 있었다.) 캐슬린의 모친은 나를 벽난로 앞에 앉히고 햄 샌드위치를 먹게 했다. 귀여움을 지닌 분이었고(아일랜드에 사는 사람이라면 모두 귀여운 면모가 있다고 할 수도 있겠고, 최소한 그리 친하지 않은 지인에게는 귀여움으로 승부한다고 할 수도 있겠다.), 아들이 독신인데 아직 본가에 살고 있지만 농장을 물려받지는 않을 것이라면서 나를 며느리로 삼아야겠다는 농담을 던지기도 했다. 코크 카운티에서 클레어 카운티까지의 구간에서 만난 농장 사람들이 하나같이 노인이었다는 사실을 나는 그때서야 깨달았다.

이 지역의 주요 식료품은 유제품, 쇠고기, 양고기를 빼면, 냉동 피자였다. 그린아일 피자 공장에서 배출되는 세정제 성분과 기타 오염 물질이 더그호로 흘러 들어가는 것을 놓고 수녀원 기숙학교 건물의 교실 한 곳에서 공청회가 열린 것은 내가 캐슬린 자매님의 커뮤니티에 와 있을 때였다. 피자 공장을 확장해 일자리를 늘리자는 주민도 있었고, 관광도 고용의 원천이라는 점과 호수가 죽으면 호수의 매력도 없어지리라는 점을 지적하는 주민도 있었다.

숲속에 있는 바니 오라일리의 집 주변에서도 희미한

피자 냄새가 났다. 삼림 공무원으로 일하다가 조기 퇴직한 바니가 포터마 숲과 더그호 여기저기를 안내해주었다. 그렇게 바니를 따라다니는 동안, 10여 명의 삼림 관리자들을 지휘하는 자리에 있었던 바니가 조기 퇴직했던 데는 새로 시행되는 삼림 정책들이 싫었다는 이유도 있었다는 것도 알게 되었고, 삼림 관리가 허술하다는 것과 삼림 관리의 목표가 공익에서 돈벌이로 바뀌었다는 것도 알게 되었다. 바니는 잘못된 정책의 결과를 목격할 증인을 얻게 되었다는 흐뭇함 속에서 길고 수선스러운 독백에 빠졌고, 우리는 끝없는 식물의 학명들을 들으면서 수습들에게 수술을 시킨 탓에 망가진 크고 멋진 나무들과 벌목 뒤에 흉물스러워진 침엽수 단순림들과 하릴없이 무너지고 있는 옛 영지의 돌담들, 그리고 그 밖에 수많은 방치의 흔적들을 목격했다.

바니는 숲을 보호하는 미국에서라면 이런 일은 결코 일어나지 않을 것이라고 단언했다. 깜짝 놀란 내가 매년 전기톱에 절단되는 수십만 헥타르의 원시림에 대해 더듬더듬 이야기를 꺼내보았지만, 바니의 말에 끼어들기는 쉽지 않았다. 바니는 미국을 안전하고 소박한 곳이라고 상상하는 사람이었지만, 변해가는 아일랜드 서부 지역의 미래를 비관적으로 전망하는 사람이기도 했다. 대규모 탈농 행렬이 이어지는 상황이니 그렇게 농업인들이 다 떠나면 소도시들과 상점들도 문을 닫을 것이고, 소도시에 살던 사람들은 대도시로 이주하거나 해외로 이민을 떠날 것이다, 대규모 농기업이 소규모 농지를 모조리 매입할 것이고, 서부 지역에서 점점 많은 땅이 보조금에 의지하는(일자리

창출 면에서 목축지에도 훨씬 못 미치는) 삼림지가 될 것이다, 서부 지역에 다시 숲이 많아지겠지만 그것이 국민주의, 전통성, 농촌 문화가 승리했다는 뜻은 아닐 것이다, 이 지역은 농기업, 국가, 관광산업의 차지가 될 것이다, 이 지역은 전적으로 외지인들을 위해 존재하는 땅이 될 것이다, 라는 전망이었다.

캐슬린 자매님의 열변을 처음 들었을 때는 자연 그대로의 너무나도 아름다운 숲이 파괴되는 것을 막고 있는 사람이라고 생각했는데, 막상 와서 둘러보니 그 숲은 작은 영지의 주인이었던 한 귀족의 조그만 파크랜드 삼림지였다. 지금은 국가 소유로 바뀌었는데, 수종이 다양했고, 관리자들이 있었고, 전체적으로 어수선했다. 내가 깜짝 놀랐던 이유는 숲이 그런 곳으로 변하고 있다는 사실 때문이 아니라 변하기 전의 숲이 그런 곳이었다는 사실 때문이었다. 작은 영지의 파크랜드였던 곳, 두 시간이면 다 둘러볼 수 있을 만한 곳이었다. 외래종인 너도밤나무, 자생종인 오크나무, 캘리포니아에서 온 몬테레이 사이프러스가 각각 따로 모여 작은 숲을 이룬 예쁜 장소들도 있었지만, 숲이라고 생각했던 곳을 돌아다니다가 나무들이 일렬로 자라는 곳, 아니면 나무들이 인근 골프장의 테두리 역할을 하는 곳을 만나기도 했다. 유럽인들은 처음부터 이런 곳에서 살아왔다는 것, 내가 가진 자연의 기준, 문명의 기준은 이런 곳에서는 무의미해진다는 것을 나는 그때 깨달았다. 미국에서 자연 그대로 남아 있는 곳이라고 하면 백인이 들어오기 전의 상태가 보존되어 있는 곳, 또는 인간종이 비주류인 곳을 뜻한다. 역사 이전의

마음의 발걸음

세계를 불완전하게나마 공상이라도 해볼 수 있는 곳들이다. 하지만 캐슬린 자매님이 보호하려고 애쓰고 있는 숲은 역사의 세계였다. 돌담은 오래된 나무들 사이에 새로 끼어든 느낌이 아니라 가장 오래된 나무만큼 오래된 느낌이었다. 관리되는 면도 있고 방치되어 있는 면도 있겠지만, 자연 그대로의 숲이라기보다는 그저 누군가의 정원이었다. 더없이 자연스러워 보이는 세부들도 영지 소유자의 자연 미학을 만족시킨다는 의도의 결과였으니, 숲속의 나무들 자체가 귀족 계급의 취향과 토지 이용 패턴을 보여주는 기념비들이었다. 동물들도 있었지만(다마사슴, 오소리, 뾰족뒤쥐 같은 야생동물들이었다.), 마치 중세 필사본의 테두리를 장식하는 동물과 마찬가지로 사랑스러우면서도 이야기에서는 별로 중요하지 않은 존재였다. 내가 불쑥 끼어들게 된 이야기는 자연 그대로의 상태를 보호하자는 이야기가 아니라 지역사회를 보호하자는 이야기였다.

바니를 따라 섬에 갔던 일은 이야기에서 좀 더 드라마틱한 대목이었다. 선외 모터로 움직이는 작은 배로 잔잔하고 푸른 호수 위를 달려 도착한 곳은 가마우지들이 둥지를 트는 섬이었다. 면적이 도심의 한 블록 정도 될 것 같은 아주 작은 섬이었고, 생긴 모양은 눈물방울 같았다. 섬 전체가 잎이 없는 앙상한 나무들로 채워져 있었고, 땅바닥에 수북하게 쌓여 있는 것은 나뭇잎이 아니라 흰 깃털과 구아노였다. 악취가 어마어마했다. 둥지가 없는 나무가 없었고, 가마우지들은 호수와 새끼들 사이를 오가면서 계속 비명소리를 내고 있었다. 바니는 나무들은 대개 아일랜드 마가목인데 멸종 위기 식물이고, 가마우지도 여기에 많이 살 뿐이지 멸종 위기 동물이다. 예전에는 바닷가에 둥지를 틀고 살았는데 바닷가 서식지가 파괴되기 시작하면서 셰년강까지 날아들어온 것이다. 10년 전에 70쌍이었던 가마우지가 이제 400쌍으로 늘어난 상태다, 라고 설명했다. 멸종 위기의 새와 멸종 위기의 나무 중에 어느 쪽이 더 소중한가. 나에게는 너무 어려운 질문이었지만 바니는 나무 편을 들었다. 새들은 움직일 수 있으니까 살아남을 수 있지만 나무는 그럴 수 없다는 이유에서였다.

>>>→

"여행의 철학을 음미한 사람이 있었나? 음미해볼 만할 텐데. 산다는 것이 움직이는 것, 세계라는 낯선 여행지를 여행하는 것이 아니라면 대체 무엇이겠는가. 움직인다는 것(동물의 특권)은 어쩌면 지성의 열쇠다. 식물의 뿌리(아리스토텔레스에 따르면, 식물의 입)는 식물을 땅에 치명적으로 고정시킨다. 식물은 어쩌다 뿌리가 내려진 장소에 거머리처럼 달라붙어서 그곳으로 흘러오는 양분을 빨아들여야 하는 운명이다."[3] 조지 산타야나(George Santayana)의 말이다. 하지만 한곳에 뿌리를 내리고 사는 일에 대해 그렇게 말할 수만은 없다. 한 장소에 머문다는 것이 그곳과 하나가 되어 그곳이 위험에 처할 때 함께 위험에 처하는 것이라면, 여행자가 되었다는 것은 아무 가진 것 없는 사람이 되어 새로 세우고 새로 배울 자유를 누리고 있다는 것이고(가진 것이 하나도 없는 사람으로서의 나 자신을 나는 그렇게 여행하는 동안 알아보기 시작했다.), 특정 장소에만 존재하는 기억과 풍경 간의 조응 관계에서 벗어나 있다는 것이다. 사건에 대한 기억이 존재하려면 사건이 발생한 장소가 남아 있어야 하고 사건을 같은 프레임으로 바라보는 사람들의 커뮤니티가 있어야 하는 것인지도 모르겠다.

움직인다는 것과 한곳에 머문다는 것이 꼭 반대말은 아니다. 예컨대 정해진 노선을 돌면서 여러 곳을 거점으로 삼는 비정주민들은 정처 없이 앞으로만 움직이는 비정주민들과는 다르다. 변화한다는 것과 움직인다는 것이 꼭 비슷한 말인 것도 아니다. 움직이는 것이 그저 변화를 따라잡거나 앞지르는 것이라면, 움직임의 반대말은 정주가 아니라 정체일 것이다. 나는 새 편을 들겠다고 말하고 싶지만, 내가 새가 될 수 있었던 것은 휴가 때뿐이었다. 평소의 나는 다섯 살 때 살던 지역에서 지금도 살고 있다. 오랫동안 한 지역의 여러 장소들을 지켜보고 있던 나는 그런 장소들이 완전히 바뀌는 상황을 목격할 수 있었던 반면에, 잠시 와서 살다가 떠나갈 사람들의 대부분은 자기가 와 있는 지역의 동네, 시내, 도시, 생태, 경제, 기후가 변하지 않는다고 느끼고 있었다. 풍경을 지나가고 있는 사람은 자기가 풍경보다 빠르게 변하고 있으니 풍경이 변하지 않는다고 느끼지만, 한곳에 머물러 있는 사람은 자기를 둘러싼 모든 것이 변하고 있다고 느낀다. 만약 내가 포터마에 와서 사람들과 이야기를 나눠보지 않은 채로 떠났다면, 과거의 결이 사람들이 감당할 수 없을 만큼 빨리 풀려버리고 있는 곳이라는 사실을 까맣게 모른 채 아무 일도 일어나지 않는 조용하기만 한 곳이라고 생각하고 말았을 것 같다.

돌처럼 단단한 정체성의 토대로 받아들여진다고 하는 조상의 나라가 그때 내 눈앞에서는 무수한 변신의 강이 되어 흘러나가고 있었다. 아일랜드인들에게, 그리고 아일랜드계 미국인들에게도 모종의 단단한 토대로 받아들여지고 있을 아일랜드가 나에게는 그저 단절된 것들과 속도를 높이는 것들의 연속인 듯했다. 아일랜드 그 자체가 식민과 탈식민, 탈출, 도피, 해외 이민, 유출과 유입, 호황과 불황, 개발과 방치, 문화의 변용과 전유를 옮겨 나르는 모종의 흐름인 듯했다. 다음 세대 사람들은 농촌문화를 쓸어내고 농촌문화의 가톨릭 신앙을 새롭게 바꾸고 '유럽공동체'와 세계시장을 흡수하고 해외 이민을 멈추지 않을 것이었고, 그들이 그렇게 넓혀놓은 구멍으로 세계가 쏟아져 들어올 것이었다. 나는 버스를 타고 포터마를 떠나면서 창밖을 내다보았다. 바람 한 점 없는 오후였고, 푸른 풀밭 위의 모든 가축들은 마치 성탄화 속 동물처럼 그 지극한 고요함 속에 머물러 있었다.

14장 기러기 사냥

하지만 책에서 아일랜드인들의 변신은 언제나 새로의 변신이었다. 그들의 전설과 로맨스는 축복받은 새들, 저주받은 새들, 말을 하는 새들로 가득하다. '리르의 아이들'[1]을 보면, 아이들이 계모의 마법에 걸려 백조가 되는데, 그중 네 아이는 백조가 된 뒤에도 인간의 목소리로 마성적인 노래를 부를 수 있다. 성 패트릭이 와서 마법이 풀리기까지 900년이 흐른다. 내가 제일 좋아하며 가장 큰 영향을 받은 신화인 「다 데르가 여관의 파괴」를 보면, 새와 인간은 서로 교미할 수도 있고 서로 대화할 수도 있을 만큼 가까운 종이다. 수많은 성자의 전기와 기적 여행담에는 중요한 소식을 전하는 새가 등장한다. 성자 브렌던이 항해 중에 닿은 '새들의 낙원'에서는 새들이 중요한 소식을 알려주는 독실한 영혼들이었다. 물론 노아에게 돌아온 비둘기에서 사막의 교부들이었던 성 안토니와 은둔성자 폴에게 빵을 배달해준 큰까마귀까지 온갖 곳의 새가 메신저 역할을 하지만, 아일랜드

문화에는 새가 특히 많이 등장한다.

종족학 연구자 아틀리아 코트(Artelia Court)에 따르면 "백조를 죽이거나 괴롭히면 불행이 온다고 믿는 아일랜드 전통은 백조가 인간의 화신, 특히 귀족의 화신이라는 믿음에 뿌리박고 있다. 이 믿음은 오늘날의 백조보호법에 반영되어 있다." 20세기 민속 수집가들은 학이나 백조가 자기의 조부모일 것이라고 믿는 아일랜드 트래블러들을 만나기도 했다.[2] 얼스터 통치자 휴 오닐(Hugh O'Neill)과 로리 오도넬(Rory O'Donnell), 그리고 그 부하들의 1607년 망명 사건이 영어로 '게일 영주들의 패주(Flight of the Earls)'°라고 지칭된다는 것이야 언어적 차원의 우연일 수 있겠지만, 같은 17세기 말에 프랑스로 추방당한 대장들과 졸병들을 지칭하는 '와일드 기스(Wild Geese)'°°는 어떤 동음어도 없는 새의 한 종류였다.(IRA의 1919년 유격대(flying columns)°°°는 그 새들의 설욕이었을까.) 20세기에는 갖가지 새들이 예이츠의 시 안으로 들어왔다. 그리스 신화의 새들도 있었고, 게일 신화의 새들도 있었다. 예컨대 「쿠훌린에게 위로를

○   영어 단어 flight에는 '비행'이라는 뜻도 있다.

○○   기러기(Wild Goose)의 복수형. 1691년에 리머릭 조약이 체결되면서 아일랜드의 윌리엄-제임스 전쟁이 끝났다. 이로써 아일랜드에서 프로테스탄트 우세(Protestant Ascendancy)가 시작되었고, 제임스 2세 편에 섰던 아일랜드군은 프랑스로 추방되었다.

○○○ 유격대는 지상군이지만, 유격대를 뜻하는 영어 표현 중 하나는 비행 대열(flying column)이다. 'IRA의 1919 유격대'는 아일랜드 독립전쟁(1919~1921)에서 싸운 아일랜드공화국군의 유격대를 가리킨다.

(Cuchulain Comforted)」에서 쿠훌린에게 다가온 존재들은 "인간의 곡조도 없고 노랫말도 없는 노래"를 부른다. "인간의 목청을 새의 목청과 바꾼 존재들"이다. 예이츠 자신이 만들어낸 새들도 있다. 귀족 백조, 온갖 종류의 매, 수탉, 공작이 있고, 비잔티움에서 노래하는 인공 새도 있다. 조이스도 새에 미친 작가였다. 조이스의 책들 중에 새가 안 나오는 책이 없다.

그러나 이 문학적 조류 전시관의 센터피스는 예이츠나 조이스의 작품이 아니라 20세기에 다시 유행하고 다시 쓰여지는 중세 전기의 걸작 『스위니의 광란(The Frenzy of Sweeney)』, 새가 된 인간에 대한 이야기다.[3] 『스위니의 광란』(아일랜드어 제목은 Buile Suibne)이 기록된 시기는 13세기와 16세기 사이였지만, 9세기에 이미 스위니에 대한 이야기가 전해지고 있었던 것 같다. 기독교 시대의 요소들과 기독교 이전 시대의 요소들이 뒤섞여 있는 것 같지만, 소외, 번민, 다의성을 특징으로 하는 이 동화풍 햄릿에는 특이하게 현대적인 면이 있다. 창세기에 이브의 창조 이야기가 두 번 나오는 것과 마찬가지로, 『스위니의 광란』에서는 스위니 왕의 박약한 광기와 글자 그대로의 도망을 두 가지로 설명할 수 있다. 하나는 스위니가 미쳐서 도망친 원인이 '마그 래스 전투'의 참혹함에서 비롯된 일종의 외상후스트레스장애라는 설명이고, 또 하나는 스위니로부터 좋지 않은 일을 당한 성자가 스위니에게 저주를 내린 것이라는 설명이다. 두 번째 설명을 받아들인다면, 『스위니의 광란』은 초기 교회 대 기독교로 개종하지 않은 세력 간의 갈등을 다룬 이야기다. 마그 래스 전투는 637년에 아르드리와 아일랜드 북동부의 한 왕국(달 리아다(Dal Riada)의 일부) 간에 벌어진 전투이고(지금의 북아일랜드 앤트림 카운티에 해당하는 이 왕국은 당시에는 스코트족의 전초기지 같은 곳이었다.), 『스위니의 광란』에 나오는 스위니(Suibne)라는 실존 인물도 이 전투에서 싸웠던 것 같다. 요컨대 『스위니의 광란』은 적군과의 싸움, 교회와의 싸움을 뒤로하고 떠돌던 스위니가 또 다른 교회의 공동묘지에서 죽음을 맞기까지의 이야기를 운문과 산문으로 들려주고 있다.

시인이 새처럼 노래하는 사람이라고 할 때의 새가 시인의 밝은 면을 가리키는 비유라면, 스위니는 새를 닮은 예술가의 비교적 어두운 버전이다. 셰이머스 히니는 스위니를 가리켜 "예술가의 형상이되, 추방당한 예술가, 죄스러운 예술가, 자기가 표현한 생각에 위로받는 예술가의 형상"[4]이라고 한다.

『스위니의 광란』을 보면, 대사는 운문으로 되어 있고 내러티브는 산문으로 되어 있는데, 대사의 대부분은 스위니의 대사이고 스위니의 대사는 대부분 매우 훌륭하다. 스위니의 광기는 다의적이다. 스위니가 실제로 새가 된 것이 아니라 그저 자기가 날 수 있다고 생각하는 것뿐이라고 보는 것이 최근의 해석 경향이지만, 이야기 자체는 스위니의 상태에 조류학적 형태소가 존재한다고 보고 있다. 나무에 새처럼 내려앉기도 하고, 멀리까지 도약하거나 비행하기도 하고, 조류의 식성이 되어 물냉이 같은 녹색 들풀을 먹기도 한다. J. G. 오키프(J. G. O'Keeffe)의 1913년 영역본에는 깊은 숲속으로 도망친 베트남 참전군인들에 대한 이야기를 떠올리게 하는 전쟁터 상황이 묘사되어 있는 고대 노르만 문헌에 관한 훌륭한 지엽적 각주가 포함되어 있다. "두려움에 사로잡힌 겁쟁이들은 이성을 잃고 날뛴다. 그러다가 다른 사람들로부터 도망쳐서 숲속에서 야생동물처럼 살아간다. [……] 숲속에서 그 상태로 20년을 살면 몸에서 깃털이 자라는데 [……] 그래봤자 새처럼 하늘을 날 수 있을 정도는 아니라고 한다. 하지만 대단히 빠르기 때문에 다른 사람들을 따돌릴 수 있고 [……]" 오키프는 고대 노르만어 문헌이 스위니의 이야기에 토대를 두었을 가능성을 이야기하고 있다. 그러고는 공중 부양이 중세 성자들의 흔한 특징이기도 했다는 이야기와 함께 "미친 사람들은 깃털처럼 가볍기 때문에 가파른 비탈과 절벽도 쉽게 오를 수 있다는 생각이 얼마 전까지만 해도 아일랜드에서는 흔한 생각"이었다는 말을 덧붙이고 있다.[5] 스위니의 경우에는 번민, 도피, 불신, 조류 행동(bird behavior)이 광기의 구성 요소들이다. 요동하는 내러티브를 제외하면 현대적 광기의 구성 요소인 정신착란을 암시하는 대목은 없는 듯하다.

이야기의 주인공인 스위니는 잘생기고 공격적인 왕이면서 반(反)교권주의자다. 스위니가 성자 로난을 여러 차례 공격하자(신도를 살해하기도 하고 기도집을 호수에 빠뜨리기도 하고 로난에게 창을 던지기도 한다.), 성자 로난은 "네가 새들 중 하나가 되리라."라는 저주와 함께 벌거벗으리라는 저주, "쉼 없는 광기"에 시달리리라는 저주, 눈에는 눈이니 창으로 죽으리라는 저주를 덧붙였다. "스위니는 동요와 전율, 들썩임, 불안함으로 가득해졌다. 가보았던 모든 곳이 끔찍해졌고, 가본 적이 없는 모든 곳이 그리워졌다. [……] 스위니는 광인이 되고 바보가 되어 하늘을 나는 새처럼 길을 나섰다." 스위니의 비행에는 묘한 데가 있다. 땅을 스치기도 하고, 엄청난 높이로 뛰어오르기도 하고, 나무보다 높이 날아오르기도 하지만, 추락할 때도 많다. 하늘을 나는 꿈을 꾸는 것처럼 어색하게 비틀거리면서 나는 느낌, 하늘을 나는 능력을 타고났다기보다 집중력과 의지력으로 힘겹게 나는 느낌이다.

20년 이상 하늘을 나는 꿈을 꾸면서 다양한 정도의 편안함과 불안함을 경험해본 사람으로서, 나에게 아일랜드에 대한 불가사의한 혈연관계를 주장할 기회가 생겼을 때 내가 그 기회를 살리고 싶다고 생각한 가장 큰 이유는 아일랜드 문헌에 하늘을 나는 이야기가 많이 나온다는 점이었다. 하늘을 나는 꿈은, 꿈꾸는 사람의 고독감의, 아니면 언어와 상상의 세계로 위태롭게 비약하는 능력의, 아니면 도피 욕망의 (그리고 어쩌면 잠든 몸의 무중력적 수평성의) 알레고리적 표현인 것 같다. 하지만 평소에 그렇게 처방적인 프로이트마저 "하늘을 나는 꿈이나 공중에 떠 있는 꿈에는 쾌감이 수반된 경우가 많은데, 그런 꿈의 해석은 그때그때 개별화되어야 한다."[6]라는 점을 인정한다. 프랑스어 voleur에는 하늘을 나는 사람이라는 뜻과 함께 남의 것을 훔치는 사람이라는 뜻이 있는데, 아일랜드어에서도 하늘을 나는 것과 미친 것 사이에 어원적 연관은 없는지 몰라도 문화적 연관은 있는 것 같다. 한편 스위니가 노래하는 자연시의

마음의 발걸음

경이로운 대목들은 다른 방향으로 날기 시작한다. 시적 은유들이 하늘 위로 비상하고 공상들이 자연으로 도피한다. 스위니가 그렇게 푸른 자연이 펼쳐진 곳들을 사랑하고 나무들을 사랑하고 고독을 사랑하게 되고 그렇게 서정적 찬가를 부르게 되었을 때, 『스위니의 광란』은 특정 지형에 집착한다는 특징과 함께 자연 찬양이라는 특징이 있는 아일랜드 중세 전통에 합류하게 된다. 『스위니의 광란』의 마법적, 비극적 특징으로부터 아서 왕 로맨스의 매혹적인 곁가지 이야기들이 떠오르기도 한다. 예컨대 랜슬롯이 광기에 휩싸여 숲으로 들어가버리는 이야기, 녹색의 기사(Green Knight)의 목을 벤 가웨인 경이 그렇게 잘린 머리로부터 약속대로 1년 하루 뒤에 숲으로 올 것을 당부받는 이야기, '성배 원정' 기사들이 홀로 숲을 헤매거나 숲속 은둔자를 만나는 이야기가 그런 이야기들이다.

　　　　스위니는 벌컨 골짜기로 간다. "언제나 광인들에게 기쁨을 주는 곳," 풍극(風隙)이 있고 아름다운 숲이 있고 곳곳에 깨끗한 우물과 샘물이 있고 깨끗한 시내가 흐르고 수영, 딸기, 산마늘, 도토리가 자라는 곳이다. 때로 스위니는 추위, 부상, 배고픔을 포함해서 신체적으로 큰 괴로움을 겪으면서 이 괴로움과 한때 왕이었던 자기가 이런 괴로움을 겪게 되었다는 것을 한탄한다. 그렇게 아일랜드와 영국 곳곳을 떠돌면서 자신의 떠도는 신세를 한탄하기도 한다. 스위니의 아내에게 새로운 남자가 생긴다. 가족들이 모두 죽었다는 거짓말로 스위니를 숲 밖으로 나오게 만든 한 친척은 스위니에게 족쇄를 채워 스위니 자신의 왕국으로 데려온다. 스위니가 그렇게 옛집에 와 있을 때 한 노파가 나타나 스위니를 다시 광기에 휩싸이게 한다. 숲속의 집으로 돌아가고 싶은 열망에 휩싸인 스위니는 나무들과 식물들을 찬양하는 뛰어난 송시와 함께 또 한 번 자신의 왕국을 떠난다.

내 작은 집으로
양들이 사는 들로
사슴들이 사는 산으로
돌아가고 싶은 마음뿐이다

떡갈나무야 너 참 무성하고
높이 자랐구나
키 작은 개암나무야 너는 참 가지가 많구나
개암도 참 향기롭구나

멀리 떠나온 곳이 집이 되고 집이 먼 곳이 된다. 스위니는 새가 될 수도 없고 인간이 될 수도 없는 새(鳥)인간이 된 것으로도 모자라서 불치의 불평꾼이 된다. 스위니가 유일하게 길동무로 삼는 또 한 명의 미친 새인간은 앨런이라는 영국인인데, 1년을 스위니와 함께 지낸 앨런은 죽기 위해 어느 폭포로 떠난다. 스위니의 비참한 도피 생활이 그런 식의 에피소드로 하나하나 엮여 나온다. 결국 한 교회에 드나들게 된 스위니는 소젖 짜는 여자가 밟은 똥에 고인 소젖을 먹고 산다. 질투와 분노에 휩싸인 남편이 예언대로 스위니를 창으로 찌른다. 왼쪽 젖꼭지에 치명상을 입은 스위니는 천국에 가리라는 약속을 받고 교회 문 앞에서 죽는다.

아일랜드 문헌에 이렇게 새들, 새가 되는 사람들이 많은 것은 왜일까? 새는 땅을 기어 다니는 대신 하늘을 나는 피조물, 너무나 가볍게 거의 육체를 벗어난 듯 아름다운 노래를 부르는 피조물이라고 하면, 새가 된다는 것은 노래의 아름다움과의 동일시이자, 육체로 존재하기보다 정신으로 존재하고 싶어 하는 사람들이 가진 천사 콤플렉스의 일종이다.(성령이 새에 비유되는 것은 벽 멀리건의 신성모독적인 노래들에서도 마찬가지다.) 물론 새에게서는 둥지를 짓는 측면과 하늘을 나는 측면, 정적인 측면과 동적인 측면이 공존하지만, 새의 상징에서는 동적인 측면이 압도적이다. 새는 지상에 뿌리를 내리지 않은 존재의 자유로움을, 나아가 지상의 진흙과 수렁에 내려앉을 필요조차 없는 자유로움을 상징하는 만큼, 예이츠의 시에 깔려 있는 국민주의적 흙과 상반되는 이미지, 그리고 어쩌면 국민주의와 집단성뿐 아니라 인간성 자체를 포함하는 모든 구속력과는 상반되는 이미지다.(다만 『스위니의 광란』의 결말에서 스위니는 목가적 소똥에 찍힌 발자국에 고인 것을 먹고 사는 길든 새가 된다.) 하늘을 나는 존재에 대한 상상을 계속 이어나간다는 것은 자유를 빼앗긴 상황의 반영이라고 해석해볼 수도 있다. 부활절 봉기에 참여했던 마르키에비츠 백작 부인이 수감 중에 쓴 편지들과 수감 중에 그린 스케치들은 새와 하늘을 나는 것들에 대한 논의와 공상으로 넘쳐났고,[7] 그때로부터 반세기 앞서 투옥된 페니언° 지도자 마이클 다빗(Michael Davitt)은 감옥에서 떠오르는 생각들을 검은지빠귀(*Blackbird*)를 수신자로 설정하는 일련의 편지에 기록했다. 『젊은 예술가의 초상』의 주인공은 "이 나라에서 한 사람의 영혼이 탄생했을 때는, 그 영혼이 멀리 날아가는 것을 막기 위해 던져지는 그물들이 있다."라고 말하고,[8] 『스위니의 광란』의 탁월한 해석자인 히니는 "이 작품을 자유로운 창조적 상상과 자유에 제약을 가하는 종교적, 정치적, 가정적 의무 사이의 싸움으로 읽는 것도 가능하다."라고 말한다.

　　　스위니는 새가 되면서 망명의 상징물이 되었다. 스위니가 겪는 괴로움의 큰 부분은 과거에 속하지 않게 되었는데 현재의 일부가 되지 못했다는 괴로움, 혼종, 이민자, 혼혈, 망명자의 이중 정체성 내지 정체성 소실의 괴로움이다. '가보았던 모든 곳'에 대한 혐오이자 '가본 적이 없는 모든 곳'을 향한 동경이라고도 할 수 있다. 망명이 아일랜드 사회의 주요 테마가 되었듯, 스위니는 아일랜드 문화의 주요 테마가 되었다. 아일랜드 영주들의 패주에서 시작된 망명은 혁명가들의 망명, 대기근 이후에 시체운반선에 몸을 실은 농민들의 해외 이민, 불관용과 편협함이 덜한 사회를 찾아 떠나는 작가들의 망명으로 이어져왔고, 스위니의 인물형은 20세기 들어 여러 가지 모습으로 폭발

○　　아일랜드 독립운동가 마이클 다빗은 활동 초기에 아일랜드공화주의
　　　형제단(1858년 결성)에 참여했는데, 이 단체는 페니언형제단(1858년
　　　미국에서 결성)의 자매 조직이었다. '페니언'은 두 단체의 참여자를 통칭한다.

적, 지속적으로 재등장하고 있다. "전통 신화가 필요해졌을 때 그 수요를 만족시킨 것은 쿠훌린의 신화나 핀 막 쿠월의 신화, 또는 조이스가 재창조한 호메로스의 신화를 비롯한 영웅적, 집단적 신화가 아니라 광란하는 실존적 아웃사이더 스위니의 신화였다. 그 옛날의 스위니가 1980년대 시각예술, 연극, 시문학에 거듭 나타났다. 단절감과 고립감을 차단하는 것뿐 아니라 단절감과 고립감을 강화하는 것도 신화의 쓸모가 될 수 있다."[9]라는 것이 작가 핀탄 오툴(Fintan O'Toole)의 말이다. 하지만 스위니의 긴 그림자가 드리워지기 시작한 것은 10년 전부터가 아니라 100년 전부터였다. 스위니를 여러 작품 속에 거듭 등장시킨 T. S. 엘리엇, 『스위니의 광란』의 의역본(free translation)을 펴내기도 하고 『수난처섬(Station Island)』에 스위니에 대한 시 몇 편을 집어넣기도 한 셰이머스 히니, 스위니의 모티프를 차용한 조이스는 스위니 신화의 기록자들 중에 비교적 저명한 축이고, 그밖에도 수많은 아일랜드 시인들이 스위니 신화를 번역하거나 참조했다.

엘리엇과 조이스, 훤히 트인 미국을 버리고 가톨릭, 영국, 전통을 찾아간 보수주의자 엘리엇과 아일랜드의 편협함에서 탈출한 탈(脫)가톨릭 세계시민주의자 조이스, 이렇게 거의 상극인 두 작가가 스위니를 두 동강 낸 것 같다. 우선 엘리엇의 스위니는 시 「꼿꼿이 일어선 스위니(Sweeney Erect)」, 「나이팅게일 무리를 찾아든 스위니(Sweeney Among the Nightingales)」, 「엘리엇 씨의 주일 아침예배(Mr. Eliot's Sunday Morning Service)」,

『황무지』와 희곡 『투사 스위니(Sweeney Agonistes)』에 등장하는 아일랜드인, 곧 19세기적 편견이 빚어낸 아일랜드인의 캐리커처다. 옥스퍼드 대학교의 네빌 코힐(Nevill Coghill) 교수가 엘리엇한테 "스위니는 대체 누구인가?"라고 물었을 때 엘리엇은 "내가 떠올리는 스위니는 한때 프로 권투선수나 뭐 그런 직업으로 약간 성공하고 이제 은퇴해서 펍 주인이 된 남자"라고 말했다고 한다.[10] 허버트 너스트(Herbert Knust)는 엘리엇이 스위니 신화를 오키프의 1913년 번역으로 읽었다는 것과 엘리엇의 작품에 계속 나오는 원숭이 같은 남자가 『스위니의 광란』에서 비극적 운명을 맞는 왕과 닮았다는 것을 열심히 증명해보고자 하지만,[11] 엘리엇이 오키프의 『스위니의 광란』을 찾아 읽었다는 증거는 전혀 없다.(만약 엘리엇이 꽤 무명도가 높았던 이 책에 대해 알고 있었다면, 자기가 이 책을 안다는 사실을 자기 글 어딘가에 슬쩍 흘려 넣고 싶은 마음을 이길 수 없었을 것이다.) 엘리엇이 원조 스위니를 알고 있었던 것은 아닌 듯하다. 엘리엇이 스위니라는 이름을 선택했던 것은 등장인물의 짐승 같고 돼지 같은 프롤레타리아적 저속함을 표현하기 위해서였을 뿐, 스위니가 새가 되는 대신 원숭이가 되었다는 식의 아이러니를 노린 것 같지는 않다는 뜻이다.

　　엘리엇의 시 중에는 나의 기억 속에 영영 박혀버린 대목들이 있다. "원숭이 모가지의 남자 스위니가 양 무릎을 쩍 벌린다."도 그중에 하나다. 노란색 표지의 얇은 페이퍼백으로 나온 엘리엇 시선집[12]은 내가 처음 접한 본격 시집이었고, 나는 청소년기 내내 시란 이렇게 개인의 감정이 배제된 학식과 객관

적 묘사로 이루어진 팽팽한 매듭 같은 것이겠거니, 시인의 대표
는 엘리엇이겠거니 했다. 대학교는 나의 독서 범위를 넓혀주었
지만, 엘리엇 우월주의에 의문을 품는 사람은 없었다. 대학교를
졸업하고 한참 후에 엘리엇의 스위니 시들을 다시 읽어보기 전
까지는 나도 마찬가지였다. 그 시들을 다시 읽어보니, 그렇게 무
미건조한 우월의식과 타자 혐오가 나의 시 읽기의 시작이었다
는 것이 경악스러웠고, 예술성 따위는 전혀 중요하지 않게 느껴
졌다.

「꼿꼿이 일어선 스위니」에서부터 엘리엇은 스위니에
대한 반감을 불러일으키고 있다.

(한 남자의 긴 그림자가 역사이다,

라는 말을 남긴 에머슨은

양 다리를 쩍 벌리고 앉아 있는

스위니의 그림자를 본 적이 없었다.)

수염 깎는 스위니, 앉아 있는 스위니, 유곽의 스위니
에 대한 반감을 불러일으키는 데 성공한 엘리엇은 「나이팅게
일 무리를 찾아든 스위니」에서는 레이첼 라비노비치라는 한 조
연("살인적 앞발로 포도송이를 찢어발기는" 유대인 창녀)에 대한 반감
을 불러일으키는 데도 성공한다. 나이팅게일은 새의 일종이지
만, 당시 런던에서는 창녀를 뜻하는 속어로 쓰이기도 했다. 스
위니과 라비노비치가 이렇듯 저속한 존재들이라면(부지런한 엘

리엇 전공자들은 Sweeney(스위니)가 swine(돼지)를 암시하는 이름이고 Rabinovitch(라비노비치)가 ravenous bitch(굶주린 암캐)를 암시하는 이름이라고 한다.[13]), 「나이팅게일 무리를 찾아든 스위니」의 종결부에 등장하는 그리스 시대는 고귀한 영웅들의 문명이다. 이 시의 화자에 따르면, 나이팅게일 무리는 "아가멤논이 울부짖던 그때도 / 피의 숲에서 노래"했고, "물똥"을 싸질러 "그렇게 명예가 손상된 뻣뻣한 수의"를 더럽혔다. 나이팅게일도 비둘기처럼 하늘을 날면서 똥을 싸는 모양이다. 전기 엘리엇의 이런 시는 엘리엇을 다시 읽는 독자에게 정말 묘한 느낌을 주면서 전성기 엘리엇을 재해석할 여지를 제공하기도 한다. 주로 자기가 싫어하는 것들에 대해 뇌까리는 전기 엘리엇은 단테풍의 원대한 분노 대신 입을 오므리고 고까워하는 듯한 짜증을 드러내는데, 일단 그런 목소리를 감지한 독자는 사타구니에 상처를 입고 '황무지'를 그런 황무지로 만들어버린 어부왕(fisher king)이 실은 스스로를 왕좌에 앉힌 엘리엇 본인이 아닐까 하는 생각이 들기 시작한다. 엘리엇의 『황무지』를 스펜서의 『요정 여왕』에 견주는 연구가 많은데, 두 작가가 한편으로는 현실 속의 켈트인을 멸시하면서 다른 한편으로는 아서 왕 로맨스라는, 주로 켈트인에게 물려받은 문헌을 전유했다는 의미에서는 실로 비교해볼 만하다.

　　『율리시스』에서 "미스터 조이스가 현대와 고대를 계속 대응시키는 것은 헛짓거리와 아나키의 거대한 파노라마인 현대사에 규율과 질서와 형태를 부여하기 위함이다."[14] 엘리엇의 말이었다. 엘리엇에게 고전이 현재의 부족한 정도를 측정하는 데 필요한 기준이었다면, 조이스에게 고전은 현재라는 음악을 듣는 데 필요한 리듬이었다. 닮은 듯 다른 듯. 조이스 자신은 『황무지』가 『율리시스』의 패러디인 줄 알았다고 한다.[15] 조이스는 새를 좋아하고 몸을 좋아하고 못 배운 사람들(the plebeian)을 좋아하는 작가였고, 유대인과 여성을 다룰 때도 엘리엇보다는 덜 혐오적이었다. "조이스는 생각도 그렇게 복잡하고 문장도 그렇게 복잡했지만, 그러면서도 자기의 글이 노래가 되기를 간절히 바랐다. 조이스의 어릴 적 꿈은 한 마리 새가 되는 것, 새처럼 노래하고 새처럼 하늘을 나는 것이었다."[16] 조이스의 전기 작가 리처드 엘먼(Richard Ellman)의 말이다. "떠오른 것은 야윈 새였다. 눈치를 살피고, 까다롭고, 속을 알 수 없고, 앙칼지고, 소심하고. 작은 새 발 같은 두 손. 거의 장님이나 다름없는 시력. 그래서 상대방에게 초점이 맞추어지지 않는, 너무 야윈 부엉이가 떠올랐다."[17] 조이스의 외모와 행동이 새를 닮았다고 느낀 해럴드 니컬슨(Harold Nicolson)의 일기에 나오는 말이다. '바너클(Barnacle)'이라는 아내의 결혼 전 성(姓)도 조이스에게 기쁨을 안겨주었다. 바너클은 따개비(barnacle)이라는 갑각류를 연상시키는 이름이기도 하지만 아일랜드에 서식하는 조류인 흰뺨기러기(barnacle goose)가 따개비에 알을 낳는다는 전설을 연상시키는 이름이기도 하다. 돌에 붙어 서식하는 바닷가의 갑각류로 시작해서 장거리를 비행하는 조류로 끝나는 새라면, 아일랜드의 상징적 새로 안성맞춤이다. 조이스의 작품에는 새들, 특히 바닷새들과 기러기들이 자주 등장한다. "『율리시스』에는 16종의 거위들이 등장하고, 『피네간의 경야』에서는 시종일관 바닷새가 무궁무진한 형태로 등장한다."[18] 노라 바너클의 전기 작가 브렌다 매덕스(Brenda Maddox)의 말이다.

『젊은 예술가의 초상』에도 수많은 새들이 등장하고 있고, 이 작품의 많은 평자들도 새 이미지의 누적 효과를 지적하고 있다. 처음에는 어쩌다 한 번씩 등장하다가 나중에는 진짜 새들, 시 속의 새들, 비유 속의 새들 할 것 없이 두어 페이지가 멀다 하고 등장하기 시작하는데, 그 기점이 되는 장면이 물에서 새처럼 걷고 있는 소녀의 에피파니다.("마법에 걸려서 신기하고 아름다운 바닷새의 형상으로 변해버린 듯한 소녀였다."[19]) 새의 에피파니들이 그렇게 점점 고조되다가 스티븐이 국립도서관 층계에서 "저 새들은 무슨 새일까?"를 궁금해하는 장면에서 가장 고조된다. 스티븐이 국립도서관 층계에서 어두운 저녁 하늘을 나는 새들을 바라보면서 "해마다 그렇게 사람 사는 집 처마 밑에 둥지를 틀었다가 해마다 그렇게 둥지를 버리고 어디론가 날아가는" 새에 대한 상념에 잠기는 장면이다. 상념 중에 예이츠의 어느 시극에서 새가 등장하는 한 대목이 인용되기도 하는데, 우리의 주인공 스티븐은 친절하게도 독자를 위해 텍스트 안에서 새들이 무엇을 의미하는가를 해석해주기도 한다. "떠남의 상징일까 아니면 외로움의 상징일까?"[20] 당연히 떠남의 상징인 동시에 외로움의 상징이다. 떠남과 외로움은 서로의 동행이니까.

『율리시스』에는 블룸에게 레몬 비누를 파는 스웨니(Sweny)라는 약사가 몇 번 나오는 만큼 『율리시스』가 스위니를

360　　　　　　　마음의 발걸음

직접 등장시키는 작품이라고 말할 수도 있다.(이 연금술사 같은 화학자에게는 마법사의 분위기가 없지 않다.) 하지만 파넬과 케이스먼트가 포함되어 있는 것은 물론이고 각종 거위들과 더블린의 큰 길들 절반이 포함되어 있고, 기념일의 마짜(matzoh),° 외설소설, 고기 통조림 광고까지 포함되어 있는 『율리시스』 전체는 아일랜드의 바이블, 아일랜드의 백과사전에 가깝다. 엘리엇과 조이스를 가르는 가장 단순한 기질적 차이는, 조이스의 경우, 아내의 불륜을 모르는 척하고 콩팥요리를 먹고 목욕하고 자위하고 성매매 업소에 발을 들여놓는 아일랜드 유대인을 인간미가 있게 그려낼 수 있다는 데 있다. 어쨌든 블룸은 조이스가 방랑자 오디세우스를 업데이트한 결과물로서, 스위니풍 방랑자인 것은 아니라고 해도 '떠돌이 유대인'과는 연결되는 데가 있다. 스위니와 '떠돌이 유대인'이 여러 모로 연결되는 것은 물론이다. 둘 다 저주받은 인물이자('떠돌이 유대인'은 십자가를 지고 가는 그리스도를 돕지 않았다는 이유로 저주를 받았다.), 둘 다 저주를 통해서 애매한 능력을 얻은 인물이다.(스위니는 하늘을 날게 되고, 걸어 다니는 '떠돌이 유대인'은 불멸을 얻게 된다.)**21** 그렇게 끝없이 이 세상을 떠돌다가 그리스도의 재림 때 죄를 용서받고 천국에 가리라는 것이

° 유대인의 기념일에 먹는 누룩을 안 넣은 빵. 신명기 16장 3절, "누룩을 넣은 빵을 이 제물과 함께 먹으면 안 됩니다. 이레 동안은 누룩을 넣지 않은 빵 곧 고난의 빵을 먹어야 합니다. 이는 당신들이 이집트 땅에서 나올 때에 급히 나왔으므로, 이집트 땅에서 나올 때의 일을 당신들이 평생토록 기억하게 하려 함입니다."

'떠돌이 유대인' 신화의 결말인 만큼(이 신화는 기독교 신화다.), 집을 떠나 정처 없이 떠돌다가 회개하고 교회의 품에서 죽는 운명이라는 점에서도 스위니와 '떠돌이 유대인'이 연결된다. 마지막으로, 스위니가 20세기 시에서 해온 역할, 곧 소외된 예술가의 낭만적 이미지라는 역할을 19세기에는 '떠돌이 유대인'이 했었다는 것도 덧붙일 수 있다.

그러나 블룸이 신의 저주에 시달리는 인물이냐 하면 그렇지는 않고(사람들의 악담에 시달리는 유대인이기는 하다.), 예술가보다는 보통 사람에 가까운 인물이다. 『율리시스』에 새를 닮은 인물이자 스위니를 닮은 인물이 있다면 그것은 블룸이 아니라 스티븐 디덜러스이고, 조이스도 『젊은 예술가의 초상』에 이어 『율리시스』에서도 스티븐 디덜러스에게 하늘을 나는 기회를 준다. 꾀, 망명, 침묵이 스티븐의 3대 무기(trinity)로 유명하지만, 고뇌, 망명, 조류 행동도 스티븐에게 똑같이 잘 어울린다. '디덜러스'라는 이름부터가 그리스 신화에 등장하는 미궁 건축가 겸 날개 발명가로부터 온 이름이고(다이달로스는 자기가 만든 미궁에 아들과 함께 갇히지만, 날개를 만들어 아들과 함께 탈출한다.) 반교권주의자라는 점에서도 스위니에 못지않다. 스티븐 디덜러스가 본인의 이름을 놓고 사색에 잠기는 대목은 『젊은 예술가의 초상』의 수많은 화려한 대목들 중에서 특히 화려하다. "이 이름은 무슨 이름일까, 바다 위로 높이 날아올라 태양에 가까워지는 어느 매-인간의 이름일까, 그 사람이 짊어지고 태어나서 유년기와 소년기의 안개 속에서도 내려놓지 않은 그 사명을 예언하는 이름일까, 자기 작업실에서 기어 다니는 질료를 가지고 어떤 새로운 높이 날아오르는 내밀한 영원한 뭔가를 창조해내는 예술가를 상징하는 이름일까."**22** 스티븐 디덜러스가 스위니처럼 날아가고자 하는 인물이라면, 레오폴트 블룸은 개인적 소외 상태와 유대인으로서의 영원한 망명 상태를 받아들이는 인물이자 오디세우스처럼 집을 떠나 집으로 돌아가기까지의 왕복 여행 중에 있는 인물이다. 더블린을 떠나지 않는 블룸에게는 (그리고 더블린을 떠나는 조이스에게는) 망명 상태에서 집을 찾을 가능성, 알아볼 수 있는 장소들과 떠올릴 수 있는 연상들을 통해 망명지에 안정성과 친숙함을 불어넣을 가능성이 있다. 반면에 이제 곧 떠나서 영원히 떠돌 것만 같은 디덜러스는 『율리시스』의 저자를 포함한 모든 예술가를 대표하는 인물이자 『율리시스』의 종결부에서 자기 집을 쓰게 해주겠다는 블룸의 제안을 거부하는 인물이다.

　　『율리시스』는 귀향 내러티브, 곧 집을 떠났다가 집으로 돌아가는 이야기다. 『율리시스』의 저자는 옛날에 지중해 일대를 크게 돌아다니던 오디세우스의 이야기를 1904년에 더블린에서 미로 같은 길거리들을 작게 돌아다니는 블룸의 이야기로 각색했다. 블룸의 이야기는 이른바 집(home)에서 끝나지만 (어쨌든 블룸은 가정이 있는 유부남이다.) 스티븐 디덜러스는 이제 곧 더블린을 떠나 유럽 대륙의 더 큰 자유를 향해 날아갈 것이다. 물론 『스위니의 광란』에는 집을 버리고 떠날 때부터 회개하고 돌아올 때까지의 망명 여정 전체가 담겨 있지만, 지금도 스위니

하면 떠오르는 이미지는 그냥 있지도 못하고 확 가버리지도 못한 채 푸드덕거리는 저주 받은 새인간이다.

　　스위니는 1939년에도 플랜 오브라이언(Flann O'Brien)의 첫 코믹 소설 『스윔투버즈에서(At Swim-Two-Birds)』에서 중요하게 등장한다. 여러 겹의 이야기와 여러 명의 화자, 그리고 각각의 이야기 속 등장인물들이 엎치락뒤치락 논쟁을 펼치는 작품이다. 오브라이언이 직접 번역한 『스위니의 광란』이 다량으로 포함되어 있고(번역 사이사이에 수많은 잡담이 끼어 들어가 있다.), '스윔투버즈에서'라는 제목 자체가 『스위니의 광란』에 등장하는 한 장소에서 따온 이름이다. 스위니의 모습들을 더 찾아보자면, 아일랜드의 맥네스 극단이 공연한 한 무언극에도 등장하고, 퍼포먼스 아티스트 조앤 조너스(Joan Jonas)가 암스테르담에서 선보인 「미지의 장소들에 대한 생각에 반항하는…… 길 잃은 스위니(Revolted by the thought of unknown places. . . Sweeney Astray)」라는 퍼포먼스에도 등장하고, 다양한 시인이 번역해서 끼워 넣은 시구에도 등장한다. 영화감독 겸 작가 닐 조던(Neil Jordan)은 「한 동물의 꿈(The Dream of a Beast)」이라는 중편소설에서 하늘을 나는 것에 매혹되는 마음을 그린다. "아이는 난간 끝에 서서 내게 말했다. 날개는 없어도 되거든! 날 봐! 아이는 그렇게 공기를 쓰다듬어주듯 두 팔을 움직이다가 허공으로 걸어 나가 시체처럼 바닥으로 곤두박질쳤다. 기겁해서 소리치던 나는 아이의 추락이 홀연히 아름다운 곡선으로 바뀌는 모습을 보았다. 아이는 말했다. 날개는 별로 소용없어. […⋯] 날고 싶은 마음만 있으면 날 수 있어."**23**

널 조던이 이렇게 인간이기를 그만두는 변신 이야기를 펴낸 1983년에 셰이머스 히니는『스위니의 광란』의 완역 의역본을 펴냄으로써 스위니를 다시 들여왔고, 그로부터 1984년에 시집『수난처섬』을 구성하면서도 스위니 신화의 줄거리와 여행, 망명, 새라는 스위니 신화의 주요 모티프들을 여러 부분에서 참조했다. 히니의 의역본 제목은『길 잃은 스위니: 아일랜드 원본의 한 번역본(*Sweeney Astray: A Version from the Irish*)』인데, 여기서 한 번역본(a version)이라는 표현은 해석의 재량과 부분적 생략을 용인받으려는 전략이다. 히니의 의역은 오키프나 오브라이언의 번역에 비해 스위니를 현대 세계에 깊이 끼워 넣은 작업이었고, 그런 의미에서 아일랜드 문학에서 아이리시 버드맨을 되살리는 작업이었을 뿐 아니라 엘리엇의 '돼지 스위니(swinish Sweeney)'를 시정하는 작업이었다. 히니의 산문에서도 엘리엇이 많이 언급되는데(단테를 어떻게 해석할 것이냐 같은 문제에서 이의나 반감을 표하기 위한 언급인 경우가 특히 많다.) 히니로서는 스위니라는 접점을 의식하지 않을 수 없었을 것이다. 원숭이 모가지의 전직 권투선수라는 엘리엇의 스위니가 반시인(anti-poet)이라면, 『수난처섬』에서는 히니가 스위니가 된다.

총 세 개 섹션으로 되어 있는『수난처섬』에서는 대부분의 시가 이동(비행과 도망, 보행, 순례, 자동차 여행, 방황, 동행)과 관련되어 있다. 시가 거듭될수록 여행문학의 다양한 선례들이 축적되어 서로 공명하고, 시집 곳곳에 등장하는 새들은 스위니가 제공하는 은유들을 통해 여행의 모티프, 소외의 모티프와 결합된다. 첫 번째 시에서 아내와 함께 런던 지하철을 빠져나가는 시인의 일화는 하데스를 빠져나가는 오르페우스의 이야기가 되었다가 "왔던 길을 거꾸로 되짚는" 한젤의 이야기가 되고, 이런 식의 패턴 축적 과정들이 시집 전체에서 지속된다. 『수난처섬』의 가운데 섹션은 "꿈에서 친숙한 유령들을 만나는 설정의 연작시이고, 무대는 도네갈 카운티 더그호의 '수난처섬'이다. '성 패트릭 연옥'이라고 불리기도 하는 섬이다."라는 것이 히니의 주석이다. 첫 번째 유령은 리라를 연상시키는 활톱과 함께 등장해서 화자에게 "행렬에 가까이 가지 마!"라고 충고한다. 이 유령이 시인이 어렸을 때 알았던 한 트래블러(아일랜드 비정주민)라는 것은 히니의 의역본 『길 잃은 스위니』의 서론을 통해서 짐작된다. "스위니에서 구체화되는 녹색 산울타리의 정령이 내 앞에서 구체화된 것은 역시 스위니였던 한 팅커 가족의 모습에서였다. 내 첫 통학로였던 개울 둑길에서 천막 생활을 하던 사람들이었다."[24] 사이먼 스위니라는 이 트래블러는 스위니가 누구일 수 있는지에 대한 또 하나의 수정 판본이라는 뜻이다.

이 섹션에서 마지막으로 등장하는 유령은 다름 아닌 조이스, "모든 강물들의 모음(母音)들로 소용돌이치는 목소리"를 들려주는 조이스다. 『신곡』에서 단테가 베르길리우스를 등장시켜 안내자로 삼듯, 이 시에서 히니는 조이스의 유령을 만들어내서 조언자로 삼는다.(시 자체가 『신곡』의 테르자 리마(terza rima)°로 되어 있다.) 앞서 등장했던 모든 성직자들과 북부 폭력의 희생자들이 비난하는 유령이었다면, 조이스는 시인의 책임에 대해서 조언하는 유령이다. "날아가게 내버려둬, 잊어버려." 조이스가 단테의 음보로 말할 때는 거장들(호메로스와 베르길리우스와 단테와 조이스, 방황과 모색과 망명의 시인들)은 앞사람의 발자취를 따라 걸어가는 여행자들의 긴 행렬처럼 연결되고, 그들 위로 날아가는 스위니가 마지막 섹션을 인도할 때는 "떠도는 외로움"의 모티프가 더욱 심화된다.

○   단테가 『신곡』에서 처음으로 사용한 운율 체계인 3운구법(韻句法).

15장 은총

지도로 그려질 수 없는 어떤 땅에 시간과 기억이 펼쳐져 있는 것은 아닐까, 하는 생각이 들 때가 있다. 여름에 캐나다 여행으로 시작된 긴 여행이 겨울에 과테말라 여행, 늦봄에 아일랜드 여행으로까지 이어지던 그때, 세 가지 풍경은 나의 기억에서 세 가지 꿈을 불러냈다. 그렇게 세상 곳곳을 떠돌다 보면 언젠가 기억의 땅에도 가닿지 않을까, 새로운 장소를 요령껏 찾아다니다 보면 의식의 길에서 벗어나 헤매고 있었던 것들을 찾아낼 수 있지 않을까, 하는 생각이 든 것이 그때였다. 그런 식으로 생각해보면, 어떻게 그렇게 되는지 잘 설명할 수는 없지만, 장소를 옮기는 평범한 여행이 시간 여행이 될 수도 있을 것 같다. 꿈의 지도를 구할 수는 없지만, 꿈의 땅이 지도로 그려져 있지도 않겠지만, 꿈의 땅을 지도로 그릴 수도 없겠지만, 낯선 나라에서 낯선 베개를 베고 잠드는 밤에만 꿀 수 있는 꿈을 꾸기 위해 여행하는 여행자들이 있었을 것이고, 지금도 있을 것이다.

캐나다에서 로키산맥을 여행하는 동안에는 친구와 개가 뜻밖의 사고를 당한 적이 없다는 듯 살아 있을 때의 모습 그대로 내 꿈에 자주 찾아와준 덕에 로키산맥이 낯설게 행복한 그리움으로 물들었지만, 과테말라를 여행하는 동안에는 줄곧 가족과 관련된 악몽에 시달렸고 나중에 되돌아보면서도 그 장소가 그토록 불안했던 것이 얼마만큼이나 꿈 때문이었는지, 그 저 그 장소가 꿈을 얼어붙게 만들었을 뿐이었는지 잘 알 수 없었다. 장소마다 그 장소를 거처로 삼는 꿈이 따로 있다면, 로키산맥을 거처로 삼은 꿈은 친구의 꿈, 과테말라를 거처로 삼은 꿈은 가족의 꿈, 아일랜드를 거처로 삼은 꿈은 남자들의 꿈이었다. 나를 사랑했던 남자들과 내가 사랑했던 남자들과 다른 여러 남자들이 꿈에 너무 많이 나타났다. 거의 잊고 있었는데 마치 어제 만난 듯 또렷하게 나타난 남자도 있었고, 마치 그 사이에 아무 일도 없었다는 듯이 내가 한창 좋아하던 때의 모습으로 나타난 남자도 있었다. 한 친구는 내 책들을 전부 꺼내 내가 어렸을 때 살던 집 뒤편 말 목장에 하나씩 내려놓았다. 푸른 잔디가 책의 액자 같았다. 그 친구에게 보낸 엽서에는 사람들의 꿈을 꾸면서 혼자 여행 중이라고 적었지만, 여행의 마지막 구간을 지날 때는 여자들이 여행의 시간을 채워주기 시작했다. 여자들을 만나러 가는 시간 여행이었다.

이렇게 꿈의 땅을 탐험하는 것도 시간 여행이지만, 장소에 의미를 불어넣어주는 과거를 깨어나게 하는 것도 시간 여행이다. 팀 오툴이라는 친구는 자기 친구를 만나러 위클로에 가서 친구 어머니로부터 아일랜드의 시간(Irish time)에 대한 이야기를 듣게 되었다. 친구 어머니가 어렸을 때는 시간이라고 하면 농장 시간도 있고 시골 시간도 있고 관청 시간도 있었다. 그렇게 세 가지 시간이 포개져 있어서 누구냐에 따라, 어디냐에 따라 시간이 달랐다. 시간을 정해서 만나고 싶으면 상대가 어떤 사람인가를 알아야 했다. 팀의 이야기를 들어보면, 한 사람이 어떤 시간을 선택하느냐가 그 사람이 어떤 과거와 이어져 있느냐를 보여주는 것 같았다. 옛날부터 전해 내려오는 시간을 선택하는 사람도 있었고 새로 만들어진 시간을 선택하고 시계를 맞추는 사람도 있었다. 지금이 언제인지가 정해져 있는 것이 아니라 내가 지금을 언제로 정할 것이냐가 나의 정치적 입장, 내가 과거를 대하는 자세였다.

꿈의 시간, 시계의 시간, 역사의 시간. 아일랜드에 와 있는 동안에는 줄곧 과거의 한 지점으로 돌아간 듯했다. 낡은 관행이나 주먹구구식 일처리를 목격할 때마다, 기억의 길이와 행동의 여유를 목격할 때마다, 더블린에서 말이 끄는 수레를 목격할 때마다, 10년 전으로, 아니 50년 전으로 돌아간 듯했다. 웨스트포트의 관광기념품 가게에서 여름 아르바이트를 하는 브라이드라는 아일랜드 여자한테 그 여자의 가족 이야기를 듣던 나는 40년 전에 그 여자와 똑같은 상황에 처했던 내 엄마를 생각했다. 브라이드가 결혼을 한 것도 아니면서 따로 집을 얻어서 나가자 남은 가족들이 모욕감을 느낀다는 이야기였는데, 내가 사는 미국에서는 거의 없어진 상황이었다. 당신이 사는 미국은 과거를 기억하지 못하기 때문에 미래를 상상하지 못한다, 라고 브라이드는 나에게 무심히 말했다. 내가 다년간의 고민 끝에 도달한 결론이기도 했다. 하지만 미래를 상상하지 못하기는 아일랜드도 마찬가지인 듯, 과거가 미래를 누르고 있었고, 내 과거도 거기에 힘을 보태고 있었다.

하지만 아일랜드에서 가장 먼 과거로 돌아간 느낌을 준 것은 은둔자의 존재였다. 지금! 은둔자라니! 은둔성자 안토니가 세상을 떠난 것이 대략 355년이었다. 중세의 회화나 문헌에는 그런 은둔성자들이 자주 등장한다. 아서 왕 전설을 차용하는 중세 로맨스에서는 위험에 빠진 처녀나 길을 묻는 기사가 도움을 받기에 편하도록 깊은 숲속에 은둔자가 사는 것으로 되어 있고(그런 숲은 이제 베어진 지 오래인 것 같다.), 중세 전기에는 스켈릭록스 같은 아일랜드 오지가 실제로 은둔자들과 소규모 수도원들의 활동 무대였다.(그때 수도원으로 사용되었던 벌집 모양 돌집들 중에는 아직 남아 있는 것도 있다.) 하지만 18세기에는 은둔처를 갖춘 조경정원을 마련한 독일과 영국의 귀족들이 은둔처를 거처로 삼고 은둔자 흉내를 내는 연기자를 고용해야 하는 상황이었으니(그런 연기자에게 금욕 생활을 강요한다는 것은 쉬운 일이 아니었다.)[1] 중세가 끝났을 때 은둔자도 함께 멸종했다는 것이 나의 짐작이었다. 그런 식으로 나는 은둔자를 그저 아일랜드 엘크 같은 존재, 이미 멸종한 신기한 존재라고 생각하고 있었던 것 같다. 그런데 포터마를 떠나올 때 필리스 자매님이 나에게 말했다. 웨스트포트에 가게 되면 아이린 자매님이 사는 은둔처에 가

보세요. 놀라운 자매님이에요. 웨스트포트의 큰 수녀원에서는 자비의 수녀회 자매님들이 은둔처에 찾아가는 방법을 미소와 함께 알려주었다.

마요 카운티의 웨스트포트는 아일랜드 서해 북쪽 3분의 2 지점쯤에 위치한 클루만(灣)의 동쪽 면 안쪽에 자리 잡은 중간 크기의 도시다. 클루만은 네모에 가까운 모양이고, 내륙 쪽으로 작은 섬들이 밀집해 있다. 성 패트릭이 금식했다는 만 근처 해안의 낮은 산, 그리고 만 입구를 지키는 클레어섬을 출정지로 삼곤 했던 해적여왕 그레이스 오말리(Grace O'Malley), 이렇게 두 가지로 유명한 지역이다. 성 패트릭이 금식했다는 765미터 높이의 산은 예전에는 독수리산(아일랜드어로 Croagh Egli 또는 Cruchain Aigle)이라고 불렸지만 지금은 패트릭산(아일랜드어로 Croagh Patrick)이라고 불린다. 성 패트릭의 생애를 보면, 아일랜드의 국민성자로 제격이다. 영국, 아니면 스코틀랜드, 아니면 웨일스의 로마 가톨릭 귀족 가문, 아니면 로마 가톨릭으로 개종한 귀족 가문에서 태어났고(출생지와 관련해서는 다양한 버전의 이야기가 존재한다.), 어려서 납치당했고, 아일랜드에서 노예로 살면서 신앙을 찾았고, 예지의 은사로 배가 있는 곳을 알게 되어 아일랜드에서 탈출했다.(그것이 아일랜드 성자들이 감행하게 되는 수많은 항해들 중 첫 항해였다.) 어떻게 보면 다중이민자였고 어떻게 보면 단순한 비정주자였던 성 패트릭은 그렇게 한동안 서유럽을 떠돌다가 아일랜드에서 선교의 사명을 받았다.

아일랜드 곳곳에 성 패트릭과 관련된 장소가 있는

것을 보면, 아일랜드에 와서도 비정주 생활을 이어나갔던 듯하다. 성 패트릭은 지금까지 이어지고 있는 선교사 전통을 창시한 것으로도 유명하지만, 사막으로 나간 그리스도, 산으로 올라간 모세 등 외딴 데로 물러나는 종교인들을 본받아 '독수리/패트릭산'에서 금식한 것으로도 유명하다. "독수리산에서 정상으로 올라갔고, 40일 낮과 40일 밤을 머물러 있었다. 거대한 새들이 시야를 가리니 하늘도 땅도 바다도 보이지 않았다."[2] 티레한(Tirichan)이라는 주교가 대략 670년에 쓴 글이다. 성 패트릭이 아일랜드 파충류를 전부 바다로 쫓아낼 때 무대가 된 곳이 바로 이 산이었다는 설도 있다. 두어 세기 전부터는 7월의 마지막 일요일에 독실한 순례자들이 찾아오게 되었다는데, 내가 본 것은 중년의 순례자들이 푸슬바위와 자갈이 굴러 내려오는 거친 산비탈을 독실하게도 맨발로 올라가는 사진들이었다.

>>>→

데이나라는 친구와 나 사이의 대화에서 그레이스 오말리에 대한 이야기가 나온 것은 내 집으로 가는 길 위에서였다. 우리의 입에서 동시에 같은 이름이 튀어나왔다. 나는 아일랜드 통사를 읽다가 그레이스 오말리라는 해적 여왕에 대한 짤막한 언급을 발견한 것뿐이지만, 데이나는 그레이스 오말리의 후손인 앨리스 오말리라는 젊은 레즈비언을 알고 있었다. 그레이스라는 조상에 대한 이야기를 들려주는 앨리스를 만나기 위해

나는 또 한 번 여행을 떠났다. 맨해튼 로어이스트사이드에서 헤스터 스트리트를 비롯해 이름으로만 알고 있었던 오래된 이민자 구역의 골목들을 느릿느릿 걸어 앨리스의 거처까지 갔다. 토요일 오전은 뉴욕의 군중이 증오의 기운을 뿜어내는 시간대가 아니었다. 날이 흐렸고, 길에 사람이 거의 없었다. 10시 정각의 길 위에는 오물과 묘한 냄새들과 나 말고는 아무것도 없었다.

데이나로부터 앨리스에 대한 이야기를 듣고 책에서 그레이스 오말리에 대한 글을 읽으면서 압도적 외모의 앨리스를 기대하고 있었는데,[3] 짧게 깎은 붉은빛 도는 금발 머리에 밀짚 모자를 눌러 쓴 작고 야윈 체구의 여자가 내려왔다. 살면서 즐거운 일보다 괴로운 일을 더 많이 겪었다는 인상을 주는, 진지하면서 팽팽한, 하지만 전혀 허술하지 않은 여자였다. 무작정 걷다가 알파벳시티까지 흘러간 우리는 주류면허를 잃은 아이리시 뮤직 클럽에서 아침 식사를 주문했다. 가운데 자리에서는 두 가족이 아이 생일 파티 준비에 한창이었다. 앨리스는 우리의 덜 익은 달걀과 눅눅한 감자를 앞에 두고 이야기를 시작했다.

≫→

출발한 것은 아침이었다. 패트릭산은 까마귀들 대신 안개로 가려져 있었고, 은둔처로 가는 길도 마음에 들었다. 산자락을 따라 돌면서 산기슭의 풍경들과 덤불들과 드문 인가들을 실컷 바라볼 수 있는 길이었다. 하지만 은둔처로 접어드는 길이 시작되는 드럼킨 분기점까지가 웨스트포인트에서 시계 방향으로 18킬로미터였고, 면회 시간에 늦지 않을까 걱정스러워진 나는 출발해서 4~5킬로미터 만에 지나가는 자동차를 향해 엄지손가락을 세우고 말았다. 나를 태워준 중년의 농장 여성은 친절하기와 기뻐하기에 능한 사람이어서, 내가 아이린 자매님을 만나러 가는 길이라고 했더니 자기랑 잘 아는 자매님이고 자기가 아주 좋아하는 자매님이라면서 기뻐했고, 내가 미국인이라고 했더니 미국인인데도 영어 발음이 참 똑똑하다면서 크게 기뻐했다. 그러다가 동네 농부에게 시집올 의사가 없느냐고까지 물어왔다. 나의 카멜레온 같은 억양 때문이었을 수도 있고, 내가 아일랜드가 어떠냐는 질문에 너무 정중하게 대답해서였을 수도 있다. 어쨌든 결혼한 여자가 희귀한 동네인 듯했다. 나를 태워주었던 여자는 농장 안주인의 삶이 솔직히 만만하지는 않지만 그래도 보람이 있다고 하면서 나를 은둔처 입구에 내려주었다. 입구에 안내문이 붙어 있었다.

오전 4:30: 새벽기도

12:30: 식사

2:30~35: 응접

5: 기도

8: 취침

대략 이런 내용이었다. 시간이 많이 남았다.

〉〉〉→

앨리스의 외증조부(외할머니의 아버지)는 19세기 말에 부모를 따라 미국으로 건너온 10여 명의 어린 자식들 중 하나였고, 앨리스에게 오말리의 이야기를 들려준 사람은 그 이민자 아이의 딸인 외할머니였다. 앨리스가 어른이 된 후에 본인의 성을 오말리라는 외할머니의 결혼 전 성으로 바꾼 것은 영웅적 인물과 동일시하는 유년기 심리의 연장이었다. 이 거칠 것 없는 여장부의 후손으로 태어났다는 것이 앨리스에게는 매우 감격적인 사실이었지만, 외할머니의 남자 형제를 비롯한 다른 친척들은 그런 혈연관계를 부인했고, 어머니는 앨리스가 오말리라는 성을 쓰지 못하도록 열심히 말렸다. 키가 180센티미터가 넘었다는데. 수염을 길렀다는데. 여자가 그러면 되겠니? 남편을 둘씩이나 죽였다는데. 그 여자처럼 살고 싶지는 않잖니? 하지만 앨리스도 나도 그레이스 오말리처럼 살고 싶어 하는 여자들이었다. 그레이스는 두 번 결혼했고 두 남편 다 그레이스보다 먼저 죽었지만, 어느 쪽도 그레이스의 손에 죽은 것은 아니었다.

1530년대에 태어나 1603년까지 살아 있었던 그레이스는(1603년은 아일랜드 영주의 시대가 종말을 고한 해이기도 하다.) 거친 무역 선단을 이끌었고 아들들의 엄마였고 여러 번 큰 재산을 잃었고 엘리자베스 여왕을 상대로 동등한 입장에서 협상했고 수많은 전설의 주인공이었다.(전설들 중에는 실화도 있었다.) 그레이스는 그 당시에 유럽 여자들이 보통 소유할 수 있었던 권력보다 큰 권력을 지력과 의지력으로 확보하고 있던 여자였다. 그레이스의 무역 선단은 스페인에 가서 아일랜드산 생선과 털가죽과 옷감을 스페인산 와인과 소금으로 바꿀 수 있었고, 골웨이 항구로 들어오는 모든 배는 그레이스에게 통행료를 내야 했다. 그레이스의 육지 모험들도 활기가 넘쳤다. 70년에 걸쳐 그렇게 전쟁과 공격과 정복과 정치권력의 부침에 휘말리면서도 끝까지 위세를 잃지 않았다는 것이 그저 놀라울 뿐이다. "그로냐(Grainne, 그레이스 오말리라는 이름의 아일랜드 버전 중 하나)는 지금도 전통에 의해서 생생히 기억되고 있습니다. 지난 세대에는 그로냐와 개인적으로 알고 지낸 사람들과 이야기를 나눈 적이 있는 사람들도 있었습니다. 이제 살아온 지 74년 6주가 된 에리스에 거주하는 찰스 코믹이 이야기를 나눈 적 있는, 약 65년 전에 사망한 뮬레 뉴타운의 엘리자베스 오도넬이 친밀하게 알고 지낸 월시 씨도 그로냐를 기억하고 있던 사람들 중 하나였습니다. 월시는 107세에 사망했는데, 월시의 부친이 그로냐와 동갑이었습니다."[4] 1838년에 마요 카운티의 병기조사 관리로 일했던 학자의 편지에 나오는 말이다.

그로부터 약 반세기 뒤에 앨리스의 선조들이 클레어에서 미국으로 건너올 때 그레이스에 대한 기억을 고스란히 간직하고 있었다는 사실, 그리고 그 기억이 이민 4세대에 걸쳐 전해 내려왔다는 사실이 나에게는 죽은 지 200년이 넘은 그레이스를 기억하는 사람들이 불과 세 다리 건너에 살아 있던 그전 세대만큼이나 놀라웠다. 앨리스의 선조들이 미국으로 건너

마음의 발걸음

온 시기도 나의 선조들이 미국으로 건너온 시기와 비슷했고 앨리스가 이민 4세대라는 것도 나와 마찬가지였지만, 앨리스 자신은 아일랜드라는 가본 적도 없는 나라와 깊숙하게 동일시하고 있었다. 앨리스를 키운 것은 아일랜드 가톨릭과 동부 교육이었던 반면, 나를 키운 것은 그런 요소들을 모두 씻어내는 족외결혼과 서부로의 이주였다. 앨리스가 아일랜드인이었다면 나는 그저 세상의 서쪽 끝에 살고 있는 떠돌이 야만인이었다. 아일랜드인이 바로 그런 존재였던 것은 까마득한 옛날 일이었다.

축축한 아침 식사를 앞에 두고 나는 로저 케이스먼트에 대한 이야기를, 앨리스는 그레이스에 대한 이야기를 이어갔다. 그레이스가 어릴 때부터 짧은 머리였다는 것, 머리를 자르고 부친의 선단에 몰래 탔다는 것, 항구로 돌아갈 수 없을 정도의 시간이 흐른 뒤 자신의 정체를 밝혔다는 것도 앨리스에게 들은 이야기였다. 그레이스가 평선원 생활을 한 적이 있다는 것은 어디까지나 전설이지만, 그레이스가 평생 선단을 통솔하고 해전을 지휘한 뱃사람이었다는 것은 역사 기록으로 남아 있다.(그레이스가 항해 중에 둘째 아들을 낳았는데 출산 직후에도 전투를 지휘하면서 선상을 누볐다, 라는 것도 내가 읽은 전설 중 하나다.) 그레이스가 마음에 드는 귀족 소년을 납치했다, 라는 전설도 있는데, 아무래도 이 전설은 비교적 역사에 충실한 기록 두 가지가 합쳐지면서 생긴 전설인 것 같다. 그레이스는 클레어섬 근처에서 조난당한 한 청년을 구해준 뒤 그 청년을 사랑하게 되었는데 그 청년이 사슴 사냥을 하고 있을 때 맥마혼 일가의 손에 죽임을 당하자 그레이스가 책임자들을 살해함으로써 복수했다, 라는 것이 그중 한 기록이고, 그레이스는 더블린 근처의 호스 성 영주에게 푸대접을 받은 보복으로 영주의 어린 상속자를 납치했다가 앞으로 호스 성에는 언제나 그레이스만을 위한 특별한 자리가 있을 것이라는 약속을 받은 뒤 풀어주었다, 라는 것이 나머지 한 기록이다. 그레이스의 자리가 아직도 있더라, 라는 것이 호스 성에 갔던 앨리스의 이모의 증언이었다.

그레이스 오말리라고 알려진 그래나유(Grainaille)는 아일랜드 문화에서 전설의 메브 여왕, 마르키에비츠 백작 부인, 메리 로빈슨 대통령과 함께 강한 여성의 아이콘 가운데 하나가 되었다. 오말리가 아닌 많은 여성들이 지금 오말리라는 이름을 부적처럼 기억하고 있다. 그레이스 이전 시대의 켈트 사회가 대부분의 다른 사회들에 비해 여자의 자리가 약간 더 넓은 사회이기는 했지만, 그레이스의 시대에는 이미 그 자리가 많이 좁아져 있었고, 그레이스가 그런 자리를 차지했던 것은 예외적인 일이었다. 그레이스가 휘두른 권력은 사회가 그레이스에게 내준 권력이 아니라 그레이스 본인이 쟁취한 권력이었다. 그레이스의 전기 작가 앤 체임버스(Anne Chambers)가 들려주는 이야기 중에는 클루만의 한 섬을 배경으로 펼쳐지는 그레이스와 은둔자에 대한 이야기도 있다. "그레이스에게 격퇴당한 옆 동네 부족의 족장이 은둔성자가 거처로 삼은 작은 섬으로 도망쳐 교회에 숨었다. 추격에 나선 그레이스는 교회를 포위하고 도망자가 배고픔에 지쳐 제 발로 걸어 나오기를 기다렸다. 하지만 교회로

마음의 발걸음

숨어든 족장은 은둔자 덕분에 가파른 단애면(cliff-face)까지 땅굴을 팔 수 있었고, 밧줄 덕분에 미끄러운 암벽을 탈 수 있었다. 밑에서는 배가 기다리고 있었고 […] 나중에 침묵의 서약을 깨고 밖으로 나온 은둔자는 사냥감이 나오기를 기다리고 있던 그레이스에게 족장이 도망쳤다는 것을 알려주었다. 그리고 충고하기를 […]"**5**

내가 만나러 간 은둔자도 숲속 시냇가에 살고 있었지만, 그 흉한 국유 조림지의 한 구석이었고 도로에서도 멀지 않았다. 은둔처 주변에서는 오리들과 다 자란 염소 한 마리와 새끼 염소 한 마리가 돌아다니고 있었고, 전체적 풍경은 내가 예상했던 것과 달리 외딴 요새와 비슷하기보다는 활기찬 농장과 비슷했다. 언덕 위에는 작은 상자 같은 건물 두 채가 앉아 있었는데 하나는 빨간색, 하나는 회색이었고, 언덕 아래에는 십자가를 내건 오두막 한 채가 앉아 있었다. 집보다는 공터 헛간 같았지만, 은둔성자 안토니가 아무 유혹 없는 삶을 살아갔던 것도 이런 풍경에서였다. 내가 만난 은둔자는 「잔 다르크」의 진 시버그를 생각나게 하는, 영화배우 같은 미녀였다. 젊은 나이, 작은 체구, 고운 피부, 진청색 윔플°을 빠져나온 갈색 일자 앞머리, 무거워 보이는 회색 캐속,° 캐속 위로 늘어뜨린 푸른 켈트 십자가, 캐속 아래 받쳐 입은 터틀넥. 샌들 안에 신은 두꺼운 양말이 옷

○ 중세에 여성의 머리와 목을 가리기 위해 사용하던 천으로 지금은 일부 수녀들이 착용한다.
○ 사제의 평복.

과 어울렸고, 왼손 약지의 굵은 금반지는 그리스도의 신부라는 뜻이었다. 은둔자는 언덕 아래 오두막에서 한 남자와 난방을 화제로 한담을 나누고 있었다. 남자는 꽤 장신이었고 고급 정장 차림이었는데, 내가 이야기에 낀 뒤에도 월드컵을 화제로 삼으려는 헛된 노력을 멈추지 않았다. 월드컵이 시작되기 2주 전이었으니 이 나라에 사는 대부분의 사람들이 아일랜드가 월드컵에서 거둘 성적과 관련된 편집광적인 홍분과 함께 점점 뜨거워지는 시기였지만, 딱하게도 은둔자와 나는 아일랜드에서 축구에 가장 관심이 없는 두 사람이었다.

남자의 이야기 중에서 교회사 이야기와 난방 이야기는 그런대로 호응을 얻었다. 우리는 시멘트 블록으로 지어지고 있는 예배당 투어에 나서기도 하고 차를 마시기도 했다. 정확히 말하면 두 방문객은 차를 마셨고 은둔자는 쿠키를 돌렸다. 찻주전자는 우스울 정도로 작아서 차가 두 잔밖에 나오지 않았고, 거대한 양철 통에 담긴 쿠키는 누군가로부터 받은 선물인 듯했다. 은둔자는 예상보다 훨씬 세속적인 인상을 주었고, 은둔자치고는 교회정치에 큰 관심을 가지고 있었다. 세상에서 좋은 일을 하는 사람들에 대한 지원에 비해서 묵상하는 수도회에 대한 지원이 부족하다는 가시 돋친 말을 하기도 했는데, 세상에서 일을 하는 것보다는 세상을 위해서 묵상하고 기도하는 것이 성직의 진짜 존재 이유라는 의미인 듯했다. 서유럽에서는 은둔자가 크게 늘고 있다, 영국은 은둔자가 100명 정도까지 늘었고, 비교적 엄격한 수도회들이 실질적으로 되살아나고 있는 프랑스는 그보다 더 늘었고, 지금 아일랜드에는 은둔자가 남녀 합쳐 일곱 명이 있다, 라는 것이 그 아일랜드 여성 은둔자의 말이었다. 내가 은둔자에게서 세속적이라는 인상을 받았던 이유는 어쩌면 그저 내가 신앙이라고 생각했던 것이 은둔자의 신앙 스타일과 달라서일 수도 있었다. 내가 은둔자를 만나러 갔던 것은 비세속적인 이야기를 나누고 싶어서였지만, 난방기와 축구에 대한 이야기를 하다가 난데없이 은둔을 선택한 동기를 궁금해하거나 독거와 칩거의 영성을 화제로 삼으면 너무 무례하게 들릴 것 같았다. 하지만 은둔처에서 마셨던 차 한 잔의 온기, 그리고 전 유럽의 외딴 장소에서 마구 늘어나는 남녀 은둔자들의 이미지가 바람 부는 산을 넘어 돌아가던 내게 끝까지 힘이 되어주었다.

≫→

앨리스는 해마다 뉴욕의 아일랜드계 동성애자 단체 ILGO(New York's Irish Lesbian and Gay Organization)와 함께 퍼레이드에 참가하고 있었는데, 내가 만난 앨리스는 성 패트릭의 날이 감옥에서 보내는 날이라는 생각에도 이미 익숙해져 있는 것 같았다. ILGO가 만들어진 것은 1990년에 어느 일식 식당에서였고, ILGO 회원들이 뉴욕에서 성대하게 펼쳐지는 성 패트릭의 날 퍼레이드에도 한번 참가해보자고 생각했던 것은, 한 회원의 표현을 빌리면 "여름에 게이·레즈비언 퍼레이드에서 신나는 시간을 보낸 뒤"였다. ILGO의 수난이 시작된 것은 그때부터였다. 오코너 추기경은 ILGO의 활동을 동성애에 대한 비방의 수위를 높이는 기회로 이용하기도 했다. ILGO가 성 패트릭의 날 퍼레이드에 참가하겠다고 했을 때, 성 패트릭의 날 퍼레이드의 가톨릭 조직책이었던 히베르니아 고대종단(Ancient Order of Hibernians, AOH)는 자리가 없다는 핑계를 대면서 ILGO를 대기자 명단에 넣었다고 주장했다.(하지만 ILGO가 행진권 소송을 냈을 때 AOH는 그런 대기자 명단을 내놓지 못했다.) 1991년 성 패트릭의 날 퍼레이드 때는 진보적 성향이었던 AOH 브롱스 분회의 주선으로 AOH와 ILGO가 AOH의 배너 아래 함께 행진했다.(1991년은 뉴욕의 성 패트릭의 날 퍼레이드 230주년이었다.) 뉴욕의 아프리카계 미국인 시장이었던 데이비드 딩킨스가 연대의 뜻으로 200여 명의 게이·레즈비언 참가자들과 함께 행진했다.(퍼레이드의 선두에서 행진을 이끄는 것이 그전까지의 뉴욕 시장들의 전통이었다.) 40개 블록을 행진하는 동안 야유에 시달린 것이 시장인지 시장과 함께 행진한 사람들인지는 확실치 않았다.

1992년 퍼레이드 때는 상황이 더 열악해졌다. 1993년에는 조직책이 행사를 취소하겠다고 위협했고, 딩킨스는 조직책에 항의한다는 뜻으로 불참했고, 조직책에 항의하는 게이·레즈비언 200여 명이 행사장에 있었다는 이유로 체포당했다. 1994년에는 보스턴의 성 패트릭의 날 퍼레이드 조직책이 실제로 행사를 취소해버렸고(보스턴 법원이 아일랜드계 퀴어단체의 퍼레이드 참여권을 인정한 데 대한 항의 표시였다.), 조직책에 항의하는 게

이·레즈비언 활동가 100여 명이 체포당했다. 뉴욕 AOH는 새로 법정으로 가서 성 패트릭의 날 퍼레이드를 아일랜드계 행사가 아닌 가톨릭 행사로 재규정함으로써 조직책의 뜻에 맞지 않는 ILGO 같은 단체들을 배제할 합법적 구실을 마련하고자 했다. 일련의 상황을 아일랜드인의 억양이 희미하게 남아 있는 목소리로 들려준 사람은 ILGO 조직책 수전 오브라이언(Susan O'Brian)이었다. 이 소동은 전부 아일랜드계 미국인 사회의 소동이 아니라 아일랜드계 미국인 사회의 소동이다, 더블린과 코크의 성 패트릭의 날 퍼레이드에서는 게이·레즈비언의 참여를 막지 않는다(이번 코크 퍼레이드에서는 "헬로우, 뉴욕!"이라는 배너로 참가한 레즈비언·게이 단체가 신인상을 수상했다.), 뉴욕과 보스턴의 퍼레이드 조직책들은 '아일랜드계'를 최대한 좁게 정의하고 싶어 하는 것이 아닐까, 그들은 그저 실제 장소로서의 아일랜드의 교착과 모순으로부터 멀리 떠나 아스라한 향수 속의 아일랜드를 보고 싶은 것뿐 아닐까, 그들의 퍼레이드는 퀴어 아니면 아일랜드인 둘 중 하나를 선택해야 한다고 말하는 것 같다, 퀴어와 아일랜드인 둘 다이고자 한다는 것은 성 패트릭의 날을 감옥에서 보내게 된다는 뜻인데, 성 패트릭이 한때 노예였다는 것과 아일랜드의 주요 영웅들이 수감자들과 망명자들이었음을 떠올려본다면 그날을 감옥에서 보낸다는 것에 각별한 의미가 있다, 친구들이 다 감옥에 있을 때는 함께 감옥에 있는 것도 싫지만은 않다, 라는 것도 오브라이언의 말이었다.

은둔자를 만나고 돌아가는 오르막길에서는 좌우의 풍경이 점점 아름다워졌다. 가파른 비탈에 급류가 흐르고 관목이 우거진 험준한 풍경이었다. 올 때는 패트릭산을 시계 방향으로 돌면서 안개 낀 산을 계속 오른쪽에 두는 길이었지만, 갈 때는 안개가 걷히지 않은 산의 낮은 어깨 하나를 구불구불하게 넘는 길이었다. 산 어깨의 가장 높은 곳에서는 클루만이 내려다보였다. 내리막길에서는 인적 없는 길을 내키는 대로 건너다니는 양들과 소들을 만나고 작은 폭포들을 지났다. 인가는 거의 없었다. 산을 내려와서부터 웨스트포트까지 만을 따라가는 30~40킬로미터는 대부분 엄지손가락을 세우고 프랑스 여행자들의 차를 얻어 탔다.

성 패트릭은 산 위에서 금식 중이었다. 그레이스 오말리는 바다에서 항해 중이었다. 앨리스 오말리는 역행하는 듯한 퍼레이드에서 행진 중이었다. 아이린 자매님은 염소들을 보살피면서 사람들에게 차를 대접하는 중이었다. 나는 그들을 만나러 다니는 중이었다. 이제 그레이스가 있는 곳은 어느 무덤이었다. 성 패트릭의 날에 앨리스가 있는 곳은 뉴욕의 어느 감방이었다. 은둔자가 세상을 위해서 기도하고 있는 곳은 흉한 조림지의 작은 빈터였다.

16장 트래블러[1]

어디쯤에서 하차해야 하는지 짐작이 되지 않았다. 트래블러일 가능성이 있어 보이는 묵직한 골드 후프 귀걸이의 젊은 여자를 눈여겨보고 있었는데, 교도소가 나올 법한 풍경이 펼쳐지기 한참 전에 그 여자가 하차해버렸던 것이다. 나는 버스 기사에게 '위트필즈 교도소'가 어디냐고 물었다. 소파 쿠션처럼 밋밋했던 기사의 표정이 분노로 일그러진 것은 교도소 담장 앞의 클론달킨 트래블러 캠프장이 내 목적지라는 것을 알게 된 뒤였다. 기사는 **그놈들**에게 대체 무슨 용건이냐?"라고 따졌고, 나는 애매하게 몇 마디 던졌다. 기사는 점점 화를 내더니 그놈들이 자기 친구의 아들을 죽였다고 했다. "딱 열다섯 살이었는데, 참 귀여웠지. 근데 그놈들은 법원 앞에 처앉아서 낄낄 웃으면서 술을 마시더라니까. 그 나쁜 놈은 달랑 9개월을 살고 나오는데 그 귀여운 아이는 그렇게 영원히 간 거야. 내가 보기에는 그놈들은 쓰레기, 찌꺼기야." 그 사람들이 전부 그렇겠느냐는 나의 말에 기사는 전부 그렇다고 했다. 그 사람들 중에 누구하고라도 이야기를 해본 적이 있느냐는 나의 말에 기사는 상대할 가치도 없는 놈들이라고 하면서 그런 놈들한테 무슨 용건으로 가느냐고 했다. 나는 초대받고 찾아가는 길이라고 대꾸하면서 이제 혼자 찾아갈 수밖에 없겠다고 생각했다. 그렇지만 내가 괜히 주거권 활동가의 딸로 자란 것이 아니라서, 한 개인의 행동을 가지고 인구 집단 전체를 판단해서는 안 된다는 취지의 상투적인 말을 두어 마디 덧붙일 수밖에 없었다.

아일랜드에는 특정한 종류의 비정주민에 대한 혐오가 있었다. 서해안 여행이 끝났을 때 내게 남은 것은 트래블러에 대한 질문이었고, 대답이 찾아질 것 같은 곳은 더블린뿐이었다. 내가 더블린에 머물면서 찾아낸 대답은 수많은 자료들, 몇 번의 우연한 만남들, 그리고 한 트래블러 가족으로부터의 초대였다. 더블린 시내에서 탄 버스가 종점에 도착했을 때, 기사는 나더러 내리지 말고 기사석 옆 기둥을 잡고 있으라고 했다. 자기가 말했던 신도시 비극의 현장들을 도는 개인 투어를 시켜주겠다는 것이었다. 기사가 분노의 팔짓으로 가리키는 곳은 자기 친구가 사는 황량한 신축 주택 블록들이 끝없이 이어질 뿐인 사각형의 땅이었다. 기사는 그 후텁지근한 오후에 버스 종점으로 돌아가는 길에 자기 친구의 아들이 묻혀 있는 공동묘지와 살인자가 살고 있는 캠프까지 보여주었다.(음주운전 과실치사였다.) 기사가 위트필즈 교도소 복역자였던 것은 아닐까, 모든 이야기가 이 버스 노선의 종점에 모여 있는 것은 아닐까 궁금해지기도 했다.

　　　　기사는 그놈들(일부 트래블러, 기사가 보기에는 모든 트래블러)이 수도관을 부순 현장이라는 곳을 보여주면서 "손님이나 내가 그런 짓을 하면 잡혀갔을 텐데."라고 했다. 수도 요금을 내지 않는 트래블러들이 있다는 사실이 친구의 아들이 죽었다는 사실 못지않게 기사의 분노를 돋우는 듯했다. 물이 흘러나오는 파이프가 튀어나와 있는 곳은 트래블러들의 주차와 캠핑을 막기 위해 소형 콘크리트 플러그를 일렬로 박아놓은 넓은 잔디밭의 바로 맞은편이었다. 흩어진 폐품들 사이에 트레일러 두어 대가 주차되어 있었는데, 그런 것을 무임승차라고 한다면, 최소한 호화로운 무임승차는 아니었다. 기사는 드디어 나를 길 중간에 덜렁 내려주더니 감옥이 나올 때까지 쭉 가라고 하면서, 거기는 강도의 천국이니까 조심하라고 했다. 불도저로 파낸 흙더미와 막 지어진 똑같은 주택이 계속 이어지는 길이었고, 강도의 천국이든 누구의 천국이든 천국이 나올 것 같지는 않았다. 선물로 가져온 복숭아와 체리가 6월의 더위 속에서 어느새 점점 무거워지고 있었다.

　　　　　　　　　　⫸→

　　　　최근에는 아일랜드의 비정주 원주민을 트래블러라고 부르고 있는데, 내가 여러 사람들로부터 트래블러에 대한 부스러기 정보들을 얻어들은 것은 아일랜드 서해안을 따라 올라올 때부터였다. 밴트리의 한 호스텔 근처에서 만난 한 여자는, 트래블러가 어떤지 아는 사람이 별로 없어서 그렇지 알고 보면 대단한(grand) 사람들이라고 했다.(그 여자도 트레일러에서 생활하는 사람인 듯했다.) 에니스에서 덩치 큰 장신의 여자와 함께 걷고 있을 때 구걸하러 다가왔던 아홉 살, 열 살 정도 되는 모래색 머리의 아이는 나에게 동전을 받은 뒤 자기가 트래블러라는 것을 인정했지만, 계속 고개를 숙여 보일 뿐 대화를 이어가주지는 않았다. 골웨이로 가는 길에 셔틀 밴 기사가 돌담에 대해서 더 이상 할 말이 없는 것 같아 보이기에 내가 트래블러에 대해 물어보았더니, 기사는 골웨이에 트래블러 캠프장이 필요했는데 동서남북 당국이 서로 책임을 회피하면서 시간만 보내고 있어서 보다 못한 골웨이 주교가 사저 앞 땅을 내놓았다는 이야기를 들려주었다. 육중한 얼룩무늬 역마들이 쓰레기하치장 옆에서 풀을 뜯어먹는 모습을 본 것은 포터마 근처에서였고, 좁은 갓길에 길게 서 있는 트레일러들을 본 것은 골웨이로 돌아가는 길에서였다. 캐슬린 자매님은 자기가 어렸을 때는 농장으로 찾아오는 트래블러들에게 내줄 토탄과 우유가 집에 항상 준비되어 있었는데, 그때는 그 사람들을 '팅커(Tinker)'라고 불렀다는 이야기를 들려주었다. 웨스트포인트에서 만난 브라이드라는 여자는 트래블러의 생활 방식이 원시적이라는 것은 비교적 최근에 특정 맥락에서 만들어진 생각이리라는 이야기를 상세히 들려주었다. 자기만 해도 어렸을 때 수돗물이 안 나오는 농가에서 자랐고 그때만 해도 사람들이 트래블러들과 별다른 이질감 없이 어울렸다는 이야기였다. 나중에 발리드홉의 리는 남자 트래블러의 말 수레와 마주쳤을 때의 이야기를 편지로 들려주었다. 남자는 일어선 자세로 육중한 말들을 전속력으로 몰고 있었다. 남자의 얼굴에는 기쁨과 강자의 당당함이 어려 있었다. 두 사람은 시선이 마주친 한순간 서로를 알아보고 동지의식을 느꼈다, 라는 이야기였다. 트래블러는 대개 혐오에 시달리고 소외를 겪는다. 간혹 감탄의 대상이 되기도 한다. 왜일까?

그 이유를 더블린에서 알아낸다는 것이 내가 생각했던 것만큼 쉬운 일은 아니었다. 아일랜드와 영국에 사는 사람 중에 트래블러에 대해서 모르는 사람은 없는 것 같지만, 트래블러가 흥미로운 화제라고 생각하는 사람도 없는 것 같다.(어쨌든 내가 트래블러에 대해 알아보기 시작하던 때는 트래블러에 대해 나보다 모르는 사람은 없는 것 같았고, 다들 트래블러에 대해 알 만큼 안다고 생각하는 것 같았다.) 트래블러에 대한 글도 별로 나와 있는 것이 없다. 인류학적으로 연구되기에는 이국성이 부족하고 정책적 민속 연구의 대상이 되기에는 동질성이 부족해서일까, 1970년대 이전에는 트래블러에 대한 책이 거의 전무했고, 1970년대 이후에도 연구가 이루어지지 않은 것은 마찬가지였다. 내가 더블린에서 일단 공략한 분야는 트래블러에 대한 정주민 커뮤니티의 반응이었다. 하지만 더블린의 큰 도서관들에는 나에게 필요한 도서가 없는 것 같았고, 아일랜드 신문들에는 색인 서비스나 마이크로필름 서비스가 없었다. 내가 찾아낸 첫 자료는 낸 조이스(Nan Joyce)라는, 트래블러 인권 활동가가 된 트래블러 여성의 생생한 구술사였고[2](시내에서 가장 큰 서점에 재고가 있었다.) 내 다음 공략지는 《아이리시 타임스》 사내 아카이브였다.

《아이리시 타임스》는 아일랜드에서 가장 묵직하고 가장 공식적이라는 분위기를 풍기는 전국지라는 점에서 영국 런던의 《타임스》나 미국의 《뉴욕 타임스》와 비슷하다. 내 전화를 받은 아카이브 책임자는 매우 협조적이었고, 나는 책임자의 안내에 따라서 클리핑 룸으로 올라갔다. 클리핑 룸에서 나를 맞은 책임자는 아일랜드가 기술력에서 이렇게 시대에 뒤처져 있다는 탄식과 함께("믿지 못하시겠지만 활판을 없앤 것이 정말 불과 얼마 전이었답니다.") 클리핑 룸의 업무 방식을 보여주었다. 몇 사람이 큰 가위를 들고 어수선한 책상 앞에 앉아 신문지를 기사별로 잘라내서 거대한 스크랩북에 붙이고 있었다. 스크랩북 책등에는 해당 주제가 손 글씨로 적혀 있었고, 사방에는 신문지 조각이 가을 낙엽처럼 흩어져 있었다. 그런 스크랩북들이 아카이브 자료의 전부였다. 나도 책상 앞에 앉아 한 해 동안 기사화된 아일랜드 트래블러들의 삶을 읽기 시작했다. 뻣뻣한 스크랩북이 한 나라의 일기처럼 한 장 한 장 넘어감에 따라 민권 쟁취 운동의 한 흐름이 그려졌다.

1993년 7월 13일, 그래프턴 스트리트의 한 상점에서는 트래블러 소년에게 아이스크림을 판매하기를 거부했다. 10월 13일, 골웨이 카운티 글랜매디의 포로즈 펍에서는 창문 열네 장이 깨지고 밴 두 대가 뒤집혔다. 펍 안에 트래블러들이 있다는 사실에 분노한 100여 명의 군중이 저지른 짓이었다.

10월 23일자 《아이리시 타임스》는 아일랜드에는 3828가구에 약 2만 3000명의 트래블러가 있는데 그중에서 실제로 길에서 비정주 생활을 하고 있는 것은 1100명 이상이라는 1992년 통계를 보도하면서 "영국에는 약 1만 5000명의 아일랜드 출신 트래블러가 살고 있고, 미국에는 약 1만 명의 아일랜드 혈통 트래블러가 살고 있는 것으로 추산된다."라고 덧붙였다. 11월 6일에는 "'평등·법개혁부'가 마련하고 있는 법이 시행되면 클럽, 술집, 상점에서의 트래블러 차별이 금지될 것"이라는 기사가 있었다. 그런 차별이 합법적으로 자행된다는 사실을 에둘러 확인시켜 주는 기사였다.

　　11월 15일, "지난주에 노스 클론달킨의 폰트힐 로드에서 트래블러 주차지에 악취 나는 비료 수십 더미가 쏟아진 사건이 주차 중인 트래블러들의 분노를 불러일으키고 있다. 자기네를 몰아내기 위한 더블린 카운티 의회의 얄팍한 술책이라는 것이 그들의 주장이다." 흔한 일이라는 것은 나중에 알게 되었다. 아일랜드 도로변 풍경은 온갖 규제 이후에도 제거되지 않은 트래블러들을 제거하는 것을 목적으로 설치되는 돌담과 흙더미에 의해 다시 그려지는 중이었고, 비정주와 정주 사이에 있었던 여러 주거 형태들은 사라지는 중이었다. 1994년 1월 18일자 《아이리시 타임스》는 "트래블링 집단과 정주 집단 간의 상시적인 갈등과 간헐적인 노골적 충돌이 아일랜드 사회에 오랫동안 오점을 남기고 있음"을 지적했다. "트래블러 손님 받고 주류면허 잃을 위험"이라는 헤드라인을 단 다음 날 기사는 그 좋은 예였다. 2월 8일에는 골웨이 주교가 사저와 인접한 토지를 트래블러 여섯 가구의 캠프장으로 기부했다는 기사가 있었다. 2월 28일, 아일랜드트래블러운동단체(Irish Traveller Movement)는 "트래블러를 별개의 종족집단으로 보아야 한다는 단체의 강령을 둘러싸고" 내부 논쟁에 휘말렸다.

내가 《아이리시 타임스》에서 읽은 가장 험악한 사건들은 최근에 일어난 사건들이었다. 미드 카운티의 나반에서 학교 옆 캠핑장의 트래블러 스물여섯 가구가 자녀를 입학시키려고 했던 데서 비롯된 사건이라는 것이 내가 엄벙한 기사를 통해 짐작한 내용이었다. 기사에 따르면, "어제[4월 27일°] 아침에 넬 맥도너 씨가 차에 앉아서 울고 있었다. 아들 스티븐(15세)을 데려가려고 왔다. [······] '남아공이 참정권을 얻는 날에 왜 우리는 아이들을 학교에서 데려가야 하나? 당신의 아이였다면 이렇게 매정한 상황에 처하게 할 수는 없었을 것이다.'" 다음 날 기사에 따르면, "시험을 치르지 않는 약 350명의 학생들이 등교하지 않고 있다. 교문 밖에 트래블러 스물여섯 가구가 계속 있는 것에 대한 항의였다." 학교 문을 닫든지 아니면 최소한 반을 나누든지 하라는 항의였던 것 같았다. 5월 2일 사건은 더 험악했다. "40명가량의 현지 주민들이 트래블러들이 앳보이 로드

○   1994년 4월 27일은 남아프리카공화국 최초의 흑인 참여 자유총선거가
     실시된 날이다. 65퍼센트의 압도적인 지지를 획득한 만델라는 5월
     10일 대통령으로 취임했고, 이는 46년에 걸친 아파르트헤이트 정책이
     실질적으로 마감되는 순간을 의미했다.

에 위치한 시영 캠프장에 들어오는 것에 반대하며 시위를 벌였다. 폭력 사태는 없었지만 시위는 때로 '매우 과격해졌다'는 것이 경찰 발표였다. [……] 임대인임차인연합회 회장 앤드루 브레먼은 트래블러 관련 상황이 '화약통'이라고 말했다. 트래블러들은 자기네들이 법을 지킨다고 주장하지만 자기네 주변에 사는 사람들이 자기네 때문에 고통을 겪고 손해를 본다는 사실을 간과하고 있다는 말도 덧붙였다. 어제 미사에서 미드 카운티 나반 일대의 성직자들은 지역사회의 '자제와 공감과 관용'을 요청했고, 주민들이 스토크스 씨의 캐러밴을 화염병으로 공격한 일을 비난했다. 많은 신도들이 항의의 표시로 성당을 떠났다." 이런 이야기는 일면기사나 특집기사나 폭로기사로 다루어지는 중요한 사건이 아니라 그저 일상적 갈등의 기록들이었다. 최소한 1960년대부터 흔한 일이 되었다는 것도 《아이리시 타임스》를 더 읽어나가면서 알게 되었다. 1970년대 초에 골웨이 외곽의 샨탈라에서는 현지 주민 400명이 퓨리 씨와 그 여성의 세 자녀가 이사 오는 것을 막기 위해 거리를 행진한 사건이 있었고, 웨스트미드 카운티의 모트에서는 현지 주민들이 역시 트래블러 가족이 이사 오는 것을 막기 위해 한 주택에 불을 지른 사건도 있었다.

이런 기사 내용들은 내가 아일랜드에서 직접 경험했던 매력과 친절, 아일랜드 사회의 전반적 박애정신, 해외 위기에서 돋보이는 아일랜드의 구호활동에 확실히 영향을 미쳤다. 무른 화강암에 반짝이는 석영층이 끼어들 듯, 바탕을 바꾸지는 않았지만 그림을 복잡하게 만들었다. 이 갈등을 읽는 내내 1950년대와 1960년대의 흑인 민권운동을 떠올렸던 나는 아일랜드 사람들이 이 갈등을 별로 중요하게 생각하지 않는다는 것에 어리둥절했다.(1950년대와 1960년대에 미국에서 인종 관계는 미국이라는 나라의 가치와 정체성의 시험대였다.) 아일랜드인들은 역사의 패자로 살아가는 일에 너무 익숙해진 탓에 자기네가 승자라고 상상하는 일이 아예 불가능해진 것일까, 수많은 아일랜드인들과 아일랜드계 미국인들이 북아일랜드에서의 갈등을 가장 중요한 갈등으로 여기는 이유는 아일랜드 가톨릭이 나머지 스물여섯 개 카운티에서 지배적 주류가 된 지 70년이 지난 지금까지도 자기네에게 박해받는 비주류라는 상상을 허락해주는 갈등이라서가 아닐까, 궁금해지는 순간이었다. 그 스물여섯 개 카운티에서 거국적 자성을 불러일으키는 사건이 성도덕 영역에 국한되어 있는 것을 생각하면, 아일랜드공화국은 사생활 이외의 영역에서는 사회적 양심을 거론할 수 없게 된 탈정치 국가인 듯하다.(최근에는 성직자의 내연 관계와 성폭행, 농장에서 일하는 어린 여자가 사생아를 낳고 살해하는 사건, 근친상간 등의 처참한 사건이 계속 이어지고 있고, 이혼과 임신중단을 둘러싼 논쟁이 한창이다.) 하지만 트래블러 인권을 둘러싼 갈등은 공공장소의 문제이자 사회제도의 문제다.

아일랜드뿐 아니라 전 유럽에서는 이런 식으로 비정주민 대 주류 정주민 사이에서 갈등이 빚어지고 있다. 비정주민 편에 서는 사람들이 없는 것은 아니지만, 그들 자신이 비주류인 경우가 많다. 정주 생활을 하는 인구 집단들은 (아니면 적어도 종족국민주의를 도모하는 사람들은) 비정주민이 정주 생활을 방해한다고 느낀다. 비정주민은 닫힌 울타리를 벗어나서 이어진 길들의 풍경 속을 지나면서 마치 바늘처럼 자기가 지나는 곳들을 꿰맨다. 자국의 비정주민이 자국 땅에 뿌리내린 동질 집단이라는 자국민 개념을 흩트리는 존재라면, 외지에서 온 비정주민은 침입자로 간주된다. 예컨대 집시들이 수 세기에 걸쳐 한 장소에 거주했다 하더라도 그들의 이웃이, 그리고 경우에 따라 그들의 정부가 그들을 자국민으로 받아들여주지 않는 곳들이 많았다. "집시들은 존재 자체가 불복종이었"[3]으며, 죽음, 억류, 추방, 강제노역, 강제 정착은 유럽에서 비정주민에게 가해지는 처벌들이었다고 장피에르 리에주아(Jean-Pierre Liégeois)는 말했다.

아일랜드에서 활동하는 트래블러 인권단체들의 주소도 《아이리시 타임스》에서 모을 수 있었다. 그리고 거기서 비로소 정주 사회에 분란을 일으키고 있는 비정주문화의 일면을 이해하기 시작했다. 도심에서 좀 떨어진 한 지저분한 광장에 위치한 '더블린트래블러교육·계발그룹'에서는 운영진이 슬라이드를 보여주기도 하고 책 구매를 권하기도 했다. 아래층에서는 트래블러 남매가 학교 미술 시간에 계속 재활용하는 자투리 재료를 정리하는 일을 하고 있었는데, 나는 운영진을 통해 수줍음 많은 누나 쪽과 인사를 나눌 수 있었다. 내가 하는 질문들이 마음에 들지 않는 듯 힘겨운 대답을 이어나가던 누나는 갑자기 트래블러 사회는 여자들을 억압한다는 점에서 무슬림 사회나 마찬가지라는 의견을 들려주었다. 쿡 스트리트에 위치한 '트래블링 주민들의교구(Parish of the Travelling People)'에서는 운영진이 나를 도서실로 데려가 자료를 최대한 복사하게 했다.

　　내가 도서실에서 자료를 읽는 동안 수다스러운 부사제는 계속 본인의 트래블러 경험담을 들려주고 싶어 했다. 트래블러는 신앙 면에서 독실하면서 주술적이다, 예컨대 교회의 성례와 기적에 관심이 있을 뿐 도덕적 가르침에는 무관심하다, 부모들 중에는 아이가 첫영성체를 할 때까지만 학교에 보내는 경우가 많다(교회와 국가가 밀접하게 연결되어 있는 이 나라에서는 첫영성체가 학교에서 이루어진다.), 학교들 중에는 트래블러 자녀들을 두꺼운 커튼을 친 교실에 격리하고 별도의 시간표에 따라 느슨한 수업을 진행하는 경우가 있다, 학부모들이 나반 사태 때처럼 아이들을 학교에 보내지 않을까 봐서 그런다. 트래블러 전통에는 사촌끼리 결혼하는 풍습과 아주 일찍 결혼하는 풍습이 있는데(여자의 경우 열대여섯 살에 결혼한다.), 교구에서는 이런 풍습들을 말릴 방법을 찾고 있다, 라는 것도 부사제의 이야기였다. 착하지만 어른의 가르침을 필요로 하는 어린아이에 대한 이야기를 하는 사람 같은 자애로운 말투였다. 부사제가 내 옆에서 이야기를 늘어놓는 동안 사무실에서 나를 도와줄 방법을 찾던 여성들은 캐슬린 맥도너라는 내 또래의 트래블러 여성을 도서실로 보내주었다. 나에게 가장 많은 것을 가르쳐준 사람, 나를 더블린 외곽의 신도시 클론달킨으로 초대해준 사람이 캐슬린이었다.

더블린에 있는 내내 자료를 찾으러 다니고 나중에 여행을 마치고 돌아와서 오랫동안 자료를 모았다. 트래블러의 배경이 아주 조금씩 내 눈앞에 나타나기 시작했다. 그 자료를 정리해보자면, 트래블러와 나머지 아일랜드 사회가 정확히 어느 시점에서 갈라졌는지를 아는 사람은 아무도 없다. 앞서 트래블러를 가리키는 용어였던 팅커는 시간이 흐르면서 흑인을 비하하는 말인 니그로(Negro)와 비슷한 방식으로 비하의 의미를 띠게 되고, 또 하나의 용어였던 부랑인(itinerant)에 사회복지의 어감이 생기면서, 몇십 년 전부터 트래블러라는 용어가 두 용어의 무례하지 않은 대안으로 받아들여지기 시작했다. 양철수공업이나 땜질(tinkering) 같은 팅커의 생업은 사양 직종인 데 비해 트래블링은 트래블러 집단 고유의 정체성을 근거 짓는 활동이다. 어떤 논자들은 비정주를 일탈적이거나 허랑방탕한 생활방식이라고 보는데, 그런 논자들은 트래블러가 감자 기근 시대, 혹은 크롬웰 시대의 경제위기가 만들어낸 난민들(거지가 되어 길거리 생활을 시작했다가 길거리 생활을 접지 못하게 된 사람들)에 불과하다는 식의 주장을 펴는 경우가 많다. 비정주 생활양식, 비정주문화는 최근에 생겨난, 생활양식이나 문화라는 말을 붙일 수도 없는 현상(그저 주변부 저능력 계층의 위기 상황이라는 의미밖에 없는 현상)이라는 것이 그런 논자들의 생각인데, 그런 생각은 트래블링이 사회문제이고 정주 생활로의 통합이 해결책이라는 생각과 일맥상통한다. 하지만 대기근 시기에 미국으로 이민을 떠난 일군의 트래블러가 지금껏 조지아주에서 별개의 사회를 이루고 살면서 비정주민의 생활 방식과 언어를 비롯한 트래블러의 몇몇 종족적 특징들을 지켜왔다는 사실을 보면, 트래블러 문화, 혹은 트래블러라는 종족집단이 150년 전에 이미 완전한 형태로 발전되어 있었음을 알 수 있다.[4]

트래블러의 기원에 대해서는 여러 가지 설이 있다. 그리스도가 십자가에 처형당할 때 처형용 대못을 만든 금속공의 후손들이 트래블러라는, 떠돌이 유대인의 이야기와도 비슷한 이야기를 트래블러가 직접 들려주기도 한다. 트래블러에 대한 연구서를 쓴 아틀리아 코트는 아일랜드의 전기독교 시대로까지 거슬러 올라가 트래블러가 켈트 사회의 부랑자나 떠돌이 장인과 연결된다는 근거를 내놓기도 한다. 코트에 따르면 트래블러 유형의 거주민들이 일찍이 12세기부터 존재했다는 사실은 당대 자료에 tinklers와 tynker라는 표현이 나온다는 것, 그리고 1243년에 "떠돌이 아일랜드인"을 처벌하는 영국법이 통과되었다는 것을 통해 알 수 있다. 아일랜드어와 영어에서 파생된 단어들을 뒤죽박죽 섞은 트래블러 특유의 언어를 칸트(cant), 또는 셸타(shelta), 또는 가면(gammon)이라고 하는데,[5] 트래블러 문화의 유구함을 주장하는 가장 강력한 논거 중 하나가 트래블러어로 성직자를 의미하는 쿠네(cuinne)가 드루이드(druid)의 고어라는 사실이다.(고대 필사본에서 확인할 수 있다.) 12세기보다 더 위로 거슬러 올라갈 가능성을 시사하는 언어 요소들도 있다. 하지만 그런 논의들 중에 증거가 확실한 경우는 거의 없다. 떠돌이 장인과 걸인이 있었다는 것은 분명하다 해도 상세한 자료는 별로 없다. 16세기 이후로는 집시와 팅커를 무작위로 지칭하는 표현들도 나오지만, 팅커가 곧 집시인 것은 아니다. 일단 팅커는 다른 모든 아일랜드 사람들과 마찬가지로 백인 가톨릭이다. 원래 인도에 살았던 집시가 멀리 영국까지 갔으면서 거기서 아일랜드로는 가지 않았던 이유는 타 지역에서는 집시가 독점하고 있던 비정주 행상(commercial nomad)을 아일랜드에서는 팅커가 이미 선점하고 있었기 때문이라는 주장도 제기되고 있다. 싱이 20세기 초에 쓴 작품들 속에도 팅커가 떠돌이의 한 유형으로 등장하지만, 유형별 차이는 모호하다. 떠돌이 집단도 많았고 떠도는 이유도 다양했던 시대가 지나고 모두가 비정주 생활을 접은 후에야 트래블러의 존재가 눈에 띄기 시작한 것 같다.

트래블러가 별개의 종족집단인가를 놓고 논쟁이 벌어지기도 한다. 트래블러 중에는 별개의 종족집단이라는 정체성을 통해 법적 보호와 문화적 인정이 주어지기를 바라는 쪽도 있는 것 같고, 트래블러에게 그런 식의 위상이 주어지면 트래블러가 아일랜드 주류 사회에서 더욱 소외되리라고 우려하는 쪽도 있는 것 같다. 아일랜드트래블링전국주민연합(National Federation of the Irish Travelling People)이 내놓은 종족집단 관련 보고서에서 "트래블러는 신앙이 독실하고 너그럽고 가족을 중시한다는 점에서 아일랜드인의 생활양식을 정주 사회보다 훨씬 열심히 지켜왔음"[6]을 강조하고 있다. 아일랜드 정주민들은 트래블러를 가리켜 술을 좋아하는 족속, 싸움을 좋아하는 족속, 자식을 너무 많이 낳는 족속, 게으른 족속, 낭비가 심한 족속, 더러운 족속, 문란한 족속이라고 말하는데, 한때 영국인들과 영국계 미국인들이 아일랜드인을 가리켜 그렇게 말했다. 트래블러가 아일랜드의 종족문화(아일랜드가 아직 유럽의 일부가 아니었던 시대의 문화)를 지켜왔다는 것이 이런 표현 자체에서 암시된다.

아일랜드인들이 북아메리카로 이주한 역사를 연구한 커비 밀러(Kerby Miller)는 프로테스탄트가 지배하는 산업사회로 이주한 가톨릭 아일랜드인들이 자기를 둘러싼 사회와 어떻게 불화했는지를 설명한다. "사업가 마인드의 부르주아들이 볼 때 아일랜드 이민자는 지나치게 전근대적인 족속, '게으른' 족속, '어린아이 같은' 족속, '무책임한' 족속이었다. [⋯⋯] 통찰력이 뛰어난 사람들이 볼 때 아일랜드 이민자 사회는 고대 공동사회의 가치들과 노동 습관들이 아직 상업화에 밀려나지 않은 사회였다. [⋯⋯] 주류 사회가 볼 때 가톨릭 하층은 시간 엄수와 만족 지연이라는 부르주아적 개념이 부족한 계층이었다."[7]라는 것이 밀러의 말이다. "2차 세계대전을 기점으로 유럽 전역에서 사라져버린 옛 전통들과 옛 물건들을 아일랜드는 많이 보유하고 있었다. [⋯⋯] 아일랜드인 중에서도 특히 팅커는 변화를 완강히 거부한다는 점에서 두드러졌다."[8]라는 것은 코트의 말이다. 하지만 아일랜드에서 트래블러는 주류 사회의 시간적 과거로 간주되기보다 주류 사회의 공간적 외부로 간주되었다. 1980년대에 트래블러들이 인권 시위에서 "우리도 아일랜드 국민이다."라는 플래카드를 들었던 것도 그런 이유에서였다. 트래블러가 눈에 띄게 된 것은 트래블러가 바뀌었기 때문이 아니라 수십 년에 걸쳐 급격하게 바뀌어온 사회에서 트래블러가 충분히 바뀌지 않았기 때문이 아닐까.

서재에 앉아서 트래블러를 연구하는 학자들에게는 트래블러가 오래전부터 존재했다는 사실이 연구 대상에 더 큰 정통성을 부여하는지 몰라도, 정작 연구 대상들은 그런 사실을 그리 중요시하지 않는 것 같다. 기원을 검증받는 것, 정체성의 역사적 토대를 확인받는 것은 트래블러가 사는 방식이 아닌 것 같다. 역사의 유령에 시달리는 아일랜드라는 나라에서 과거에 집착하지 않는다는 점, 내가 트래블러 문화를 별개의 문화, 아니면 적어도 별개의 하위문화라고 생각하게 된 가장 큰 이유가 바로 그 점이었다. "비정주 족속들 중에는 글을 읽고 쓰는 능력과 역사 기억력을 기르는 족속들이 있다.(구약시대의 유대 족속이 제일 먼저 떠오른다.) 읽고 쓰는 능력이 없는 종족들 중에도 계보 속의 주요 사건들을 소중하게 기억하고 전승하기 위해 일정한 이야기 양식을 만들고 기억과 전승을 담당하는 전문가를 두는 종족들이 있다. 하지만 과거 그 자체가 현재를 살아가는 것을 방해하는 일종의 짐이라고 느끼는 것 같은 족속들도 있다.(대부분의 행상형 비정주 족속이 여기에 속한다.) 그들은 기억력을 기르는 대신 고도의 현재 지향성을 기르면서 영원한 지금 이 순간을 살아간다. 그들에게 정체감을 부여하는 것은 과거 속에 깊이 뿌리박힌 주근계(主根系)가 아니라 살아 있는 혈족들로 이루어진 방대한 네트워크다. 집시 문화와 트래블러 문화의 핵심은 그 유동성에 있다. 집시나 트래블러가 자기 종족의 기원에 집착하는 경우는 없다." 인류학자 시네이드 니 수이니어(Sinéad Ní Shuinear)의 글에 나오는 말이다. "집시와 트래블러는 무지한 문맹 종족이 아니라 글을 다분히 의도적으로 거부하는 종족, 글을 읽고 쓰게 되면 과거가 고착될 것이고 이로써 선례라는 짐이 현재라는 유동성을 축소시킬 것을 알고 있는 종족"[9]이라는 이탈리아 인류학자 레오나르도 피아세레(Leonardo Piasere)의 주장도 니 수이너의 글에 인용되어 있다. 트래블러의 전통들 가운데 죽은 사람의 모든 재산을 파기하는 전통이 있다는 것은 서부 쇼숀족을 비롯한 여러 비정주 종족과 마찬가지다. 재산의 세습과 축적을 불가능하게 하는 전통이자 물질적 차원에서까지 현재에 집중하는 것을 가능하게 하는 전통이다.

프랑스의 이론가 겸 열혈 비정주 애호가 들뢰즈(Gilles Deleuze)와 가타리(Félix Guattari)는 지금까지 서구의 사유를 나무라는 위계적 모델이 과도하게 지배해왔다고 하면서 나무 모델 대신, 주근 없이 옆으로 자라는 딸기 같은 식물의 이미지를 참조하는 기는줄기(rhizome) 모델을 쓰자고 제시한다. 트래블러 사회와 트래블러 정체감의 바탕이 되는 것은 역사적 주근이 아니라 현재 속에 작동하는 네트워크라는 니 수이니어의 분석이 바로 그 은유에 반향하고 있다.[10] 시간과 공간과 사회를 그렇게 탈중심적으로 바라볼 수 있다는 생각에 짜릿한 흥분을 느낄 때도 있었지만, 관련 정보와 논의를 접하면서 그런 낭만적 취향도 점차 잦아들었다. 최근 들어 엄청나게 열렬해진 비정주 애호, 곧 관련 상점들, 문신 시술소들, 아티스트 프로젝트들, 에스닉 음반들, 제목에 '노마드(nomad)'가 들어간 책들을 양산하고 있는 작금의 낭만적 취향은 홀로 여행하는 사람의 자유가 비정주 종족을 통해서 집단적으로 구현된다는 수상쩍은 생각을 전제하고 있다. 정주 위주의 생활을 하는 우리에게 여행은 우리를 둘러싼 세계를 잠시 벗어나는 방법이고, 이국적인 풍경 속에 한 그루의 나무처럼 홀로 있는 여행자는 개인주의적 낭만주의의 이상적 형상이다. 반면 비정주 생활을 하는 사람들에게 비정주는 자기를 둘러싼 세계를 벗어나는 방법이 아니라 자기를 둘러싼 세계와 함께 이동하는 방법이다. "트래블러에게 이동이라는 물리적 사실은 우리 트래블러들의 삶 전체에 스며들어 있는 비정주 성향의 한 측면일 뿐이다. 비정주 성향은 세상을 대하는 다른 방식, 세상을 느끼는 다른 방식, 의식주를, 일을, 삶 전체를 감당하는 다른 방식이다. 정주민이 여행하는 동안에도 정주민인 것과 마찬가지로, 트래블러는 트래블링하지 않는 동안에도 트래블러다."[11] 트래블러 활동가 마이클 맥도너(Michael McDonagh)의 말이다.

장소 이동의 자유는 사회관계와 정체성의 해체를 초래할 수 있고, 우리 정주민의 경우에는 휴게나 휴가나 도피 등의 장소 이동이 실제로 사회관계와 정체성을 한시적으로 유예한다. 비정주민의 사회 구조가 더 엄격해지는 경향이 있는 것은 그 때문이다. 우리 정주민의 경우에는 일정한 장소와 일정한 건물이 생활을 작동시켜주고 집 안의 동선과 거주지와 일상의 루틴이 정체성을 확인시켜주는 반면, 공간이라는 토대가 없는 비정주 사회에서는 구성원을 한데 묶어줄 수 있는 것이 관습뿐이라는 뜻이다. 요컨대 비정주 사회에서 시간, 공간, 노동, 재산 유동성의 토대에는 긴밀히 결속된 가족을 통해서 존속되는 대단히 보수적인 문화가 깔려 있다. 또한 비정주 생활은 여행의 짜릿함과는 거리가 멀다. 두 발로 걸어서 한 대륙을 횡단하는 여행, 27킬로그램이 넘는 배낭을 짊어지고 멀리 있는 산을 등반하는 여행은 분명 신나는 경험이지만, 그런 것은 혼자 움직이는 건강하고 젊은 모험가의 여행이지 끊임없이 이동하는 비정주민의 이동 방식은 아니다. 비정주민에게 이동은 살림살이 전체와 노약자를 포함하는 식구 전체의 이동이다. 더구나 트래블러나 집시를 비롯한 비정주 행상에게 이동, 그리고 정주 사회와의 교호는 그 자체로 생계 수단이다. 하지만 트래블러 생활에서도 장소 이동 그 자체의 낭만적 속성은 유지되지 않나 싶다. 장소를 옮기는 사람은 끝없이 바뀌는 풍경을 보게 된다는 것, 온몸으로 부딪혀야 하는 예측 불가능한 삶을 살게 된다는 것, 건물과 상품과 익숙함이 야기하는 격리 상태에서 벗어나게 된다는 것, 트래블러와 정주민이 공유하는 장소 이동의 낭만은 이 정도인 것 같다.

트래블러는 전통적으로 다양한 기술과 재주 덕에 먹고 사는 자영업자 아니면 임시 고용자였고, 구걸에 나섰을 때는 가엾은 설정을 하고 계약 노동 때는 책임감이 강한 설정을 하는 식으로 일에 따라 역할과 이미지를 바꾸었다. 정주민들이 트래블러와 집시의 부정직함이라고 여기는 특징 중에 큰 부분은 계속 달라지고 대개 적대적인 환경에서 효과를 보거나 호감을 얻는 화술이다. 트래블링을 연구하는 사회학자 중 일부는 트래블러가 안정된 직장 생활을 하는 것은 트래블러의 유동적, 자주적 정체감과 충돌한다고 주장한다. 산업화된 세계에서 자기의 시간을 팔고 자기의 생활을 남의 시간표에 맞추어야 하는 임금노동으로부터 도망치는 마지막 종족이 트래블러일지는 모르겠지만, 트래블러가 주류 사회에 진입하는 유일한 방법은 트래블러의 노동, 공간, 시간을 특징짓는 유동성을 포기하고 직업을 구하는 것인 듯하다. 일을 해서 돈을 많이 벌게 된 트래블러는 봉급 생활자가 꿈꾸는 장기적 안정을 도외시하면서 일을 그만두고 여행을 떠나는 경우가 많다는 이야기가 트래블러를 다룬 논의나 트래블러 구술사에 많이 실려 있다. "유목문화의 성과는 불안정을 거부하지 않는 삶이다. 우리의 건축 지향적 세계는 안정의 존재를 믿고자 하지만, 유목민은 안정 같은 것은 존재하지 않는다는 것을 알고 있다. 계절의 변화와 함께 움직이고 짐이 가벼워서 쉽게 움직일 수 있는 유목민은 우리가 계속 잘못 생각하고 있던 무언가를 바로잡아준다. 유목민이 실재라고 생각하는 것이 진짜 실재다. 유목민의 실재에 비하면 우리가 세우는 구조들은 아무리 견고한 것이라고 해도 허상일 뿐이다. 금방이라도 쓰러질 것 같은 천막에서 굽은 자세로 즐기는 연회, 때마다 새로운 곳에 거는 요리 냄비, 주변의 가축은 까마득한 옛날부터 세워져온 온갖 석조물들 사이에서 무엇이 흘러가는지를 보여준다."[12] 무슬림 지역의 유목민들 사이에서 여러 해를 보낸 여행 작가 프레야 스타크(Freya Stark)의 말이다.

≫→

트래블러를 다룬 논의들이 공통적으로 정리하는 내용을 다시 정리해보자면, 트래블러가 팅커의 어원이 된 양철수공업(양철수공업자(tinker 또는 tinsmith)는 농가에서 사용하는 우유통, 들통, 냄비, 팬을 만들었다.), 말 조련과 말 흥정, 구걸, 점술업, 가사집이나 수공품 등 소소한 물건을 파는 행상, 임시로 농사 등에 동원되는 노동력을 포함하는 다양한 직종을 소화했던 것은 20세기 전반기까지였다. 정주 사회는 트래블러들에게 적대적이었고 때로 무자비했지만 트래블러들이 비정주 생활을 지속할 수 없을 정도는 아니었다. 트래블링의 무대는 주로 시골길이었고, 일자리를 찾아 영국의 큰 도시나 아일랜드의 작은 도시 외곽으로 가는 것도 트래블링이었지만 대개의 트래블링은 시골 사람들을 상대하는 일이었다.(트래블러가 정주민들을 가리키는 말 가운데 하나가 '시골 사람들'이었다.) 트래블러는 정주민에게 기술과 물건을 제공할 수 있었고, 특히 외딴 마을 사람에게는 새로운 소식과 새로운 제품을 제공할 수 있었다. 트래블러가 환영받은 것은 그런 이유에서였고, 미움을 산 것은 구걸을 하거나 말을 몰래 농지로 들여보내서 작물을 뜯어먹게 하거나 값을 속이

마음의 발걸음

거나(떠돌이는 부정직할 때가 많다.) 물건을 훔쳐가거나(잘못된 의심이었을 수 있다.) 아니면 그저 낯선 사람들이 들어와서 낯익은 풍경을 흩어뜨린다는 이유에서였다. 트래블러가 언제부터 배럴탑 마차를 사용했는지는 분명치 않지만, 개암 가지 위에 방수포 비슷한 천을 씌운 도로변 천막이 먼저 있었음은 분명한 것 같다. 아일랜드의 하늘과 땅이 얼마나 축축하게 젖어 있는지 아는 사람이라면 이런 환경에서까지 살아남은 비정주 충동이 얼마나 강력한 것일지 감지할 수 있을 것이다.(여름에 날씨가 좋으면 다시 떠돌고 싶어진다고 부분 정주 트래블러들은 지금도 종종 이야기한다.)

　　1950년대와 1960년대에는 말이 *끄*는 수레 대신 자동차가 *끄*는 트레일러가 대세가 되기 시작했고, 이제 말 키우기는 실용과 무관한 취미가 되었다.(다만 관광객들은 말이 *끄*는 트래블러 마차 유사품을 타고 시골길에서 집시 놀이를 즐길 수 있다고 하는데, 나도 웨스트포인트에서 그런 업장 한 곳을 본 적이 있다.) 자동차의 보급으로 인해 시골에서도 공산품을 쉽게 살 수 있게 되면서 트래블러와 시골과의 공생 관계가 깨졌다고 보는 것도 가능하고, 플라스틱이 트래블러의 생활양식을 망가뜨렸다고 보는 논의도 많다. 대량생산되는 공산품이 양철수공업을 사양 직종으로 만든 것도 사실이고 자동차가 말을 대체함에 따라 행상 겸 말 장수라는 트래블러의 역할이 불필요해진 것도 사실이다. 나라 곳곳에서 도로변 풍경을 바꾸어 도로변 캠핑을 어렵게 하거나 불가능하게 하면서 단속받지 않는 공간을 지속적으로 없애나갔으니, 캠프장 찾기에 어려움을 겪게 된 트래블러들은 주민들의 박대에도 불구하고 한곳에 머무는 기간이 점점 늘어나기 시작했다. 아이러니하게도 적대는 적대의 대상을 떠나게 만드는 대신 더 오래 머물게 만드는 것 같다. 트래블러를 위한 캠프장 조성과 주택 공급에 대한 규정이 있지만, 주민들의 반대로 연기되고 있는 사업들이 많고 성사된 사업들 중에도 불충분하거나 부적당한 것들이 많다. "여자에게 집이란 건 아이들을 넣어둘 수 있는 대단한 물건이야. 하지만 남자에게 집은 그저 집세나 잡아먹는 물건이지. [……] 겨울에는 집에 들어가고 여름에는 밖에서 돌아다니느라 집을 비워두는 트래블러들이 많아. 집에 들어가 있으면 그저 답답하고 건강에도 안 좋잖아. 사방이 벽이지, 나무 하나 안 보이지, 그나마 창문이라도 없었으면 숨 막혀 죽었어. 집은 싫어, 집에서 자느니 차라리 축사에서 잘래."[13] 1970년대에 어느 트래블러가 어느 구술사 기록자에게 들려준 말이다. 지금의 트래블러는 농촌의 파괴로 거처를 빼앗긴 인구 집단의 특징을 보여준다는 점에서 아일랜드 농가들과 마찬가지지만, 어디를 가든지 난민으로 여겨지기보다 침입자로 여겨진다는 점은 트래블러만의 특징이다. 많은 트래블러가 대도시나 작은 지방 도시의 외곽에서 발이 묶여 있고, 일부 트래블러는 영국에 가 있다. 강제 정착사업은 끝났지만 트래블링에 필요한 공간과 환경을 없애는 행태는 계속 이어지고 있고, 자발적인 주택 확보 움직임도 간간이 이어지고 있다. 아일랜드 고철·차량부품산업의 중심에 트래블러들이 있기는 하지만, 트래블러는 실업수당을 받는 비율이 높은 인구 집단이다.(트래블러 중에 두어 가족이 골동품 딜러로 부자가 되기도 했지만, 부자라는 이유에서 트래블러가 아닌 것으로 여겨지기도 한다.) 제도권 전체가 트래블러를 강도 높게 배제하는 나라에서 트래블러의 복지 의존도가 높다는 것이 그리 놀라운 일은 아니다.(아일랜드는 전체 실업률이 20퍼센트가 넘는다.) 하지만 주류 사회가 비정주민이나 비주류 인구 집단에게 의심의 시선을 던질 때가 많다는 것과는 별도로, 지금 아일랜드에서 트래블러 혐오는 납세자가 무임승차자라고 여겨지는 인구 집단에게 느끼는 유난한 분노를 동반하고 있다.

》》→

　　최근에는 관계 당국에서도 점점 기동력을 잃어가는 트래블러들의 필요와 습관에 맞는 주택 공급이라는 타협점을 모색하고 있다. 캐슬린 맥도너 가족이 살고 있는 위트필즈 교도소 담장 앞 캠프장도 그런 타협점 중 하나였다. 작은 주택들이 넓은 진입로 좌우에 일렬로 서 있고 이차선 진입로 사이에 긴 풀밭이 있고 교도소의 높은 회색 담장이 무대 배경처럼 서 있는 곳이라는, 트래블링주민들의교구 부사제의 설명대로였다. 내가 풀밭으로 들어서자 한 무리의 남자아이들이 외부인을 환영하고 감시하기 위해 우르르 달려 나왔다. 다들 억세고 꾀죄죄하지만 예의가 발랐고, 그 아이들의 협조 없이는 더 이상 안으로 들어갈 수 없으리라는 것이 확실했다. 거기서 대장인 것 같은, 통통한 체형에, 밤색 머리카락에, 내의 바람에, 열 살 정도 되는 아이에게 내가 누구를 찾아왔는지 알려주었다. 아이는 자기 친척이라고 하면서 나를 캐슬린의 트레일러까지 안내하기 시작했다. 아이들은 나더러 사회복지사냐고 했고, 나는 미국에서 온 작가라고 했다. 아이들은 나의 예상대로 한동안 자기네들끼리 떠들어댔지만, 나에게 월드컵에서 어느 편이냐고 묻는 일은 빼놓지 않았다. 그사이에 중년 남자가 우리 쪽으로 다가왔다. 두 번째 관문이었다. 내가 누구인지를 밝힌 나는 자기가 캐슬린의 아버지 존 맥도너라고 밝힌 남자와 악수를 했다. 힘이 세 보이고 배가 나왔는데 얼굴은 순하게 생긴, 강하고 무해한 말 같은 인상을 주는 남자였다. 맥도너는 캐슬린이 지금 다른 딸네 집에 가 있다고 했고, 우리는 온 길을 되짚어 걸었다. 맥도너가 가리키는 데로 들어가보니 부엌이었다. 상추를 씻고 있는 통통한 여자가 있었고, 유아용 의자에 앉아 있는 아이와 비좁은 공간을 돌아다니는 아이가 있었다. 부엌에 앉아서 자매와 이야기를 하고 있던 캐슬린은 나에게 잘 정돈된 집을 둘러보게 해주었고 침대 끝에 걸터앉아 뜨개질을 하고 있는 조카들도 보게 해주었다. 밖에서 보았을 때보다 넓은 집이었고, 열두 살 정도의 여자아이들은 나이에 비해서 근면성실해 보였다. 나는 캐슬린을 따라 응접실로 들어가서 소파 가장자리에 자리를 잡았다. 레이스가 달린 두툼한 베개들이 소파 곳곳을 차지하고 있었고, 소파 맞은편의 장식장에는 화려한 색깔의 그릇들이 진열되어 있었다. 중앙 선반에 진열된 두 접시에는 각각 말 축제와 캐슬린이 그려져 있었다.

그때 캐슬린은 컷오프 청바지와 검은색 티셔츠 차림이었는데, 트래블링주민들의교구 더블린 사무실에서 무늬 있는 롱스커트 차림으로 나와 처음 만났을 때보다 훨씬, 훨씬 더 편안해 보였다.(초등학교 중퇴였던 캐슬린은 학력을 높이고 트래블러 인권 활동가가 되기 위한 기량을 연마하기 위해 교구 사무실에 다니고 있었다.) 나와 비슷한 30대 초반의 나이에, 골격이 크고 어깨가 넓은 체형이었고, 숱이 많은 갈색 머리카락이 강인한 연청색 눈동자와 높은 광대뼈를 가리고 있었다. 응접실의 레이스 베개와 도기 그릇 사이에서 캐슬린은 계속 편견에 대해 이야기했다. 처음 만났을 때부터 들려주었던 낮고 높낮이 없는 목소리, 좀 위축되어 있으면서도 결연히 맞서는 목소리였고, 편견의 일반론이 아닌 편견의 사례들에 관한 이야기였다. 트래블러 한 사람이 뭔가 잘못하면 트래블러 전체가 욕을 먹는다는 이야기, 트래블러의 잘못은 까발려지는 경우가 많으며(건물 바깥이나 도로변에 있을 시간이 많으니 거의 모든 생활 단면들이 훨씬 더 공개되어 있다.) 술을 많이 마시고 싸움을 많이 한다는 과장된 평판은 그래서 생긴다는 이야기, 트래블러는 특별 대우를 원하는 것이 아니라 차별당하지 않기를 원할 뿐이라는 이야기, 학교에 다닐 권리, 가게에서 물건을 살 권리, 주택에 출입할 권리, 아니면 최소한 캠프장에 출입할 권리를 주장하는 것뿐이라는 이야기를 했다. 지난해 성탄절에 영국에 사는 오빠가 왔다, 성탄절에는 성대하게 축하하는 것이 관례라서 가진 돈을 다 털어 디스코 의상을 마련했다, 그런데 던독에 있는 클럽에 갔더니 이미 만원이라면서 밖에서 기다리라고 했다, 하지만 나중에 온 사람들은 다 입장했다, 아파르트헤이트인데 아일랜드 스타일이다,° 그런 일을 겪다 보면 조심스러워진다, 트래블러와 친해지기가 어려운 것은 그 때문이다, 라는 이야기도 나왔다. 다른 사람들은 트래블러에게 밴이 있고 귀금속이 있으니까 부자라고 생각한다, 하지만 밴은 할부로 산다, 다른 사람들이 일을 하기 위해 집이 필요하듯 트래블러들은 밴이 필요하고, 귀금속은 저금 비슷하다, 라는 이야기, 내가 가진 귀금속은 모두 선물 받은 것들이다, 골드 뱅글 세 개는 부모님한테 받았고 큼직한 골드 후프 귀걸이는 영국에 있는 오빠한테 받았다, 라는 이야기가 이어졌다. 캐슬린은 이야기 중에 입버릇처럼 "플리즈 갓(Please God)"°°을 붙임으로써 자기의 소망과 야심이 하느님의 승인을 필요로 한다는 점을 분명히 했다. 캐슬린에게 종교는 생활의 중요한 한 부분이었다.

어색함이 어느 정도 누그러졌을 때, 우리는 캐슬린의 트레일러로 자리를 옮겼다.(캐슬린은 부모님에게 독신 생활을 허락받았다고 말했는데, 트레일러를 따로 쓸 수 있게 되었다는 뜻인 것 같았다.) 그때부터 대화다운 대화가 시작되었고, 캐슬린의 목소리도 좀

O   남아공의 아파르트헤이트(백인정권의 인종차별정책)는 1994년에 넬슨 만델라가 대통령으로 당선되면서 공식적으로 종식되었지만, 아일랜드의 트래블러 차별정책은 계속되고 있다. 트래블러가 백인이라는 것이 아니러니하다면 아이러니하다.

OO   이 표현의 어원으로 'May it please God.(그것이 신을 기쁘시게 하기를.)'이라는 문장을 들 수 있다. 관용적으로는 '부디'라는 뜻으로 쓰인다.

마음의 발걸음

더 편해졌다. 캐슬린의 남동생을 비롯해서 여러 남자들이 역시 인사와 감시를 위해서 들렀고, 나는 그렇게 감시를 받은 답례로 남동생 윌리엄의 팔뚝 단도 문신을 유심히 들여다보았다. 캐슬린의 트레일러는 자동차에 연결할 수 있는 형태였고, 작은 방정도의 넓이였고, 카우치 형태로 접혀 있는 침대를 포함해 모든 것이 잘 정리되어 있었다. 다만 그날 아침에 깨뜨렸다는 시계가한 탁자 위에 산산이 부서진 채 놓여 있었다. 창문 위의 좁은 선반에는 멋진 접시들이 진열되어 있었고, 또 하나의 선반 위에는 브루스 채트윈(Bruce Chatwin)의 『송라인』과 피터 매티슨(Peter Matthiessen)의 『인디언의 나라(Indian Country)』가 놓여 있었다.

알고 보니 캐슬린은 아메리카 원주민에게 동질감을 느끼는 사람이었다. 물론 그런 사람은 수두룩하지만, 캐슬린의 경우는 비교적 확실한 근거에 입각한 동질감이었다. 아메리카 원주민들의 비정주 생활은 그들이 유럽계 미국인들로부터 야만인 취급을 당한 이유 중 하나이자 유럽계 미국인들이 그들을 박해한 구실 중 하나였다는 점, 인디언 개화사업은 많은 경우 비정주민을 농업인으로 바꾸려고 했다는 점(농업인은 작은 땅덩어리에 투여된 개인적 노동의 성공 여부에 매여 있다.), 19세기 미국의 인디언 정책 입안자들은 농업(agriculture)이라는 정주민의 노역을 문명(culture) 그 자체의 근간으로 간주하는 경향이 있었다는 점(그들이 지금 같은 탈농업 사회를 본다면 뭐라고 할지 상상이 안 된다.), 인디언 정책은 비정주 아메리카 원주민을 농업인으로 바꾸는 데는 실패했으면서 아메리카 원주민의 생활권을 대폭 축소하고 아메리카 원주민의 땅이었던 곳을 탈취하는 행태들을 정당화하는 데는 성공했다는 점을 캐슬린은 지적했다. 캐슬린은 이야기를 하는 중에 나치 홀로코스트에서 희생된 유대인과 집시의 공통점이 비정주 생활이었다는 점을 지적하기도 했는데, 내가 캐슬린을 처음 만나 나 자신을 유대인이라고 소개했을 때 캐슬린이 나를 비정주민으로 인정해주었던 것은 아닐까 하는 짐작으로 흐뭇해지는 순간이었다. (사실 나는 골웨이를 지나면서부터 사람들에게 내가 혼혈임을 설명하지 않기 시작했다. 아일랜드에 사는 사람들이 아일랜드인인 것과 내가 아일랜드인인 것은 전혀 다른 뜻이라는 사실이 분명해졌기 때문이기도 했고, 피가 섞였다는 말이 어느 쪽도 아니라는 뜻이 아니라는 사실을 설명하기가 지겨워졌기 때문이기도 했고, 내가 유대인 핏줄을 밝히면 더 이상 대화가 이어지지 않기 때문이기도 했다. 이스라엘에 가보면 혹시 나 자신이 아일랜드계 가톨릭이라는 실감이 생길까 몰라도 다른 곳에서는 그럴 수 없을 것 같았다.)

캐슬린이 열어주는 문은 나를 점점 더 사적인 영역으로 들여보내주는 것 같았다. 동생의 소파에서는 공식 면담, 캐슬린의 트레일러에서는 대화, 옆집인 부모의 트레일러에서는 즐거운 사교 모임이었다. 나를 적어도 손님으로서는 받아들여준 듯했다. 부모의 트레일러에서 얇게 자른 신선한 빵, 냉육, 토마토를 차린 캐슬린은 우리 모두에게 진한 차를 계속 따라주기 시작했다.(새 차를 따라줄 때마다 찻잔을 철저히 헹궜다.) 맥도너 부부의 트레일러는 양쪽 창문으로 바람이 통하는 청결한 응접실, 카우치, 소형 부엌, 중앙 탁자를 갖춘 시원하고 쾌적한 집이었다. 자기네를 어떤 이름으로 부르느냐고 묻기에 트레일러(trailers)라고 대답했다. 맥도너 부부는 내 대답이 마음에 든 듯, 자기네도 자기네를 트레일러라고 부른다고 귀띔해주더니(그러고는 시골 사람들이나 자기네를 캐러밴이라고 부른다는 말도 덧붙였다.) 미국 휴게소는 어떤 곳이냐고 물어왔다. 미국 정부에서는 고속도로변에 엄청나게 많은 휴게소를 지어놓아서 누구나 마음껏 차를 세워놓아도 된다는 경이로운 소문을 들어본 적이 있다는 것이었다.

그때부터 나는 미국 이야기를 떠올리기 시작했고, 미국이라는 나라는 그때부터 미국에 사는 나 자신에게 새로운 매력을 발휘하기 시작했다. 미국 서부의 휴게소, 캠프장, 이동주택 주차장, 주간고속도로 등등의 인프라 이야기, 점잖은 중간계급 은퇴자들이 살던 집을 팔고 트레일러를 사서 철새처럼 개별적으로 혹은 집단적으로 겨울에는 남쪽으로, 여름에는 동서남북으로 이동한다는 이야기, 인구 다수가 영구 정주 생활과는 거리가 멀어서 평균 5년 반에 한 번씩 거처를 옮긴다는 이야기, 주에 따라서는 과반수의 주택이 운반 가능한 조립식 트레일러가 아닐까 싶기도 하다는 이야기, 아일랜드에서는 정주 여부가 영구 정주와 영구 비정주로 양분되는 데 비해 미국에서는 둘 사이에 수많은 중간 단계들이 있다는 이야기, 짐칸에 천막을 친 내 픽업트럭을 타고 몇 주씩 미국 서부를 돌아다녔다느니, 동생이 운전하는 픽업트럭을 타고 시위 현장을 돌아다녔다느니 하는 내 이야기까지 끄집어냈다. 하루에 800킬로미터씩 혼자 운전했다느니, 네바다 국도에서는 160킬로미터를 달리는 내내 차 한

대 만나지 않았다느니 하는 이야기를 하는 동안, 내가 사는 곳의 도로 풍경들에 대한 그리움이 밀려왔다. 그렇게 맥도너 가족과 열린 길에 대한 이야기를 나누는 동안 이탈, 실향, 화석연료 경제 등에 대한 의혹들을 잠시 내려놓을 수 있었다.

맥도너 가족 중에서 주로 이야기를 들려준 사람은 캐슬린의 어머니 맥도너 여사였다. 맥도너 여사는 비범하다는 인상을 주는 사람이었다. 몸은 통통하고 피부는 거칠고 옷은 펑퍼짐하고 회갈색 머리카락은 대충 뒤로 쓸어 넘긴, 외모 꾸미기에는 아무 관심이 없는 사람이었지만, 풍부한 표정과 고운 목소리로 고요한 기쁨을 발산하는 사람이었다. 비정주민은 불꽃처럼 흔들리는 사람이리라고 짐작되는 경우가 많지만, 그녀는 대지처럼 견고하게 온전한 현재를 살아가고 있다는 인상을 주는 사람이었다. 그녀에게는 생이 곧 기쁨인 듯했다. 창밖으로 멀리 보이는 저 산맥이 바로 더블린산맥이라는 이야기, 내 엄마의 고향은 미드 카운티다, 우리에게는 언제든 돌아갈 수 있는 고향이 있다, 고향은 조상의 무덤이 있는 곳이 고향이다, 라는 이야기를 해주었다. 여행의 큰 즐거움 중 하나는 우리 인생에서 중요한 사건이 있었던 장소로 돌아가 그곳에서만 만날 수 있었던 경험과 다시 만나는 즐거움이라는 이야기(모든 일을 후방(home front)에서 겪게 되는 정주민의 경우에는 장소와 경험 간에 연상 관계가 생길 수 없다는 뜻으로 이해할 수 있는 이야기), 어릴 때는 장대천막(개암 가지 위에 방수포를 씌운 천막)에서 살았는데 저녁이면 큰 천막에 모여 요리용 불을 피우고 노래를 부르곤 했다는 이야기, 취침용 마차가 따로 있었다는 이야기(마차가 처음부터 있었는지는 확실치 않았다.)도 들려주었고, 편지를 쓸 때는 사람들에게 도와달라고 해야 하니까 내 일들이 사람들한테 항상 알려지게 된다, 글을 모른다는 것이 그래서 좀 불편하다, 라는 이야기를 들려준 사람도 맥도너 여사였다. 흰색 나방 한 마리가 우리 둘 사이에 내려앉았을 때는, 나방은 편지가 온다는 뜻이라고 속삭였다.

　　　마지막으로 트래블링을 한 지는 10년이 넘었지만 밴이 있으니까 항상 여행을 다닌다고 말하면서 여행을 다닌 이야기를 들려주기도 했다. 1960년대에 오스트레일리아로 이민을 가볼까 했었다, 그때는 비자 얻기도 쉽고 일자리 얻기도 쉬웠다, 하지만 마지막 순간에 남편이 발을 뺐다, 남편은 돌아다니는 것을 나만큼 좋아하지는 않는다, 언젠가는 러시아와 독일에도 가보고 싶다, 아일랜드의 노크와 프랑스의 루르드로 성지순례를 다녀오기도 했다, 루르드에 갔을 때는 너무 오래 기다려야 했고 관리가 엉망이었다, 하지만 루르드까지는 계속 프랑스의 시골길을 지났고 길에서 만났던 프랑스 사람들은 너무 친절했다, 라는 이야기를 들려준 사람도 맥도너였다.(친절한 사람을 만났다는 것 자체가 여행에 재능이 있다는 증거였다.) 집시 성지순례의 명소이기도 한 남프랑스 아를 근교 생마리들라메르에 다녀온 이야기를 들려준 사람은 캐슬린이었다.(독실한 가족이었다.) 딸 캐슬린이 "플리즈 갓, 예루살렘."이라고 외친 것은 어머니가 희망 여행지들을 하나하나 열거한 뒤였다. 그날의 내 메모는 "좁고 넓고. 무슬림. 자유. 변화."라는 단어들로 끝나 있었는데, 나는 끝내 그 단어들의 의미를 해독해낼 수 없었다. 어둠이 대단히 늦게나 내리는 계절이었는데, 우리가 그렇게 서로의 이야기를 나눠 갖는 동안 창밖에는 이미 어둠이 내려와 있었다. 맥도너 부부는 아들 윌리엄을 불러 나를 더블린 시내에 데려다주라고 했다. 윌리엄의 밴은 질주했고, 나는 모퉁이를 돌 때마다 윌리엄과 캐슬린 남매 사이에서 흔들렸다.

17장 녹색의 방

맥도너 가족을 방문한 다음 날은 아침부터 덥고 습한 6월 16일이었다. 『율리시스』를 기념하는 이른바 '블룸의 날'이었다.(『율리시스』는 더블린을 배경으로 1904년 6월 16일 하루 동안 일어나는 일을 그린 작품이다. 조이스는 노라 바너클과 사귀기 시작할 무렵에 있었던 어떤 중요한 사건을 기념하기 위해 이 날짜를 골랐다고 한다. 두 사람은 그로부터 얼마 후에 영원히 아일랜드를 떠나게 된다.) 아일랜드 국경일은 아니지만, 이제 더블린 전체의 축일이 된 것은 분명하다. 조이스에게 버려진 도시 더블린이 『율리시스』 기념일을 챙긴다는 것이 약간 아이러니할 수도 있지만, 『율리시스』가 더블린이라는 도시를 문학 나라의 지도 위에 아로새겨주었다는 것만은 분명하다.(런던과 뉴욕을 그 지도에 확실하게 그려 넣은 것은 각각 디킨스의 소설들과 이디스 워튼(Edith Wharton)의 소설들이었다. 조이스는 『율리시스』라는 단 한 권의 소설로 더블린을 그 지도에 더욱 확실하게 새겨 넣었다.) 블룸의 날 자전거 경주, 블룸의 날 가이드 투어, 블룸의 날

조찬 낭독회를 알리는 브로슈어들이 곳곳에 쌓여 있었다. 조이스 조각상, 조이스 명패, 조이스 티셔츠, 조이스 엽서 같은 이런 수공업 잡화들은 블룸의 날 그 자체와 마찬가지로 조이스 읽기의 편한 대안이니, 이런 잡동사니 사이에서 블룸의 날이 현지인 행사냐 관광객 행사냐를 말하기는 어려웠다. 여기서 진짜 아이러니는 조이스라는 망명 소설가와 『율리시스』라는 소설 속의 '떠돌이 유대인'이 아일랜드 관광산업의 핵심 요소가 되어 전 세계 관광객을 유혹하고 있다는 사실인지도 모르겠다.

그렇지만 나는 놀 수 있는 기념일이 좋다. 시간이란 끊임없이 흘러가는 노동의 나날이 아니라 주기가 있고 무늬가 있는 그 무엇이라는 것, 시간과 시간의 만남은 기려져 마땅하다는 것을 기념일이 우리에게 알려준다. 미래의 구상뿐 아니라 과거의 기억도 현재의 사용에 달려 있다는 것, 과거란 현재를 만들어내는 살아 있는 힘이라는 것도 기념일이 우리에게 알려준다. 1년이 긴 문장이라면 기념일은 곳곳에 찍히는 구두점들이다. 마침 그 시간, 그 장소에 와 있으니 한두 행사장을 둘러볼까 하는 생각이 들기도 했지만, 끌리는 곳이 별로 없었다.(블룸이 살았던 에클레스 스트리트 7번지를 비롯해서 관광 안내소에서 받은 「『율리시스』 지도」에 크게 표시된 행사장은 전부 이미 가본 곳이었다.) 성찬식이 '최후의 만찬'을 따라하듯 뭔가를 기념한다는 것은 뭔가를 따라함으로써 되살리는 일이지만, 예술작품의 경우에는 원본을 흉내 낸다는 것이 원본의 뜻과 가장 거리가 먼 일인 것도 사실이다.(원작과 모조품이 형식적으로 아무리 비슷하다고 해도, 원작의 핵심인 독창성이 모조품 속에는 전혀 없다.) 사람들이 자기 볼일을 보러 다니는 이야기를 들려주는 세속적 내러티브에 대한 최선의 오마주는 내 볼일을 보러 다니면서 이야기의 메아리를 들어보는 것이 아닐까 하는 것이 그날 아침의 내 생각이었다. 『율리시스』라는 제목은 오디세우스를 연상시키지만,° 1904년을 배경으로 펼쳐지는 『율리시스』라는 소설은 유대인 남자가 스페인계 아내를 데리고 오디세우스의 발자취를 따라가는 지중해 여행기가 아니다. 조이스가 호메로스의 발자취를 따라간다는 말은 실은 매우 막연하다.

그래서 그날은 《아이리시 타임스》를 사들고 템플 바 구역의 체인 레스토랑 엘리펀트앤드캐슬에 가서 미국식 아침 식사를 주문했다. 주변은 젠트리피케이션(gentrification)이 한창이었고, 주문을 받아준 웨이터는 맨해튼의 엘리펀트앤드캐슬에서 일한 적이 있는 사람이었다. 그렇게 웨이터와 뉴욕 이야기를 나누는 동안, 어느 겨울 뉴욕 여행 마지막 날 아침에 엘리펀트앤드캐슬에 갔던 일도 떠올랐다. 그곳에서의 잊지 못할 아침 식사, 덜 마른 머리카락이 약속 장소로 가는 도중에 고드름으로 변할 정도였던 추위, 주간고속도로, 세이지브러시 평원, 맨해튼의 협곡이 떠오르면서 커피까지 그리워졌지만, 스크램블드에그와 6월의 햇살이 나를 다시 쾌적한 탈국적 림보로 돌아오

° 동일 인물의 이름을 그리스어로는 '오디세우스', 라틴어로는 '율리시스'라고 한다.

게 해주었다. "미국 법원, IRA 총기사건에서 더블린 남성 구속", "첫 대서양 횡단 비행, 75년 만에 재연", "크로스드레싱 상점 폐쇄 조치에 종교계 반색", "1993년 노숙인 400명 웃돌아: 더블린 기층 청소년, B&B에 의탁." 그날 《아이리시 타임스》에 실린 짧은 보도 기사들이었다. 마지막 기사는 관광숙박시설을 노숙 아동들에게 장기적 거처로 제공한다는 의제를 다루고 있었다.

그날 《아이리시 타임스》에 실린 기획기사는 아일랜드의 유대인 인구가 급격히 감소하고 있다는 내용이었는데, 블룸의 날을 우회적으로나마 챙기기 위한 것 같았다. 2차 세계대전 당시 4000명이었던 아일랜드 유대인이 이제 1000명을 밑돌고 있었고, 유대인이 아일랜드에서 동족의 문화를 지키고 동족 배우자를 찾는 일은 점점 더 어려워지고 있었다. 아일랜드 유대인의 선택지는 이민을 떠나거나 유대 문화라는 비주류문화를 포기하거나였다. 1904년의 블룸은 주류 사회에 반쯤 동화한 유대인으로서 자신의 고립을 당연한 상태로 받아들였지만, 《아이리시 타임스》가 그리는 현대판 블룸은 유대인의 정체성을 되찾는 모습, 유대인 커뮤니티가 있는 런던으로 이민을 떠나거나, 스티븐 디덜러스를 따라 파리로 탈출하거나, 부친의 고향인 헝가리로 돌아가거나, 거기서 더 멀리 지중해로, 이스라엘로 돌아가는 모습이었다.

그날 오후에 더블린에서 파리로 가는 일정이었던 나는 며칠간 파리를 여행할 생각에 설레고 있었다. 내가 처음 집을 벗어나서 파리로 간 것은 열일곱 살 때였는데(걸어서도 가고 날아서도 갔지만 뛰어서 가지는 않았다.), 그때의 나에게 그 1만 1200킬로미터라는 거리는 나 자신과 내가 그때까지 살았던 삶을 갈라놓기에 충분한 거리인 듯했고, 파리라는 낯선 도시는 캘리포니아에서는 찾을 수 없었던 역사주의에 탐닉하기에 좋은 장소인 듯했다. 내가 파리에서 나의 첫 가정(home)을 꾸리고 행복해할 수 있었던 이유는 거기서 비로소 나의 국외자 상태가 당연하게 느껴졌기 때문이다. 자기 나라, 자기가 사는 곳, 자기와 가까운 사람들 사이에서라면 소외당하는 것이 문제적 상황이지만, 외국에 나가면 소외당하는 것만큼 자연스러운 일도 없으니 말이다. 길을 잃고 헤매면서도 당당할 수 있다는 것이 여행의 숨은 즐거움 가운데 하나인 것 같다.(반면에 나에게 아일랜드는 주로 상징적인 차원에서 의미가 있는 나라였다. 아일랜드를 내 나라(homeland)로 바라보았던 것, 그리고 아일랜드가 동질적이고 예측가능하고 낯익은 나라라는 인상을 가지고 있었던 것이 나에게 어떤 압박감으로 작용하기도 했다. 아일랜드에서 대대적 사회변동이 연달아 일어나고 있다는 것, 아일랜드에도 비주류 인구 집단이 있다는 것은 아일랜드에 와서 비로소 알게 되었다. 작은 시가지를 돌아다니면서 주민들의 친절함을 실컷 경험하고 백인 일색의 풍경을 실컷 구경한 여행이었다.) 이제 내가 여행하게 될 대도시는 내가 어렸을 때 가서 살았던 프랑스의 수도 파리가 아니라 아프리카인들과 아시아인들이 식민화 과정을 뒤엎고 새로 만들고 있는 다중언어 국제도시 파리였다. 점점 인습에서 벗어나고 있는 도시, 새로운 가능성들이 좀 더 쉽게 침투하는 도시, 좀 더 복잡한 정체성들이 출현하는 도시, 좀 더 내

집(home)처럼 느껴지는 도시였다.

아일랜드 여행이 만족스럽지 않았다는 뜻은 아니다. 해변 산책에서 돌아온 사람이 주워온 물건을 하나하나 펼쳐보듯 나는 아침 식사를 하면서 여행의 기억을 하나하나 펼쳐보았다. 코끼리 해골이 있었고 페루의 나비도 있었다. 미국에서 온 덩치가 큰 여자와 함께 중국 음식을 뒤적이면서 여자의 인생담을 듣던 기억이 있었고, 하와이 여성과 함께 버스를 타고 가면서 하와이라는 다습한 섬이 얼마나 아일랜드와 비슷한지를 배우던 기억도 있었다. 미국 전통 음악 연주를 듣고 미국 전통 음악의 열혈 애호가들을 만난 기억은 너무나 많았다. 모든 말에 '죽겠네(dead)'°를 붙이는 재밌는 말버릇(죽겠네 틀려서, 죽겠네 맛있어서, 죽겠네 멋있어서)을 가진 뉴질랜드 남자의 기억도 있었다. 여행을 떠나기에 앞서 하던 일을 모두 접고 소유물을 모두 처분했다, 그렇게 돌아갈 이유를 없애고 여행의 가능성들이 제약될 여지를 없앴다, 돌아갈 필요가 없어지니 여행 그 자체가 내 집이 되었다, 온 세상이 한 나라가 되었다, 라는 그 남자의 이야기는 꽤 인상적이었다. 하지만 이제 돌아가야 할 시간이었다. 익숙한 편의와 책임의 사이렌 소리가 멀리서 들려오기 시작했다.

이렇듯 내 기억에는 세계의 교차로 아일랜드의 기념품들이 챙겨져 있었고, 한 달 동안 내 눈 앞에 펼쳐졌던 현지 풍경들도 내 공책과 내 마음의 갈피에 꽃잎처럼 접혀 있었다. 회

°　'심하다'는 뜻의 속어.

색 돌덩이를 세우는 무수히 다양한 방법들도, 완벽하게 맛있는 차와 완벽하게 맛있는 위스키도, 코크에 갔을 때 패디의 누이네 집에서 대접받은 정찬과 어젯밤에 맥도너 부부의 트레일러에서 대접받은 식사를 비롯한 수많은 친절의 기억도 그런 꽃잎들이었다. 내가 여기 와서 찾아낸 것들은 내가 찾고 있는 줄도 몰랐던 것들이었다. 멀리서 바라보았을 때는 고정과 기억과 문학이 중요한 나라인 것 같았는데, 이 나라에 와서 만난 사람들은 과거가 읽고 쓰는 역사로 고정되는 것을 막아온 이들이었고, 이 나라에 와서 경험한 문화는 조이스의 작중인물 '떠돌이 유대인'에서는 물론이고 가톨릭 공화국 아일랜드에서도 다양한 가능성을 찾아내는 문화였다. 이 나라를 떠나가는 것도 이 문화가 열어놓은 한 가능성이었다. 내가 지금까지 이 나라의 유동적 과거를 이렇게 농축해본 것은 방랑벽에 시달리는 혼혈인의 불안한 현재를 승인받기 위함이었다는 이야기다. 고정과 유동, 기억과 망각, 순종과 혼종, 뿌리와 날개는 그 후로도 풀리기와 얽히기를 되풀이했지만, 그 순간의 나는 그 불안한 현재의 상태를 자축하고 싶은 기분이었다. 해결(resolution)이란 불가능한 동시에 불필요한 목표다, 평생 이런 미완의 상태들 사이를 떠돌게 된대도 상관없다, 나는 돌아다니는 게 좋고 결론을 내리지 않는 게 좋다, 결론을 내리면 판결 후의 법정처럼 침묵이 흐를 뿐이지만 결론을 내리지 않으면 대화를 이어나갈 수 있다, 그런 기분이었다.

》→

　　더블린에서의 마지막 며칠은 돌아다니는 것이 즐거
웠다. 길 찾기를 힘들어하지 않게 되고 새로운 재미들 사이에
서 익숙한 재미들을 조금씩 찾을 수 있게 되는 것도 재방문자
의 즐거움이었다. 낮은 덥고 저녁 빛이 밤 10시 이후까지 사라
지지 않는 여름이었으니, 술집은 날마다 더 붐비는 듯했고, 술
집 안에 자리 잡지 못한 술꾼들은 길 위에 내리는 장밋빛 황혼
에 물들어 있었다. 월드컵 기념품과 담배와 과일을 파는 행상
들이 곳곳에서 손님을 부르고 있었다. 강가의 초췌한 노파는 아
기를 태우는 검은색 유모차에 사과와 오렌지를 쌓아놓고 팔고
있었는데, 왠지 마녀 아니면 식인종 같았다. 6월 저녁 시간대 교
각의 아치들은 리피강에 비친 그림자와 함께 일렬로 늘어선 거
대한 새알들 같았다. 그 완벽한 타원형의 구멍으로 새가 날아가
기도 하고 쓰레기가 떠가기도 했다. 한번은 그렇게 돌아다니다
가 관광객 구역과 현지인 구역을 구분하는 듯한 지점에서 한참
더 들어가보기도 했다.(관광객이 현지인의 노동 공간으로서의 도시를
끝내 알 수 없듯, 현지인에게 관광 구역은 일탈과 여가의 판타지 공간일 뿐
이다.) 더블린 시내는 관광지들과 관청들과 국사 현장들이 뒤섞
여 있는 장소인 만큼, 관광객의 더블린과 현지인의 더블린이 상
당 부분 겹쳐지는 것은 물론이다.

　　트래블러 자료를 찾아다니던 어느 날, 리피강을 따라
가다 보면 곧 바다가 나오지 않을까 하면서 걷고 있었는데, 세

관과 기차역 동쪽에서 강이 끊기면서 도로의 각도가 꺾이더니 더블린 중심지와는 분위기가 전혀 다른 동네가 나왔다. 순식간에 나는 싸게 지은 현대적 공동주택 건물 사이를 걷게 되었다. 아이들은 골목에서 얼굴에 햇빛과 검댕을 묻힌 채 이리저리 뛰어다니고 있었고, 뚱뚱하고 가난한 젊은 엄마들은 건물 입구 계단에서 그런 아이들을 지켜보고 있었다. 내가 그렇게 실수로 발을 들여놓은 현지인 구역은 관광엽서에 나오는 팔라디오풍 건축물의 눈부심과는 전혀 다른 곳, 위험이 느껴질 정도로 가난한 곳, 내가 가장 잘 아는 작품들이 제기하는 질문들과는 아무 상관없는 곳, 말하자면 로디 도일(Roddy Doyle)의 소설에 나올 법한 곳이었다.

　　　　그렇지만 그때 내가 찾고 있던 것은 더블린의 중심 동맥 리피강이었고, 어느새 눈앞에 나타난 세관의 벽에서 돌로 된 리피강을 발견할 수 있었다. 세관은 엄청나게 길고 눈부시게 희고 다량의 조각을 얹은 건물이었는데, 리피강을 마주보는 남쪽 벽을 제외하고는 모든 곳이 울타리와 초소로 막혀 있었다. 하지만 문지기가 활짝 웃으면서 나를 초소 쪽으로 불러주었고(문지기가 내가 예술작품을 보고 싶다고 한 말을 들었고, 나와 날씨와 캘리포니아를 소재로 인사말 몇 마디를 주고받은 후였다.), 나는 문지기가 일러주는 대로 울타리 안으로 들어가 옆문 쪽에서 안내책자를 챙긴 뒤 한동안 세관의 벽을 둘러보았다.(안내책자를 쥐고 기웃거리는 모습이 꽤 관광객다웠을 것이다.) 한때 더블린의 동쪽 끝이었던 곳의 북쪽에 위치한 습지에 말뚝공법으로 지은 건물이며, 여러 모티프가 섞여 있고 땅과 물 사이에 서 있음으로써 현지와 세계를 잇는 대표 관문의 역할을 하고 있다고 한다. 독립적인 아일랜드 의회가 생기고서부터 아일랜드가 영국에 합병되기까지의 짧았던 황금기 1782~1800년에 지어졌다고 한다.

프랑스 위그노 난민을 아버지로 둔 영국인 제임스 갠던(James Gandon)이 건축한 것으로, 건물 양식으로 로마 시대 도리스 양식을 차용했다고 하고, 장식 언어로는 고전 시대 알레고리 언어를 차용했다고 한다. 토착어보다는 외래어에 가깝지만, 여신들, 하프들, 가축들로 현지 문물을 표현하는 하이브리드 언어라는 점에서는 외국의 문물을 자국의 이익과 관습에 맞도록 걸러내야 하는 세관의 언어로 제격이다. 1921년 5월에 달 에런(Dáil Éireann), 즉 아일랜드 하원은 (세관이 도시 곳곳에 잔존해 있는 "외세 독재의 자리 중 하나"라는 이유에서) 세관 공격 명령을 내렸다. 더블린 여단의 방화 공격이 얼마나 효율적이던지 여러 주 동안 계속 연기가 났고, 건물이 식으면서 돌에 금이 가는 현상이 여러 달 동안 계속되었다. 손상된 건물은 원래 철거가 예정되어 있었지만, 지금 독립국 아일랜드를 위해 세계의 문물을 걸러내야 한다는 점점 어려워지는 과제를 짊어지고 있는 것은 바로 그 건물의 복원물이다.

세관 건물에서 화려하고 긴 남쪽 벽(안내책자에 따르면, "아무리 찬사를 보내도 모자란" 작품)은 강을 마주보고 있고, 북쪽 벽의 상부에는 유럽, 아시아, 아프리카, 아메리카(세계에 먼 끝이 있던 시절의 네 끝)를 상징하는 네 개의 반라 조각상이 승리의 여신들처럼 나란히 올라가 있다. 국경을 가로지르고 국민주의를 초월함으로써 세계의 네 끝을 한자리에 모아주는 실리의 무녀 '상업의 여신'은 가장 높은 돔 위에 올려져 있다. 하지만 한 관광안내서에서는 이 조각상을 가리켜 '희망의 여신'이라고 한다. 그렇게 따지면 희망을 안고 사방을 기웃거리는 '관광의 여신'도 '상업의 여신'의 자매 자격으로 함께 올라 있어야 할 것 같고(그래야 세계 경제와 현지 경제의 변화상을 반영할 수 있지 않겠는가.), 그렇게 따지면 탈라리아°를 신고 지친 표정을 짓는 '이민의 여신'도 있어야겠지만, 그렇게 계속 늘어나서 성냥팔이 소녀 형상의 '가난의 여신'을 비롯해 설명에 필요한 백색 대리석의 여신들이 지붕 위에 떼로 올라가면 지붕이 견디지 못할 것이다. 하지만 국민주의 또한 하프의 형태로 살아남아 있다.(작은 하프들이 기둥과 포르티코 프리즈를 장식하고 있고, 왕관을 쓴 거대한 하프는 양쪽에서 덤벼드는 영국 사자와 스코틀랜드 유니콘을 당당하게 견제하고 있다.) 이렇듯 아일랜드에서 하프는 주화, 우표, 여권에도 등장하는 국장(國章)이지만, 세관 건물에서는 조각가 에드워드 스미스(Edward Smyth)가 건물 사면의 키스톤 아치 열네 개에 새겨놓은 아일랜드 주요 강의 형상들이 하프 모티프를 능가하고 있다.

강들은 입을 파낸 형태의 응시하는 두상들로 표현되어 있어 마치 아일랜드의 강들이 바다로 흘러나가는 것 같다.(거대한 세관 건물이 이렇게 아일랜드의 미니어처가 된다.) 총 열네 개의

○   헤르메스의 상징인 날개 달린 샌들.

석조 두상 중에 열세 개는 남신들이라서 수염을 통해서 강물의 흐름이나 일렁임을 표현하기도 하고 물뱀이나 돌고래를 표현하기도 한다.('자유의 여신', '정의의 여신', '상업의 여신', '브리타니아', '아일랜드' 등 인간의 형상으로 표현되는 거의 모든 알레고리가 여성의 형상으로 표현되는 것과는 대조적이다.) 훌륭한 알레고리다. 오크나무를 실은 잘생긴 섀넌(Shannon), 양털을 실은 즐거운 수어(Suir), 엉킨 백조들을 머리에 얹고 행복해하는 벨파스트의 라간(Lagan), 요새를 머리에 얹은 호전적인 데리의 포일(Foyle)° 하는 식으로, 강을 상징하는 생산물이나 지형지물이 강의 머리 위에 왕관처럼 얹혀 있다. 마지막 열네 번째 '리피강의 여신'은 진짜 리피강을 마주보는 남쪽 벽 상좌를 차지하고 있다. 순하게 흐르는 강물처럼 곱게 땋은 머리카락, 길쭉한 코, 평온한 얼굴, 머리 위에 과일과 꽃을 풍성하게 얹은 모습이다.

≫→

　　　떠날 날을 며칠 앞둔 일요일, 모든 곳이 문을 닫는 휴식과 내면 성찰의 날, 나는 끝내 닿지 못한 바다를 등지고 서쪽을 바라보면서 리피강을 따라 피닉스 공원을 향해서 걸었다. 간밤에 꾼 꿈이 좀처럼 붙잡히지 않은 채로 내 하루를 물들이고 있음을 느끼고 있을 때, 생각 한 가지가 머릿속에 떠오르듯 잔

○　　　모두 아일랜드의 강 이름.

물결 하나가 수면 위에 일렁였다. 강물은 술병처럼 거의 불투명한 녹색이었고, 강벽에는 녹색의 수초가 카펫처럼 펼쳐져 있었고, 강물로 내려가는 계단과 사다리가 이족보행 양서류를 위한 배려인 듯 만들어져 있었고, 잔물결이 물고기에 의해 바뀌고 있었다. 불투명하게만 보였던 수면이 물고기 덕분에 30센티미터 정도 깊이까지 웬만한 정도의 투명함을 확보했다. 한 마리였던 물고기가 청색 등과 은백색 배를 가진 대어 세 마리가 되어 내 걸음과 같은 방향, 같은 속도로 줄지어 움직여나갔다. 나와 물고기들은 각각 강둑 위와 강물 속에서 그렇게 수 미터 거리를 두면서 나란히 걸었다. 그렇게 물고기들과 함께 일요일 산책을 즐긴 짧은 막간에는 물과 뭍의 차이, 수영과 보행의 차이가 무의미해지는 것 같았다. 물고기는 어느새 다섯 마리로 늘어났지만, 선두가 갑자기 물속으로 사라지자 뒤따르던 나머지도 한 마리씩 사라졌다. 수면을 꿰뚫어보는 요령을 알게 되면서, 잠들어 있는 것 같았던 녹색의 강물을 깨울 수 있었다. 아까 사라졌던 다섯 마리일까, 어쨌든 또 다섯 마리가 녹색을 뚫고 나타났다가 다시 녹색 사이로 사라졌다. 다음으로 나타난 아홉 마리는 흐린 하늘의 푸른색보다는 선명한 푸른색이었고, 한 마리씩 녹색 사이로 사라지면서 은색으로 반짝였다. 그렇게 녹색을 뚫고 나타나는 물고기들이 점점 더 많아지면서 강 전체가 살아나는 듯했지만, 오후의 햇빛이 환하게 되살아나면서 수면은 또다시 거의 불투명해졌다. 마지막 물고기들은 강둑을 향해서 헤엄쳐 오더니 떨리는 물 위에 거꾸로 서 있는 조지 양식 파사드의 웅장한 창문들 안으로 헤엄쳐 들어가버렸다.

⋙→

　　로스레어 항구에서 르아브르로 가는 페리였다. 바다
는 더 불투명한 녹색이었고, 캄캄한 밤에는 파도 갈라지는 소
리, 선체의 요동, 희미한 엔진음으로밖에는 바다라는 것을 알
수도 없었다. 향수 판매대와 음료 카운터를 모두 둘러보고 배
의 미로처럼 복잡한 구조를 확인한 뒤에야 좌석 두 개와 창문
선반 한 개로 된 불편한 카우치에서 잠을 청했다. 꿈속은 내가
10여 년째 살고 있는 내 집, 나에게 달팽이 껍질처럼 딱 맞는, 빛
이 고여 있고 시원한 바람이 들어오는 흰색 공간이었는데, 낯익
은 문, 낯익은 창문을 열 때마다 낯선 풍경이 나타났고, 집이 자
꾸 넓어지고 벽에 금이 가면서 미지의 공간, 미지의 가능성이
드러났다. 첫 번째 에피소드는 복잡한 요리를 만드는 그리 스펙
터클하지 않은 꿈이었다. 나는 집에 있는 흰색 레인지에서 스프
를 만들고 있었고, 한쪽 옆에 죽은 박쥐가 있었다. 승객들이 모
두 잠든 페리에서 눈이 떠진 나에게는 박쥐의 쭈글쭈글한 날개
에 붙어 있는 물컹한 핑크색 살점이 그 꿈에서 가장 인상적이었
다. 두 번째 에피소드는 내가 한 친구와 함께 어느 문장(紋章)의
상징으로 독수리와 꿀벌을 그리는 꿈이었다. 잊지 못할 마지막
에피소드에는 이사 오면서 잡동사니를 넣어놓고 아예 잊어버리
고 있었던 작은 창고방이 나왔다. 원래는 아무것도 없는 공간이

지만, 꿈속에서는 벽난로까지 딸린 녹색 느낌의 안락한 방이었다. 아일랜드와 프랑스 사이의 바다 위에서 꾸는 꿈에서, 잠겨 있던 문을 열고 그 방으로 들어가본 나는 남자 형제 한 명을 불러 내 책들을 전부 이 방으로 옮겨야겠다고, 나도 이제 작업실을 가져야겠다고 생각했다. 깨어났을 때는 개운한 기분, 행복한 마음이었고, 공간이 확장되었다는 느낌은 육지에 닿을 때까지도, 그리고 그 후로도 나를 떠나지 않았다.

감사의 말

이 책의 토대를 놓아준 사람들이 있다. 삼촌인 토머스 데이비스 앨런이 스스로를 아일랜드인으로 정체화하면서 아일랜드에서 족보를 연구한 덕분에 나에게 아일랜드 국민이라는 신분이 생겼다. 엄마인 테레사 앨런은 나의 유년기에 민권을 위해서 일했고 어린 내게 오크나무를 그리게 했다. 내가 아일랜드에 처음 갔을 때 리 스노드그래스와 패디 올리리에게 느낀 우정과 이야기 전달의 열정은 나를 다시 아일랜드로 이끈 가장 큰 힘 가운데 하나였다. 버소 출판사의 미국 에디터들에게도 감사한다. 마이크 데이비스는 이 책이 착상과 메모에 불과했을 때 집필을 종용해주었고, 마이클 스프링커는 내내 이 책의 집필과 함께 해주었다. 여행 중에 나를 환대해준 캐슬린 자매님과 포터마 자비의 자매회 자매님들, 캐슬린 맥도너 가족, 원고를 읽고 귀한 조언을 들려준 케임브리지 대학출판사의 레이 라이언, 프레더릭 힐어소시에이츠 리터러리 에이전시의 보니 나델과 아이린 무어,

앨리스 오말리, 1994년 말에 이 책 앞부분을 쓸 때와 1995년 여름에 이 책 뒷부분을 쓸 때 자기 집을 사용하게 해준 루시 리파드, 빌 스튜드베이커와 브렌다 라슨, 여행 계획의 초기 버전이 관철되었다면 동행할 뻔했던, 인종과 음악과 기억에 대해서 할 말이 많은 파마 킹피셔와 키야 허트우드, 그리고 대화와 우정을 통해서 이 책에 큰 도움을 준 다른 여러 사람들에게도 감사한다. 특히 루이스 드소토, 팀과 존 오툴, 소노 오사토, 세라 라이트, 데이나 슈어홀츠, 다이앤 드리스콜 네팰리, 발레리 소에게 감사하고, 오빠 스티븐과 동생 데이비드에게 감사한다. 뱀 마술사이자 등반인으로 한때 조슈아 트리에서 일했던 미남자 팻에게 마지막으로 가장 큰 감사를 보낸다. 내가 첫 책을 낸 뒤로 계속 하고 싶었던 말을 여기서 마지막으로 덧붙이자면, 독립 연구자가 책을 쓸 수 있는 환경을 갖추기 점점 힘들어지는 이때 샌프란시스코 시당국의 임대료 규제 정책은 내가 그런 환경을 확보하는 데 도움이 되었다.

　　　　　　　　마음의 발걸음

오만과 편견 때문에 헤맸습니다

1

『마음의 발걸음』이 나온 것은 1997년이다. 캘리포니아의 한 독립출판사에서 『비밀 전시회: 냉전시대 캘리포니아 아티스트 6인(*Secret Exhibition: Six California Artists of the Cold War Era*)』이라는 첫 저서가 나온 것이 1991년이고, 솔닛의 첫 주저일 『야만의 꿈들』이 나온 것은 1994년이다. 『마음의 발걸음』은 그로부터 3년 뒤에 나왔고, 솔닛에게 세계적 명성을 안겨줄 『걷기의 인문학』은 그로부터 4년 뒤인 2001년에 나왔다.

솔닛의 명성이 널리 알려진 2014년에 출간된 『야만의 꿈들』 20주년 기념판에는 솔닛이 새로 쓴 서문이 추가돼 있는데, 여기서 솔닛은 본인이 그때껏 쓴 책을 쭉 정리하고 있다.

네바다 핵 실험장에 대한 챕터가 포함되어 있고 미국 원주민의 현대사도 다수 포함되어 있는 『어둠 속의

희망』은『야만의 꿈들』의 딸이다.『야만의 꿈들』은 내가
지금까지 쓴 책 대부분의 출발점이다. 이 책에서 걷는
대목들로부터 보행의 역사를 다룬『걷기의 인문학』이
나왔고,『걷기의 인문학』으로부터 헤맴과 연상을
탐구한『길 잃기 안내서』도 나오고, 기술력과 탈육체와
속도와 느림을 탐구한『그림자의 강』도 나왔다.『길
잃기 안내서』의 문장과 주제는 2013년에 나온『멀고도
가까운』으로 확장되었다. 한편『이 폐허를 응시하라』는
시민사회와 비상사태와 대항서사에 관한 관심으로부터
나온 책이다.[○]

『마음의 발걸음』의 역자가『야만의 꿈들』의 개정판
서문까지 들여다본 것은 실은 솔닛이 나중에『마음의 발걸음』
을 어떻게 자리매김했는지가 궁금해서였는데, 아쉽게도 이 글
에는『마음의 발걸음』에 대한 언급이 없었다. 자료를 찾아보려
고 솔닛의 홈페이지(rebeccasolnit.net)도 검색해봤지만,『마음의
발걸음』에 대한 자료는커녕『마음의 발걸음』이라는 책 자체를
찾을 수 없었다. 솔닛의 청년기 걸작이 안겨준 신기한 감동에
젖어 있던 터라 그 감동을 뒷받침할 최근의 권위 있는 언급을
결국 찾지 못한 것이 못내 안타까웠다.

○   *Savage Dreams: A Journey into the Hidden Wars of the American West*, xxvi.

2

『마음의 발걸음』이 어떤 책인지는 이 책 서문에 잘 정리되어 있다. 이 책은 "통상적 의미의 여행서가 아니라 여행을 계기로 구상되고 배열된 연작 에세이"다. "이 책의 글 한 편 한 편이 다양한 모양의 구슬이라면 이 책의 계기가 된 여행은 그 글들을 한데 엮는 실"이다. 하지만 구슬이 꿰어진 순서가 무의미하지는 않은 것 같고, 구슬들을 서너 덩어리로 갈라보는 것도 가능할 것 같다. 일단 각각의 글은 시간순으로 배열되어 있다. 순서대로 읽어야 하는 것은 아니지만 순서가 없지는 않다는 뜻이다.

1장에서 5장까지는 아일랜드 개론으로 읽는 것도 가능하다. 솔닛은 "이 책이 아일랜드 역사와 문화라는 논제에 대한 어떤 권위를 주장하는 것은 아니"라고 못 박고 있지만, 이만한 연구가 권위를 주장할 수 없다면 대체 어떤 연구가 권위를 주장할 수 있다는 것인지 모르겠다. 1장은 대부분 아일랜드가 아닌 곳들에 대한 이야기지만, 장 중간에 아일랜드라는 나라의 세계사적 의미를 한 문단으로 정리해본다는 무모한 시도가 행해질 수 있는 것은 그런 이야기가 배경이 되어주는 덕분이다.

2장은 더블린에 도착해서 아일랜드의 역사를 정리한 뒤, 성 패트릭 대성당에 가서 아일랜드 문학사를 정리하는 부분이다. 이 모든 작업이 한 장에서 진행된다는 것이 잘 믿어지지 않지만, 이상하게도 모자란다는 느낌이 안 든다. 3장에는 더블린의 주요 관광지 가운데 한 곳인 자연사박물관이 나오는데, 지금껏 이곳을 솔닛만큼 흥미진진하게 둘러본 관광객이 과연 또 있을까 싶다. 4장은 아일랜드의 독립영웅 로저 케이스먼트의 이야기다. 케이스먼트의 전기는 이미 많이 나와 있는 것 같고, 솔닛이 4장 곳곳에서 그런 전기들을 인용하기도 하지만, 케이스먼트에 관한 글 한 편을 읽겠다는 독자에게라면 이 장을 추천하고 싶다. 혹시 이 책 중에서 한 장을 읽어보겠다는 독자가 있다면 그 독자에게도 이 장을 추천하고 싶다.

　　5장 「걸인의 길」은 아일랜드 대기근을 다룬 장이다. 그런 장이지만, 그런 장이면서 동시에 여행이 무엇이고 무엇일 수 있는지, 그 가능성의 감각을 훅 끼얹어주는 것 같은 장이기도 하다. 『걷기의 인문학』 하단에서 '걸어가는 인용문' 중에는 발터 벤야민의 「성곽」도 있는데, 「걸인의 길」 마지막 대목이 「성곽」과 꽤 비슷하다. 지금 이 작가가 그때 그 작가를 오마주했구나 하는 느낌이 아니라, 이 사람은 지금 여기서, 그 사람은 그때 거기서 그런 것을 경험했구나, 우리는 다 그런 것을 경험하면서 살고 있구나, 뭔가를 경험한다는 것이 그런 것이구나, 여행은 그런 순간들을 의식의 영역에 떠올려주는구나, 하는 느낌인데, 「성곽」만 읽었을 때는 느끼지 못했던 것이다.

　　6장부터 15장까지는 여행자의 몸이 움직이는 본격적인 여행, "아일랜드 서해안을 따라 걷는" 여행이다. 하지만 아일랜드 지역 명소들의 독특한 풍광이나 관광 정보 같은 것을 기대한 독자는 깜짝 놀라게 된다. 그런 내용이 없어서가 아니라 그런 내용이 감탄스러울 정도로 간단명료하게 요약되어 있는 것에 더해, 그와 함께 풀려나오는 다른 내용들이 난데없이 깊고 날카롭기 때문이다.

　　　16장은 여행 막바지에 더블린에서 작성한 트래블러 보고서다. 솔닛 자신이 분류한 『야만의 꿈들』의 두 계열(『걷기의 인문학』-『길 잃기 안내서』-『멀고도 가까운』 계열과 『어둠 속의 희망』-『이 폐허를 응시하라』 계열)을 『마음의 발걸음』에 적용해본다면, 이 16장은 두 번째 계열에 가장 가까운 부분인 것 같다.

　　　1장이 여행의 프롤로그이듯, 17장은 여행의 에필로그다. 솔닛이 마지막으로 물고기들과 함께 강가를 산책하는 장면에서는 버지니아 울프가 생각을 물고기에 비유했던 것이 떠올랐다. 실은 『마음의 발걸음』 곳곳에서 울프가 떠올랐는데, 단순히 울프의 말이 연상되었다기보다 울프의 말이 그런 뜻이겠구나 하는 것을 『마음의 발걸음』에서 처음 알게 되었다고 해야 할 것 같다.

3

하지만 옮기기가 까다로웠다. 다 옮기고서야 얼마나 까다로운 책인지를 알았다고 해야 하겠다. 가벼운 차림으로 산책을 나섰다가 험한 곳을 헤매면서 험한 꼴을 당한 느낌이다. 가장 큰 잘못은 가벼운 산책이리라고 예상했던 것이었고, 그렇게 만든 것은 솔닛이었다. 정확히 말하면, 솔닛의 소탈함과 겸손함이었다. 솔닛은 "내 삶이 이런 이야기 길과 얽혀 있는 것은 내 삶이 색다른 삶이라서가 아니라 평범한 삶이라서다."라는 식으로 말하기 때문에, 그 평범함이 얼마나 정교하게 펼쳐질지 처음에는 알 수가 없었던 것이다.

이렇게 평계를 대보는 것은, 가벼운 산책이리라고 예상했던 것이 실은 역자 본인의 편견과 오만 때문임을 인정하기가 창피해서다. 솔닛은 61년생이다. 솔닛이 아일랜드 여권을 얻고 나서 처음 아일랜드 땅을 밟은 것은 87년, 책이 나온 것은 97년이니, 『마음의 발걸음』은 그야말로 청년 솔닛의 이야기다. 『마음의 발걸음』의 독자는 한편으로는 청년 솔닛의 거세고 뾰족한 목소리에 매료되지만 다른 한편으로는 수시로 맨스플레인에 시달리고 간간이 추행과 폭력의 위험에 노출되는 젊은 여성 솔닛의 육체적 취약함을 함께 경험할 수밖에 없다. 『마음의 발걸음』의 솔닛은 그 답답함을 검붉은 유머 감각으로 승화하지만, 어디서 생겼는지 확실히 알 수 없는 상처 조각들이 『마음의 발걸음』 곳곳에 묘한 신경질과 함께 흩뿌려져 있는 것도 사실이다. 어쨌든 그렇게 솔닛의 육체적 현존을 감지하고 난 독자에게는 솔닛의 크고 넓으면서 구체적이고 감각적이기까지 한 통찰들이 계속 충격으로 느껴졌다. 유럽 중심의 세계사와 동부 중심의 미국사에 대한 솔닛의 맹렬한 반발, 강단철학에 대한 솔닛의 발본적 비판, 문학사의 정전들에 대한 솔닛의 통쾌한 일갈이 처음에는 그저 의아스러웠기 때문이다. 어떻게 이렇게 젊은 여성 저자가, 역사학 박사도 철학 박사도 아니고 문학 박사도 아닌 저자가, 미국 원주민 영토권 활동가였던 저자가, 헤어진 남자 친구 이야기를 하다가, 아기 때 포도주 마신 이야기, 아이 때 마리

화나 피운 이야기를 하다가, 어떻게 이렇게 역사적, 철학적, 문학적 권위가 필요한 이야기를, 아니, 기존의 역사적, 철학적, 문학적 권위를 근본적으로 무너뜨리는 이야기를, 어떻게 이렇게 아무렇지도 않게, 어떻게 이렇게 허물없는 목소리로 들려줄 수 있는 것일까.

　　　이런 의문으로 요약될 수 있는 편견과 오만이었다. 아, 솔닛은 바로 나 같은 독자를 깨뜨리기 위해 이 책을 썼구나. 생각의 위력은 육체적 현존의 취약함과 분리될 수 없다는 것, 생각의 동력을 은폐하는 주의주장이란 그저 물화된 망상이라는 것, 망상은 권위적일수록 더 파괴적이라는 것을 청년 솔닛은 이렇게 온몸과 온 기억으로 증명해내고 있구나. 이 대답을 찾은 것은 작업이 다 끝난 뒤였다. 작업 시작할 때도 답을 갖고 있었다면 작업 내내 그렇게 정처 없이 헤매지는 않았을 걸. 이 답을 갖고 있지 못했을 때 저지른 일이 너무 많이 생각나서 울고 싶다.

　　　책의 여운에서 아직 빠져나오지 못한 독자 겸 역자의 과장, 그리고 책이 조금이라도 더 팔리기를 바라는 이해관계자의 허풍이 역자 후기에는 항상 섞여 있다.

2020년 9월
역자 김정아

PS: 이 책의 원제는 A Book of Migrations, 즉 '어느 이주(移住)의 서(書)'이다. 아일랜드에서 가장 귀한 책일 『켈스의 서(Book of Kells)』를 염두에 둔 제목이 아니었을까 싶다.

$$\overset{\frown}{\text{주}}$$

1장

1 William Studebaker & Max G. Paresic, *Backtracking: Ancient Art of Southern Idaho* (Pocatello, Idaho: Idaho Natural History Museum, 1993).

2장

1 Lebor Gabala *Erenn: The Book of the Taking of Ireland, Part IV,* R. A. Stewart MacAlister, ed. and trans. (Dublin: Irish Texts Society, 1941), pp. 15 & 203.

2 이 로마 요새가 발견되었다는 것을 알려준 사람은 케임브리지 대학교 출판부의 Ray Ryan.

3 Jonathan Swift, "Verses occasioned by the sudden drying up of St. Patrick's Well near Trinity College, Dublin, in 1726," Herbert Davis, ed., *Swift: Poetical Works* (London: Oxford University Press, 1967), p. 385.

4 Redcliffe Salaman, *The History and Social Influence of the Potato* (New York: Cambridge University Press, 1985), p. 273.

5 Seamus Heaney, "Ocean's Love to Ireland," *North* (London: Faber & Faber, 1975), p. 46.

6 Dean McCannell은 *Headlands Journal* 1992에 실린 인터뷰에서 관광 단지를 군사 단지에 비유했다(Sausalito, Calif.: Headlands Center for the Arts, 1994).

7 Carole Fabricant, *Swift's Landscape* (Baltimore, Md., and London: Johns Hopkins University Press, 1992), p. 30.

8 David Nokes, *Jonathan Swift: A Hypocrite Reversed (A Critical Biography)* (New York: Oxford University Press, 1985), p. 111; Fabricant, *Swift's Landscape*, p. 52.

9 브론테 자매와 아일랜드와의 관계에 대해서 볼 곳은 Edward Chitham, *The Brontës' Irish Background* (London: Macmillan, 1986).

10 Edward Said의 『맨스필드 파크』 관련 논의의 출처는 *Culture and Imperialism*

(New York: Alfred A. Knopf, 1993); Jean Rhys, *Wide Sargasso Sea* (Harmondsworth, England: Penguin, 1988).

3장

1 Gerald of Wales (Giraldus Cambrensis), *The History and Topography of Ireland*, John O'Meara, ed. and trans. (Harmondsworth, England: Penguin, 1982), p. 130, 주 13.

2 Hugh Kenner, *A Colder Eye: The Modern Irish Writers* (Harmondsworth, England: Penguin, 1983), p. 252.

3 *The Bestiary: A Book of Beasts, Being a Translation from the Latin Book of the Twelfth Century*, T.H. White, trans. (New York: G. B. Putnam's Sons, 1954).

4 "Why Look at Animals," John Berger, *About Looking* (New York: Vintage Books, 1991), pp. 7 & 9.

4장

1 James Stephens, 출처는 "The Insurrection in Dublin" in *Dublin: A Travellers' Compendium*, Thomas and Valerie Pakenham, eds. (New York: Atheneum, 1988), pp. 276–8.

2 B. L. Reid, *The Lives of Roger Casement* (New Haven, Conn: Yale University Press, 1976), p. 4.

3 Peter Singleton-Gates & Maurice Girodias, *The Black Diaries: An Account of Roger Casement's Life and Times with a Collection of His Diaries and Public Writings* (New York: Grove Press, 1959), p. 42.

4 Joseph Conrad의 말이 인용된 곳은 Paul Hyland, *The Black Heart: A Voyage into Central Africa* (New York: Henry Holt & Co., 1989), pp. 74–5; Reid, *The Lives of Roger Casement*, p. 14.

5 Joseph Conrad의 콩고 일기가 실린 곳은 *Heart of Darkness: An Authoritative Text, Backgrounds and Sources*, Robert Kimbrough, ed. (Englewood Cliffs, N.J.: Prentice Hall, 1960), p. 110.

6 René MacColl, *Roger Casement: A New Judgment* (New York: W. W. Norton & Co.,

1957), p. 70.

7 William Theobald Wolfe Tone, ed., *The Life of Theobald Wolfe Tone*, written by himself and extracted from his journals (London: Hunt & Clarke, 1828), pp. 32 & 43–5.

8 René MacColl, *Roger Casement*, p. 63.

9 Casement의 콩고 보고서가 재수록된 곳은 Singleton-Gates and Girodias, *The Black Diaries*, pp. 96–190.

10 Casement의 콩고 보고서, 재수록된 곳은 *The Black Diaries*, p. 112.

11 Elaine Scarry, *The Body in Pain: The Making and Unmaking of the World* (New York and London: Oxford University Press, 1985), p. 38.

12 출처는 "Letter from the King-Sovereign of the Congo Free State to the State Agents, Brussels, 16th June, 1897," 재수록: Singleton-Gates and Girodias, *The Black Diaries*, p. 83.

13 Singleton-Gates and Girodias, *The Black Diaries*, p. 251.

14 Reid, *The Lives of Roger Casement*, p. 110.

15 Singleton-Gates and Girodias, *The Black Diaries* p. 302.

16 Costigan, *A History of Modern Ireland*, p. 200.

17 Reid, *The Lives of Roger Casement*, p. 351, Singleton-Gates & Girodias, *The Black Diaries*, pp. 413–14.

18 "최하층"과의 섹스를 다룬 글은, Roger Sawyer, *Casement: The Flawed Hero* (London: Routledge & Kegan Paul, 1984): "그가 독신 생활과는 거리가 먼 생활을 영위하면서 자기의 욕망을 만족시킬 때 그의 파트너들은 주로 사회의 최하층이었다."(p. 2); "그의 성생활을 특징짓는 또 다른 측면은 그의 파트너였던 남자들이 한 명을 제외하고는 국적을 불문하고 계급적으로 최하층이었다는 것이다. 신분상 양가적이었던 케이스먼트가 계급적으로 본인과 전혀 다른 사람들과 그런 식으로 친밀하고 빈번하게 사귀었다는 것이 그에게 어떤 영향을 미쳤을지는 짐작이 되고도 남는다. 요컨대 그의 성생활은 그의 균형 감각을 완전히 무너뜨렸다."(p. 145) 그에게 풍경 심미안이 부족했다고 말하는 글은, MacColl, *Roger Casement: A New Judgment* 중 pp. 47–8. MacColl은 이 책 p. 63에서 이런 말도 한다.: "누군가가 케이스먼트에게 조금만 더 잘해주었어도 케이스먼트가 그렇게 반역의 행로로 들어서는 사태를 막을 수 있었을 것이다. 그에게 정말 필요했던 것은 옆에서 칭찬해줄 한 사람이었다."

마음의 발걸음

19. Reid, *The Lives of Roger Casement*, p. 17, 각주 D.

5장

1 [옮긴이] George Petrie, *Collection of the Ancient Music of Ireland*(1855) 서문.

2 James Joyce, *Ulysses* (Harmondsworth, England: Penguin, 1968), p. 13.

3 Derek Walcott, "The Muse of History" in *The Post-Colonial Studies Reader*, Bill Ashcroft, Gareth Griffiths and Helen Tiffin, eds. (London and New York: Routledge, 1995), p. 372.

4 Sinéad O'Connor. Salaman, *The History and Social Influence of the Potato*와 함께 감자와 감자 기근이 아일랜드 역사에 미친 영향에 관한 저서로 *Seeds of Change: Five Plants that Changed Mankind* by Henry Hobhouse (New York: Harper and Row, 1986).

5 Kerby A. Miller, *Emigrants and Exiles: Ireland and the Irish Exodus to North America* (New York and Oxford: Oxford University Press, 1985) 중에서 "Change: Ireland before the Great Famine", 그리고 "Continuity: The Culture of Exile."

6 Joseph Lee, in *Irish Values & Attitudes: The Irish Report of the European Value Systems Study*, Michael Fogarty, Liam Rian, Joseph Lee, eds. (Dublin: Dominican Publications, 1984), p. 112.

7 John F. Kennedy, 출처는 Fintan O'Toole, *Black Hole, Green Card: The Disappearance of Ireland* (Dublin: New Island Books, 1994), p. 98.

8 Engels, *History of Ireland, in Ireland and the Irish Question: A Collection of Writings by Karl Marx and Friedrich Engels* (Moscow: Progress Publishers, 1971), p. 174. [Die Geschichte Irlands (1870)]

6장

1 J. M. Synge in Alan Price, ed., *J. M. Synge Collected Works: Prose* (London: Oxford University Press, 1966), pp. 195–6. 함께 볼 곳은 J. M. Synge, *The Aran Isles and Other Writings* (New York: Vintage Books, 1962), 그중에서 특히 에세이 세 편 "The Vagrants of Wicklow," "In Wicklow," "On the Road."

2 "The Destruction of Da Derga's Hostel" in *Early Irish Myths and Sagas*, Jeffrey

Gantz, trans. (Harmondsworth, England: Penguin, 1991), p. 64.

3 *The Life of Theobald Wolfe Tone*, p. 74.

4 St. Brendan의 경로를 보려면 Geoffrey Ashe, *Land to the West: St. Brendan's Voyage to America* (New York: Viking Press, 1962); D. P. Conyngham, Lives of the Irish Saints (n.p.: P.J. Kennedy and Sons, n.d.).

5 *Alexis de Tocqueville's Journey in Ireland July-August 1835*, Emmet Larkin, trans. and ed. (Washington, D.C.: Catholic University of America Press, 1990), pp. 91-2: "[1835년 8월 1일] 오늘 아침 합승마차 위층에서 한 노인 옆에 앉게 되었다. [……] 이어서 노인은 크롬웰 통치 때부터 윌리엄 3세 통치 때까지 많은 가문들과 많은 영지들이 어떠한 처지로 전락했는지를 무서울 정도로 정확하고 생생하게 설명해나갔다. 박해의 기억은 아무리 없애려고 해도 없어지지 않는다. 불의를 심은 사람은 조만간 불의의 열매를 거두게 마련이다." [*Voyages en Angleterre, Irlande, Suisse et Algérie*]

7장

1 드레이크(Drake)와 감자에 대해서 볼 곳은 Salaman, *The History and Social Influence of the Potato*, p. 147부터. 이 저서는 감자가 페루에서 아일랜드로 전해진 경로를 비롯해 감자 전반에 대한 고전적 연구다.

2 Bob Dylan, 출처는 Greil Marcus, *Dead Elvis* (New York: Doubleday, 1991), pp. 116-17. 미국 음악사에 대한 나의 논의 곳곳에 마커스(Marcus)와의 대화 내용이 포함돼 있다.

3 티머시 머피에 대해서 볼 곳은 Hubert Howe Bancroft, *Register of Pioneer Inhabitants of California 1542-1848* (Los Angeles: Dawson's Bookshop, 1964); *The Works of Hubert Howe Bancroft* 중에서 XX-XXII, *History of California, Vols. 3-5* (Santa Barbara, Calif.: Wallace Hebberd, 1969, 초판 영인본) 곳곳에 머피에 대한 짧은 언급들이 있다.

4 볼 곳은 Barbara Tuchman, *The Zimmermann Telegram* (New York: Viking Press, 1958).

5 볼 곳은 Leonard Pitt, *The Decline of the Californios* (Berkeley: University of California Press, 1966); Alfred Robinson, *Life in California during a Residence of Several Years in that Territory*... (Santa Barbara, Calif. and Salt Lake City, Utah:

Peregrine Publishers, Inc., 1970); Neal Harlow, *California Conquered: War and Peace on the Pacific, 1846-1850* (Berkeley: University of California Press, 1982).

6 출처는 Harlow, *California Conquered*, p. 103.

7 머피의 전면적 전향에 대해서 볼 곳은 Alan Rosenus, *General M. G. Vallejo and the Advent of the Americans* (Albuquerque: University of New Mexico Press, 1985), p. 167.

8 Bill Barich, "The Last Transcendental Trip," *The New Yorker*, XXX 1993년 10월 11일, p. 101.

8장

1 출처는 Arthur Young, *Arthur Young's Tour in Ireland*, Arthur Wollaston Hutton, ed. (London: George Bell & Sons, 1892), vol. 1, p. 344.

2 Aubrey Burl, *The Stone Circles of the British Isles* (New Haven, Conn.: Yale University Press, 1976), p. 224.

9장

1 Young, *Arthur Young's Tour in Ireland*, vol. 1, p. 348.

2 Horace Walpole, 출처는 "The History of the Modern Taste in Gardening" in John Dixon Hunt and Peter Willis, eds, *The Genius of the Place: The English Landscape Garden 1620-1820* (Cambridge, Mass.: MIT Press, 1988), p. 313.

3 "On Truth and Falsity in Their Ultramoral Sense," *Collected Works of Friedrich Nietzsche*, vol. 2, Maximilian A. Mugge, trans. (New York: Russell and Russell, 1964), p. 190. ["Über Wahrheit und Lüge im aussermoralischen Sinne"(1896)]

4 Man Ray, *Self Portrait* (New York: McGraw Hill, n.d.), p. 356.

5 Joseph Brodsky, *New Yorker*에 실린 Robert Frost에 관한 에세이, 1994년 9월 26일, p. 70.

6 Ryan in Fogarty, Rian, Lee, *Irish Values & Attitudes,* p. 99: "어떤 기준을 적용하더라도, 아직 아일랜드는 단연 종교적인 나라다. 일주일에 한 번 교회에 나가는 사람이 전 세계에서 가장 많은 나라가 아일랜드다. 하느님이 당신의 삶에서 얼마나 중요하냐고 질문했을 때, 아일랜드인의 대답은 유럽의 다른 어느 나라보다 열렬하다.

아일랜드인이 '영혼'을 믿는 비율, '사후세계'를 믿는 비율, 천국을 믿는 비율, 기도의 효력을 믿는 비율은 서구의 어느 나라와도 비교가 안 되게 단연 높다."

7 John O'Donohue의 "Stone as the Tabernacle of Memory"는 1994년에 소책자로 출간되었다.(발행인 없음. 인쇄: Clodoiri Lurgan, Inverin, Co. Galway)

10장

1 아일랜드의 숲과 벌목에 관한 역사와 관련해 참고한 텍스트: Frank Mitchell, *The Irish Landscape* (London: Collins, 1976).

F. H. A. Aalen, *Man and the Landscape in Ireland* (London: Academic Press, 1978).

Eoin Neeson, *A History of Irish Forestry* (Dublin: The Lilliput Press, 1993).

Susan Powers Bratton, "Oaks, Wolves and Love: Celtic Monks and Northern Forests," *Journal of Forest History*, 1989년 1월.

"The Oakwoods of Killarney," Office of Public Works 브로셔, Dublin.

Alan Craig, "Woodland Conservation in Killarney National Park and Elsewhere in Ireland," National Parks and Wildlife Service, Dublin, 1992(unpublished).

2 Fynes Moryson, 출처는 Nicholas Canny, *Kingdom and Colony: Ireland in the Atlantic World 1560-1800* (Baltimore, Md.: Johns Hopkins University Press, 1988), p. 2. 함께 볼 곳은 *The Westward Enterprise: English Activities in Ireland, the Atlantic, and America 1480-1650*, K. R. Andrews, Nicholas Canny, and P.E. H. Hair, eds. (Liverpool and Detroit, Mich.: Wayne State Press, 1978).

3 Canny, *Kingdom and Colony*, p. 35.

4 David Beers Quinn, *The Elizabethans and the Irish* (Ithaca, N.Y.: Cornell University Press, 1966), pp. 135 – 6: "1600년에 아일랜드 복무를 마치고 돌아온 저베이스 마크햄(Gervase Markham)은 'The New Metamorphosis(새로운 변신)'이라는 오락가락하는 시에 아일랜드 케헤른에 관한 긴 에피소드를 집어넣었다."

5 볼 곳은 Edmund Spenser의 *A View on the Present State of Ireland*, 재수록은 James P. Myers, Jr, ed., *Elizabethan Ireland: A Selection of Writings by Elizabethan Writers on Ireland* (Hamden, Conn.: Archon Books, 1983); Patricia Coughlan, ed., *Spenser and Ireland: An Interdisciplinary Perspective* (Cork: Cork University Press, 1989).

6 George Percy in Quinn, *The Elizabethans and the Irish*, p. 23, 그리고 그 밖의 여러 유비.

7 Tocqueville, *Alexis de Tocqueville's Journey in Ireland*, p. 7.

8 The Times, 인용은 Miller, *Emigrants and Exiles*, p. 307.

9 볼 곳은 James Mooney, *The Ghost Dance Religion and the Sioux Outbreak of 1890*, Bernard Fontana의 서론과 함께 재출간 (Glorieta, N. Mex.: Rio Grande Press, 1973).

10 Sawyer, *Casement: The Flawed Hero*, p. 92.

11 Ward Churchill in *Indians Are Us? Culture and Genocide in Native North America* (Monroe, Maine: Common Courage Press, 1994), pp. 234, 310, 342, 각주 45.

12 볼 곳은 Canny, *Ireland in the Atlantic World*, p. 111: "[……] 많은 성직자들이 '신도들에게 위안을 줄 목적으로 내놓는 [……] 잃어버린 옛 토지와 옛 자유를 앞으로 언젠가 되찾으리라는 예언은 [……] 유대 민족과 이스라엘 왕국을 다시 세우겠노라는 하느님의 언약'을 닮았다." 이런 닮음을 이용한 곳은 Joyce, *Ulysses*, p. 143. 함께 볼 곳은 "Aspects of the 1904 Pogrom" in *Old Limerick Journal* 11, 1992년 겨울호.

13 David Roediger, *The Wages of Whiteness: Race and the Making of the American Working Class* (London: Verso, 1991), p. 133.

14 Edmund Campion, *A History of Ireland, in Myers, ed., Elizabethan Ireland*, p. 24.

15 Seamus Heaney, *Station Island* (London: Faber & Faber, 1984), p. 101.

16 E. Estyn Evans, *Irish Folk Ways* (London: Routledge, 1988, 초판: 1957), p. 27. 함께 볼 곳은 Nicholas Canny, "Early Modern Ireland," in *The Oxford Illustrated History of Ireland* (Oxford and New York: Oxford University Press, 1989), pp. 108‒9: "목축 생활이 대세인 시대가 계속되었다. [……] 비(非)인클로저 방목지에서의 계절 유목은 불안정한 정치상황에 특히 적합했다."

17 Spenser, *A View on the Present State of Ireland*, in Myers, ed., Elizabethan Ireland, p. 79.

18 Quinn, *The Elizabethans and the Irish*, p. 11.

19 Engels, *Origin of the Family, Private Property and the State, excerpted in Ireland and the Irish Question: A Collection of Writings by Karl Marx and Friedrich*

Engels, p. 339. [Der Ursprung der Familie, des Privateigenthums und des Staats (1884)

20 Joyce, *Ulysses* p. 325.

21 Thomas Churchyard, 출처는 *Quinn, The Elizabethans and the Irish*, pp. 126-7.

22 Quinn, *The Elizabethans and the Irish*, pp. 126-7.

23 Lady Gregory, *Poets and Dreamers: Studies and Translations from the Irish, including Nine Plays by Douglas Hyde* (Gerrard's Cross, England: Colin Smythe, 1974), p. 16.

24 Costigan, *A History of Modern Ireland*, p. 58; 함께 볼 곳은 Fabricant, Swift's Landscape, pp. 90-93.

25 볼 곳은, 예컨대, Merlin Stone, *When God Was a Woman* (San Diego, Calif.: Harcourt Brace Jovanovich, 1976); Riane Tennenhaus Eisler, *The Chalice and the Blade* (New York: Harper and Row, 1987); Robert Bly, Iron John: A Book about Men (Reading, Mass.: Addison-Wesley, 1990); Sam Keen, *Fire in the Belly: On Being a Man* (New York: Bantam Books, 1991); 남성운동에 대한 Ward Churchill의 탁월한 대답으로는 그의 *Indians Are Us?*에 실려 있는 동명의 에세이.

26 Seamus Heaney, "In the Country of Convention: English Pastoral Verse" & "The God in the Tree: Early Irish Nature Poetry" in *Preoccupations* (London: Faber & Faber, 1980); "Ireland as Arcadia" in Quinn, *The Elizabethans and the Irish*; "Antipastoral Vision and Antipastoral Reality" in Fabricant, *Swift's Landscape*; Declan Kiberd, "Inventing Irelands" in *Crane Bag*, vol. 8, no. 1, 1984.

27 Terry Eagleton, *Heathcliff and the Great Hunger* (London: Verso, 1995), p. 6.

28 출처는 Davis, ed., *Swift: Poetical Works*, p. 385.

29 Patrick Kavanagh, *The Great Hunger* (London: MacGibbon and Kee, 1966), pp. 13 and 20.

11장

1 출처는 Richard Ellman, *James Joyce* (New York: Oxford University Press, 1959), p. 230.

2 Wallace Stevens, "The Irish Cliffs of Moher" in Wallace Stevens, *The Collected Poems* (New York: Vintage Books, 1982), p. 503.

3 종족(race)의 어원에 대해서 볼 곳은 Michael Burleigh and Wolfgang Wippermann, *The Racial State: Germany 1933-1945* (Cambridge: Cambridge University Press, 1991), p. 23: "Rasse(race)의 어원은 '시작', '기원', '머리'를 뜻하는 아랍어 ras인 듯하다. 이 단어가 17세기에 독일어에 들어왔을 때는 영어와 프랑스어의 온 외래어였고 [……]"

4 출처는 Eagleton, *Heathcliff and the Great Hunger*, p. 279.

5 국왕의 두 신체 개념에 대해서 볼 곳은 Laurie A. Finke, "Spenser for Hire: Arthurian History as Cultural Capital" in *Culture and the King: The Social Implications of the Arthurian Legend*, Martin B. Shichtman & James P. Carley, eds. (Albany: State University of New York Press, 1994).

6 Rainer Maria Rilke, "Third Duino Elegy," in *The Selected Poetry of Rainer Maria Rilke*, Stephen Mitchell, ed. and trans. (New York: Vintage, 1989), p. 163. ["Die dritte Elegie"]

7 Michael Ignatieff, *Blood and Belonging: A Journey into the New Nationalism* (New York: Farrar, Straus, & Giroux, 1994). 역주: 지금은 다르다.

8 Rilke, "Third Duino Elegy," in *The Selected Poetry of Rainer Maria Rilke*, p. 165. ["Die dritte Elegie"]

9 출처는 Michael Burleigh & Wolfgang Wippermann, *The Racial State*, pp. 40 & 107.

10 Paul Shepard, *Thinking Animals: Animals and the Development of Human Intelligence* (New York: Viking Press, 1978), p. 4.

11 David Roediger, *The Wages of Whiteness*, p. 8.

12 Simon Schama, *Landscape and Memory* (New York: Alfred A. Knopf, 1995), p. 29.

12장

1 Arthur Rimbaud, *Une Saison en Enfer/A Season in Hell*, Louise Varèse, trans. (New York: New Directions, 1945), p. 7: "J'ai de mes ancêtres gaulois l'oeil bleu blanc, la cervelle étroit . . . Mais je ne beurre pas ma chevelure."

13장

1 Lynn White, "The Historical Roots of Our Ecological Crisis," in Paul Shepard and Daniel McKinley, eds. *The Subversive Science: Essays towards an Ecology of Man* (Boston: Houghton Mifflin, 1969), pp. 341–50. 함께 볼 곳은 Paul Shepard, *Nature and Madness* (San Francisco: Sierra Club Books, 1982).

2 *The Greening of the Church*는 Sean McDonagh이 쓴 책의 제목이기도 하다.(London: G. Chapman/Maryknoll: New York: Orbis Books, 1990).

3 George Santayana, "The Philosophy of Travel" in *Altogether Elsewhere*: Writers on Exile, Marc Robinson, ed. (New York: Harcourt Brace, 1994), p. 41.

14장

1 리르의 아이들 이야기가 실린 곳은 *Old Celtic Romances Translated from the Gaelic* by P. W. Joyce, second edition, revised and enlarged (London: D. Nutt, 1894), pp. 2–36.

2 Artelia Court, *Puck of the Droms* (Berkeley: University of California Press, 1985), pp. 236–7, 주 11번.

3 Seamus Heaney의 "자유 번역" 외에 *The Frenzy of Sweeney* 전체를 읽을 수 있는 에디션은 J. G. O'Keeffe의 번역, 서문, 각주가 포함된 1913년 Irish Texts Society 원문 병기 에디션이다. 다른 표시가 없는 인용은 이 번역이다.

4 Seamus Heaney, *Sweeney Astray: A Version from the Irish* (New York: Farrar, Straus, & Giroux, 1983), 쪽 번호 없는 서문의 두 번째 쪽.

5 James George O'Keeffe, *Buile Suibhne* (The Frenzy of Sweeney) (London: Irish Texts Society, 1913), p. xxxiv, 각주 2.

6 Sigmund Freud, *The Interpretation of Dreams*, James Strachey, ed. and trans. (New York: Avon Books, 1965), p. 429. [*Die Traumdeutung*(1899)]

7 Countess Markievicz의 옥중 편지와 스케치에 대해서 볼 곳은 Ann Haverty, *Constance Markievicz: An Independent Life* (London: Pandora, 1988).

8 Joyce, *Portrait of the Artist* (Ware, "Hertfordshire: Wordsworth Classics, 1992), p. 203.

9 Fintan O'Toole, *A Mass for Jesse James: A Journey through 1980's Ireland* (Dublin: Raven Arts Press, 1990), p. 13.

10 Nevill Coghill, "Sweeney Agonistes (An Anecdote or Two)," *Critical Essays on T. S. Eliot: The Sweeney Motif*, Kinley E. Roby, ed. (Boston: G.K. Hall, 1985), p. 119.

11 Herbert Knust, "Sweeney among the Birds and Brutes," *Critical Essays on T.S. Eliot*, pp. 169 ff.

12 "Apeneck Sweeney . . ." 등의 시들, 출처는 T. S. Eliot, *Selected Poems* (New York: Harcourt, Brace & World, 1964).

13 볼 곳은 Nancy D. Hargrove, "The Symbolism of Sweeney in the Work of T.S. Eliot," *Critical Essays on T. S. Eliot*, p. 150 ("우선 '스위니'라는 이름에서는 평민적이고 산문적이고 비음악적인 소리, 어쩌면 저속하기까지 한 소리가 울리고 있고 '돼지(swine)'라는 단어 속에는 짐승 같은 징그러운 육체성, 추함, 더러움, 어리석음의 의미가 내포돼 있다."); George Whiteside, "A Freudian Dream Analysis of 'Sweeney among the Nightingales,'" p. 64 ("이 단어는 'Raven-a-bitch'로 발음된다. 굶주린 암캐라는 뜻이다.") *In Critical Essays on T.S. Eliot*. 내가 이 챕터를 쓴 뒤에 나온 Anthony Julius의 *T. S. Eliot, Anti-Semitism and Literary Form* (New York: Cambridge University Press, 1995)는 Eliot의 반유대주의를 확인하고 탐색하는 데 큰 역할을 했다.

14 원 출처는 Eliot, "Ulysses, Order and Myth" in *Dial* lxxv, November 1923, 재수록된 곳은 *Jmes Joyce: The Critical Heritage*, vol. 1 (New York: Barnes and Noble, 1970), p. 270.

15 *The Waste Land*를 *Ulysses*의 패러디로 보는 논의에 대해서 볼 곳은 William York Tindall, *A Reader's Guide to James Joyce* (New York: Farrar, Straus, & Giroux, 1959), p. 160의 각주.

16 Ellman, *James Joyce* p. 165.

17 Harold Nicolson, 출처는 Brenda Maddox, *Nora: The Real Life of Molly Bloom* (Boston: Houghton Mifflin, 1988), p. 271.

18 Maddox, *Nora*, p. 380.

19 Joyce, *Portrait*, p. 171.

20 Joyce, *Portrait* pp. 224-6.

21 '떠돌이 유대인'에 대해서 볼 곳은 George K. Anderson, *The Legend of the Wandering Jew* (Providence, R.I.: Brown University Press, 1965); Galit Hasan-Rokem and Alan Dundes, eds., *The Wandering Jew: Essays in the "Interpretation of a Christian Legend* (Bloomington: Indiana University, 1986); Ira B. Nadel, *Joyce and the Jews: Culture and Texts* (Iowa City: University of Iowa Press,

1989).

22 Joyce, Portrait, p. 169.

23 Neil Jordan, "The Dream of a Beast," *The Neil Jordan Reader* (New York: Vintage, 1993), p. 158.

24 Heaney, *Sweeney Astray*, 쪽 번호가 없는 서론의 마지막 쪽.

15장

1 볼 곳은 Christopher Thacker, *The History of Gardens* (Berkeley: University of California Press, 1979).

2 Newport J. D. White, *Saint Patrick: His Writings and Life* (London and New York: Macmillan Co., 1920), p. 8.

3 Grace O'Malley의 전기 중에 유일하게 읽을 만한 것은 Anne Chambers의 *Granuaile: The Life and Times of Grace O'Malley* (Dublin: Wolfhound Press, 1988)인 것 같다.

4 Chambers, *Granuaile*, p. 178.

5 Chambers, *Granuaile*, p. 76.

16장

1 따로 인용하지 않은 참고문헌:

Traveller Ways, Traveller Words (Dublin).

Do You Know Us at All? (the Parish of the Travelling People, Dublin 지음).

Anti-Racist Law and the Travellers by the Irish Traveller Movement (Dublin, 1993).

J. P. Liégeois, *Gypsies and Travellers* (Strasbourg: Council on Cultural Co-Operation, 1987).

Judith Okely, *The Traveller Gypsies* (New York: Cambridge University Press, 1983).

Sharon Gmelch, *Tinkers and Travellers: Ireland's Nomads*, 사진 촬영: Pat Langan & George Gmelch (Montreal: McGill-Queen's University Press, 1976).

George Gmelch, *To Shorten the Road: Essays and Biographies*, 민담 편집: Ben Kroup (Dublin: The O'Brien Press, 1978).

Donald Kenrick and Grattan Puxon, *The Destiny of Europe's Gypsies* (New York:

Basic Books, 1973).

Lady Gregory, "The Wandering Tribe," *Poets and Dreamers*.

방랑자에 대한 에세이가 실린 J. M. Synge, *The Aran Islands and Other Works*.

Synge의 *The Tinker's Wedding*.

Journal of the Gypsy Lore Society.

2 골웨이 주교의 제안에 대해서 보려면 *The Irish Times*, 1994년 2월 8일.

3 Nan Joyce, *Traveller: an Autobiography*, Anna Farmar, ed. (Dublin: Gill and Macmillan Ltd., 1985).

4 미국 트래블러에 대해서 알려주는 것은 Jared Harper의 작업. 인용 출처: May McCann, Seamas O'Siochan, Joseph Ruane, *Irish Travellers: Culture and Ethnicity* (Belfast: Institute of Irish Studies, Queen's University of Belfast, 1994).

5 cant와 gammon에 대해서 볼 곳: Sinéad Ní Shuinear, "Irish Travellers, Ethnicity and the Origins Question," in *Irish Travellers: Culture and Ethnicity*, p. 135: "Shelta[트래블러어]로 '성직자'를 뜻하는 cuinne은 영어 druid의 고어이기도 하다."

6 National Federation of the Irish Travelling People의 보고서, 인용 출처: *The Irish Times*, 1994년 2월 2일.

7 Kerby Miller, *Emigrants and Exiles*, p. 107.

8 Court, *Puck of the Droms*, p. 1.

9 Ní Shuinear, "Irish Travellers, Ethnicity and the Origins Question," *Irish Travellers*: Culture and Ethnicity, p. 60.

10 리좀에 대한 Gilles Deleuze와 Felix Guattari의 논의를 볼 곳: *On the Line*, John Johnson, trans. (New York: Semiotexte, 1983). 두 사람의 *Nomadology: The War Machine* (1986)는 때때로 난해하고 트렌디한 대목이 있지만, 내용상 관련성이 있다. 역시 Semiotexte에서 나왔다.

11 Michael McDonogh, "Nomadism in Irish Travellers' Identity," in *Irish Travellers: Culture and Ethnicity*, pp. 95-6.

12 Freya Stark, *The Journey's Echo* (London: J. Murray, 1963), p. 168.

13 *Irish Tinkers*, 사진 & 편집: Janine Wiedel, 서문 & 정리: Martina O'Fearadhaigh (New York: St. Martin's Press, 1978), p. 61.

옮긴이 **김정아**

에밀리 디킨슨의 시로 영문학 석사학위를, 소설과 영화의 매체 비교 연구로 비교문학 박사학위를 받았다. 옮긴 책으로 『역사: 끝에서 두번째 세계』 『발터 벤야민 평전』 『발터 벤야민과 아케이드 프로젝트』 『발터 벤야민 또는 혁명적 비평을 향하여』 『발터 벤야민, 사진에 대하여』 『자살폭탄테러』 『사랑한다고 했다가 죽이겠다고 했다가』 『슬럼, 지구를 뒤덮다』 『버지니아 울프라는 이름으로』 『폭풍의 언덕』 『오만과 편견』 『걷기의 인문학』 『감정 자본주의』 『미국 고전 문학 연구』 『3기니』(근간) 『프닌』(근간) 『센티멘털 저니』(근간) 등이 있다.

마음의 발걸음
풍경, 정체성, 기억 사이를 흐르는 아일랜드 여행

1판 1쇄 펴냄 2020년 10월 12일
1판 2쇄 펴냄 2020년 11월 25일

지은이 리베카 솔닛
옮긴이 김정아

편집 최예원 조은
미술 김낙훈 한나은
전자책 이미화
마케팅 정대용 허진호 김채훈 홍수현 이지원
홍보 이시윤
저작권 남유선 김다정 송지영
제작 박성래 임지헌 김한수 이인선
관리 박경희 김하림 김지현

펴낸이 박상준
펴낸곳 반비

출판등록 1997. 3. 24.(제16-1444호)
(06027) 서울시 강남구 도산대로1길 62
강남출판문화센터
대표전화 515-2000 팩시밀리 515-2007
편집부 517-4263 팩시밀리 514-2329

한국어판 ⓒ (주)사이언스북스, 2020.
Printed in Seoul, Korea.
ISBN 979-11-90403-27-6 (03800)

반비는 민음사출판그룹의 인문·교양
브랜드입니다.

만든 사람들
책임편집 조은
디자인 한나은